BASTEI
LÜBBE

Über die Autorin:

Maria Greene ist eine gebürtige Schwedin und lebt heute mit ihrem Mann Ray im wunderschönen Gebiet der Finger Lakes im Staat New York. Wenn sie nicht gerade an einem ihrer Romane arbeitet, liest Maria Greene, arbeitet im Garten, spielt mit ihrem Kater Max oder geht mit ihrem Mann zum Angeln. Von ihr sind bereits erschienen: *Wild wie der Sturmwind* (Bd. 18 260) und *Im Zwiespalt der Gefühle* (Bd. 18 266).

MARIA GREENE

Verführt von heißer Begierde

Roman

Ins Deutsche übertragen
von Katharina Braun

BASTEI LÜBBE

BASTEI LÜBBE TASCHENBUCH
Band 18279

1. Auflage: Juli 2001

Vollständige Taschenbuchausgabe

Bastei Lübbe Taschenbücher ist ein Imprint der Verlagsgruppe Lübbe

Deutsche Erstveröffentlichung
Titel der amerikanischen Originalausgabe: Winter's flame

Dieses Werk wurde vermittelt durch die Literarische Agentur
Thomas Schlück GmbH, 30827 Garbsen.
Titelillustration: John Ennis, Agentur Thomas Schlück GmbH
Umschlaggestaltung: Beate Stefer
Satz: KCS GmbH, Buchholz/Hamburg
Druck und Verarbeitung: Sociéte Nouvelle Firmin Didot
Printed in France
ISBN: 3-404-18279-0

Prolog

London, 1895

Der Umschlag mit den amerikanischen Briefmarken war leicht wie eine Feder, und die Handschrift wirkte feminin. Eigenartig, dachte Maggie Hartwell. Soweit sie wusste, kannte sie niemanden in Amerika – außer ihrer Mutter, falls sie noch am Leben war, und die hatte ihr noch nie geschrieben. Maggie schlitzte das Kuvert auf, faltete das einzelne Blatt auseinander und blickte auf die Unterschrift: Leonora Winston. Der Name sagte ihr nichts, und sie runzelte verwirrt die Stirn.

Liebe Margaret,
dieser Brief wird ein Schock für dich sein, aber ich werde dir alles erklären. Es wird dich überraschen, liebe Maggie, aber wir sind Schwestern. Wie du weißt, reiste deine Mutter nach Amerika, wo sie sich in Claremont, Virginia, niederließ. Sie brachte mich sechs Monate nach ihrer Ankunft zur Welt, und seither haben wir dort gelebt. Ich kannte die Wahrheit nicht, bis zu dem Tag, als Mutter starb – ja, bedauerlicherweise muss ich sagen, dass sie vor drei Monaten verstorben ist. Trotzdem glaube ich nicht, dass du sehr viel Trauer über ihren Tod empfindest, da du dich wahrscheinlich kaum noch an sie erinnern wirst. Als ich ihre Sachen durchsah, fand ich ihr Tagebuch, das sie seit Jahren

aufbewahrte. Es scheint, als hätten sie und unser Vater eine unglückliche Ehe geführt – deshalb hat sie England verlassen, obwohl sie damals mich erwartete. Sie schrieb viel über dich und fragte sich, wie es dir ginge. Sie nannte dich ihren ›Matz‹. Ich weiß, sie hat dich sehr vermisst …

Matz.

Maggie kamen die Tränen bei der Erinnerung an diesen Kosenamen und daran, wie unglücklich ihre Kindheit gewesen war, nachdem ihre Mutter sie verlassen hatte. Ihr Vater hatte sich geweigert, über sie zu sprechen, und Maggie nie erzählt, wohin sie gegangen war. Aber warum hatte ihre Mutter nie geschrieben – und sei es auch nur, um ihr von Leonora zu erzählen?

Sie hatte eine Schwester! Bei der Vorstellung wurde ihr vor Freude schwindlig, und sie presste die Fingerspitzen an die Schläfen, um ihre aufgewühlten Gedanken zur Ruhe zu bringen. Das konnte nur ein Traum sein! Doch der Brief vor ihr war ein greifbarer Beweis dafür, dass es keine Fantasie war.

Maggie las weiter.

Seit Mutters Ableben weiß ich nicht mehr, was ich mit meinem Leben anfangen soll, aber ich habe immerhin beschlossen, das Land meiner Vorfahren zu besuchen und dich in London zu treffen. Falls ich eine Anstellung in London fände, würde ich möglicherweise sogar bleiben, da du jetzt meine einzige lebende Verwandte bist und ich dich gerne näher kennen lernen würde. Ich wünschte nur, wir wären uns schon früher begegnet.

Es gibt so viel, was wir zu besprechen haben, aber das wird warten müssen, bis ich komme. Ich treffe am sechsten Dezember mit dem Dampfer in Liverpool ein und werde eine schwarze Toque mit einer langen, pur-

purroten Straußenfeder tragen. Ich freue mich schon sehr darauf, dich in die Arme schließen zu können, wenn ich in London bin. Darf ich ein paar Tage bleiben?

In Liebe, deine Schwester,
Leonora Winston

P.S.: Ich werde Mutters Tagebuch mitbringen.

Atemlos vor Überraschung, strich Maggie sich mit der Hand über die Augen und las den kurzen Brief noch einmal. In einer Woche würde ihre Schwester kommen, und es gab noch so vieles vorzubereiten – nicht nur ein Zimmer für Leonora, von denen es im Hotel mehr als genug gab.

Wie hatte sie herausgefunden, wie Maggie hieß und wo sie lebte? Seit sie vor vier Jahren Horace geheiratet hatte, hieß sie nicht mehr Merton, sondern Hartwell. Der liebe Horace wäre sicher aufgeregt gewesen, dachte sie. Er war immer um ihr Glück besorgt gewesen und dankbar, dass sie sich bereit erklärte hatte, seine Frau zu werden. Das Einzige, was er je von ihr verlangt hatte, war Gesellschaft während seiner Krankheit, und wenigstens die hatte sie ihm geben können, wenn schon keine Liebe. Jetzt würde sie vielleicht die Freundschaft ihrer Schwester haben, von deren Existenz sie bisher nichts geahnt hatte. Zumindest war Leonora die Tortur erspart geblieben, mit ihrem Vater leben zu müssen. Gott sei Dank war er tot, denn sonst hätte er zweifellos ihnen beiden das Leben zur Hölle gemacht.

Maggie atmete tief durch, als sie an ihren unbarmherzig strengen Vater dachte, der sie für alles und nichts bestraft hatte. Selbst heute noch schauderte es sie bei den Erinnerungen an die düsteren Räume ihres Elternhauses, an das böse Schweigen dort und die verängstigte Dienerschaft. Vielleicht hatte ihre Mutter nicht gewagt zu schreiben, aus Angst vor Repressalien ihres Vaters, falls er ihre Briefe fand. Aber warum hatte ihre Mutter England ohne sie verlassen? Diese Frage hatte Maggie sich schon oft gestellt.

Trotz allem jedoch war es ihr gelungen, der Tyrannei ihres Vaters zu entfliehen, als sie mit siebzehn das düstere Herrenhaus am Stadtrand von Sheffield verlassen hatte und nach London gekommen war. Von da an war sie frei von ihm gewesen – wenn auch nicht von ihrem allgemeinen Misstrauen Männern gegenüber, einem Argwohn, den ihre Erfahrung mit den Londoner Gentlemen nicht unbedingt gemildert hatte. Horace Hartwell war eine seltene und wundervolle Ausnahme gewesen.

Maggie erhob sich und steckte eine Locke fest, die sich aus dem strengen Knoten in ihrem Nacken gelöst hatte, und strich glättend über ihren engen schwarzen Rock. Während sie ihre Brille zurechtrückte, warf sie einen Blick in den Spiegel und sah, dass ihre Wangen gerötet waren und ihre Augen vor Erwartung funkelten. Ein neuer Schwung haftete ihren Schritten an, als sie ihr Büro im Hartwell's Hotel verließ. Sie hatte sich immer eine richtige Familie gewünscht, und es schien, als ob ihr Wunsch sich jetzt erfüllen würde. Sie musste die wundervolle Neuigkeit von Leonoras Ankunft ihrer Tochter Viktoria und dem Personal mitteilen; sie würden dafür sorgen, dass Leonora sich bei ihr willkommen fühlte. Und dann würde sie die Tage zählen, bis sie nach Liverpool fahren konnte, um ihre Schwester abzuholen.

Als sie die Treppe zu ihren Wohnräumen hinaufging, fragte sie sich, wie Victoria auf die Nachricht, dass sie in Amerika eine Tante hatte, reagieren würde. Ihre Tochter war so ein aufrichtiges, vertrauensvolles Mädchen. Sie hatte Horace wie einen Vater geliebt und nie erfahren, dass ein anderer Mann ihr wahrer Vater war.

Maggie erschauderte bei der Erinnerung. Sie hatte eine Torheit begangen, aber sie war einfach zu jung und unerfahren gewesen, um es besser zu wissen. Victorias Vater war der älteste Stallknecht auf dem Mertonschen Besitz gewesen, und sein Verrat hatte Maggie keine andere Wahl gelassen, als nach London durchzubrennen. Ihre Wangen brannten vor Beschämung. Gut, dass dies alles längst vergangen war! Sie würde nie wieder so töricht sein, sich auf die Versprechungen eines charmanten Mannes zu verlassen. Sie hatte für sich und Victoria ein neues Leben aufgebaut und würde hart arbeiten, um auch in Zukunft für den Unterhalt ihrer Tochter aufzukommen.

Als der riesige Dampfer am Kai anlegte, ließ er die anderen Schiffe im Liverpooler Hafen klein erscheinen. In ihrem besten pelzbesetzten Mantel und einem Hut mit getupftem Schleier beobachtete Maggie die Passagiere auf dem Oberdeck und fragte sich, wie ihre Schwester wohl aussah. Eifrig suchte sie in der Menge nach einer purpurroten Straußenfeder. Die Gangway wurde am Schiff befestigt, damit die Reisenden den Abstieg auf festen Boden beginnen konnten. Sie hasteten um Maggie herum und schrien und winkten, als sie die Menschen erkannten, die gekommen waren, um sie abzuholen.

Maggies Herz schlug vor freudiger Erwartung schneller, als sie sich einen Weg zum Ende der Gangway bahnte. Aufgeregt musterte sie jedes Gesicht, das an ihr vorbeikam, und wischte sich verstohlen mit der Hand über die Augen. Es schien, als hätte dieses Treffen mehr Gefühle in ihr geweckt, als sie in all den Jahren empfunden hatte.

War das eine rote Feder, die dort nur wenige Schritte weiter in der Menge schwankte? Maggie verrenkte sich den Hals, doch die Feder verschwand hinter einer Gruppe stämmiger Männer mit Zylinderhüten. Als sie an Maggie vorbei waren, merkte sie, dass sie sich geirrt hatte. Die Frau trug eine dunkelblaue Straußenfeder und war mindestens fünfzig Jahre alt.

Die Passagiere verließen den Kai in einem zähen Strom, der immer wieder unterbrochen wurde von Umarmungen und Händeschütteln. Inzwischen hatten die meisten Reisenden das Schiff bereits verlassen. Ein wenig beunruhigt ließ Maggie den Blick noch einmal prüfend über das Deck gleiten, sah aber niemanden mit einem solchen Hut, wie Leonora ihn beschrieben hatte. Hatte sie das Schiff verpasst?

Eine Stunde später stand Maggie noch immer vor dem Dampfer, nervös und ungemein beunruhigt, da sämtliche Passagiere das Schiff verlassen hatten und weit und breit noch immer nichts von einer jungen Frau zu sehen war, die einen schwarzen Hut mit einer purpurroten Feder trug. Soweit Maggie es beurteilen konnte, waren alle Passagiere an Land gekommen.

Bittere Enttäuschung machte sich in ihr breit. Unruhig blickte sie den wenigen Leuten nach, die allein über den Kai gingen, aber sie schienen Angestellte der Schifffahrtsgesellschaft zu sein. Sie wartete eine weitere Stunde, doch vergeblich. Hatte sie Leonora in der Menge übersehen?

Maggie wünschte, sie wüsste, wie ihre Schwester nach London kommen wollte. Mit dem Zug? Höchstwahrscheinlich. Maggie ging durch die Tore auf den

Bahnhof zu, in der Hoffnung, Leonora dort vielleicht noch anzutreffen. Ihre Stimmung sank, als sie sie auch dort nirgendwo entdecken konnte.

Da sie nicht wusste, was sie jetzt noch tun sollte, kehrte sie zum Kai zurück. Als sie sich den Toren näherte, warf sie einen Blick zu dem Stand mit den Mietkutschen hinüber. Etwas auf dem Boden erregte ihre Neugier. Als sie genauer hinsah, erkannte sie, dass es eine zerdrückte purpurrote Straußenfeder war.

1

London, 8. Dezember

»Meine Schwester wird noch immer vermisst, Constable. Ich möchte Sergeant Horridge sprechen, und zwar auf der Stelle. Er versprach, herauszufinden, was mit ihr geschehen ist.« Maggie wusste, dass sie ziemlich einschüchternd wirkte, als sie nun mit gereizter Miene die Spitze ihres Schirms auf den Boden stieß und sich zu ihrer vollen Größe von einssiebzig aufrichtete. Herrisch blickte sie den errötenden jungen Wachtmeister an. Es war ein Blick, den sie bei den faulsten ihrer Mägde anwandte und der seine beabsichtigte Wirkung nie verfehlte.

Betreten spielte der Wachtmeister an einem der Messingknöpfe seiner blauen Uniform herum.

»Er ist beschäftigt, Mrs Hartwell, aber …«

»Dann sagen Sie ihm bitte, dass ich hier bin. Ich warte bereits seit einer Stunde, und ich habe zu Hause ein Geschäft zu führen.«

»Na gut, einen Moment bitte.« Mit langen Schritten eilte der Wachtmeister über die ächzenden Dielenbretter des trostlosen Korridors. Die Wände waren von einem schmuddeligen Weiß, und die Gasbrenner zischten und knackten in matten Glaskugeln an der Decke. Das gelbliche Licht konnte die Düsternis des trüben Wintertages draußen nicht vertreiben.

Maggie verbarg ihre Sorge hinter einer Maske der Entschlossenheit, setzte sich auf den unbequemen, harten Stuhl und schaute auf die Taschenuhr, die an ihrer hochgeschlossenen weißen Bluse festgesteckt war. Sie hatte sich mit besonderer Sorgfalt angezogen und trug einen schmalen Rock aus schwarzem Serge, der am Saum mit einer Seidenborte abgepaspelt war, dazu eine passende Jacke mit Samtaufschlägen. Ihre Kleider würden den Sergeanten daran erinnern, dass sie eine respektable Bürgerin war und nicht irgendeine Närrin, die so verrückt war zu behaupten, eine Schwester verloren zu haben, von deren Existenz sie bisher nichts geahnt hatte. Ihr Hut mit dem getupften Schleier und dem Sträußchen aus Seidenveilchen war ein bisschen zu elegant für diesen Anlass, doch hübsche Hüte steigerten ihr Selbstvertrauen. Sie blickte auf das flache Päckchen mit der purpurroten Straußenfeder in ihrer Hand. Sie wusste, dass Leonora sie getragen hatte. Beweisen ließ es sich natürlich nicht, aber sie wurde die böse Vorahnung einfach nicht los, die sie beim Anblick der Feder ergriffen hatte. Jetzt, wo sie wusste, dass sie eine Schwester hatte, sehnte sie sich danach, Leonora kennen zu lernen. Vielleicht würde ihre Schwester die Einsamkeit vertreiben, die sie seit Horace' Tod begleitete, und sie würden beide wieder eine Familie haben. Familie bedeutete Sicherheit und ein Gefühl der Zusammengehörigkeit, das Maggie sich so heiß ersehnt hatte, als sie noch mit ihrem Vater auf jenem düsteren Familiensitz in Sheffield gelebt hatte. Nun würde Victoria eine Tante haben, und falls Leonora eines Tages heiratete, vielleicht sogar Cousins.

Der Wachtmeister kam zurück, eilte mit weit ausgreifenden Schritten auf sie zu. »Sergeant Horridge wird gleich kommen«, sagte er.

»Danke.« Maggie stand auf, straffte die Schultern und atmete tief durch, um sich zu wappnen – der Sergeant hatte möglicherweise schlechte Nachrichten von Leonora.

Auf ihren Schirm gestützt, schaute Maggie aus dem Fenster. Regen prasselte auf den Rücken eines staubbedeckten Pferds, das einen Hansom zog, und hinterließ Pfützen auf dem Kopfsteinpflaster. Sie sah einen der hoch aufragenden Glockentürme, der wie ein Wachtposten an der Ecke des neuen Scotland-Yard-Gebäudes stand. Der prachtvolle Backsteinbau mit den kunstvollen Türmchen und dem spitzen Dach mit zahlreichen Mansardenfenstern war ursprünglich als neues Opernhaus errichtet worden, doch als die Geldmittel für das Projekt versiegten, waren die Londoner Polizei und die Kriminalpolizei eingezogen.

Maggie fiel es schwer zu atmen. In dieser bedrückenden Atmosphäre hatte sie das Gefühl, ein Eisenband würde ihr die Brust zusammenschnüren. Resolute Schritte erklangen auf dem Korridor. Sie wandte sich vom Fenster ab und stand Sergeant Septimus Horridge gegenüber.

»Bitte kommen Sie mit, Mrs Hartwell«, sagte er freundlich. Sein rundes Gesicht war von buschigen Bartkoteletten eingerahmt, die tief liegenden kleinen Augen musterten sie prüfend. Er trug einen steifen Kragen mit einer Krawatte in einem grellen Rotton und einen schwarzen Gehrock, der schon glänzte.

»Danke«, sagte Maggie und folgte dem Sergeanten, begierig zu erfahren, was er herausgefunden hatte.

Sein Büro war karg, eine Aspidistra der einzige Schmuck zwischen den schweren Möbeln.

»Nehmen Sie Platz, Mrs Hartwell.« Er deutete auf einen abgeschabten Ledersessel, der vor seinem mit Akten und Papieren übersäten Schreibtisch stand.

Maggie, inzwischen längst nicht mehr so herrisch

wie zuvor, gehorchte seiner Aufforderung. »Wissen Sie, was meiner Schwester zugestoßen ist?«

Er legte die Fingerspitzen zusammen, stützte die Arme auf den Tisch, schürzte die Lippen und musterte sie prüfend. Dann räusperte er sich umständlich. »Sie sagen, ihre Schwester hieße Leonora Winston und käme aus Claremont im Staat Virginia?«

»Ja.«

Schweigen senkte sich wie eine dicke Decke auf den Raum, und Maggie faltete die Hände. Das Tick-Tack der alten Wanduhr hallte in ihrem Kopf wider, während sie abwartete.

»Nun, die amerikanischen Behörden sagen, eine Frau mit diesem Namen lebte unter der Adresse. Aber sie habe Claremont kürzlich verlassen.«

»Sehen Sie? Es gibt sie. Sie muss also auch auf dem Schiff gewesen sein.« Maggie packte die rote Straußenfeder aus und legte sie als Gedächtnisstütze auf den Schreibtisch. Sie hatte ihm die Feder schon bei ihrem letzten Besuch gezeigt.

Wieder schürzte er die Lippen. »Ich habe mir von der Schifffahrtsgesellschaft in Liverpool die Liste geben lassen, aber auf dem Schiff, das letzte Woche eingelaufen ist, war kein Passagier mit diesem Namen. Er blickte rasch auf, als ob er sie bei irgendetwas ertappen wolle.

»Das verstehe ich nicht.« Sie nahm ein gefaltetes Blatt aus ihrer Tasche. »Ich habe Ihnen diesen Brief gezeigt, Sie haben also selbst gesehen, dass sie auf dem Schiff gewesen sein muss.« Sie schwenkte das Papier vor seiner Nase.

Er seufzte und trommelte auf die Schreibtischplatte. »Ich habe ihn gelesen, aber das bedeutet nicht, dass Ihre Schwester ihn geschrieben hat. Es könnte auch nur ein dummer Scherz sein.«

Maggie fuhr zusammen, als hätte er sie ins Gesicht geschlagen. »Ein Scherz? Wie können Sie so etwas sagen? Sie reden, als interessierten die Probleme meiner Schwester Sie überhaupt nicht, Sergeant. Außerdem kenne ich niemanden in Amerika, der mir den Brief geschickt haben könnte.« Er erwiderte nichts, und sie atmete tief ein, um sich zu beruhigen. »Sie wollen mir doch nicht unterstellen, ich hätte diesen Brief geschrieben und nähme Ihre kostbare Zeit für irgendeine alberne Scharade in Anspruch?« Ihre Wangen röteten sich vor Ärger.

Er lächelte geduldig, als hätte er ein aufsässiges Kind vor sich. »Ich unterstelle Ihnen gar nichts, Mrs Hartwell, aber solche Dinge kommen nun mal vor. Wir erhalten täglich haufenweise Briefe und Drohungen. Sehr wahrscheinlich ist Miss Winston noch in Virginia. Womöglich schreibt sie Ihnen bald wieder, um zu erklären, wieso sie nicht auf diesem Dampfer war. Vielleicht ist sie ja aufgehalten worden.«

Maggie zwang sich, Ruhe zu bewahren. »Ich hoffe, Ihnen ist bewusst, dass ich Ihre Zeit nicht mit Belanglosigkeiten verschwenden würde, Sergeant Horridge, von meiner eigenen Zeit ganz zu schweigen. Ich hab Wichtigeres zu tun. Ich bin sicher, dass Miss Leonora Winston in Liverpool angekommen und dass ihr irgendetwas zugestoßen ist.«

Ein langes Schweigen folgte. Dann seufzte Sergeant Horridge und schob mit einer gereizten Geste einige Blätter über den Schreibtisch. »Sehen Sie selbst. Es steht keine Miss Winston auf der Liste.«

Von bösen Vorahnungen erfüllt, ging Maggie die lange Passagierliste durch, während der Sergeant eine Zigarre aus einem Kistchen auf dem Schreibtisch nahm, ein Ende abschnitt und sie anzündete. Maggie drehte sich der Magen bei dem beißenden

Geruch um. Als sie zu Ende gelesen hatte, gab sie die Liste zurück.

»Sie haben Recht«, sagte sie. »Aber ich weiß noch immer nicht, wie ich Sie davon überzeugen soll, dass diese Angelegenheit von größter Wichtigkeit ist.«

Er zog an der Zigarre, der Rauch stieg in dicken, trägen Schleiern auf. »Ihre Geschichte ist schwer zu glauben angesichts der Tatsache, dass Sie bis zum Erhalt dieses Briefes nicht einmal wussten, dass Ihre Schwester existierte.«

»Ich bin sicher, dies ist nicht das erste Mal, dass jemand einen Verwandten findet, von dessen Existenz er bis dahin nichts gewusst hat. Meine Mutter brach jeglichen Kontakt zu der Familie ab, als sie meinen Vater verließ.«

Es fiel ihr schwer, ihren Ärger zu beherrschen. Ihre ruhige Fassade bröckelte. Am liebsten hätte sie geweint, doch wenn sie diesem Mann gegenüber Schwäche zeigte, würde er sie nicht weiter anhören. Und er war der Einzige, der ihr helfen konnte.

»Was haben Sie sonst noch über Leonora herausgefunden?«, fragte sie und tippte zur Betonung mit der Schirmspitze auf den Boden.

Er zuckte mit den Schultern und betrachtete sie durch den Zigarrenrauch. »Es gibt hier nichts mehr, was wir tun können, fürchte ich.«

»Sie werden sich also nicht mit der Liverpooler Polizei wegen weiterer Ermittlungen in Verbindung setzen?«

Er zog die Schultern hoch, und eine leise Ungeduld schlich sich in seine Stimme. »Da es keinen Anhaltspunkt gibt, dass Ihre Schwester je einen Fuß in dieses Land gesetzt hat, sehe ich keinen Grund, die Zeit der Liverpooler Polizei zu verschwenden.« Er drückte die Zigarre im Aschenbecher aus und erhob sich dann mit einem Ausdruck der Entschiedenheit. »Ich bedaure Ihre Lage, aber ich fürchte, ich kann nichts für Sie tun, bis wir Beweise haben, dass Miss Winston tatsächlich auf dem Schiff war.«

Maggie kniff enttäuscht die Lippen zusammen. »Ich kann Sie nicht zum Handeln zwingen, aber es stimmt mich wirklich traurig, dass mein Problem so unwichtig für Sie ist.«

Er lächelte knapp. »Ich verstehe Ihren Standpunkt, Mrs Hartwell, aber Sie können mir glauben, dass es schlimmere Verbrechen hier in London gibt. Vermisste tauchen meistens früher oder später wieder auf.«

Maggie erhob sich und zog ihre Handschuhe an, bevor sie die Straußenfeder wieder an sich nahm. »Nun, ich danke Ihnen jedenfalls für den Einblick in die Passagierliste.« Sie hätte ihn zu gern gebeten, im Fall ihrer Schwester weiter zu ermitteln, aber sein starrsinniges Verhalten zeigte ihr, dass kein Argument etwas an seiner Entscheidung ändern würde.

»Warten Sie einen Moment«, sagte er, da ihr Kummer ihn ein wenig nachgiebiger zu stimmen schien. Er wühlte in einer Schublade seines Schreibtischs und zog aus dem Durcheinander von Bindfäden, Büroklammern, Schlüsseln und Rauchutensilien eine cremefarbene Visitenkarte heraus. Nachdem er sie abgestaubt hatte, reichte er sie ihr.

»Dieser Mann könnte Ihnen möglicherweise helfen. Aber ich warne Sie, seine Honorare sind nicht billig.« Er blickte auf ihr makelloses schwarzes Kostüm, als versuchte er abzuschätzen, ob sie sich bezahlte Hilfe leisten konnte.

Maggie, der seine abschätzenden Blicke unangenehm waren, nahm die Karte. *Thaddeus Webb, Antiquitätenhändler und Privatdetektiv,* las sie. »Ein Detektiv?«, fragte sie.

»Ja, er wird oft von Versicherungsgesellschaften beauftragt, Diebesgut wieder zu beschaffen. Sein Vater war Chefinspektor hier beim Yard, und sein Großvater war ein berühmter Bow-Street-Runner. Auch Webb hat fünf Jahre hier gearbeitet, aber vor zwei Jahren hat er uns verlassen. Die Ermittlungsarbeit liegt Webb gewissermaßen im Blut, könnte man sagen.« Sergeant Horridge lachte zum ersten Mal. »Wenn irgendjemand Ihre Schwester finden kann, dann er. Wenn er mit einem Geheimnis oder Rätsel konfrontiert wird, dann beißt er sich fest wie ein Hund an einem Knochen.«

Maggie begann ein wenig Hoffnung zu verspüren. »Danke.«

»Und falls Sie eine Fotografie oder ein Miniaturporträt von Miss Winston beschaffen könnten, würde ich es gern sehen … falls ich jemanden finden sollte …«

Maggie warf ihm einen scharfen Blick zu. »Sie meinen, wenn Sie eine nicht identifizierbare Leiche finden.«

Er schien sich plötzlich unbehaglich zu fühlen und strich sich mit der Hand über die Glatze. »Nun … ich hoffe, soweit kommt es nicht.«

Er geleitete sie zur Tür. »Viel Glück und noch einen schönen Tag.« Mit einer höflichen Verbeugung schloss er die Tür hinter ihr.

Eine Welle des Kummers und der Einsamkeit erfasste Maggie. Sie hatte noch nie zuvor mit einem auch nur annähernd so schwierigen Problem umgehen müssen, und das flößte ihr Angst ein. Sie war kein Mensch, der sich vor Verpflichtungen drückte, aber dennoch wünschte sie, sie hätte jemanden, dem sie sich anvertrauen, jemanden, der ihr wirklich helfen konnte.

Auf der Straße winkte sie einem vorüberfahrenden Hansom. Der Regen durchnässte sie trotz des

Schirms. Der Wind war kalt, es roch nach Benzin und Rauch. Ein Automobil knatterte vorbei, und Maggie biss die Zähne zusammen, so unerträglich war der Lärm. Der Hansom hielt nicht an, und so ging sie zu einem Taxi-Stand in der Parliament Street, wo Mietkutschen, Tafelwagen und von Pferden gezogene Omnibusse mit privaten Kutschen um die Plätze kämpften.

Mit einem Seufzer der Erleichterung ließ Maggie sich auf den abgeschabten Ledersitz des ersten freien Hansoms fallen. Im Inneren roch es nach nassem Pferd und feuchter Wolle. Sie wischte sich mit dem Handrücken das Gesicht ab – da sie kein Taschentuch hatte –, dann nahm sie Mr Webbs Visitenkarte aus der Tasche. Sie war bereits feucht, die Ecken bogen sich.

Antiquitätenhändler und Detektiv – eine merkwürdige Mischung. Aber es war eine Adresse auf der eleganten Maddox Street, gleich südlich des Hannover Square. Wegen der noch mehr als sonst verstopften Straßen brauchte das Taxi fast eine volle Stunde bis zu Mr Webbs Adresse. Maggie bezahlte den Kutscher und stieg die zwei Stufen zur Eingangstür hinauf.

Das schmale Stadthaus war in ein Geschäft umgewandelt worden. Die Fenster auf Straßenhöhe waren voll gestopft mit einer Ansammlung von antiken Möbeln, Ölgemälden, vergoldeten Bilderrahmen aller Größen, Spiegeln mit halbblindem Glas, der hölzernen Statue eines Arabers, Stoffballen, einem Stapel alter Bücher, zwei kunstvollen Bronzekandelabern und, zu Maggies Überraschung, einem recht modernen Fahrrad.

Schaudernd angesichts der Unordnung wandte sie sich der dunkelgrünen Tür zu und hob den vom häufigen Gebrauch blank polierten Bronzeklopfer.

Sie musste zweimal klopfen, bevor Schritte hinter

der Tür ertönten. Sie flog auf, und Maggie starrte den Mann an, der vor ihr stand. Er war sehr groß und hatte die breitesten Schultern, die sie je gesehen hatte. Er trug ein graues Tweedsakko und eine gestreifte Weste; in einem steifen weißen Kragen steckte ein getupftes Halstuch. Das glatt rasierte Kinn war eingekerbt, die Wangen waren schmal, und Maggie verspürte plötzlich den Wunsch, sie zu berühren. Sein Haar war dunkelbraun, glatt, dicht und glänzend. Er hatte dunkle Augen, wie von einem tiefen Kaffeebraun, die sie anzulächeln schienen, unbeschwert und heiter, unter zwei geraden dunklen Brauen.

Sein Blick gab ihr das Gefühl, als berührte er sie – und nicht nur ihre Hand oder ihre Fingerspitzen, sondern … viel intimer. Ein heißes Sehnen, wie sie es noch nie zuvor empfunden hatte, durchfuhr sie, und für einen Moment war Maggie zu keinem vernünftigen Gedanken fähig. Er war unglaublich attraktiv, und das erschreckte sie und trieb sie in die Defensive.

»Womit kann ich Ihnen dienen, Madam?«, fragte er mit einer tiefen, angenehmen Stimme, die ein Gefühl der Wärme und des Willkommenseins erzeugte. »Suchen Sie einen Regency-Kronleuchter, eine Satinholz-Teedose, einen Messerkasten mit Silberbeschlägen oder einfach bloß einen antiken Spiegel?«

Sie konnte gar nicht anders, als zu lächeln. »Nein, danke, Sie liegen vollkommen daneben. Mr Webb, vermute ich?« Sie reichte ihm die Hand zu einem geschäftsmäßigen Händedruck, doch galant ergriff er ihre Fingerspitzen und zog Maggie in den Laden. »Zu Ihren Diensten, Madam …?«

»Mrs Margaret Hartwell.«

»Mrs Margaret Hartwell aus der Margaret Street?«

»Nein, aus der Berkley Street – zwischen Portman und Manchester Square.«

Bevor er die Tür ganz schloss, hielt er einen Moment inne. »Hartwell's Hotel?«

Sie nickte, erfreut, dass er ihr Etablissement kannte. Ihr Blick glitt durch die Diele zu einer Mahagonitreppe mit gedrechselten Pfosten. Die Decke war in einem tiefen glänzenden Dunkelbraun gestrichen. Die Tapeten trugen ein Blattmotiv in Gold-, Grün- und Brauntönen. Auch die Samtvorhänge an den Fenstern waren braun, und den Eichenboden schmückte ein langer, mit Blumenmustern verzierter Wollteppich. Der Rest der geräumigen Diele war mit Möbeln und Kuriositäten so voll gepackt wie die Schaufenster. Eine zerbrochene griechische Marmorsäule lehnte an einer Wand neben einem Hut- und Schirmständer aus Rosenholz. Eine verstaubte Palme schien in all dem Durcheinander prächtig zu gedeihen. Maggie wusste nicht, wohin sie sich wenden sollte.

Thaddeus Webb bemerkte ihre Verwirrung. »Dies hier ist eine Mischung aus Lager und Laden, wissen Sie. Mein Büro ist oben, und dort wohne ich auch.« Er deutete auf die Treppe und lächelte ermunternd, als sie zögerte. Er fand diese Frau mit den funkelnden blauen Augen und dem stolz vorgereckten Kinn höchst interessant. Sie wirkte nur ein bisschen steif, als ob sie zu irgendeinem Zeitpunkt ihres Lebens eine breite Mauer um sich errichtet hätte. Es reizte seine Neugier, zu entdecken, was sie so enttäuscht haben konnte, dass sie eine derart defensive Haltung angenommen hatte. »Sollen wir nach oben gehen?«

»Oh.« Maggie warf ihm einen misstrauischen Blick zu.

Er zog die Brauen hoch. »Sie scheinen verängstigt, Mrs Hartwell. Aber keine Bange, ich bin der Anstand in Person.« Er ließ ihr den Vortritt. »Ich nehme an, Sie sind geschäftlich hier?«

»Ja, natürlich.« Sie raffte ihren Rock und begann übertrieben vorsichtig die Treppe hinaufzugehen.

»Schade. Ich hatte gehofft, es sei ein … eher geselliger Besuch. Eine hübsche Dame wie Sie …«

Maggie warf Mr Webb einen verstohlenen Blick zu, um zu sehen, ob er scherzte, aber er wirkte völlig ernst – bis sie seinem Blick begegnete. Da breitete sich ein ansteckendes Lächeln auf seinem Gesicht aus. Seine Augen funkelten vor Bewunderung, als er auf eine der Türen auf dem oberen Korridor zeigte.

Sein Büro wies die gleichen dunklen Farben wie die Diele unten auf, der vorherrschende Farbton hier war jedoch Grün – grüne Holzarbeiten und ein grüner Teppich. Pflanzen aller Größen und Formen standen auf hölzernen Ständern oder hingen in Körben von der Decke. Sein Schreibtisch war ein wüstes Durcheinander aus Papieren, Kartons und Schreibutensilien. Zwei Holztabletts für ein- und ausgehende Post standen übereinander.

Mr Webb nahm ein Bündel Kataloge von dem einzigen Stuhl vor dem Schreibtisch und lud Maggie ein, dort Platz zu nehmen.

»Meine Putzfrau liegt mit gebrochenem Bein zu Hause, fürchte ich.« Als er ihren zweifelnden Gesichtsausdruck sah, lachte er. »Sie haben meine Lüge durchschaut! Tatsächlich hat meine Putzfrau gekündigt, als ich die griechische Säule mit nach Hause brachte. Sie sagte, sie sei der Tropfen, der das Fass zum Überlaufen brächte, und verschwand, um nie mehr zurückzukehren.«

»Wie erinnern Sie sich, wohin sie die Sachen gestellt haben?«

»Ah! Die Unordnung hat System, Mrs Hartwell. Ein System, mit dem ich wunderbar zurechtkomme.«

Als Mr Webb sich an seinen Schreibtisch setzte,

quietschte die Feder seines Drehstuhls alarmierend. Die bloße Größe des Mannes ließ seine Umgebung schrumpfen, doch Maggie gab sie ein Gefühl der Sicherheit.

Sie entspannte sich und lehnte ihren Schirm an den Schreibtisch. Als sie Mr Webb nun genauer betrachtete, fiel ihr der sinnliche Schwung seiner Lippen auf. Dieser Mann verunsicherte sie nicht nur, sondern wirkte auch sehr anregend auf sie. Ihr Herz klopfte schneller und reagierte wider ihren Willen auf seinen Charme. Ihr wurde plötzlich bewusst, wie steif ihr Rücken war und wie das mit Streben verstärkte Korsett die zarte Haut unter ihrer Bluse aufscheuerte. Sie kam sich wie eingesperrt in einem Käfig vor und konnte kaum noch atmen.

»Ich nehme an, Sie sind gekommen, um etwas für Ihr Hotel zu bestellen, Mrs Hartwell. Falls ich nicht das habe, was Sie brauchen, kann ich es für Sie besorgen. Ich habe ausgezeichnete Kontakte in der Stadt und auf dem Land.« Er lächelte entschuldigend. »Ich nenne mich zwar Antiquitätenhändler, handele aber auch mit modernem Mobiliar und Pflanzen.«

»Ich bin gekommen, weil ich einen Detektiv benötige«, sagte sie.

Das überraschte ihn offenbar, denn er rieb sich nachdenklich das Kinn. »Verstehe. Dann sollten wir vielleicht noch einmal ganz von vorn beginnen.«

»Sergeant Horridge vom Scotland Yard hat mich hierhergeschickt.«

Mr Webb nickte und lehnte sich auf seinem Stuhl zurück, als verfügte er über alle Zeit der Welt. »Er ist ein Freund und früherer Kollege.«

»Das sagte er. Nun, um ganz von vorn zu beginnen, meine Familie stammt ursprünglich aus Sheffield. Mein Vater produzierte Stahl, wie schon mein Großvater vor ihm.« Sie hielt inne und blickte auf die Handschuhe auf ihrem Schoß. »Er war ein rücksichtsloser Industriekapitän, aber das tut hier nichts zur Sache.« Nach einer kurzen Pause fuhr sie fort: »Meine Eltern haben sich nie verstanden. Als ich drei Jahre alt war, verließ meine Mutter Vater und mich, und ich habe sie nie wieder gesehen und auch nie wieder von ihr gehört. Dann, zu meiner allergrößten Überraschung, erhielt ich vor kurzem einen Brief von einer Frau in Amerika, die sich Leonora Winston nennt und behauptet, sie sei meine Schwester.«

»Wann war das?«, fragte er.

»Der Brief kam vor neun Tagen.« Maggie seufzte, weil das Korsett ihr das Atmen noch immer erschwerte. Mr Webbs dunkle Augen waren ungeheuer anziehend und lenkten sie von ihren Gedankengängen ab. »Leonora schrieb, sie sei wenige Monate nach Mutters Ankunft in Amerika geboren worden und wir seien Schwestern. Mutter hatte Leonora nie von mir erzählt, aber sie starb vor drei Monaten, und erst dann fand Leonora ihr Tagebuch, in dem sie alles über ihre Vergangenheit festgehalten hatte. Leonora erwähnte, dass Mutter mich ›Matz‹ zu nennen pflegte.«

Maggie errötete, weil es ihr ein bisschen peinlich war, etwas so Persönliches preiszugeben. »Daher wusste ich, dass Leonora die Wahrheit schrieb. Sie beschloss, nach London zu kommen und mich zu besuchen – und vielleicht sogar für immer hier zu bleiben.«

»Aber sie ist nicht gekommen, nicht?«, fragte er sanft, während er sich mit den Fingern durch die Haare strich.

»Woher wissen Sie das?«, fragte Maggie überrascht.

»Sie wären nicht hier, wenn sie gekommen wäre, oder?«

Maggie lächelte steif. »Ja, das stimmt.«

»Fahren Sie fort.«

Maggie erzählte ihm von Sergeant Horridges Bemühungen. »Ich habe selbst die Passagierliste gesehen, und Leonoras Name stand nicht darauf.«

»Die Polizei wollte nicht mehr Zeit mit diesem Fall verschwenden und schickte Sie zu mir«, schloss er.

Sie nickte hoffnungsvoll, und er lächelte. »Ich bin kein Magier, leider Gottes«, sagte er. »Ich kann Ihre Schwester auch nicht herbeizaubern.«

Maggie legte die zerbrochene Straußenfeder auf den Schreibtisch und zog Leonoras Brief aus ihrer Tasche. »Bitte, lesen Sie das.«

Er las laut die Zeilen vor, die sie unterstrichen hatte. »Es wird dich überraschen, liebe Maggie, aber wir sind Schwestern ... ›Matz‹ ... Ich habe beschlossen, das Land meiner Vorfahren kennen zu lernen ... purpurrote Straußenfeder ... In Liebe, deine Schwester, Leonora Winston.« Schweigend sah er sich die Feder an. Mitgefühl ließ seine Züge weicher werden. »Es muss ein Schlag für Sie gewesen sein, zu erfahren, dass Ihre Mutter erst kürzlich verstorben war.«

Seine Worte trösteten sie ein wenig. »Ja, aber es hat mich sehr gefreut, herauszufinden, dass ich eine Schwester habe. Ich habe keine anderen nahen Verwandten. Eine Familie zu besitzen wäre mir das Liebste auf der Welt.« Sie sah ihn forschend an und überlegte, wie viel mehr sie ihm noch anvertrauen konnte. Wieder schien er ihre Gedanken zu erraten.

»Sie müssen Ihrer Mutter sehr verübelt haben, dass sie Sie verlassen hat.«

Ein vertrauter Schmerz durchzuckte Maggie, den sie aber sofort unterdrückte. »Ja, während meiner Kindheit trug ich es ihr nach, doch inzwischen erinnere ich mich fast nicht mehr an sie. Und ich weiß, dass sie sehr verzweifelt gewesen sein muss, um so etwas zu tun.« Maggie presste die Lippen zusammen. Sie war entschlossen, nichts von den Ressentiments gegen ihren Vater zu erwähnen, die so lange ihr Leben erschwert hatten.

Sie verschränkte unbewusst die Hände. »Ich erzähle es Ihnen, damit Sie verstehen, dass ich die Angelegenheit nicht nur erfunden habe. Ich weiß, es ist eine absurde Geschichte, aber ich bin absolut sicher, dass ich eine jüngere Schwester habe und sie auf dem Dampfer aus New York war, der vor zwei Tagen in Liverpool anlegte.« Von Kummer und Ermüdung überwältigt, hielt sie inne. Ihre Geschichte noch einmal zu erzählen, und dazu noch einem Fremden, hatte sie erschöpft. Wenn sie doch nur einen Bruder oder Cousin hätte, der ihr statt dieses Fremden helfen könnte! Als Frau, die ihr eigenes Geschäft führte, wurde sie ständig mit Widerstand und Misstrauen der Männer konfrontiert. Die Tatsache, dass sie ein gut gehendes Hotel führte, machte sie zu einem gefährlichen Eindringling in einer reinen Männerwelt. Aus diesem Grund war sie doppelt vorsichtig bei Fremden, vor allem bei charmanten Herren wie Mr Webb.

»Leonora kann sich glücklich schätzen, eine Schwester wie Sie zu haben.«

»Wieso?«, fragte Maggie und errötete ein wenig.

»Sie sorgen sich genug um sie, um herauszufinden, was ihr zugestoßen ist.« Er rieb sich wieder nachdenklich das Kinn und erhob sich.

»Dann glauben Sie meine Geschichte?« Sie atmete erleichtert auf.

»Sie hätten keinen Grund, hierher zu kommen, wenn sie nicht stimmen würde. Außerdem scheint der Brief echt zu sein, und Miss Winston könnte wirklich diese Feder an ihrem Hut getragen haben.« Er nahm eine Kupferkanne und begann die Pflanzen im Raum zu gießen. »Das Einzige, was wir nicht mit Sicherheit wissen, ist, ob Leonora oder jemand anderes diesen Brief geschrieben hat.«

»Ja … ich verstehe, was Sie meinen. Sergeant Horridge hat das auch gesagt.« Maggie war bestürzt. »Ich habe nichts, womit wir ihre Schrift vergleichen könnten.« Sie dachte nach. »Vater hat sie nie erwähnt. Vielleicht wusste er gar nichts von ihrer Existenz.«

»Es ist tragisch, dass Sie keine anderen Verwandten haben. Ich habe meiner Familie immer sehr nahe gestanden. Ohne sie wäre mein Leben leer.« Er lächelte. »Obwohl eine große Familie natürlich auch eine Plage sein kann.«

»Glauben Sie, dass Sie Leonora finden können?«, fragte Maggie.

Er runzelte die Stirn. »Ich kann es versuchen. Mein Honorar beträgt zwei Pfund pro Tag, und dieser Fall wird eine Weile in Anspruch nehmen.«

»Zwei Pfund!« Ärger stieg in Maggie auf. »Das ist ja die reinste Halsabschneiderei!«

Er grinste. »Ich würde Ihnen auch viel lieber diese griechische Säule für zwei Pfund verkaufen.«

Maggies herrischer Tonfall war nun wieder da. »Lenken Sie nicht vom Thema ab«, verlangte sie und bedachte ihn mit einem herausfordernden Blick.

Er lachte nur. »Die Frage ist, ob Sie sich mein Honorar leisten können?«

»Selbstverständlich!« In Gedanken sah sie ihre Ersparnisse, die sie mühsam angehäuft hatte, mit alarmierender Geschwindigkeit zusammenschrumpfen. »Das versteht sich ohne Frage. Wann können Sie beginnen?«

2

Morgen würde er anfangen. Maggie stellte ihren nassen Schirm in den Ständer neben der Tür ihres Büros im Hartwell's Hotel. Zwei Pfund am Tag! Eine Unverschämtheit. Vielleicht hätte sie versuchen sollen, Leonora allein zu finden, aber sie wusste nicht, wo sie beginnen sollte.

Nachdem sie Hut und Jacke abgelegt hatte, schaute sie die Post auf ihrem Schreibtisch durch. Ihr Herzschlag setzte einen Moment aus, als sie die Handschrift und die ausländischen Briefmarken auf einem der Kuverts erkannte. Ein weiterer Brief aus Amerika. Maggie setzte sich, und mit zitternden Fingern schlitzte sie den Umschlag auf. In ihrem Eifer zerriss sie den Brief beinahe, als sie ihn herauszog. Zuerst las sie die Unterschrift – Leonoras – und dann das Datum. Ihre Hoffnung schwand. Der Brief war zwei Tage nach dem ersten geschrieben worden. Rasch las sie die kurze Nachricht:

Ich dachte, du möchtest wissen, wie ich aussehe, damit du mich bei meiner Ankunft erkennst. Ich kann es kaum erwarten, dich zu sehen, da wir schon viel zu viele Jahre getrennt waren.

Deine dir ergebene Schwester Leonora.

Maggie schaute in das Kuvert und zog eine schwarzweiße Fotografie heraus. Mit angehaltenem Atem betrachtete sie das reizende Gesicht der jungen Frau, doch es war ein Schock für sie, als sie merkte, wie verblüffend ähnlich Leonora ihrem Vater war. Leonora hatte die gleichen schmalen, etwas blassen Züge, das lockige blonde Haar und seine hellen Augen. In der Halle ihres Familiensitzes hing ein altes Porträt ihres Vaters, das zu seinem 21. Geburtstag gemalt worden war. Leonora hätte seine Zwillingsschwester sein können. Damit bestand kein Zweifel mehr, dass Leonora den vorherigen Brief geschrieben hatte und dass Bulver ›Bully‹ Merton der Vater gewesen war.

Maggies Herz begann fast schmerzhaft hart zu pochen, als sie das Bild auf den Tisch zurücklegte. Was war ihrer Schwester zugestoßen? Sie ahnte Schlimmes. Leonora musste auf dem Dampfer gewesen sein, davon war Maggie überzeugt. Aber wieso hatte Maggie sie verpasst? Und war es jetzt zu spät, sie noch zu finden? Die Fragen überschlugen sich in Maggies Kopf.

Ihre Stimmung hellte sich jedoch ein wenig auf, als sie die Stimme ihrer sechsjährigen Tochter auf der Treppe, die in ihre Wohnung führte, hörte. »Liebste Mama, du bist wieder da! Miss Lather sagte, ich sei im Unterricht sehr brav gewesen und dürfe jetzt hinunterkommen, um dich zu begrüßen.«

Maggie streckte die Arme nach Victoria aus, und das dünne kleine Mädchen mit den blonden Zöpfen kletterte auf ihren Schoß. Maggie lächelte, küsste liebevoll die zarte Wange und blickte in die klaren blauen Augen. »Mama, Miss Byrne sagte, ein sonderbarer Mann sei vorhin hier gewesen und hätte nach dir gefragt. Sie sagte, er sah sehr *fremdländisch* aus, trug ungewöhnliche Kleider und hatte merkwürdige Augen.«

Maggie nahm sie in die Arme und wiegt sie, wie sie es früher getan hatte, als Victoria noch ein Baby war. »Hast du ihn gesehen?«

Victoria sah sie an. »Nein, Mama.«

»Mehr kannst du mir dann also nicht über ihn sagen?« Als Victoria den Kopf schüttelte, sagte Maggie: »Dann werde ich nachher Miss Byrne fragen.«

»Mama, warum ist deine Brille beschlagen?«

Mit dem Gedanken, dass sie und ihre Tochter Leonora vielleicht nie kennen lernen würden, verdrängte Maggie eine Träne. »Weil ich so glücklich bin, dass ich dich habe, Schatz.«

Thaddeus Webb trug einen Überzieher mit Hahnentrittmuster, dessen Pelerinen-Kragen er zum Schutz gegen den Nieselregen hochgeschlagen hatte. Den ganzen Nachmittag hatte er den Gedanken an Margaret Hartwells Notlage nicht abschütteln können, doch vor allem hatte er *sie* nicht vergessen können.

Er lachte. Spröde und steif wie ein Mannequin aus einem Damenmodenmagazin hatte sie vor seiner Tür gestanden und ihren Schirm geschwenkt, als sei er eine todbringende Waffe.

Aber sie war schön.

Er beobachtete gerne Frauen. Sie waren die faszinierendsten Geschöpfe auf der Welt, und auch die geheimnisvollsten. Er war fast sicher, dass sich hinter Margaret Hartwells strengem Chignon, ihrer altjüngferlichen Kleidung und der zierlichen Goldrandbrille eine üppige Schönheit verbarg – falls er den Blick für weibliche Reize noch nicht ganz und gar verloren hatte. Haar war für ihn die Fassung des Juwels, das das Gesicht der Frau war, und Margaret Hartwells Haar war von einem schimmernden Rotblond, eine Farbe, die langweilig oder auch sehr aufregend sein konnte, je nachdem, welches Gesicht es umrahmte.

Mrs Hartwell hatte eine zarten hellen Teint mit Sommersprossen und Augen, die erstaunlich blau waren. Und ihr Gesicht war wie ein seltenes Juwel mit der winzigen geraden Nase und den weichen, verwundbaren Lippen, die sie so verzweifelt zu einer geraden Linie zusammenzupressen suchte. Kurz gesagt, ihr Gesicht ergänzte geradezu perfekt seine rotgoldene ›Fassung‹.

Es war eine Schande, dass sie sich so bemühte, ihre Reize zu verbergen. Die straff zurückgekämmte Frisur – ganz zu schweigen von ihrem Korsett – muss ausgesprochen unbequem sein, dachte er mit einem Lachen. Sie war völlig anders als Rachel, seine Frau, die vor zwei Jahren verstorben war. Rachel war sehr weich und feminin gewesen, eine perfekte Ehefrau, wie ein Mann sie sich nur wünschen konnte, und er hatte Glück gehabt, dass sie ihn liebte. Seit Rachels Tod war er keiner Frau mehr begegnet, die ihn hätte interessieren können – nicht so wie Margaret Hartwell jedenfalls.

Er war froh über die Entdeckung, dass die Wunde, die er bei Rachels Tod erlitten hatte, endlich heilte. Er hatte aufgehört, sich die Schuld an ihrem Tod zu geben. Sein Interesse an Mrs Hartwell war belebend, nicht bestürzend. Der Anflug von Verwundbarkeit hinter ihrem steifen Äußeren weckte seine Beschützerinstinkte. Sie schien so einsam und verzweifelt.

Er beschloss, zum Abendessen ins Hotel zu gehen. Es konnte nicht schaden, etwas zu verfolgen, das sein Interesse weckte, und es langte auch schon, wenn er nur einen Blick auf die schöne Eigentümerin des Hartwell's Hotel werfen konnte. Außerdem erfuhr er vielleicht etwas, was ihm bei seinen Ermittlungen weiterhalf, außerdem besaß die Küche des Hotels einen ausgezeichneten Ruf in London. Wer hätte gedacht, dass die Besitzerin eine Frau war, und dann auch noch eine solche Dame? Wo war eigentlich Mr Hartwell?

Es hatte aufgehört zu regnen, als Thaddeus den Manchester Square überquerte, und der Nebel verdichtete sich und begann den Asphalt zu verhüllen. Gaslampen auf schmiedeeisernen Laternenpfählen verbreiteten ein unheimliches gelbes Licht; jede Kugel erinnerte an einen fahlen Mond im Nebel. Der Eingang des Hotels war links und rechts von Lichtern flankiert und wurde von einem Portier in einer grünen Uniform mit Kupferknöpfen bewacht. Auf einem kupfernen Schild über der Tür stand in schlichten Lettern ›Hartwell's Hotel‹. Ganz ohne frivole Schnörkel. Die Doppeltüren waren aus massiver Eiche, und das quadratische georgianische Haus war weiß getüncht, wenn auch vom Ruß ein wenig streifig. Nässe glitzerte auf der Fassade; die Luft war rau und kalt.

»Guten Abend«, begrüßte der Portier ihn und tippte sich an den Zylinder, dann hielt er mit einer weiß behandschuhten Hand die Tür auf. Als Thaddeus eintrat, begann ihn Wärme einzuhüllen. Er nickte der hübschen Dienstmagd in dem schwarzen Kleid mit der gestärkten weißen Schürze zu, die ihm den tropfenden Mantel abnahm und höflich vor ihm knickste. Da das Hotel Margaret Hartwell gehörte, achtete er auf sämtliche Details. Das Foyer war makellos sauber, der rote Teppich abgefegt, das Kupfer blank geputzt und das dunkle Holz poliert. Eine Anzahl bequemer Sessel war um Tische gruppiert, auf denen Lesematerial lag.

Eine Frau in mittleren Jahren in einem schlichten schwarzen Kleid stand hinter der Rezeption und telefonierte. Also hatte Mrs Hartwell offenbar keine Bedenken, die Erfindungen, die im Leben der Londoner beinahe täglich auftauchten, in ihrem Geschäft einzuführen. War sie auch in anderen Bereichen ihres Lebens so mutig?

Das Hotel war elegant und ruhig. Der Speisesaal bestand aus drei großen Räumen, die durch große, bogenförmige Eingänge verbunden waren. Der erste Raum, in den ein Kellner ihn nun führte, war im Robert-Adam-Stil eingerichtet. Er hatte eine gerippte Stuckdecke und Stuckfriese, die beide weiß gestrichen waren, moosgrüne Wände, weiße Täfelungen, den schimmernden Eichenboden bedeckte ein brauner Teppich mit burgunderfarbenem Rand. Die Einrichtung war aus teurem Mahagoni, die Tischwäsche gestärkt und fleckenlos. Der Anblick war erfreulich, vor allem mit den Akzenten, die die üppigen Topfpalmen in den Nischen neben der Terrassentür setzten, die in einen winzigen, von einer Mauer umgebenen Garten führte. Ein Feuer prasselte in dem weißen Marmorkamin.

Thaddeus setzte sich, obwohl er Mühe hatte, seine langen Beine unter dem gestärkten Tischtuch unterzubringen. Während er so tat, als studierte er die Karte, musterte er die anderen Gäste. Kellner in grau gestreiften Hosen und schwarzen Cutaways eilten hin und her und balancierten geschickt Tabletts auf ihren Schultern. Ein verlockender Duft nach Braten und frisch gebackenem Brot kam aus der Küche, die irgendwo hinter einer grünen Schwingtür lag. Er bestellte eine Flasche Bordeaux, Fischsuppe und frische Brötchen, Kalbsbraten mit Sauce, Kartoffeln und Erbsen. Ein solides englisches Essen, das sich mit Kaffee und altem Cognac in der Lounge abschließen ließ. Das Wasser lief ihm schon im Mund zusammen.

»Sagen Sie, diniert Mrs Hartwell mit den Gästen?«, fragte er den Kellner.

»Manchmal«, war die unverbindliche Antwort. Der Kellner entkorkte die Flasche und schenkte eine winzige Menge Rotwein in Thaddeus' Glas. »Wie heißen Sie?«, fragte Thaddeus.

Der rothaarige Kellner warf ihm einen schlauen Blick zu. »Paddy, Sir.«

»Sie sind Ire, nicht? Würden Sie sich heute Abend gern ein paar Schillinge dazu verdienen, alter Junge?« Thaddeus nippte an dem Claret. »Exzellent.« Er legte eine Münze auf den Tisch. »Nun, was sagen Sie, Paddy?«

Der Kellner schenkte nach und warf unauffällig einen Blick zur Tür. »Das kommt ganz darauf an, Sir. Ich darf außerhalb des Dienstes keinen Kontakt zu den Gästen haben. Es ist doch nichts faul an der Geschichte, oder?«

Thaddeus lachte. »Nein. Ich möchte nur, dass Sie eine Möglichkeit finden, Mrs Hartwell herzuholen. Alles andere erledige ich.«

Der Kellner schürzte die Lippen und blickte begierig auf den Schilling neben Thaddeus' Teller. »Wenn sie da ist, Sir.« Er machte Anstalten, die Münze zu nehmen, doch Thaddeus legte seine Hand darüber.

»Bringen Sie sie zuerst her«, verlangte er. »Und wo ist eigentlich Mr Hartwell?«

Paddy zuckte mit den Schultern. »Tot, Sir. Er ist vor zwei Jahren verstorben. Er war erst vier Jahre mit Mrs Maggie verheiratet.« Er blickte noch einmal auf den Schilling und entfernte sich dann eilig.

Die Suppe war köstlich. Thaddeus nahm sich Zeit dafür, in der Hoffnung, dass Paddy es schaffen würde, Mrs Hartwell herzulocken. Er hätte natürlich auch um eine geschäftliche Unterredung mit ihr bitten können, da er noch weitere Fragen zu Leonora Winston hatte. Aber ihm war klar, dass es nur pure Neugier war, was ihn hierhergetrieben hatte. Es war offensichtlich, dass das Hotel florierte, was bewies, dass Mrs Hartwell eine gute Geschäftsfrau sein musste. Er interessierte sich für ihre Vergangenheit und die seltsamen Ereignisse, die zur Trennung ihrer Eltern geführt hatten. Und es faszinierte ihn, dass sie aus so völlig anderen Verhältnissen als er kam. Er hatte immer im Herzen Londons gelebt und wollte auch nicht von hier fort.

Nachdem er die Suppe gegessen hatte, tupfte er sich die Lippen mit der steifen Damastserviette ab und wartete auf Paddys Rückkehr.

Der Ire zwinkerte ihm zu, als er die Suppe abräumte und den Hauptgang servierte. »Erledigt, Sir.« Verlangend blickte er den Schilling an.

»Was haben Sie ihr gesagt?«

Paddy bewahrte eine ausdruckslose Miene. »Dass ein Gentleman im Speisesaal sie sprechen möchte, Sir.«

Thaddeus lachte. »Nicht sehr einfallsreich«, bemerkte er und ließ den Schilling in Paddys Tasche gleiten. »Reine Geldverschwendung.«

»Ganz und gar nicht, Sir. Ich werde mein Mädchen heute ins Magic Lantern einladen. Irgendjemand zeigt dort Andenken von einer Afrikareise. Langweiliges Zeug, aber meinem Mädchen gefällt es.«

»Nun, dann machen Sie sie glücklich«, erwiderte Thaddeus grinsend.

Er erstickte fast an einem Stück Kartoffel, als Margaret Hartwell in der Tür erschien. Sie sah bezaubernd – wenn auch streng – in ihrem hochgeschlossenen braunen Wollkleid aus, das am Saum mit Goldborten geschmückt war. Die weiten Ärmel wurden an den Ellbogen enger und liefen auf ihren Handrücken in einer Spitze aus, ihr Haar war zu einem festen Knoten aufgesteckt. Da sie jetzt keinen Hut mehr trug, konnte er erkennen, dass sich an ihrer Stirn kleine, widerspenstige Löckchen ringelten, obwohl sie sich offenbar bemühte, sie zu glätten.

»Oh, Mr Webb, Sie hatte ich nicht erwartet«, begrüßte sie ihn freundlich. »Hat es Ihnen geschmeckt?«

Er nickte und erhob sich. »Möchten Sie sich zu mir setzen?«

Sie zögerte. »Sind Sie geschäftlich hier?«

Er schüttelte den Kopf und lächelte. »Nein, ich fürchte, allein aus purer Neugier. Dass eine Frau ein Hotel besitzt und leitet, kommt höchst selten vor, und das wollte ich mir gern einmal persönlich ansehen.«

»Sie sind hergekommen, um zu gaffen?«, erkundigte sie sich frostig.

»Nein … ich bin beeindruckt. Es erfordert Mut und Geschicklichkeit, ein Geschäft dieser Größenordnung zu führen.« Sie betrachtete ihn mit ihren wunderschönen blauen Augen, die sich jetzt misstrauisch verengten. »Bitte setzen Sie sich, und trinken Sie ein Glas Wein mit mir«, bat er. »Oder nehmen Sie ein Dessert, falls es Ihnen lieber ist.«

»Danke, aber ich esse eigentlich nie mit Gästen.«

»Schade.« Er zögerte und überlegte, was er sagen sollte, um den Abstand zwischen ihnen zu überbrücken. Zu seiner Überraschung half sie ihm.

»Aber ich habe etwas Interessantes, das ich Ihnen zeigen möchte. Wir könnten uns später in der Lounge zum Kaffee treffen.«

Er atmete erleichtert auf. »Ich freue mich darauf.«

Sie hielt Wort. Kaum hatte er auf einem der weichen Ledersofas in der Lounge Platz genommen, war sie auch schon bei ihm. Das goldene Gaslicht ließ sie weicher und nicht so streng aussehen.

Er erhob sich und wartete, bis sie Platz genommen hatte. Dann bestellte er Kaffee und ein Glas Sherry für sie, während er einen exzellenten alten Cognac wählte. Die Lounge war mit einem rot, blau und grün karierten Teppich und schweren Möbeln eingerichtet. Mrs Hartwell wirkte sehr majestätisch in dieser Umgebung.

»Ich muss Ihnen etwas zeigen, eine weitere Entwicklung in dem Fall. Es beweist zumindest, dass es Leonora gibt«, erklärte sie und griff in eine in der Seitennaht ihres Rocks verborgene Tasche. Ohne weiteren Kommentar reichte sie ihm die Fotografie, und er hob sie ins Licht. Leonora hatte ein süßes, unschuldiges Gesicht, das wie ein blasser Schatten des Gesichts ihrer älteren Schwester war. Damit endete die Ähnlichkeit auch schon. Leonora besaß nichts von Mrs Hartwells Stärke.

»Wann haben Sie das bekommen?«

»Heute nachmittag. Dieser Brief war ein paar Tage nach dem ersten aufgegeben worden, kam aber erst heute an. Es war sehr aufmerksam von ihr, mir ein Bild zu schicken.«

Er konnte ihren Seufzer hören, einen unterdrückten, vibrierenden Ton, als wagte sie nicht richtig durchzuatmen.

»Ich habe niemanden wie sie am Kai in Liverpool gesehen, aber es war ja auch sehr viel Betrieb am Hafen. Ich blieb, bis alle gegangen waren, doch es war niemand da, der wartete …«

Ihre Stimme verklang, und er sah, dass ihre Hand zitterte, als sie nach dem Sherryglas griff. Die ganze Angelegenheit erschütterte sie offenbar, und er begann so etwas wie Beschützerinstinkt zu verspüren – eine Empfindung, die sie sicherlich zurückgewiesen hätte, wenn sie ihr bewusst gewesen wäre. Er schwor sich, ihr zu helfen, ihre Schwester schnell zu finden. Unwillkürlich legte er seine Hand auf ihre.

»Machen Sie sich keine Sorgen, ich werde gleich morgen früh mit den Ermittlungen beginnen, und dann wird Leonora innerhalb kürzester Zeit bei Ihnen sein.« Er war nicht sicher, ob er sein Ziel tatsächlich so schnell erreichen konnte, aber er wollte sie trösten. Sie wirkte so traurig.

Ihre Lippen wurden weicher, doch sie lächelte noch immer nicht. Sie zog ihre Hand zurück, nicht ärgerlich, aber entschieden. Ihre Augen hinter den Brillengläsern waren groß und voller Qual.

»Die Vergangenheit lässt einem keine Ruhe, egal, wie sehr man sich bemüht, sie hinter sich zu lassen«, bemerkte sie geheimnisvoll.

»Was wollen Sie damit sagen?«

Sie schwieg einen Moment.

»Ich rede von dem Leid, das mein Vater unserer Familie zugefügt hat. Die Tatsache, dass er noch ein Kind hatte – Leonora –, das er nie anerkannte, ist ein weiteres Beispiel seiner Grausamkeit. Obwohl er tot ist, beherrscht seine Tyrannei uns auch heute noch. Wenn ich gewusst hätte, dass ich eine Schwester habe und eine Mutter, die mich liebte, wäre mein Leben womöglich gänzlich anders verlaufen. All diese Zeit hatte ich geglaubt, meine Mutter wolle genauso wenig von mir wie von meinem Vater wissen, doch laut Leonora hatte sie genauso viel Sehnsucht nach mir wie ich nach ihr.«

Er wollte mehr über ihr Leben hören, aber sie verstummte, als würde sie ihre Gedanken plötzlich verschließen. »Ich sollte die Fotografie Ihrer Schwester vorläufig behalten«, sagte er, und sie nickte. »Sagen Sie, Mrs Hartwell, wissen Sie, warum ihre Eltern sich getrennt haben?«

»Nein … Würde es bei den Ermittlungen helfen?«

»Vielleicht.« Wenn sie es nicht wusste, konnte sie nur Spekulationen über den Grund der Trennung anstellen. Er ging zu einem neutralen Thema über. »Wie viele Zimmer haben Sie hier? Der Speisesaal könnte mühelos einhundertfünfzig Gäste fassen.«

»Nur fünfzehn Zimmer und drei Suiten. Ein paar der Zimmer werden monatlich vermietet. Manche Gäste wohnen ständig hier, verstehen Sie. Es ist kein großes Hotel, aber es ist still und gemütlich.«

Er sah sich in der vollbesetzten Lounge um, wo Zigarrenrauch sich um die Gaslampen kräuselte. »Das Geschäft geht gut.«

Sie zuckte die Schultern. »Mal besser und mal schlechter.« Sie leerte ihr Sherryglas, und er befürchtete, sie könne gehen, bevor er Gelegenheit bekam, sie besser kennen zu lernen.

»Sagen Sie, was werden Sie als Erstes tun?«, unterbrach sie plötzlich seine Überlegungen.

»Wegen Miss Winston?« Als sie nickte, fuhr er fort: »Zuerst werde ich mit Sergeant Horridge sprechen und dann die Namen auf der Passagierliste überprüfen. Ich bin froh, dass wir ein Foto haben, das ich den Passagieren zeigen kann. Das wird es ihnen erleichtern, sie zu identifizieren.«

»Aber es waren Hunderte von Leuten auf dem Dampfer!«

»Ich muss herausfinden, in welcher Klasse sie gereist ist. Aber zuerst werde ich die reichsten Passagiere aufsuchen. Vielleicht kann mir jemand etwas über Miss Winstons Verhältnisse erzählen. Wenn sie nicht Erster Klasse gereist ist, hatte sie möglicherweise ... finanzielle Schwierigkeiten.« Er seufzte. »Hoffentlich muss ich nicht jede einzelne Person befragen, die auf diesem Dampfer war.«

Maggie nickte. »Verstehe.« Ihre Augen glitzerten wie von ungeweinten Tränen, doch in dem gedämpften Licht konnte Thaddeus sich nicht sicher sein.

»Ich bin froh, dass Sie meine Geschichte glauben«, fuhr sie mit einem schwachen Lächeln fort. Ihre Unterlippe zitterte.

Ihr Lächeln verriet, wie verwundbar sie hinter der strengen Fassade war, die sie nach außen hin aufrecht erhielt, und Thaddeus atmete scharf ein bei dieser Erkenntnis. Sie war entzückend! Als dieses wehmütige Lächeln wieder verblasste, kam er sich ganz verloren vor, als habe sie die Läden wieder geschlossen und ihn ausgesperrt.

»Ich … ich muss Ihnen noch etwas gestehen«, sagte sie. »Ich hatte Albträume, in denen Leonora von Bord ins Meer gestürzt ist oder jemand sie …«

»Gestoßen hat?«, warf er ein. Es war vorstellbar, aber er wollte sie beruhigen. »Das ist nur eine vage Möglichkeit. Es ist ziemlich unwahrscheinlich, dass Miss Winston sich auf dem Dampfer einen derartig böswilligen Feind gemacht hat.«

»Aber …« Mrs Hartwell beendete den Satz nicht, und er konnte sehen, dass ihre Fantasie noch viel grimmigere Möglichkeiten heraufbeschwor.

»Bitte, machen Sie sich keine Sorgen. Ihre Schwester wird gesund und munter wieder auftauchen.« Er unterdrückte den Impuls, gleich mit den Ermittlungen zu beginnen. So spät am Abend konnte er sowieso nichts mehr tun. Er trank seinen Cognac aus und sagte: »Oh, bevor ich es vergesse, ich hätte gern noch Miss Winstons Adresse in Virginia. Ich habe einen Freund in Richmond, der mich bei meinen Ermittlungen unterstützen würde, falls es nötig ist.«

»Selbstverständlich.« Sie stand auf. »Kommen Sie in mein Büro.«

Thaddeus legte ein paar Münzen auf den Tisch und folgte ihr durch das Foyer. Neben der Rezeption befand sich eine schlichte Tür mit einem Schild, auf dem

›Büro‹ stand. Sie traten ein. Thaddeus hatte die gleiche unpersönliche Eleganz wie im übrigen Hotel erwartet, bemerkte aber zu seiner Überraschung viele weibliche Details, wie die rosa Damastvorhänge mit den goldenen Troddeln, die geblümte Tapete und die goldgerahmten Spiegel. Eine nur schwach erleuchtete Gaslampe mit drei Glaskugeln hing an der Decke. Während auf seinem eigenen Schreibtisch ein geordnetes Durcheinander herrschte, war ihrer absolut aufgeräumt und sauber.

In einer dunklen Ecke bei dem Erkerfenster hing das Porträt eines Mannes. Thaddeus warf einen flüchtigen Blick darauf und durchquerte dann den Raum, um es genauer zu betrachten. »Ihr Vater?«, fragte er, obwohl er wusste, dass das ausgeschlossen war. Dieser Mann war um die vierzig und sah gut aus.

Sie warf ihm einen vorsichtigen Blick zu. »Nein, das ist Horace Hartwell, mein verstorbener Mann. Er verschied an einer langwierigen Krankheit.«

Thaddeus blickte ihr prüfend ins Gesicht und bemerkte, dass es ihr unangenehm zu sein schien, über ihn zu sprechen. »Mochte Ihr Vater Mr Hartwell?«

»Soviel ich weiß, hat Vater nie etwas von ihm gewusst. Nachdem ich mein Elternhaus … verlassen hatte, um hierher zu kommen, wollte mein Vater nichts mehr mit mir zu tun haben.« Maggie errötete, da sie die beschämende Wahrheit, warum sie von zu Hause fortgelaufen war, auf keinen Fall enthüllen wollte. Es bestand kein Grund, dass Mr Webb Näheres erfuhr, oder?

Thaddeus betrachtete wieder das Porträt. »Mr Hartwell sieht liebenswürdig aus.«

Maggie lächelte, froh, dass er nicht darauf bestanden hatte, die ganze Wahrheit über ihre Vergangenheit zu erfahren. »Ja, er war der gütigste Mann, den ich je gekannt habe. Eine langsame, schleichende Krankheit machte ihn zum Invaliden, aber er hat sich nie beklagt. Er verlor die Bewegungsfähigkeit seiner Beine, dann die seiner Arme, aber er war bis zum Ende immer guter Dinge.« Sie hielt inne und biss sich auf die Lippe. »Wir lernten uns kennen, als er eine Haushälterin suchte, und freundeten uns an. Er sprach von dem Hotel, das er von seinem Vater geerbt hatte, und das reizte meine Neugier. Ich hätte mir nie träumen lassen, dass das Hotelgeschäft mein Interesse wecken könnte, doch so war es. Mr Hartwell respektierte mich und meine Vorschläge für das Hotel. Wissen Sie, unsere Beziehung basierte auf Vertrauen, und er wusste, dass ich das Hotel nicht im Stich lassen würde, wenn er nicht mehr lebte.»

»Ich glaube, Vertrauen ist das Wichtigste in einer Ehe«, stimmte Thaddeus ein. »Aber – und verzeihen Sie mir bitte die Vertraulichkeit, Mrs Hartwell – ich habe nicht den Eindruck, dass es Ihnen leicht fällt, zu vertrauen.«

Sie senkte den Blick und wünschte, dass er sie nicht so mühelos durchschauen würde. Seine braunen Augen verwirrten sie mehr, als ihr lieb war. Sie fand ihn überaus anziehend, gefährlich anziehend sogar, und befürchtete, dass sie den Kopf verlieren würde, wenn er sie auch weiterhin so ansah. Jedes Mal, wenn sie aufschaute, begegnete sie diesem ruhigen, offenen Blick. Sie wurde von Minute zu Minute atemloser, als seine Nähe ihre Sinne erfüllte und Sehnsucht und Verlangen in ihr weckte. »Nein … das tue ich wirklich nicht, aber das ist doch wohl kein Verbrechen?«

»Nein, aber ich hoffe, dass Sie mir vertrauen werden.«

Ohne etwas zu erwidern, setzte sie sich mit steifem Rücken hinter ihren Schreibtisch und schrieb etwas auf einen Zettel. »Hier, das ist die Adresse meiner Schwester.« Sie erhob sich, reichte ihm das Blatt und wich damit geschickt seinen unausgesprochenen Fragen aus.

Er sah auf die Adresse. »Claremont?«

»Das liegt westlich von Williamsburg«, erklärte sie und ging zu einer Zimmerecke, wo ein Globus auf einer Jardiniere stand. Maggie drehte ihn und deutete mit dem Finger auf den Staat Viriginia. »Dort liegt Williamsburg. Richmond befindet sich ein bisschen mehr nordwestlich.«

Er stand so nahe, dass er den Duft ihres Haars wahrnehmen konnte, das so süß und sauber roch wie eine Wiese voller Frühlingsblumen. Er verspürte den jähen Wunsch, mit den Händen ihre schmale Taille zu umspannen und sie an sich zu ziehen, bis ihre Körper sich berührten …

»Sie sagten, Ihr Freund lebt in Richmond?« Sie sah ihn an, und ein misstrauischer Ausdruck erschien in ihren Augen.

Er räusperte sich, weil er befürchtete, dass seine Stimme heiser vor Verlangen klang. »Ja. Er wird uns helfen, falls es nötig ist.« Dann ging er zurück zum Schreibtisch und tat, als betrachtete er noch einmal die Adresse. Mrs Hartwells Schrift war klar und großzügig. Thaddeus steckte den Zettel in die Tasche und schaute auf den Schreibtisch. Neben dem reich verzierten silbernen Tintenfässchen stand ein rechteckiges Kästchen aus poliertem Rosenholz mit Einlegearbeiten aus Walnuss, Bergahorn und Perlmutt. Die Oberfläche war so glatt, dass sie sich wie Satin anfühlte. »Wie exquisit!«

»Vermutlich schon«, erwiderte sie düster. »Es ist das einzige, was mein Vater mir hinterlassen hat.«

»Es ist ziemlich wertvoll. Louis Quinze, denke ich.

Die Franzosen waren wahre Meister in Einlegearbeiten, wissen Sie.«

Sie erwiderte nichts, und er sah, dass ein bitterer Zug um ihren Mund erschien. Es war etwas sehr Trauriges an ihr, das bis tief in ihre Seele hineinzureichen schien.

»Ist es zu verkaufen?«, fragte er.

»Vielleicht.«

Er begann die vertraute Erregung zu verspüren, die ihn immer erfasste, wenn er eine antike Kostbarkeit entdeckte. »Wie viel?«, fragte er, mit der Absicht, sie auf jeden Fall herunterzuhandeln.

»Ihr gesamtes Honorar für das Ausfindigmachen meiner Schwester«, erwiderte sie leise. »Egal, wie lange es erfordert. Das dürfte ein Ansporn für Sie sein, keine Zeit zu vergeuden.«

Thaddeus machte große Augen. Sie *war* eine clevere Geschäftsfrau, das stand fest. Er lachte, entzückt von ihrer Wesensart. »Sie verhandeln hart.«

»Akzeptieren Sie es, oder lassen Sie es.« Sie setzte sich an ihren Schreibtisch und griff nach einem Stapel Papiere, offenbar das Zeichen für ihn, sich zu verabschieden.

»Ich lasse es vorläufig«, erwiderte er bedauernd und strich mit der Hand über die wundervolle Holzarbeit. »Aber ich werde in null Komma nichts mit ihrer Schwester zurückkehren.«

»Im Nu«, berichtigte sie ihn lächelnd. Ihre Augen funkelten vor Mutwillen, sah er, als er ihre Hand ergriff.

»Ich komme wieder.«

3

»Wer war dieser Gentleman?«, fragte Cecily, als sie ins Büro stürzte, gleich nachdem Thaddeus Webb gegangen war. »Wie elegant er ist und wie unglaublich männlich!«

Maggie blickte vom Schreibtisch auf und sah ihre Haushälterin und Assistentin, Cecily Byrne, an. »Ich habe ihn beauftragt, Leonora zu suchen.« Cecily hatte Recht. Mr Webb hatte sehr elegant gewirkt in dem schwarzen Cutaway mit der grauen Weste und dem makellosen Butterfly-Kragen. Er kleidete sich sehr geschmackvoll, womit sie nicht gerechnet hätte nach der Unordnung in seinem Haus. Maggie ließ die Rechnungen sinken und lehnte sich seufzend auf dem Stuhl zurück. »Er ist ein ungewöhnlicher Mann.« Und dann erzählte sie Cecily von Webbs Antiquitätenladen und sah, wie die Augen ihrer Assistentin immer größer wurden.

»Eine griechische Säule aus der Regency-Epoche? Was für ein Unsinn!«, entgegnete Cecily verwundert. Dann lachte sie, ließ sich auf einen chintzbezogenen Lehnstuhl fallen und drückte ein rotes Seidenkissen an ihre Brust. »Wie exzentrisch, einen Laden voller Trödelkram zu führen! Das macht mich richtig neugierig auf ihn.« Ihre Augen funkelten. »Warum stellen Sie ihn mir nicht vor, Miss Maggie?«

Maggie betrachtete ihre Freundin amüsiert. Obwohl Cecily zweiundfünfzig Jahre alt und mit dem mausbraunen Haar und der krummen Nase nicht besonders attraktiv war, war sie immer guter Laune und dazu noch überaus romantisch. Jeder vielversprechende Gentleman, der im Hotel eincheckte, wurde von Cecily einer genauen Prüfung unterzogen, und wenn ein passender Kandidat allein erschien, tat sie ihr Bestes, ihn mit Maggie zusammenzubringen. Das war manchmal sehr ermüdend, doch Maggie wusste, dass Cecily es gut mit ihr meinte, und wagte nicht zu protestieren, weil sie befürchtete, die Gefühle ihrer Freundin zu verletzen.

»Geben Sie ruhig zu, dass Ihnen dieser Mr Webb gefällt. Es wäre unnatürlich, wenn es nicht so wäre«, beharrte Cecily.

»Ja, ich versuche gar nicht abzustreiten, dass er recht attraktiv ist, wenn man so große Männer mag.« Sie sah, wie Cecilys Augen sich verschleierten.

»Diese breiten Schultern!« Die unverheiratete Cecily legte eine Hand aufs Herz und seufzte überschwänglich.

Maggie blieben weitere romantische Schwärmereien erspart, als die Klingel an der Rezeption schrillte. »Gäste«, erinnerte sie Cecily. »Sie werden ungeduldig, wenn sie warten müssen. Übrigens sagte mir Victoria, ein ausländischer Gentleman habe heute früh nach mir gefragt ...?«

»Er hat nicht gesagt, woher er kam, sondern nur, dass er Sie sprechen wollte. Ich erinnere mich nicht, ihn schon einmal gesehen zu haben. Er sagte, er käme wieder.« Cecily warf das Kissen auf einen Sessel und beugte sich über den Schreibtisch. »Hören Sie auf mich, Miss Maggie. Es ist unnatürlich, wie Sie sich vor attraktiven Herren verschließen. Sie sind nicht alle wie Ihr tyrannischer Vater. Horace Hartwell war ein guter Mann, das wissen Sie.«

»Gehen Sie, Cecily. Ich werde über Ihren Rat nachdenken – später«, sagte Maggie müde. »Jetzt muss ich mich mit den monatlichen Abrechnungen der Metzger, der Gemüse- und der Fischhändler beschäftigen – sie alle wollen ihr Geld haben.«

Cecily verließ den Raum wie üblich sehr geräuschvoll. Maggie fuhr zusammen, als die Tür hinter ihrer Freundin zuschlug. Cecily war eine vorbildliche Angestellte und tüchtige Geschäftsfrau. Die Gäste mochten Cecilys unerschütterliche gute Laune und ihre Hilfsbereitschaft. Maggie wusste nicht, was sie tun würde, falls Cecily je beschließen sollte, ihre Stellung aufzugeben. Das Hartwell's Hotel wäre ohne sie nicht mehr so fröhlich.

Seufzend blätterte Maggie in den letzten Rechnungen und ordnete sie in kleine Stapel. Es hatte eine Zeit gegeben, in der sie kaum genug Geld zum Essen gehabt hatte, geschweige denn, ihre Rechnungen pünktlich zu bezahlen. So weit wird es nie wieder kommen, schwor sie sich im Stillen und schob ihre Brille ein wenig höher auf die Nase. Horace war ein schlechter Verwalter gewesen, und als sie das Hotel geerbt hatte, machte es Verluste. Sie hatte sich in die Arbeit gestürzt und auf alles andere verzichtet, um das Geschäft zu retten. Und heute lief es besser, als sie es sich je hätte träumen lassen. Es war ihr Stolz und ihr Glück, dank ihrer eigenen Bemühungen und der ihrer loyalen Angestellten.

Aus der Lounge drangen Gelächter und der Klang klirrender Gläser herein. Ein jähes Gefühl der Sehnsucht übermannte sie. Wie wäre es, zu einem Kreis von Freunden zu gehören, an einem Tisch zu sitzen, Champagner zu trinken und zu plaudern? Sie würde es wahrscheinlich nie erfahren, denn sie hatte sich ihrer Arbeit zuliebe von jeglicher Gesellschaft abgekapselt. Und natürlich auch Victoria zuliebe.

Eine leise Röte stieg in ihre Wangen, als sie daran zurückdachte, durch welche Umstände sie Mutter geworden war. Damals, als der neue Stallknecht seine Arbeit aufnahm, war sie siebzehn gewesen, hatte noch bei ihrem Vater gelebt und war unglaublich einsam gewesen. Er war blond und breitschultrig, bei Frauen erfolgreich, und Maggie, die ausgehungert war nach Zuneigung, hatte ihm nicht widerstanden. Ihre Liebesaffäre war kurz und intensiv und endete in Verzweiflung, als Maggie die Entdeckung machte, dass sie schwanger war. Er hatte sich geweigert, die Verantwortung für das Kind zu übernehmen, und war eines Nachts auf Nimmerwiedersehen verschwunden.

Außer sich vor Angst, dass ihr Vater sie zu Tode prügeln würde, wenn er ihre Schwangerschaft entdeckte, war sie fortgelaufen, nach London. Allein, mal hier, mal dort arbeitend, gelang es ihr, für ihren Unterhalt zu sorgen, bis sie Horace traf. Es hatte wehgetan zu erfahren, dass ihr Vater nie versucht hatte, sich mit ihr in Verbindung zu setzen – als hätte er nicht das geringste Interesse an ihr.

Seit sie mit dem Verrat des Stallknechts hatte fertig werden müssen, war Vorsicht das Prinzip, nach dem sie lebte. Maggie hatte sich geschworen, nie wieder einem Mann zu vertrauen. Ihre eigene Erfahrung hatte sie gelehrt, dass körperliche Liebe zwar sehr schön sein konnte, die Zuneigung eines Mannes im besten Falle aber nur sehr wechselhaft war – und sich meist nur auf den körperlichen Aspekt konzentrierte. Horace war eine Ausnahme gewesen, doch er war zu krank, um ihr sinnliches Vergnügen zu bereiten oder auch nur den Liebesakt mit ihr vollziehen zu können.

Maggie schlenderte durch den Raum und betrachtete sich im Spiegel. Aber sie sah nicht ihr Gesicht, sondern nur die Qual, die sie von innen her verzehrte und zu einer leeren Hülle machte. Sie hatte ihr Herz so fest verschlossen, dass es nach Luft und Licht und Liebe schrie. Ohne Leidenschaft war sie leer und hohl. Sie wusste das, aber ihre Furcht, verletzt zu werden, war stärker als die Stimme ihres Herzens, das um Freiheit bat.

Mit jähem Abscheu vor sich selbst riss sie die Tür auf, die zu einer schmalen Treppe führte. Am Ende dieser Treppe lagen ihre und Victorias Zimmer. Als das Haus renoviert worden war, um mehr Hotelzimmer zu schaffen, war ein Teil des zweiten Stocks für ihren persönlichen Gebrauch reserviert worden. Sie hatte keine Küche, da sie alle ihre Mahlzeiten unten in ihrem privaten Esszimmer oder im Büro einnahmen.

Sie eilte über den Gang und blickte in Victorias Schlafzimmer. Ihre Tochter schlief, und so ging Maggie weiter zu dem angrenzenden Wohnzimmer, das mit kostbaren Mahagonimöbeln eingerichtet war. Durch eine Tür auf der einen Seite des Raums gelangte man in ein kleines Arbeitszimmer und auf der anderen Seite in ihr Schlafzimmer. Sie ging hinein und warf einen Blick durch das Fenster, das auf den Rasen hinter dem Hotel hinausging. Der Nebel klebte wie schmuddelige Baumwolle an den Scheiben und verbarg die Welt vor ihrer Sicht. Eine eigenartige Atemlosigkeit erfasste sie, und sie begann hastig ihre Kleider auszuziehen, als wolle sie sich von den erstickenden Barrieren befreien, die sie ihrem Leben aufgezwungen hatte.

Der Rock und die Unterröcke ließen sich leicht genug ablegen, aber sie hatte Mühe mit den Haken des vorn geschlossenen Korsetts. Als es endlich auf dem Boden lag, konnte sie ein wenig leichter atmen. Ihre zarte Haut massierend, legte sie sich in Beinkleidern und Unterhemd aufs Bett. Aber immer noch fühlte sie sich eingeengt. Der Nebel war unheimlich und strich über das Fenster, als ob er Einlass in ihr Zimmer suchte. Mit einem unterdrückten Seufzer stand sie auf und zog die schweren Samtvorhänge zu.

Jeder Tag schien ihre Einsamkeit noch zu verstärken, die sie langsam erstickte. Sie musste etwas unternehmen. Eine Reise auf den Kontinent würde ihr Problem vielleicht ein wenig mildern, doch solange Leonora nicht gefunden war, konnte Maggie London nicht verlassen.

Thaddeus Webb versuchte sich in ihre Gedanken einzuschleichen, aber sie weigerte sich, dem nachzugeben. Dennoch war sie machtlos gegen die Anziehung, die keine Ermunterung benötigte, um sich bemerkbar zu machen. Ihr Körper reagierte auf ihn, als befände er sich im selben Raum mit ihr. Sie geriet in Panik über die machtvolle Verlockung, die er darstellte. Sie erkannte in ihm die Güte, die so vielen ihrer männlichen Bekannten fehlte, und spürte auch, dass er sie begehrenswert fand. Sie wollte ihm vertrauen und seinen Charme genießen, aber wie konnte sie das? Vielleicht würde auch er sie am Ende nur verletzen.

Verärgert stand sie auf und löste ihr aufgestecktes Haar. Der Knoten war so straff gewesen, dass ihr Schädel schmerzte. Sie strich sich mit den Fingern durch das Haar, bis es in weichen, ungezähmten Wellen bis auf ihre Taille fiel.

Nachdem sie auch die restlichen Kleider ausgezogen hatte, streifte sie ein Flanellnachthemd über und schlüpfte unter die dicke Daunendecke. Sie fröstelte, so kalt war es. Die Decke bis ans Kinn gezogen, lag sie da und starrte zur Zimmerdecke. Würde Mr Webb Leonora finden? Sie hoffte es verzweifelt. Er schien ein sehr tüchtiger Mann zu sein. Sie erinnerte sich, wie heiß ihr unter seinem Blick geworden war. Wenn sie nicht aufpasste, könnte er ihr Leben sehr, sehr unbequem gestalten.

»Ich hoffe, er findet Leonora morgen«, sagte sie sich laut. »Und dann verschwindet er aus meinem Leben, ein für alle Mal.«

Am nächsten Tag stand Thaddeus um die Mittagszeit an der Ecke Parliament und Bridge Street und fragte sich, ob es noch zu früh war, Mrs Charlotte Scott-Aubrey am Upper Belgrave Place aufzusuchen. Ihr Name war der erste auf der Passagierliste, die Septimus Horridge ihm überlassen hatte. Septimus war an diesem Morgen sehr schlecht gelaunt gewesen und hatte sich über Thaddeus' Bemühungen mokiert, Margaret Hartwell beizustehen.

»Du glaubst doch nicht etwa, was sie erzählt?«, schnaubte er verächtlich.

Thaddeus hätte seinen Freund am liebsten geschüttelt. »Ich verstehe nicht, wieso du es nicht auch tust, Septimus. Du scheinst wohl langsam deinen Spürsinn zu verlieren«, fügte er hinzu. »Mrs Hartwell sagt die Wahrheit.«

Thaddeus lachte bei der Erinnerung an Septimus' empörte Miene. Sein alter Freund war schon immer ein Griesgram gewesen, ein Zyniker bis in die Fingerspitzen, und ein Frauenhasser. Aber dennoch war er ein aufrichtiger Mensch und ein hervorragender Polizist.

Nebelschwaden hingen noch immer in der Luft, aber schwache Sonnenstrahlen versuchten den Dunst zu durchdringen. Vielleicht würde es doch noch ein schöner Tag werden. Charlotte Scott-Aubrey, ich komme, dachte er und machte sich zu Fuß auf den Weg, da er beim Gehen immer besser denken konnte.

Er würde alle Passagiere überprüfen, die Luxuskabinen auf dem Schiff gehabt hatten. Dann, falls sich kein Anhaltspunkt dabei ergab, würde er die weniger wohlhabenden Passagiere befragen.

Nachdem er etwa anderthalb Meilen weit gelaufen war, traf er erfrischt vor einem weißen Stadthaus mit schmiedeeisernen Balustraden ein. Ein Dienstmädchen in einer schwarz-weißen Uniform öffnete die Tür.

»Ist Mrs Scott-Aubrey zu Hause?«, fragte er und überreichte ihr eine seiner Visitenkarten.

Das Mädchen knickste. »Ich werde sehen.«

Zehn Minuten später wartete er in einem Salon, in dem derart viele Nippessachen herumstanden, dass Thaddeus an seinen eigenen Laden erinnert wurde. Eine rundliche kleine Dame, ganz in Schwarz gekleidet und mit einer weißen Haube auf dem gleichermaßen weißen Haar, betrat den Raum.

»Mr Webb? Ich glaube nicht, dass ich schon einmal das Vergnügen hatte …« Sie warf einen flüchtigen Blick auf die Visitenkarte. »Aber ich bin heute nicht an Antiquitäten interessiert.«

Thaddeus lächelte und verfluchte sich dafür, dass er ein und dieselbe Karte für zwei verschiedene Beschäftigungen verwandte. Er hatte sparsam sein wollen, merkte aber immer wieder, dass es keine gute Idee gewesen war, nur einen Kartensatz zu drucken. »Ich bin in meiner Eigenschaft als Detektiv gekommen.«

Sie zog die weißen Brauen hoch. »Sind Sie bei Scotland Yard?«

Offenbar hatte sie seine Karte nicht aufmerksam gelesen. »Nein, ich führe private Ermittlungen durch. Ich suche eine Frau, die vermisst wird.«

»Ach so. Ich verstehe. Aber ich bin eben erst von einer langen Reise zu meinem Bruder in New York zurückgekehrt und hatte noch keine Zeit, das Haus zu verlassen. Ich habe seit meiner Rückkehr praktisch niemanden gesehen, fürchte ich, so dass ich Ihnen leider auch nicht helfen kann.«

Thaddeus nahm die Fotografie von Leonora aus einem Schutzumschlag. »Erinnern Sie sich, auf dem Schiff diese Frau gesehen zu haben, Mrs Scott-Aubrey?« Er reichte ihr das Foto und blickte der alten Dame prüfend ins Gesicht, um zu sehen, ob sie Leonora kannte.

Sie schürzte die schmalen Lippen und nahm ein Vergrößerungsglas aus einem Nähkorb auf dem Sessel. Nachdem sie zum Fenster hinübergegangen war, um mehr Licht zu haben, betrachtete sie das Foto eine Weile. Ihr Gesicht verriet nicht die geringste Regung.

»Ich fürchte, ich kann Ihnen nicht weiterhelfen, junger Mann«, sagte sie schließlich seufzend. »Es waren sehr viele schöne junge Damen auf dem Schiff, und alle sahen für mich ziemlich ähnlich aus.«

Thaddeus war enttäuscht. Was hatte er erwartet? Es wäre auch zu leicht gewesen, wenn die erste Person, die er befragte, Miss Leonora erkannt hätte. »Sind Sie sich ganz sicher?«

Die alte Dame nickte. »Ja, ich habe diese Frau noch nie gesehen.« Sie gab das Bild zurück. »Ich hoffe, Sie haben anderswo mehr Glück. Es wäre schrecklich, wenn der jungen Dame etwas zugestoßen wäre.«

Als Thaddeus sich zum Gehen anschickte, hob sie eine Zeitung von einem chintzbezogenen Sessel auf. »Sie könnte nicht eins dieser Opfer sein, oder?«, fragte Mrs Scott-Aubrey und reichte ihm die Zeitung. »Schrecklich, was für Barbaren unter uns in London leben. Haben Sie es schon gelesen?«

Er überflog die Schlagzeile:

Ein weiterer brutaler Mord im East End

Eine reiche junge Frau – seit kurzem erst verheiratet – wurde erstochen und verbrannt auf einem behelfsmäßigen Altar in einem leeren Gebäude aufgefunden. Besteht möglicherweise ein Zusammenhang mit dem vorherigen ›Altar-Mord‹? Beide Opfer waren schön und blond. Scotland Yard ermittelt …

Thaddeus faltete die Zeitung zusammen. »Ich glaube nicht, dass Miss Leonora Winston eine dieser Frauen war. Es ist nur eine entfernte Möglichkeit. Außerdem war sie, soviel wir wissen, nicht verheiratet.«

»Oh.« Die alte Dame kam näher und starrte ihn durch die Lorgnette an, die sie an einem Samtband um den Hals trug. Ihre Stimme senkte sich zu einem rauen Wispern. »Ich spüre, dass Sie in Gefahr sind, junger Mann. Seien Sie vorsichtig. Der Tod ist nahe.«

Die Haut in seinem Nacken prickelte, und eine jähe Kälte breitete sich in seinen Gliedern aus. Er lächelte humorlos. »Sind Sie Wahrsagerin?«

In einer entwaffnenden Geste breitete sie die Arme aus. »O nein, aber manchmal spüre ich gewisse Dinge.«

»Ich kann nur hoffen, dass Sie sich irren.« Er verbeugte sich. »Vielen Dank für ihre Unterstützung.«

Als er zu seiner zweiten Befragung nach Kensington ging, schien die Sonne warm auf seinen Rücken. Nicht nur den Nebel hatte sie vertrieben, sondern auch die dunkle Wolke der Beklemmung, die ihn am Upper Belgrave Square eingehüllt hatte. Er hätte dem Gerede der alten Frau nicht lauschen sollen. Es war purer Unsinn, was sie sagte.

Die nächsten zwei Befragungen ergaben genauso

wenig. Nach der dritten beschloss er, erst mal Tee einzunehmen, da es schon nach fünf war. Er würde heimgehen und sehen, ob sein Partner Gavin ›Peg‹ Talbot etwas gekauft, oder besser noch, *ver*kauft hatte – vielleicht sogar die griechische Säule. Er spazierte vom Berkley Square zu der nicht sehr weit entfernten Maddox Street. Der Nachmittag ging schon in den Abend über, als er die dunkle Eingangshalle betrat. Aus dem Wohnzimmer, dem einzigen Raum, der bisher noch relativ frei von Trödel war, kam Licht. Thaddeus trat ein.

Auf der Schwelle verhielt er jedoch verblüfft den Schritt. Mrs Hartwell saß auf der Kante eines alten Ledersessels, und Gavin schenkte ihr Tee ein. Etwas zog sich in ihm zusammen, als Gavin Margaret Hartwell sein berühmtes Lächeln schenkte, das selbst eine neunzigjährige Matrone noch zum Erröten bringen konnte. Offenbar war Mrs Hartwell keine Ausnahme. Dass Gavin einen Arm verloren hatte, schien an seiner Wirkung auf die Damen nichts zu ändern. Er trug seine Armprothese so stilvoll, wie er alles andere tat.

»Thad, alter Junge, du siehst aus, als hättest du deinen Knochen verloren«, sagte Gavin. »Der Tee ist dampfend heiß, wie du ihn magst. Und wir haben Zitronen frisch aus Covent Garden. Es ist mir gelungen, Hetty klar zu machen, dass wir keinen weiteren Tag ohne ihre Teekuchen überleben würden, und so hat sie uns welche gebacken.« Er wandte sich an Maggie. »Hetty ist unsere Köchin.«

Thaddeus trat näher, aufgemuntert von der einladenden Wärme des Feuers und Margaret Hartwells Anblick auf seinem Lieblingssessel. »Du hast dich also schon mit Mrs Hartwell bekannt gemacht, Peg.« Er zwinkerte ihr zu, und sie presste die Lippen zusammen. »Ich freue mich, Sie zu sehen, und bin Hetty dankbar, dass wir Ihnen frischen Kuchen anbieten können, Mrs Hartwell.« Er verspürte den Wunsch, sie zu berühren, und war verblüfft, wie stark dieser Wunsch war.

»Ich kam her, um mich zu erkundigen, ob Sie schon etwas herausgefunden haben«, erklärte sie. »Ich weiß, ich sollte Sie nicht drängen, aber zu Hause herumzusitzen und zu warten macht mich ganz verrückt.« Sie schien etwas verlegen über dieses Eingeständnis ihrer Ungeduld. Weshalb nur ist sie sonst stets so reserviert, fragte Thaddeus sich und nippte an seinem Tee. Eine Scheibe Zitrone schwamm in der rotgoldenen Flüssigkeit. Der Tee hatte fast die gleiche Farbe wie ihr Haar.

»Ich fürchte, ich habe heute nichts erfahren.« Er erzählte von den drei Besuchen, verschwieg aber Mrs Scott-Aubreys seltsame Prophezeiung und die Schlagzeilen in der Zeitung.

Ihre Tasse klapperte. »Wie enttäuschend! Ich wünschte, Sie hätten wenigstens einen kleinen Anhaltspunkt gefunden. Dieses Warten macht mich nervöser, als ich Ihnen sagen kann.«

Er hätte sie gern beruhigt, schwieg aber. Leonoras Verschwinden war wirklich äußerst seltsam – falls sie tatsächlich in England angekommen war –, und nichts, was er jetzt hätte sagen können, würde daran etwas ändern.

Gavin kam ihm zu Hilfe. »Vertrauen Sie Thad, Miss Hartwell. Wenn irgendjemand Ihre Schwester finden kann, dann er.« Er reichte ihr ein Tablett mit Konfitüren. »Diese Dinge brauchen Zeit. Thad ist sehr gründlich und …«

»Langsam, wolltest du noch sagen, nicht?«, warf Thaddeus ein und zwang sich, seine Stimme ganz neutral zu halten.

Mrs Hartwell senkte den Blick. »Entschuldigen Sie, wenn ich Sie bedränge, aber Sie müssen verstehen –

ich ertrage die Ungewissheit nicht mehr. Gibt es keine Möglichkeit, die Ermittlung zu beschleunigen?«

»Entschuldigen Sie sich nicht«, meinte Gavin wieder mit seinem teuflisch-charmanten Lächeln, und Thaddeus hätte ihm am liebsten den Hals umgedreht. »Vielleicht könnten Sie Thaddeus helfen. Vier Augen und Ohren sehen und hören mehr als zwei.«

Thaddeus wollte ihn in dieses lächelnde Gesicht schlagen. Wie war Gavin auf so eine verrückte Idee gekommen? Welches Recht besaß er überhaupt, sich einzumischen? Gavin zwinkerte Thaddeus zu. Betrachtete er sich als Ehestifter? Thaddeus stöhnte innerlich, als er sah, wie Mrs Hartwells Gesicht sich bei Gavins Vorschlag aufhellte. Wie konnte er sie höflich zurückweisen? Er würde nicht zulassen, dass sie seine Ermittlungen behinderte!

Geh zum Teufel, Gavin!, fluchte er im Stillen, während er ein höfliches Lächeln aufsetzte. Gavin war zu glatt. Und die personifizierte Anmut. Er bewegte sich, als wäre er ein Tänzer. Seine Augen waren ausdrucksvoll, sein Gesicht schmal und lebhaft. Er war vom Charakter her recht wechselhaft, konnte aber auch sehr mitfühlend sein. Frauen liebten ihn, und Thaddeus schaffte es nie, über seine neuesten Eroberungen auf dem Laufenden zu bleiben.

Während er selbst sich nach einer dauerhaften Beziehung sehnte und versuchte, hinter die glitzernde Fassade der Frauen zu schauen, die er kennen lernte, brach Gavin Herzen mit dem Tempo eines Sommersturms.

Normalerweise regte sich Thaddeus nicht darüber auf, doch dies war einer jener seltenen Momente, in denen er Gavin dessen mühelosen Charme verübelte. »Morgen setze ich meine Ermittlungen fort, und mit etwas Glück müsste ich etwas über Ihre Schwester herausfinden«, sagte er zu Mrs Hartwell und fragte sich, wie sie wohl ohne ihre Brille aussah. »Aber ich warne Sie, es könnte länger dauern, als Sie glauben.«

Sie nickte. »Aber es muss doch einen schnelleren Weg geben, Resultate zu erzielen. Wie Mr Talbot bereits sagte, hätte ich nichts dagegen, Sie zu unterstützen. Sie ahnen ja nicht, wie schwer es mir fällt, zu Hause oder im Büro zu sitzen und mich zu fragen, ob Sie schon etwas erfahren haben. Ich wäre ihnen wirklich dankbar, wenn Sie meine Hilfe akzeptieren würden.«

Sie trank ihren Tee, setzte dann die Tasse ab und betrachtete Thaddeus mit diesen so verwirrend blauen Augen, die Hitze in ihm weckten und ihm das Atmen sehr erschwerten. »Es ist etwas Seltsames geschehen.«

»Was?«, fragte Thaddeus und versteifte sich ganz unbewusst.

»Ich weiß nicht, ob Sie es bemerkt haben, aber auf meinem Schreibtisch, neben dem Holzkästchen, das Ihnen so gut gefällt, stand noch ein anderes – ein schwarzes Lackkästchen mit bunten Mustern. Sie waren vor ein paar Jahren sehr in Mode, und ich kaufte dieses auf dem Markt, um es meiner Assistentin zu schenken, die sich eins gewünscht hatte. Aber sie hatte sich bereits selbst eins gekauft, und so landete meins auf dem Schreibtisch, und ich bewahrte Büroklammern und andere Kleinigkeiten darin auf.« Sie seufzte und berührte die Kamee an ihrem Hals. »Das Kästchen ist verschwunden.«

»Verschwunden?«

»Sie meinen gestohlen?«, fragte Gavin.

»Ich weiß es nicht«, gab Maggie zu. »Ich habe es jedenfalls nicht angefasst, und meinem Personal vertraue ich.« Ihre Stimme verklang, und ihre Wangen wurden blass.

»Sie … glauben, jemand sei in Ihrem Büro gewesen

und habe es gestohlen – heute?« Thaddeus beugte sich noch näher zu ihr vor. Ihn beschlich das gleiche unheimliche Gefühl wie bei Mrs Scott-Aubreys als sie die Altar-Morde erwähnt hatte.

»Ich habe alle Dienstboten befragt. Sie sagen, außer Miss Byrne, meiner Assistentin, sei heute niemand im Büro gewesen, und ich glaube ihnen. Wer könnte dieses Kästchen haben wollen? Es ist doch praktisch wertlos.«

»Ja, wer?«, fragte Gavin.

Schweigen breitete sich aus, als sie über die Frage nachsannen.

»Vielleicht nehme ich es zu wichtig. Das Kästchen muss noch irgendwo im Hotel sein.« Maggie sah Thaddeus bittend an. »Mr Webb, bitte gestatten Sie mir, Sie morgen zu Ihren Befragungen zu begleiten.«

Er lächelte ein wenig unbehaglich. »Ich fürchte, das ist ausgeschlossen. Vertrauen Sie mir nicht?«

»Es ist nicht so, als …«

»Ich möchte Sie lieber nicht mitnehmen. Es würde meine Ermittlungen nur behindern.«

Ihr Blick bekam einen aufsässigen Ausdruck. »Ich würde Ihnen nicht im Weg sein.» Sie erhob sich. »Und ich nehme es Ihnen übel, dass Sie glauben …«

»Sie können nicht mitkommen. Das ist mein letztes Wort.« Auch er stand auf, und als sie zur Haustür eilte, war er dicht hinter ihr. Sie drehte sich im Eingang zu ihm um.

»Ich habe das Recht, Sie zu begleiten. Immerhin bezahle ich Ihr Honorar. Und zudem noch ein sehr hohes, wenn ich das einmal sagen darf.«

Er spreizte entschuldigend die Hände. »Ich arbeite allein.«

»Das werden wir sehen«, erwiderte sie. »Morgen.«

4

Der nächste Tag dämmerte feucht und kalt herauf. Maggie stand um fünf Uhr auf und dachte über das fehlende japanische Lackkästchen auf ihrem Schreibtisch nach. Sie vertraute ihren Angestellten, aber wer um Himmels willen konnte Interesse an einem wertlosen Holzkasten haben? Ihre Gäste waren alle wohlhabend und distinguiert und würden sich nicht mit solchen Bagatelldiebstählen abgeben. Im Übrigen war es gar nicht der Verlust des Kästchens, was Maggie beunruhigte, sondern die Tatsache, dass jemand in ihr Büro eingedrungen war.

Sie seufzte, als sie in einem schwarzen Seidenmorgenrock, der mit orientalischen Vögeln und Blumen bedruckt war, durch ihre Zimmer ging. Obwohl sie am Abend zuvor bereits alle Ecken und Winkel abgesucht hatte, hoffte sie noch immer, das Kästchen irgendwo zu finden. Aber sie wusste, es war fort. Es hatte immer auf ihrem Schreibtisch gestanden, und da es nur Büroklammern und andere Kleinigkeiten enthielt, hatte es keinen Grund gegeben, es in ihre Wohnung mit hinaufzunehmen.

Sie kniete sich vor den Schrank und schaute in die Schublade am Boden. Alles war wie immer. War es nicht doch möglich, dass einer ihrer Angestellten es gestohlen hatte? Nein … aber der Gedanke flößte ihr dennoch Unbehagen ein.

Sie richtete sich aus ihrer gebückten Haltung auf und suchte zwischen ihren Kleidern nach einem geeigneten Kostüm, das sie tragen konnte, wenn sie nachher Mr Webb bei seinen Nachforschungen begleitete. Denn sie *würde* ihn begleiten, ob er wollte oder nicht. Mr Webb musste ihre Sorge verstehen und ihr gestatten teilzunehmen. Das war tausendmal besser als im Hotel zu sitzen und sich zu fragen, wie der Detektiv vorankam. Sie würde sich im Hintergrund halten und ihm nicht im Weg sein.

Während sie sich mit ganz besonderer Sorgfalt ankleidete, dachte sie über Mr Webb nach. Er erschien ihr tüchtig, aber er *sah* auch zu viel und durchschaute sie zu mühelos. Und er stellte zu viele Fragen nach ihrer Vergangenheit.

Während sie den schwarzen Wollstoff ihres Rocks glatt strich, drehte sie sich langsam vor dem Spiegel. Die hochgeschlossene weiße Bluse mit den Gigotärmeln war makellos. Jede Locke ihres widerspenstigen Haars war geglättet und mit Nadeln festgesteckt. Nachdem sie ein letztes Mal die getupfte blaue Seidenschleife an ihrem Kragen zurechtgezupft hatte, war sie bereit, Thaddeus Webb gegenüberzutreten. Umhang, Hut und Schirm unter dem Arm, ging sie hinunter in das private Esszimmer neben der Küche, wo sie immer mit Cecily frühstückte, bevor der Tag begann. Und mit Victoria, falls diese schon wach war.

»Keine Sorge, Miss Maggie, ich kümmere mich um alles«, sagte Cecily Byrne. »Miss Lather wird mit Victoria in den Zoo gehen. Er ist heute nicht fürs Publikum geöffnet, aber Miss Lather scheint einen der Tierpfleger zu kennen.«

»Hm … das wird Victoria freuen«, murmelte Maggie, die in Gedanken ganz woanders war. »Ich werde nach ihr sehen, bevor ich gehe. Vergessen Sie nicht den Fisch, der heute Morgen geliefert wird.« Maggie trank ihren heißen Tee und schaute auf ihre Taschenuhr. Sie wollte sichergehen, dass sie Mr Webbs Haus erreichte, bevor er es verlassen konnte. »Und sagen Sie Gertie, dass sie Lord und Lady Libcotts Suite vor ihrer Ankunft gründlich sauber machen soll. Sie wissen ja, wie eigen sie sind«, fügte sie seufzend hinzu. »Und stellen Sie ein Kistchen dieser widerlichen Havanna-Zigarren, die er bevorzugt, in Lord Libcotts Zimmer.«

»Sie denken auch an alles, Maggie. Ich hoffe, dass die Angelegenheit mit ihrer Schwester bald erledigt ist. Das muss ja eine schreckliche Belastung für Sie sein.« Cecily warf ihrer Chefin einen mitfühlenden Blick zu. »Sie sehen erschöpft aus.«

Wahrscheinlich ließ das unfreundliche Licht des Morgens die Blässe ihrer Haut stärker hervortreten. »Und wenn schon«, entgegnete sie. »Unter den gegebenen Umständen kann ich nicht eitel sein und mich um die Auswirkungen der Belastung sorgen.«

»Ich würde einen Gentleman wie Mr Webb beeindrucken wollen«, fuhr Cecily unverzagt fort. »So ein starker Mann – so schöne braune Augen ...«

»Das reicht, Cecily!« Maggie erhob sich und trug ihre Tasse in die Spülküche. Als sie zurückkam, sagte sie: »Mir liegt nichts daran, Mr Webb auf die eine oder andere Weise zu beeindrucken. Ich will bloß so bald wie möglich Leonora finden.«

Sie inspizierte den frisch geschrubbten Küchenboden und die Vorratskammer und sah, dass alles in Ordnung war. Zufrieden eilte sie die Treppe hinauf. Victorias Zimmer war noch dunkel, ihre Tochter schlief zusammengerollt unter der dicken Daunendecke. Eine alte Puppe lag in ihrem Arm. Maggie lächelte und küsste Victoria auf die Stirn. »Guten Morgen, Liebling«, wisperte sie, aber Victoria rührte sich nicht. Nachdem sie eine Orange – Victorias Lieblingsfrucht – auf den Stuhl neben dem Bett gelegt hatte, setzte

Maggie ihren Hut auf, zog ihren Mantel an und ging hinaus.

»Es ist ein neuer Schwung in Maggies Schritten«, sagte Cecily zu niemand im Besonderen, als die Küchenmägde sich versammelten, um dem unberechenbaren französischen Koch, Monsieur André, zu assistieren, der nach einer Nacht mit zu viel Cognac morgens oft sehr schlechter Laune war.

»Wie schön«, sagte die blonde Gertie, die jüngste der Mägde, und trat ans Fenster, um hinauszusehen. Sie war erst fünfzehn Jahre alt und arbeitete sowohl als Zimmermädchen als auch in der Küche, da sie begierig war, in allen Bereichen mit der Führung eines Haushalts vertraut zu werden. Sie wünschte sich nichts mehr, als später einmal Haushälterin zu werden.

»Du hast zu tun, Gertie«, ermahnte Cecily sie streng, während sie einen Schrank öffnete und einen Stapel Handtücher herausnahm.

Gertie seufzte. »Da geht Mrs Hartwell«, sagte sie und fuhr fort, auf die Straße hinauszustarren. »Ich wünschte, ich hätte einen Hut wie ihren, mit einem Schleier und mit grünen Straußenfedern.« Endlich wandte sie sich vom Fenster ab. »Ich denke, ich mache besser Mrs Hartwells Wohnung sauber, solange sie nicht da ist.«

Maggie eilte auf den nächsten Mietwagen-Stand zu. Nicht, dass sie die kurze Entfernung zur Maddox Street nicht hätte laufen können, aber in einem Hansom einzutreffen, würde geschäftsmäßiger aussehen. Sie würde dem Fahrer sagen, dass er warten solle, um die Wirkung noch zu unterstreichen. Sie wollte diesem dickköpfigen Mr Webb zeigen, dass ihr Entschluss, sich an seinen Nachforschungen zu beteiligen, unumstößlich war.

Zehn Minuten später, um halb sieben, stieg sie aus. Sie straffte die Schultern und stieß die Spitze ihres Schirms ins Kopfsteinpflaster. Sie wusste, dass sie rein äußerlich sehr selbstbewusst erschien, doch sie war von Unruhe erfüllt. Webb hatte einen höchst verwirrenden Effekt auf ihren Herzschlag, und das war ein Phänomen, das sie nicht ändern konnte.

Nach mehreren nervenaufreibenden Minuten öffnete sich die Tür, und Mr Webb erschien. Seine breiten Schultern steckten in einem Mantel mit Kutscherkragen, den er hochgeklappt hatte, so dass sein kastanienbraunes Haar darüberfiel. Er trug einen unglaublich zerknitterten schwarzen Schal, der mindestens zwei Meter lang war und den er zweimal um den Hals geschlungen hatte. In einer Hand hielt er einen schwarzen Homburg.

»Na, das ist aber eine Überraschung«, bemerkte er spöttisch, während er die Tür schloss und auf den Bürgersteig hinaustrat. »Ich wusste nicht, dass Damen schon so früh am Morgen aufstehen.«

Maggie zupfte nervös den Schleier ihres breitkrempigen Huts zurecht und räusperte sich. »Guten Morgen, Mr Webb. Ich bin schon seit fünf Uhr auf.« Sie errötete, als er sie ansah. Seine braunen Augen blickten offen und bezwingend, und sie lächelte vor Verlegenheit.

»Aha! Sie gehören also zu jenen langweiligen Leuten, die immer schon bei Tagesanbruch aufstehen«, entgegnete er und lächelte nun ganz offen. »Aber verraten Sie mir doch, was Sie hier wollen, Mrs Hartwell? Ich habe Ihnen gesagt …«

Maggie richtete sich noch gerader auf und erwiderte resolut: »Sie wissen ganz genau, warum ich hier bin!

Ich wollte Sie erwischen, bevor Sie für den Tag das Haus verließen.«

Er setzte den Hut auf und warf eins der langen Enden des Schals über die Schulter. »Ich habe Ihnen gestern Abend klipp und klar gesagt, dass ich allein arbeite. Meine Nachforschungen könnten gefährlich sein, und außerdem würden Sie zu leicht ermüden.«

»Ich kann auf mich aufpassen und verspreche Ihnen, nicht im Weg zu sein. Es ist ja nicht so, als würden wir in Tibet bergsteigen oder zu Fuß die Sahara durchqueren.« Sie stieß den Schirm gegen die Eingangsstufe. »Ich bin ausdauernd genug, um einen Tag in London mit Ermittlungen zu überstehen.« Sie hielt inne. »Und Sie werden ja da sein, um mich zu beschützen.«

Er seufzte und dachte, während er Maggies trotziges Gesicht betrachtete, dass es ihm nicht gelungen war, seine Frau Rachel vor einem zu frühen Tod zu schützen. Kalte Angst durchzuckte ihn, aber er zwang sich, die schmerzlichen Erinnerungen zu vergessen. Er *würde* Maggie Hartwell vor den Gefahren Londons schützen. »Ich wollte gerade ein französisches Café in Soho aufsuchen, wo man sehr gut frühstücken kann, aber das ist ein Ort, an den ich keine Dame mitnehmen würde.«

Sie schob das Kinn vor. »Ich kenne die meisten Gegenden in London, Soho mit eingeschlossen.«

Er zog die Brauen hoch. »Sie schockieren mich.«

Seine Stimme klang heiser und verführerisch, und Maggie fühlte alle Kraft aus ihren Knien weichen. »So?«, entgegnete sie kühl.

Er schaute zum grauen Himmel auf. »Also gut. Heute dürfen Sie mitkommen. Bis heute Abend werden Sie der Detektivarbeit von Herzen überdrüssig sein«, erklärte er und grinste.

Sie revanchierte sich mit einem tadelnden Blick. »Ich

habe dem Kutscher gesagt, er solle warten.« Sie stieg in den Hansom und war dankbar für die Decke, die Webb über ihre Beine legte, bevor er sich zu ihr setzte.

»Wenn ich gefrühstückt habe, gehen wir zur Bolton Street. Laut Passagierliste wohnt dort eine Mrs Clement, die auf dem Dampfer aus New York gekommen ist. Bei den weiblichen Passagieren auf der Liste ist es am wahrscheinlichsten, dass sie mit Ihrer Schwester gesprochen haben. Falls ihre Informationen uns nicht zu Miss Winston führen, versuchen wir es bei den Herren.« Mit seinen dunklen Augen sah er sie prüfend an. »Sind Sie darauf vorbereitet? Sie könnten enttäuscht sein, falls wir keinen Hinweis finden.«

»Das ist immer noch besser, als tatenlos zu Hause herumzusitzen«, erwiderte sie atemlos, weil ihr nur allzu stark bewusst war, dass sein Ellbogen ihren berührte. Mr Webb beanspruchte den größten Teil des Kutschensitzes, und die kraftvolle Männlichkeit, die er ausstrahlte, war ungemein verwirrend in dem engen Raum. Sie merkte, dass seine Attraktivität sie beängstigte und ihre Barrieren brach, wann immer sie ihren Schutz am meisten brauchte. Sie fühlte sich unbehaglich und verlegen und war nicht im Stande, sich in seiner Nähe zu entspannen.

Die Mietkutsche fuhr die Maddox Street hinunter, überquerte die belebte Regent Street und erreichte Soho. Die Great Marlborough Street brachte sie noch tiefer nach Soho hinein, das lärmend war und übersät mit Abfall, jede Straße, durch die sie fuhren, fast noch schmutziger als die letzte. In Soho gab es überall ausländische Restaurants, Gaststätten und Spielsalons.

Maggie seufzte, als sie an ihre Schwester dachte. Wie hatte Leonora die Nacht verbracht? War sie gefangen in irgendeinem heruntergekommenen Gebäude im East End oder …?

»Sie sind beunruhigt«, sagte er, und es war mehr eine Feststellung als eine Frage.

Sie presste ihre behandschuhten Hände zusammen. »Ja, ich bin beunruhigt. Komisch, das ich vor zwei Wochen nicht einmal wusste, dass ich eine Schwester hatte.«

»Ja, das muss ein Schock gewesen sein.«

Sie sah ihn aus dem Augenwinkel an. »Haben Sie Schwestern?«

Er lachte. »Zwei. Delia, die Lernbegierige, die bald heiraten wird, und Amintha, die sechzehn Jahre alt und sehr frivol ist.« Er seufzte in gespieltem Ärger. »Ich habe auch zwei Brüder, Tim und Ben. Zehnjährige Zwillinge, mit denen meine Mutter alle Hände voll zu tun hat und die ihr Leben sicherlich um einiges verkürzt haben.« Er warf ihr einen Blick zu. »Aber Sie haben ja keine kleinen Brüder und können daher auch nicht wissen, wie sie sind.«

»Das stimmt«, antwortete sie mit einem Lächeln, das ihr Gesicht verwandelte. »Aber ich habe eine sechsjährige Tochter.«

Er sah sie mit offenkundiger Überraschung an. »Eine Tochter? Sie sehen gar nicht alt genug aus …«

»Ach, lassen Sie das«, unterbrach sie ihn leichthin. »Victoria wurde geboren, als ich achtzehn war.«

»So dass Sie heute … vierundzwanzig sind. Hartwell's Hotel hat eine schrecklich junge Eigentümerin.«

»Es ist unhöflich, das Alter einer Dame zu erwähnen«, tadelte sie ihn.

Verächtlich schnaubend lehnte er sich zurück und drückte Maggie dadurch noch tiefer in die Ecke. »Absurde Regeln! Warum sollte eine Frau sich ihres Alters schämen?« Seine Augen funkelten, und sie ballte eine Hand zur Faust.

»Sie halten also nichts von Höflichkeit, Mr Webb?«

Er zuckte nur mit den Schultern. »Ich schäme mich

nicht, der Welt zu sagen, dass ich dreißig bin. Tatsächlich bin ich sogar stolz, so lange überlebt zu haben, wenn man bedenkt, wie viele Raubüberfälle und Morde hier verübt werden.«

»Sie klingen wie Sergeant Horridge – als hätten auch Sie immer ein Auge auf die zwielichtigen Gestalten, die die Straßen hier unsicher machen.«

»Habe ich auch. Als guter Bürger versuche ich, unschuldige Opfer zu beschützen – in erster Linie Frauen und Kinder –, ganz gleich, wie alt sie sind.«

Sie schwieg verstimmt. Jedes Mal, wenn sie etwas sagte, machte er irgendeine aufreizende Bemerkung.

»Aber Sie halten dennoch nichts von genereller Höflichkeit?« Sie presste die Lippen zusammen und hoffte, er merkte nicht, wie sehr er sie verärgerte.

»Ich gebe zu, dass Höflichkeit oft wichtig ist, aber dieser Unfug mit dem Alter und welche Gabel man bei einem eleganten Dinner zu benutzen hat, hat nichts mit Respekt für seine Mitmenschen zu tun.«

»Da bin ich anderer Meinung.« Sie straffte die Schultern. »Ich würde es ausgesprochen geschmacklos finden, wenn ein Fremder mich in einem Omnibus nach meinem Alter fragen würde.« Sie versteifte sich sogar noch mehr, als er eine Hand auf ihre Schulter legte.

»Entspannen Sie sich, Mrs Hartwell. Diese Debatte wird Ihnen bloß Kopfschmerzen einbringen. Sie sind angespannt wie eine Bogensehne.« Er massierte sanft ihre Schulter.

Sie versuchte, sich ihm zu entziehen, und bedachte ihn mit einem vorwurfsvollen Blick. »Was soll das, Mr Webb?«

»Es ist höchst unwahrscheinlich, dass ein Fremder Sie im Bus nach Ihrem Alter fragen würde.« Er lächelte verschmitzt und zog die Hand zurück. »Und wenn es jemand täte, wäre das so schlimm? Sie könnten die

Frage als Scherz abtun und behaupten, Sie wären zweiundneunzig.«

»Oh, wie können Sie nur so … unernst sein!« Sie entfernte sich so brüsk von ihm, dass ihr Hut verrutschte und der Schleier ihre Wimpern streifte. Warum konnte sie seine unbeschwerte Stimmung nicht teilen, statt sich davor zu verschließen und sich mit ihm zu streiten. Sie konnte ihm einfach nicht vertrauen … nicht mehr, als sie irgendeinem anderen der Männer vertraut hatte, denen sie bisher begegnet war.

Sanft hob er den störenden Schleier an und sagte: »Ich hatte Ihnen ja gesagt, dass es keine gute Idee ist, den Tag zusammen zu verbringen.« Er klopfte ans Dach, und der Hansom stoppte. »Zum Hartwell's Hotel«, befahl er durch das Fenster.

»*Nein*!«, schrie Maggie.

Sie starrten sich an. »Ich verspreche, mich nicht mehr mit Ihnen zu streiten«, fügte sie seufzend hinzu.

Thaddeus lachte. »Das dürfte Ihnen schwer fallen, schätze ich.« Dann sagte er zu dem Kutscher: »Fahren Sie zu François' Café in der Dean Street.«

Maggie schwieg den Rest den Wegs und bereute ihre Entscheidung, den Tag mit ihm zu verbringen. Das Letzte, was Thaddeus fragte, bevor er vor dem Café ausstieg, war: »Eins verstehe ich nicht. Wenn sie nur vier Jahre verheiratet waren, wieso haben Sie dann eine Tochter, die schon sechs ist?«

Ihre Augen sprühten Funken. »*Wer* hat ihnen gesagt, dass ich nur vier Jahre verheiratet war?«

Er reichte ihr die Hand, um ihr beim Aussteigen zu helfen. »Mit Geld kann man jede Information erkaufen. Ich benutze es oft, um Antworten zu erhalten.«

Sie ignorierte seine Hand und verließ den Wagen. »Sie werden mir nicht sagen, wer es war, nicht wahr?«

»Ich bin kein Verräter.«

Sie hob noch ein wenig mehr das Kinn. »Ich werde es herausfinden. Das wird nicht schwierig sein.«

»Ich bewundere Ihre Entschlossenheit«, flüsterte er ihr ins Ohr und hielt die Tür des Restaurants auf, um sie vorangehen zu lassen. »Aber diesmal werden Sie mit dem Kopf gegen die Wand rennen.«

Sie erschauerte, als sie die fettige Tapete und die ausgefransten Tischtücher des Speisesaals sah. »Hierher kommen Sie zum Essen?«, fragte sie ungläubig und errötete, als sie sah, dass eine Frau, die nur eine Prostituierte sein konnte, in aller Öffentlichkeit einen betrunkenen Mann an einem der Tische küsste. Sie tranken Wein und kicherten hysterisch. Das Restaurant war gut besetzt, obwohl es noch sehr früh am Morgen war.

»Das Essen ist fantastisch. François ist der beste Koch in London.«

Ihre Lippen zuckten. »Monsieur André würde einen Anfall kriegen, wenn er Sie so reden hörte.«

»Ihr Koch, vermute ich?« Er führte sie zu einem der Tische und wischte den Stuhlsitz ab.

»Ja, der launenhafteste Koch ganz Londons.« Thaddeus half Maggie, ihren Mantel abzulegen, und sie setzte sich und sah sich unauffällig um. »Es überrascht mich, dass hier schon um diese Zeit geöffnet ist.«

»François hat immer offen.« Thad warf einen viel sagenden Blick zur Decke. »Oben wird gespielt, vierundzwanzig Stunden täglich. Illegal natürlich.« Er nahm seinen hässlichen Schal ab und hängte ihn zu den Mänteln an den Haken an der Wand.

»Glücksspiel?« Sie erschrak und warf einen raschen Blick aus dem Fenster.

»Die Polizei macht hier sehr oft Razzias.« Thad winkte einem blassen, dunkelhaarigen Mann hinter der Theke zu. »François persönlich«, erklärte er und setzte sich.

Der Franzose lächelte und deutete auf die Küche.

Er war zierlich wie eine Porzellanfigur, sein Haar war glatt zurückgekämmt und glänzte vor Pomade. Er verschwand und kehrte kurz darauf mit zwei Tassen und einer Kaffeekanne auf einem Tablett zurück.

»Bonjour, Monsieur Webb! Ich mache Ihnen ein leckeres Omelett *aux champignons«*, sagte er strahlend. »Oui?«

»Das klingt verlockend, François.« Thaddeus betrachtete Maggie nachdenklich. »Und bringen Sie etwas Gebäck für die Dame.«

»Nein, danke«, sagte Maggie. »Ich habe schon gegessen.« Sie deutete auf den Kaffee. »Aber davon nehme ich gern noch eine Tasse, bitte.«

»Café au lait«, sagte François. Er füllte die Tassen, halb mit heißer Milch und halb mit Kaffee, und verließ den Tisch.

Maggie trank ein Schlückchen. »Kommen Sie oft hierher?«, fragte sie Thaddeus.

»Ja, mehrmals die Woche. Kochen ist eine Kunst, die ich leider nicht beherrsche. Wie Sie von Ihrem Besuch im Laden wissen, haben Peg – Gavin – und ich eine Köchin. Aber Hetty kommt gewöhnlich nicht vor Mittag. Und manchmal kommt sie überhaupt nicht.«

»Sie müssen Ihre Dienstboten zur Disziplin erziehen«, erklärte Maggie und blickte ihn streng über den Rand der Brille an.

Er lachte. »Wenn ich Sie so reden höre, kann ich mir gut vorstellen, wie Ihr Vater war – er muss ein strenger Zuchtmeister gewesen sein.«

Sie reagierte ungehalten und versteifte sich. »Mr Webb! Sie sollten Ihre deduktiven Talente für unser Problem benutzen, und nicht, um in meiner Vergangenheit herumszustochern.«

Seine Augen funkelten. »Aber ich habe Recht, nicht wahr?«

Maggie schäumte innerlich und presste die Lippen zu einem schmalen Strich zusammen. Er hörte nicht auf, sie anzusehen, und sie krümmte sich im Stillen vor Verlegenheit. Sie hasste es, die Kontrolle über ihre Gefühle zu verlieren, und wünschte, ihr Herz möge nicht so schnell und heftig schlagen. »Haben Sie nicht gelernt, dass es unhöflich ist, jemanden so anzustarren?«, tadelte sie ihn.

Er beugte sich noch weiter vor, und seine Lippen zuckten. »Verzeihen Sie mir, aber ich bin fasziniert von Ihrer Schönheit«, flüsterte er verschwörerisch. »Spüren Sie die Anziehung zwischen uns denn nicht?«

O doch, das tue ich. Maggie errötete bis zu den Haarwurzeln und weigerte sich, ihn anzusehen. Sie wäre am liebsten aufgestanden und hätte das Café verlassen, aber damit hätte sie ihm nur gezeigt, wie sehr er sie verwirrte. Schließlich zwang sie sich, seinen Blick zu erwidern, und was sie sah, ließ sie noch mehr erröten. »Schämen Sie sich, Mr Webb!«

Zu ihrer Erleichterung kam das Omelett, und Thaddeus widmete ihm und einem Teller knuspriger Brötchen seine ganze Aufmerksamkeit. Maggie trank schweigend ihren Kaffee und betrachtete den grauen Himmel draußen vor dem Fenster. Unwillkürlich dachte sie, wie schön es wäre, jeden Morgen so mit einem Mann zu frühstücken. Cecilys Gesellschaft war angenehm, doch die eines Mannes wäre irgendwie … intimer. Aber mit Mr Webb zusammen zu sein war eine gänzlich andere Erfahrung. Er war so … schrecklich irritierend. Sie hatte noch nie einen Mann wie ihn gekannt.

Ein schriller Pfiff riss sie aus ihren Betrachtungen. Die Tür flog plötzlich auf, und eine Gruppe Männer stürmte ins Lokal.

»Polizei! Aus dem Weg!«, schrien sie und polterten die Treppe hinauf.

»Eine Razzia«, sagte Thaddeus. »Wir sollten lieber gehen, sonst enden wir womöglich im Präsidium und müssen den ganzen Tag Fragen beantworten – falls ich keinen dieser Polizisten kenne.«

Doch die anderen Gäste wurden von Panik ergriffen, alle strebten gleichzeitig zur Tür, schubsten und drängelten. Als Maggie und Thaddeus aufstanden und nach ihren Mänteln greifen wollten, wurden sie zurückgedrängt. Maggie verlor ihre Brille, prallte gegen Thaddeus. Sie konnte kaum atmen, so fest stand sie an seine harte Brust gedrückt. Als sie aufschaute, blickte er sie schmunzelnd an.

»Das ist noch besser – warum warten wir nicht hier, bis die anderen weg sind?«, schlug er mit einem viel sagenden Lächeln vor.

Sie war sich seines harten, männlichen Körpers an ihrem eigenen überdeutlich bewusst, und sie bemerkte das Wechselspiel der Gefühle in seinem Gesichtsausdruck: Ärger, Fassungslosigkeit und Belustigung.

»Es ist gar nicht mal so schlecht, auf diese Art zerquetscht zu werden«, murmelte er, schob ein Bein zwischen ihre und presste das andere an ihren rechten Schenkel. »Weich – und schön gepolstert, wo Frauen gut gepolstert sein sollten.« Seine Augen funkelten vor Mutwillen.

»Treten Sie sofort zurück«, befahl Maggie, als sie ihre Stimme endlich wiederfand. Keuchend vor Wut, versuchte sie ihn fortzustoßen, aber er war schwer wie ein Sack Zement. Sein Körper hielt sie an der Wand gefangen, sein Oberkörper presste sich an ihre Brust. Sie hatte im Gedränge ihren Hut verloren. »Bitte ...« Doch dieses Wort klang ein wenig lahm. Schockiert riss sie die Augen auf, als sie plötzlich den Beweis seines männlichen Verlangens spürte.

»Himmelherrgott«, knurrte er. »Ma'am, Ihre Kurven wirken ungeheuer aufreizend auf einen ganz bestimmten Körperteil von mir …«

»*Mr Webb*!« Zornig ballte sie die Fäuste. »Ich schreie, wenn Sie mich nicht auf der Stelle loslassen!«

Doch er machte keine Anstalten, sie von seiner Nähe zu erlösen. Seine Augen verdunkelten sich, als sein Blick träge über ihre schwer atmende Brust glitt. Maggie wusste, dass ihre enge Bluse die Konturen ihrer Brüste nur zu gut erkennen ließ. Thaddeus rieb ein Bein an ihr, und ein köstliches Erschauern durchzuckte sie. Der Atem stockte ihr, als er ihr direkt in die Augen sah. Endlich schien er zu bemerken, dass sie allein im Restaurant waren, doch anstatt zurückzutreten, senkte er den Mund auf ihren. »So weich«, murmelte er.

Schwere Schritte ertönten im Stockwerk über ihnen und polterten die Treppe hinunter. Flüche und Schreie zerrissen jetzt die Luft.

Maggie schwenkte lahm den linken Arm, um auf ihre Situation aufmerksam zu machen, und bald schon sah sie einen blau gekleideten Polizisten in ihre Richtung eilen.

»Was ist denn hier los?«, rief der Mann. »Ist die Dame ohnmächtig geworden?«

Noch immer mit diesem aufreizenden Lächeln auf den Lippen, gab Thaddeus Maggie endlich frei. »Noch eine Minute, und sie wäre es geworden«, entgegnete er gedehnt und reichte ihr die Hand.

Sie lehnte seine Hilfe ab. Ihr Haar hatte sich teilweise aus dem Knoten gelöst und hing ihr ins Gesicht; ihr schwarzer Rock war voller grauer Staubflecken. Sie trat ein paar Schritte vor, griff nach der ersten Serviette, die sie fand, und begann wütend ihren Rock abzuwischen.

»Miss, Sie sehen aus, als ob Sie einen Brandy brauchen könnten«, sagte der Polizist und bückte sich, um

Maggies Hut aufzuheben. Dann wandte er sich an Thaddeus. »Und Sie, Mr Webb, was tun Sie hier? Frühstücken wie gewöhnlich?«

»Ja, Jeremy. Ich hoffe doch, dass Sie das Restaurant nicht schließen.«

»Wir werden sehen. Eine unserer Routinerazzias. Oben fanden wir eine Gruppe Spieler, die offenbar bereits die ganze Nacht dort saß. Wir nehmen sie ins Präsidium mit und brummen François eine ordentliche Strafe auf.« Jeremy sah zu, wie Maggie sich bemühte, ihr Haar wieder aufzustecken. »Entschuldigen Sie das Theater. Bis irgendwann im Yard dann, Mr Webb.«

Er ging, und Maggie warf Thaddeus einen aufgebrachten Blick zu. »Das war die größte Unverschämtheit ...«

»Psst«, flüsterte er. »Beruhigen Sie sich. Und da mein Frühstück sowieso ruiniert ist, sollten wir jetzt lieber gehen.« Er bückte sich, um ihre Brille aufzuheben. Bevor sie den Hut aufsetzen konnte, schob er ihr die Goldrandbrille auf die Nase und steckte die Bügel hinter ihre Ohren. »Da! Nun sehen Sie wieder so wie vorher aus, obwohl ich sagen muss, dass ich jetzt ein gewisses Funkeln in Ihren Augen erkenne.«

»Das ist nur Wut!«, fuhr sie ihn an und griff nach ihrem Mantel, schlüpfte hinein und zupfte den Schleier ihres Huts zurecht.

Thaddeus zog ebenfalls seinen Mantel an und schlang den Schal zweimal um seinen Hals. »Ich denke, Sie werden jetzt nach Hause fahren wollen. Das war ein ziemlich aufreibender Morgen für Sie.«

Sein Lächeln brachte sie erneut in Wut, und sie zeigte mit der Spitze ihres Schirms auf ihn. »Der Tag hat gerade erst begonnen, und ich gedenke zu erledigen, was ich mir für heute vorgenommen habe. Und das ist auch schon das Ende der Debatte, Mr Webb!«

5

Das Heim von Mrs Clement in der Bolton Street war ein stattliches, weiß getünchtes georgianisches Stadthaus. Maggie schaute zweifelnd auf ihren zerknitterten Rock und fragte sich, ob es eine gute Idee war, ein so vornehmes Haus zu betreten, ohne zuvor ihr Erscheinungsbild gründlicher überprüft zu haben. Was mochte Mrs Clement von ihr denken?

Thaddeus trug dem Kutscher auf zu warten. Er reichte Maggie die Hand, doch sie warf den Kopf zurück und ignorierte sie. Mit einem reumütigen Lächeln betätigte er den bronzenen Türklopfer. Fast augenblicklich öffnete ihnen ein bejahrter Butler in einer schwarz-gelb gestreiften Weste und einem schwarzen Gehrock.

Thaddeus gab ihm seine Karte. »Ich möchte Mrs Clement sprechen.«

Der Diener bedeutete ihnen, einzutreten. »Einen Moment bitte.«

Maggie und Thaddeus warteten in angespanntem Schweigen. Ein paar Minuten später kam der Butler wieder.

»Folgen Sie mir bitte«, sagte er und führte sie in einen Salon mit Mahagonimöbeln, in dem ein riesiger roter Teppich dominierte. Aus einem Vogelkäfig rankte eine Topfpflanze. »Mrs Clement wird gleich bei Ihnen sein.«

Maggie nickte und achtete darauf, so viel Distanz wie möglich zu Thaddeus zu zeigen. Sie setzte sich auf die

Kante eines Polsterschemels, der mit grün gestreiftem Satin bezogen war. Eine verstaubte Zimmerpalme auf einem Korbtisch neben ihr verbarg sie halb vor ihm.

»Haben Sie Angst, allein mit mir in einem Raum zu sein?«, schalt er und setzte sich auf einen Sessel mit so spindeldürren Beinen, dass man fürchten musste, er würde jeden Moment unter Thaddeus' beträchtlichem Gewicht zusammenbrechen.

»Jede vernünftige Frau wäre starr vor Furcht nach dieser absoluten Missachtung von Anstand und … *Respekt,* die Sie im Restaurant bewiesen haben. Das war ein unmögliches Benehmen!« Maggie befingerte den Griff ihres Schirms und debattierte mit sich selbst, ob sie ihm die Spitze in die Brust bohren sollte. Sie war in großer Versuchung, konnte ihn von ihrem Platz aus aber nicht erreichen.

Die Tür ging auf. »Guten Morgen, Mr … Webb.« Eine Frau mittleren Alters mit ergrauendem Haarknoten und einem Kneifer auf der Nase kam herein. »Ich glaube nicht, dass wir uns kennen«, fügte sie hinzu. Sie war ganz in Tweed gekleidet und trug eine Jacke, einen weiten knöchellangen Rock und Reitstiefel. Ihr Rücken war so steif wie Maggies. Sie bedachte Thaddeus' zerfransten Schal mit einem missbilligenden Blick über den Rand ihres Pincenez.

Ungerührt von ihrer Musterung erhob er sich. »Guten Morgen. Falls Sie nichts dagegen haben, Mrs Clement, würde ich Ihnen gern ein paar Fragen über eine Passagierin des Dampfers stellen, mit dem Sie aus New York gekommen sind.« Er deutete auf Maggie. »Das ist Mrs Hartwell, und wir suchen ihre Schwester, Leonora Winston, die ebenfalls auf diesem Dampfer war.« Er überreichte ihr das Bild von Leonora.

Mrs Clement lächelte Maggie an. »Oh, hallo. Es tut mir leid, dass ich Sie warten ließ, aber ich komme gerade erst von einem Ausritt in den Richmond Park zurück. Ihre Schwester wird also vermisst?« Sie betrachtete das Foto.

»Ja … das befürchte ich«, sagte Maggie. »Sind Sie zufällig einer Frau namens Winston auf dem Schiff begegnet?«

Mrs Clement schüttelte den Kopf. »Nein, nicht dass ich wüsste. Aber eine ältere Dame, der ich in der Lounge begegnet bin, erzählte mir, sie habe mit einer jungen Dame gesprochen, die behauptete, jemand verfolge sie. Sie befürchtete, in einer dunklen Nacht über Bord gestoßen zu werden. Was für ein furchtbarer Gedanke, dachte ich. Könnte diese junge Frau Ihre Schwester gewesen sein?«

»Wie schrecklich«, sagte Maggie schaudernd. »Ich hoffe, dass es nicht so war! Die Dame, mit der Sie gesprochen haben – erinnern Sie sich noch an ihren Namen?«

»Es reisen grässlich viele Leute auf diesen Schiffen«, sagte Mrs Clement, ihre Lippen schürzend. »Aber warten Sie! Ich glaube, ich muss irgendwo ihre Karte haben.« Sie ging zu einem Schreibtisch und begann die Papiere darauf durchzusehen. Während sie damit beschäftigt war, zwinkerte Thaddeus Maggie zu und lächelte. Sie runzelte die Stirn und kniff die Lippen zusammen, und er tat, als flößte ihr Gesichtsausdruck ihm Furcht ein.

»Wir sind Ihnen dankbar für Ihre Hilfe«, sagte er höflich zu der Frau in Tweed, erntete aber nur einen frostigen Blick von ihr.

Maggie bemerkte es und lächelte schadenfroh, als sie sah, wie Thaddeus' Augenbrauen sich zusammenzogen. Während seine Augen sich vor Zorn verdunkelten, räusperte er sich und drehte den Hut zwischen seinen großen Händen.

»Ah! Da ist sie ja.« Mrs Clement überreichte Maggie eine cremefarbene Karte, auf der in Goldbuchstaben der Name ›Mrs Hubert Smith-Jones‹ stand. Die Adresse war Park Lane, nicht allzu weit von der Bolton Street entfernt.

Maggie steckte die Karte ein. »Vielen Dank.« Sie stand auf und wandte sich zur Tür. Vielleicht würde sie heute endlich Antworten auf ihre Fragen finden.

»Ich hoffe, Sie finden Ihre Schwester. Mrs Smith-Jones kann Ihnen bestimmt etwas über Miss Winston sagen. Ich bin sicher, dass Sie Ihre Schwester wohlbehalten wiederfinden werden«, meinte Mrs Clement, bevor sie die Tür schloss.

Als sie in den Hansom stiegen, sagte Thaddeus: »Ich vermute, dass Sie Mrs Smith-Jones unverzüglich sehen wollen?«

»Selbstverständlich! Je mehr wir an einem Tag erledigen, desto weniger brauche ich Ihnen zu bezahlen.«

»Ich möchte das Intarsienkästchen auf ihrem Schreibtisch, oder haben Sie das schon vergessen? Egal, wie lange wir brauchen, um Miss Winston aufzuspüren.«

»Von mir aus gern, aber je eher diese Angelegenheit erledigt ist, desto besser«, sagte sie. »Lassen Sie uns also weitermachen.«

»Ja, Ma'am. Ihr Wunsch ist mir Befehl.« Er lachte, aber es lag wenig Wärme darin. »Wenn Sie nicht aufpassen, werden Sie noch so steif und herzlos werden wie die Dame, die wir gerade gesehen haben.«

Maggie straffte die Schultern. »Was aus mir wird, ist nicht Ihr Problem, Mr Webb.«

Am Piccadilly befahl Thaddeus dem Kutscher anzuhalten, winkte dem Zeitungsjungen an der Straßenecke und kaufte eine Ausgabe der *Times*. Die fett gedruckte Schlagzeile sprang ihnen von der ersten Seite entgegen: ALTAR-MORDE HÖREN NICHT AUF. SCHLÄGT DER RIPPER WIEDER ZU?

Maggie erschauderte. »Sie haben den Mörder von Whitechapel achtundachtzig immer noch nicht gefunden. Ist es möglich, dass er ein neues Verbrechen begangen hat?«

Den Mund zu einem grimmigen Strich verzogen, faltete Thaddeus die Zeitung zusammen und steckte sie unter den Arm. »Möglich ist alles, aber ich glaube, dass die Polizei den Mörder diesmal fassen wird.«

»Wie viele Morde waren es bis jetzt?«, fragte Maggie und musste unwillkürlich an Leonora denken.

»Drei. Alle waren reiche junge Frauen und erst kurze Zeit verheiratet.« Thaddeus warf ihr einen scharfen Blick zu, denn er spürte, was sie dachte. »Nehmen Sie nicht gleich das Schlimmste an. Die Opfer stammten alle hier aus London.«

Sie fuhren schweigend weiter, der Hansom schlängelte sich zwischen Omnibussen und Tafelwagen auf dem belebten Piccadilly durch. Es begann zu regnen, dicke Tropfen, die die Luft noch kälter machten. »Bald ist Weihnachten«, sagte Maggie, um die gespannte Atmosphäre aufzulockern. »Wie werden Sie das Fest verbringen?«

»Bei meiner Familie. Wir ziehen von Haus zu Haus, singen Weihnachtslieder und trinken in den Nachbarhäusern heißen Grog. Wir kennen jeden in der Straße, da meine Eltern aus ihrer Wohnung in Ludgate Hill nie fortgezogen sind.« Er hielt inne. »Und Sie?«

»Mit meiner Tochter. Heiligabend feiern wir immer mit den Angestellten des Hotels, und am Weihnachtsmorgen gehen wir in die Kirche.«

Thaddeus lächelte. »Ich würde Ihre Tochter gern kennen lernen. Und bedenken Sie doch nur, dass Sie dieses Jahr vielleicht sogar mit Ihrer Schwester feiern werden!«

»Das hoffe ich.« Maggie betrachtete die kahlen Äste der Bäume im Hyde Park, als der Hansom in die Park Lane einbog.

Prächtige Stadthäuser mit korinthischen Säulen und gepflegten Sträuchern rechts und links der Eingangsstufen säumten die Park Lane. Eine Reihe hoher Bäume, zum Hyde Park hin als Abgrenzung gesetzt, ragten auf der anderen Straßenseite auf.

Der Hansom hielt vor einem Haus mit imposanten Marmorstufen und einer Eichentür mit einem Kupferbriefkasten. »Ich hoffe, dass Mrs Smith-Jones zu Hause ist«, sprach Maggie ihre Gedanken aus.

Thaddeus streckte die Hand aus, um ihr aus dem Wagen zu helfen, und dieses Mal vergaß sie, ihn zu ignorieren. Beruhigend drückte er ihre Hand. »Wir können morgen wiederkommen, falls sie jetzt nicht zu Hause ist.«

Maggie zögerte zunächst, dann entzog sie ihm die Hand. »Mr Webb«, tadelte sie ihn lahm. Sein Händedruck war sehr tröstlich gewesen. Dann eilte sie die Stufen hinauf, bevor er ihr Erröten sehen konnte.

Diese Tür hatte eine Klingel, und das Bimmeln schallte durchs ganze Haus. Ein Dienstmädchen in einem hochgeschlossenen schwarzen Kleid und einer gestärkten weißen Schürze ließ sie ein.

Thaddeus fragte nach Mrs Smith-Jones, und sie wurden in einen Raum geführt, der im orientalischen Stil eingerichtet war, mit bemalten Paravents und Bildern von chinesischen Mandarinen an den Wänden. Drachen und exotische Blumen verzierten den Teppich auf dem Boden, in einer Bodenvase stand ein Strauß Pampasgras.

Mrs Smith-Jones war eine schmächtige weißhaarige

Dame, die mehrere pastellfarbene Kaschmirschals und einen pinkfarbenen Samtrock trug. Sie stützte sich auf einen Stock, bewegte sich aber dennoch so unsicher, dass Maggie schon fürchtete, der kleinste Lufthauch könnte sie zu Fall bringen.

»Was kann ich für Sie tun?«, fragte sie mit hoher dünner Stimme. Als ihr Blick auf Thaddeus fiel, rief sie aus: »Ach du liebe Güte! So ein großer Mann!« Dann wandte sie sich an Maggie. »Große Männer können ungemein beruhigend sein. Mein Hubert ist ein wahrer Riese, und ich fühle mich *so* geborgen bei ihm.« Sie nahm auf einer Ottomane Platz und zupfte ihre Kaschmirschals zurecht. »Aber setzen Sie sich doch, Sie Arme. Ein Glas Sherry vielleicht?«, fragte sie Maggie.

»Das ist sehr freundlich von Ihnen, Mrs Smith-Jones, aber wir sind hier, um Sie zu bitten, uns einige Fragen zu Ihrer Schiffsreise von New York hierher zu beantworten.« Maggie, die sich auf einem schwarzen Lackstuhl niedergelassen hatte, hielt inne und sah, wie die Augenbrauen der alten Dame in die Höhe gingen.

»Schiffsreise?«

»Ja, wir kommen gerade von Mrs Clement in der Bolton Street, und sie gab uns Ihre Karte. Sie sagte, Sie hätten sich während der Reise mit ihr unterhalten.«

»Ach ja, natürlich. Solche Schiffsreisen sind ja so langweilig, nicht wahr?« Sie machte eine Handbewegung. »Nun, was möchten Sie denn gerne wissen?«

Maggie erklärte es ihr. »Erinnern Sie sich, mit einer jungen Dame namens Leonora Winston gesprochen zu haben?«

Thaddeus reichte ihr die Fotografie, und die alte Dame betrachtete sie lange. »Sie kommt mir sehr bekannt vor. Aber ihr Name war nicht Leonora Winston.« Ihre Stimme verklang, als sie nachdachte.

Maggie hielt den Atem an. »Erinnern Sie sich an ihren Namen?«

Mrs Smith-Jones seufzte und schloss die Augen. »Diese junge Frau war sehr beunruhigt. Ich erinnere mich noch gut, dass sie vor jemandem Angst hatte.«

»Haben Sie sie auch mit anderen Leuten auf dem Dampfer sprechen sehen?«

»O ja, sie redete natürlich mit all den jüngeren Leuten.« Sie runzelte die Stirn. »Aber wie war doch noch ihr Name? Mein Gedächtnis ist nicht mehr so gut, wie es mal war.«

Schweigen entstand, als die alte Dame nachdachte. Maggie hielt gespannt den Atem an.

»Ah! Jetzt weiß ich es wieder. Ihr Name war Laura Winter. Miss Winter kam aus irgendeiner Kleinstadt in Virginia. Aber ich erinnere mich nicht an den Namen.«

Maggie starrte Thaddeus an, denn ihr war sofort klar, dass Leonora Winston und Laura Winter ein und dieselbe Person waren. Aber warum hatte ihre Schwester einen anderen Namen benutzt?

»Ich wünschte, Sie würden ein Glas Sherry mit mir trinken«, sagte Mrs Smith-Jones in gereiztem Ton. »Es wäre schrecklich unhöflich von mir, Sie ohne die kleinste Erfrischung fortzuschicken.« Sie schaute aus dem Fenster. »Und es regnet jetzt noch heftiger.«

»Ich würde gerne einen Sherry trinken«, erwiderte Maggie, bevor Thaddeus protestieren konnte. Sie wollte plötzlich alles hören, was die alte Dame über Leonora zu erzählen hatte.

»Das freut mich.« Mrs Smith-Jones deutete auf eine Karaffe mit Gläsern, die auf einem Silbertablett auf der anderen Seite des Raumes standen. »Ich wäre ihnen dankbar, junger Mann, wenn Sie einschenken würden.« Sie senkte die Stimme. »Ich könnte nach meiner Haushälterin klingeln, aber sie zieht immer ein

Gesicht, wenn ich sie bitte, zusätzlich etwas für mich zu tun. Man findet heute einfach keine zuverlässigen Dienstboten mehr.« Sie seufzte. »Ich hatte früher einen Butler, um die Gäste zu bedienen, aber er ist inzwischen tot, der Arme.«

Thaddeus stand auf und bediente sie. Maggie fiel auf, wie vorsichtig er die zerbrechlich wirkenden Gläser am Stiel anpackte. Für einen so großen Mann war er sehr geschickt.

Mrs Smith-Jones nippte an ihrem Wein und sagte: »Miss Winter war eine lebhafte, liebenswerte Dame und sehr hübsch. Wie auf der Fotografie, die Sie mir zeigten, hatte sie lockiges blondes Haar und große blaue Augen. Ihre Unschuld war so liebenswert, und sie hatte immer ein nettes Wort für jeden.«

»Sie sagte Ihnen nicht, warum sie sich so fürchtete?«

Die alte Dame schüttelte den Kopf. »Nein … sie erwähnte es nur einmal. Ich fand es seltsam, dass sie Feinde haben sollte. Das arme Ding, so süß und unschuldig. Wer konnte ihr etwas Böses wünschen?«

»Erwähnte sie ihr Zuhause in Virginia?«, warf Thaddeus ein. Er hatte sein Glas weggestellt, ohne auch nur daran zu nippen.

»O ja. Ihre Mutter war kürzlich erst verstorben. Da sie ganz allein in Amerika war, beschloss Miss Winter, ihre Verwandten hier in London zu besuchen.« Lächelnd wandte sie sich zu Maggie und betrachtete sie mit schief gelegtem Kopf. »Wissen Sie, sie erzählte mir, sie hätte nicht gewusst, dass sie eine Schwester in London hatte, bis sie das Tagebuch ihrer Mutter las.«

Maggie senkte verlegen den Blick. »Ja … die Umstände sind sehr seltsam, und ich werde erst dann eine plausible Erklärung für die Motive meiner Mutter haben, wenn ich Leonora – Laura sehe. Aber ich war sehr, sehr froh über die Entdeckung, dass ich eine

Schwester habe, da ich immer dachte, ich sei ein Einzelkind.«

»Oh, Sie Arme. All diese vergeudeten Jahre!« Mrs Smith-Jones leerte ihr Glas und warf einen sehnsüchtigen Blick auf die Karaffe. »Ich erinnere mich an einen jungen Mann, der Miss Winter mehr Aufmerksamkeit widmete als die anderen. Ich habe sogar einmal selbst mit ihm gesprochen. Sein Name ist Anselm Ripley, und er lebt irgendwo hier in London.« Sie machte eine entschuldigende Geste. »Leider habe ich keine Ahnung, wo. Ein wortkarger und ziemlich dünkelhafter Mann, fand ich.« Sie schnaubte. »Von der Sorte gibt es viele heutzutage.«

Thaddeus schrieb den Namen in ein Notizbuch, das er aus der Tasche gezogen hatte. »Reiste er allein, oder ...«

»In Gesellschaft, glaube ich. Aber ich kann mich trotzdem nicht entsinnen, ihn in irgendeiner Gruppe gesehen zu haben. Er wechselte sehr häufig die Gesellschaft. Wenn ich eine Tochter hätte – was leider nicht der Fall ist –, würde ich sie nicht mit jemandem von seiner Sorte sehen wollen.«

»Wie oft haben Sie die beiden zusammen gesehen?«, fuhr Thaddeus fort.

»Oh ... zwei oder drei Mal insgesamt vielleicht. Sie waren einmal zusammen beim Dinner, und ansonsten trafen sie sich in der Lounge, glaube ich.«

»Sie haben nichts ... Merkwürdiges beobachtet, Mrs Smith-Jones?«, fragte Thaddeus weiter.

Sie schwenkte die Hände und bedachte ihn mit einem gekränkten Blick. »Nichts Merkwürdiges? Mein lieber junger Mann, gewöhnlich ziehe ich mich gegen neun Uhr in mein Schlafzimmer zurück, so dass ich von dem, was spät nachts vor sich geht, nichts bemerke, wie Sie sicherlich verstehen werden.«

Thaddeus lächelte. »Ja, natürlich. Falls es noch etwas anderes gibt, woran Sie sich erinnern, wären wir Ihnen dankbar, wenn Sie es uns sagen könnten.«

Die alte Dame überlegte lange. »Nein, sonst ist nichts Ungewöhnliches geschehen. Ich sprach am letzten Abend der Reise mit Miss Winter, und sie erwähnte nur, dass sie sich freute, Sie zu sehen«, sagte sie zu Maggie.

Maggie hätte gern noch mehr gehört, aber Thaddeus erhob sich und bedeutete ihr, ebenfalls aufzustehen. »Sie haben uns sehr geholfen«, bedankte er sich. »Falls wir noch mehr Fragen zu Miss Winter haben, dürfen wir dann wiederkomen?«

Die alte Dame klatschte in die Hände. »Aber natürlich! Es tut mir leid, dass ich Ihnen keine größere Hilfe sein konnte.«

»Sie haben uns mehr geholfen, als Sie ahnen«, entgegnete Thaddeus mit einem spitzbübischen Lächeln.

»Sie sind ja ein ganz Schlimmer«, schalt sie offenbar entzückt und wandte sich dann an Maggie. »Falls Sie Mr Webb als Privatdetektiv engagiert haben, werden Sie es vielleicht noch bereuen, wenn Sie Ihre Schwester finden, Mrs Hartwell. Wer weiß, ob Sie ihn Ihnen nicht direkt unter Ihrer Nase wegschnappt!«

Maggies Wangen wurden heiß. »Was Mr Webb tut, ist nicht meine Angelegenheit, und ich hoffe ...« – Sie warf Thaddeus einen viel sagenden Blick zu –, »dass meine Schwester sich von seinem leichtfertigen Charme nicht irreführen lässt.«

Die alte Dame erhob sich lachend. »Das ist nicht auszuschließen, meine Liebe.« Sie ging zur Tür voran. »Ihr Besuch hat meinen Tag ein wenig aufgeheitert. Das Leben kann sehr einsam sein in diesem Mausoleum.«

Maggie verspürte den Wunsch, zu fragen, ob sie

wiederkommen dürfe, aber sie schwieg und sagte nichts, denn Mrs Smith-Jones stand gesellschaftlich weit über ihr.

»Ich hoffe, Sie finden Ihre Schwester«, fügte Mrs Smith-Jones hinzu und drückte Maggies Hand. »Sie war so ein freundlicher und mitteilsamer Mensch.«

Thaddeus und Maggie gingen die Park Lane hinunter zum Mietwagenstand am Piccadilly. Es regnete noch immer, und Maggie spannte ihren Schirm auf. Thaddeus zögerte nicht, die Gelegenheit zu nutzen, und trat unter dem Vorwand, sich unter den Schirm zu flüchten, dicht an sie heran. »Ich kann ihn tragen«, sagte er und legte einen Arm um ihre Taille.

Maggie wich ihm aus. »Auf keinen Fall!« sagte sie, erlaubte ihm aber, unter dem Schirm zu bleiben, da es nach wie vor sehr heftig regnete.

»Was wir heute erfahren haben, war recht aufschlussreich«, meinte Thaddeus und rieb sich nachdenklich das Kinn. »Ich frage mich, wieso Ihre Schwester unter einem anderen Namen gereist ist.«

»Was werden Sie mit den Informationen tun, die Mrs Smith-Jones uns gegeben hat?«

»Anselm Ripleys Adresse herausfinden und ihn dann besuchen.« Er warf Maggie einen vorsichtigen Blick zu. »Aber ich glaube, ich arbeite allein weiter.«

Maggie seufzte vor Enttäuschung. »Warum? Was habe ich getan, um Ihre Arbeit zu behindern? Meiner Anwesenheit haben Sie zu verdanken, dass diese Damen nicht gezögert haben, Sie zu empfangen.«

Er lächelte. »Das stimmt, aber ich glaube nicht, dass ich ein Problem gehabt hätte, sie allein zu sehen. Wissen Sie, ich habe schon als Detektiv gearbeitet, bevor ich Sie kannte.«

Sie unterdrückte den Impuls, ihm eine der Schirmspeichen in die Rippen zu stoßen. »Wenn das nicht so wäre, hätte ich Sie nicht engagiert, Mr Webb. Erfahrung ist von entscheidender Bedeutung hier«, sagte sie hochnäsig.

»Also wirklich!« Er klang ärgerlich. »Was habe ich denn nun schon wieder falsch gemacht?« Er funkelte sie an, aber sie hielt seinem Blick gelassen stand. Der Schatten, den der schwarze Stoff des Schirms auf sein Gesicht warf, ließ ihn richtiggehend finster wirken.

»Sie, Mr Webb, sind der ärgerlichste Mann, dem ich in meinem Leben je begegnet bin. Sie sind unverschämt, Sie starren, Sie berühren mich bei jeder sich bietenden Gelegenheit, und Ihr Lächeln ist … nun ja, ich kann es nur als *frech* bezeichnen. Sie sind ausgesprochen lästig, finde ich.«

Er lachte. »Und Sie sind herrisch, selbstgefällig, besserwisserisch und griesgrämig, aber dennoch ungemein bezaubernd. Ich glaube, dass sich unter der arroganten Fassade eine warmherzige, liebevolle Frau verbirgt.«

»Wie können Sie es wagen, sich ein Urteil über meinen Charakter zu erlauben!«, rief Maggie, obwohl ihr Herz vor Aufregung zu rasen begann. Der durchdringende Blick, der seine Bemerkungen begleitet hatte, verschlug ihr einen Moment lang den Atem, und ihr wurde ganz heiß. Sie musste daran denken, wie nahe sein Körper ihrem in jenem französischen Restaurant gewesen war, und errötete noch heftiger. Unwillkürlich fragte sie sich, wie es wäre, seine Hände auf ihrer bloßen Haut zu spüren. Sprachlos vor Beschämung über sich selbst und ihre wollüstigen Gedanken, senkte sie den Blick.

»Ich glaube, hinter all Ihrer Förmlichkeit verbirgt sich ein Mensch, der einsam ist und sich nach Liebe sehnt, Mrs Hartwell.« Besitzergreifend nahm er ihren Ellbogen und steuerte sie über die Straße zu dem nächsten Mietwagen. »Da wir unseren Streit noch nicht zum Abschluss gebracht haben, schlage ich vor, wir suchen uns ein Restaurant und beenden ihn beim Lunch. Das heißt, falls Sie diesen Vorschlag nicht auch noch vorher debattieren wollen.«

»Nein, aber ich möchte das Restaurant aussuchen«, entgegnete sie.

»Das hatte ich bereits erwartet«, erwiderte er lachend.

6

Thaddeus hörte nur mit halbem Ohr zu, als Maggie dem Kutscher befahl, zur Oxford Street zu fahren, und merkte daher kaum, dass sie beabsichtigte, den Lunch in einer jener modernen Teestuben einzunehmen, die in den letzten Jahren in den Einkaufsgebieten um die Oxford und die Regent Street entstanden waren und vornehmlich von Damen frequentiert wurden.

Aber als Maggie in die Teestube voranging, protestierte er. »Wir können hier nicht essen!« Er ergriff ihren Ellbogen, um sie aufzuhalten.

»Wieso nicht?« Sie blickte ärgerlich auf seine Hand, und er zog sie zurück. »Man kann hier mittags sogar sehr gut essen.«

»Aber nur *Damen* essen hier! Ich mache mich zum Gespött der Leute …«

»Unsinn. Es essen auch Herren hier – wenn auch nicht sehr viele …«

Ihre Augen begannen mutwillig zu glitzern, und Thaddeus atmete scharf ein. »Das war Absicht«, sagte er mit leiser Stimme. »Ein schmutziger Trick von Ihnen, Mrs Hartwell. Ich hätte nicht gedacht, dass Sie so hinterlistig sein können.«

Sie lachte nur, packte ihn an seinem Schal und zog ihn durch die Eingangshalle. An einer Garderobe hingen Mäntel und Hüte, und ein junges Dienstmädchen mit gestärkter Schürze und Haube streckte erwartungsvoll die Hand nach ihren Sachen aus.

Maggie lächelte. »Legen Sie ab«, wisperte sie.

»So ein verfluchter …«, murmelte er, nahm aber gehorsam Schal und Mantel ab, die das Mädchen dann auf einen Bügel hängte.

»Da Ihre Wahl des Restaurants heute Morgen ungemein geschmacklos war, dachte ich, Sie würden dieses Etablissement bestimmt zu schätzen wissen. Sie müssen noch lernen, wo man ungestört gut essen kann, Mr Webb. Ich versichere Ihnen, dass wir hier von keiner Razzia unterbrochen werden.« Sie führte ihn zu einem kleinen runden Ecktisch, vorbei an Damen aller Altersgruppen, die Thaddeus durch Hutschleier und Kneifer erstaunte Blicke zuwarfen.

Er wechselte einen verdrossenen Blick mit einem Mann, der eingeklemmt in einer Ecke neben seiner sehr viel umfangreicheren Begleiterin saß, einer Frau, die einen Hut mit einer Art Staubwedel aus Straußenfedern trug.

»Glauben Sie nicht …«, begann Thaddeus lahm.

»Widersprechen Sie mir nicht, Mr Webb. Sie werden sehen, dass Sie hier sehr gut bedient werden.« Maggie wandte sich an eine Kellnerin. »Hallo, Sara. Bitte bringen Sie uns umgehend eine Kanne Tee und Speisekarten.«

Betreten und mit größter Vorsicht ließ Thaddeus sich auf einen der zerbrechlich wirkenden Stühle sinken und verfluchte den Tag, an dem er Maggie Hartwell zum ersten Mal begegnet war. Nur mit Mühe gelang es ihm, seine langen Beine unter dem Tisch unterzubringen. Als er um eine Zimmerpalme herumblickte, lächelte ihn eine Frau am Nebentisch kokett über ihre Zobelstola an, und er räusperte sich verlegen. Zwei ältere Damen, die an einem anderen Tisch vor einem Berg Sahnetörtchen saßen, tuschelten anscheinend über ihn. Thaddeus warf Maggie einen vernichtenden Blick zu.

»Das war das Hinterhältigste …«

»Sie haben mich in ein Lokal gebracht, dessen Eigentümer illegales Glücksspiel billigt«, erinnerte sie ihn. »Im Vergleich dazu ist diese Teestube ausgesprochen respektabel.«

»Sie haben mich gezwungen, Ihre Einmischung zu akzeptieren.« Seine Stimme wechselte von einem ärgerlichen Flüsterton zu einem gekränkten Knurren. »Himmelherrgott, Sie haben doch selbst gesagt, Sie hätten keinerlei Bedenken, ein Restaurant in Soho zu besuchen! Sie behaupteten sogar, Sie hätten den größten Teil von London schon gesehen.«

Sie zögerte. »Das stimmt auch. Aber es gehört dennoch nicht zu meinen Gepflogenheiten, Restaurants von äußerst fragwürdigem Ruf zu frequentieren.«

Wütend sah er sie an und hätte sie am liebsten geschüttelt, um sie zur Vernunft zu bringen. »Von jetzt an werden Sie sich aus meinen Ermittlungen heraushalten, Mrs Hartwell. Ihre Gegenwart zehrt sehr an meiner Energie, und Gott weiß, dass ich sie brauche, um das Rätsel um das Verschwinden Ihrer Schwester zu lösen.«

Der Mutwillen in Maggies Blick verschwand. »Wir werden sehen. Und nun lassen Sie uns das Thema wechseln. Ich frage mich, vor wem und weshalb sie während der Schiffsreise so viel Angst gehabt hat. Könnte es jemand gewesen sein, den sie erst auf dem Schiff kennen gelernt hat, oder glauben Sie, es war jemand aus ihrer Heimatstadt?«

»Ich habe keine Ahnung. Wir wissen zu wenig über ihre Herkunft. Ich wünschte, sie hätte sich in ihrem Brief genauer über ihre Pläne ausgelassen.«

Die Kellnerin kam mit Tee und einem Kännchen dampfend heißer Milch zurück. Thaddeus gab Zitrone in seine Tasse und studierte die nicht besonders große

Auswahl auf der Karte – gekochte Eier, Brötchen, Teegebäck, Sandwiches, Birnenkompott, Torten und verschiedene Sorten Konfitüre. Er hatte sich auf ein kaltes Bier mit Steak-und-Nierenpastete in irgendeiner Gastwirtschaft gefreut, doch nun sah es so aus, als müsse er sich begnügen mit …

»Bringen Sie Mr Webb einen Teller Gurkensandwiches, Sara, und für mich bitte warme Teekuchen mit Sauerrahm und Himbeerkonfitüre.«

»Moment mal …«, begann Thaddeus, aber die Kellnerin war bereits an den nächsten Tisch geeilt.

»Ist etwas?«, erkundigte sich Maggie unschuldig.

Er warf ihr einen misstrauischen Blick zu, weil er spürte, dass sie sich über ihn lustig machte. Sie trug eine verdächtig ausdruckslose Miene zur Schau, als sie die Damastserviette auf dem Schoß ausbreitete.

Seine Augen wurden schmal, und plötzlich hätte er sie am liebsten gewürgt, obwohl er ihre Kühnheit gleichzeitig bezaubernd fand. »Das ist die reinste Folter! Gurken …«

»Pst, nicht so laut. Ich bin sicher, dass Sie sehr zufrieden mit den Sandwiches sein werden.« Sie lächelte. »Ich verspreche Ihnen, dass Sie das Café nicht hungrig verlassen werden.«

»Teufelin«, knurrte er. *Dir werde ich es zeigen.* Ein Grinsen breitete sich auf seinen Zügen aus, und er bewegte seine Beine unter dem gestärkten Tischtuch, bis sie ihren Fuß berührten. Sein Lächeln vertiefte sich, als er mit der Spitze seines Schuhs unter ihren Rocksaum glitt und noch ein wenig höher, bis er sie scharf einatmen hörte. Ihre schönen Augen funkelten vor Empörung. Er lachte entzückt.

»Wie können Sie es wagen!«, zischte sie und zog den Fuß zurück. Dieser Mann war schlicht unmöglich … aber sie konnte sich trotzdem an keinen anderen

Lunch entsinnen, bei dem sie sich besser unterhalten hätte – und das nur seinetwegen.

»Da Sie es anscheinend darauf abgesehen haben, mich zu quälen, muss ich Mittel und Wege finden, mich zu verteidigen.« Sein Fuß fand wieder ihren, und er beeilte sich, ihn zwischen seinen eigenen Füßen einzuschließen. Mit einem Fuß glitt er dann langsam über ihren Stiefel. »Ah … so ein zierlicher Knöchel und so ein kleiner Fuß«, sagte er augenzwinkernd.

Sie erhob sich so abrupt, dass die Gäste an den anderen Tischen neugierig zu ihnen hinüberschauten.

»Was ist? Gefällt es Ihnen hier nicht mehr?«, murmelte er. »Sie machen sich zum Narren, wenn Sie aufspringen, als wären Sie von einer Hornisse gestochen worden.«

Es verschaffte ihm Genugtuung, zu sehen, wie sie errötete. Mit abgewandtem Blick und steifem Rücken setzte sie sich wieder hin. Er wünschte, er könnte ihre Augen sehen – die jetzt bestimmt ganz dunkel vor Beschämung waren.

Unauffällig schob er seinen Stuhl noch etwas näher an den ihren. Das Tischtuch verbarg ihre Beine vor neugierigen Augen. Sie erschrak, und ihr Blick huschte durch den Raum wie der eines Kaninchens in der Falle. Als Thaddeus seinen Schenkel an ihrem rieb, gab sie einen erstickten Ton von sich. Thaddeus lachte hinter seiner Serviette, worauf Maggie ihn mit einem vernichtenden Blick bedachte.

Er fand, dass sie einen wunderschön geformten Schenkel hatte; das spürte er sogar unter all ihren gestärkten Unterröcken. Sie war gewiss sehr weich und üppig, wenn sie dieses steife Korsett ablegte, das sie ständig trug. Jedenfalls hätte er es gern herausgefunden. Er hätte auch seinen letzten Schilling darauf verwettet, dass sie nachts im Bett hochgeschlossene Flanellnachthemden trug, und darunter Unterwäsche, die aus solch dickem, steifem Material war, dass sie Soldaten als kugelsichere Weste hätte dienen können. Mit einem leisen Lachen überlegte er, ob er dem Verteidigungsministerium einen solchen Vorschlag unterbreiten sollte …

»Was ist denn nun schon wieder?« Maggie runzelte die Stirn. »Sie lachen über mich, das stört mich«, tadelte sie ihn, während sie ihre Beine zur Seite schob, so weit sie konnte, ohne vom Stuhl zu fallen.

Die Kellnerin brachte ihre Bestellung, und Thaddeus blickte fassungslos die blassen, krustenlosen Brotdreiecke mit den hauchdünnen, schon ein wenig welken Gurkenscheiben an. Maggies warmes Hefegebäck sah viel appetitlicher aus. Er nahm sich zwei der goldbraunen Brötchen, bevor Sara den Teller auf den Tisch stellen konnte.

Der überraschten Kellnerin zuzwinkernd, schnitt er eins der Brötchen auf und gab so reichlich Sauerrahm darauf, dass kaum genug für Maggie übrig blieb. Er spürte ihr stummes Aufbegehren – ihr Rücken war noch steifer als gewöhnlich. Während er genüsslich aß, beobachtete er, wie sie innerlich vor Ärger schäumte.

»Sprachlos vor Zorn«, murmelte er.

»*Was* haben Sie gesagt?«, fragt sie im frostigen Tonfall einer Lehrerin. Bewusst langsam und präzise strich sie Konfitüre auf ihr Brötchen und biss geziert ein winzig kleines Stück davon ab.

»Sprachloser Engel«, flüsterte er ihr ins Ohr. Eine widerspenstige Locke kitzelte ihn am Kinn, und bewundernd dachte er, wie weich und seidig die rotblonde Strähne war. Ein jähes Bedürfnis, Maggies Haar aus dem strengen Chignon zu lösen, überkam ihn, und er fragte sich, wie sie wohl aussah, wenn das Haar ihr offen auf die Schultern fiel. Er atmete tief ein bei dem

Gedanken und fragte sich, wieso diese prüde, altjüngferliche Frau ein derartiges Feuer in ihm entfachen konnte. Es war ihm einfach unerklärlich.

Sie schluckte das letzte Stückchen Brot. »Sie haben kein Recht, mich einen Engel zu nennen«, sagte sie. »Und wenn es Ihnen nichts ausmacht, würde ich unsere Nachforschungen jetzt gern fortsetzen. Vorausgesetzt, Sie sind mit dem Essen fertig.« Sie warf einen viel sagenden Blick auf die kleinen Brotdreiecke mit den Gurken. »Ich bin sicher, dass diese Sandwiches ganz köstlich sind.«

Mit einem anzüglichen Lächeln bot er ihr den Teller an. »Bedienen Sie sich.«

Er lachte über ihren Gesichtsausdruck, aber sie schwieg und nahm sich eins der Sandwiches. Er trank seinen Tee und betrachtete ihr Gesicht, während sie aß. Ihre Wimpern waren lang, mit goldenen Spitzen, auf ihrer Nase waren ein paar helle Sommersprossen zu erkennen, und ihre Wangen mit der zarten Pfirsichhaut verlockten ihn dazu, sie zu berühren. Er fragte sich, ob ihre Lippen wohl genauso süß sein mochten …

»Sind Sie fertig?», fragte sie und blickte ihn durch ihre Brillengläser fragend an.

»Ich könnte den ganzen Tag hier sitzen«, dachte er laut und vergaß für einen Moment, dass er jetzt der einzige Mann in einem Raum voller Damen war. Der Herr in der Ecke war gegangen.

»Nun, ich werde Sie nicht dafür bezahlen, den ganzen Nachmittag in einer Teestube zu verbummeln«, tadelte sie ihn, während sie aufstand.

Er folgte ihr mit einem Seufzer der Erleichterung, und sie traten auf die belebte Oxford Street hinaus. »Ich schlage vor, wir trennen uns hier«, meinte er. »Ich habe noch verschiedene Dinge zu erledigen und möchte mich auch mit Sergeant Horridge in Verbindung setzen …«

»Unsere Ermittlungen sind noch nicht beendet«, sagte sie. »Ich würde gern noch mit diesem Mann sprechen … mit diesem Anselm Ripley.«

»Trauen Sie mir nicht zu, ihn richtig zu befragen?«

»Zwei Köpfe denken besser als einer.« Ohne seine Antwort abzuwarten, winkte sie eine Mietkutsche herbei. »Zuerst zu Scotland Yard?«, fragte sie.

Thaddeus stieß einen ärgerlichen Seufzer aus. Ihm war klar, dass er seine effektivste Waffe – einen Kuss – einsetzen musste, um Maggies Entschlossenheit zu brechen. Vielleicht wäre sie dann endlich schockiert genug, um ihre gemeinsamen detektivischen Aktivitäten zu beenden.

»Na schön«, sagte er zu ihr, doch bevor er in die Kutsche stieg, gab er dem Fahrer leise die Adresse des Hotels an und hoffte, dass er die Bitte trotz des Lärms auf der Oxford Street gehört hatte.

Thaddeus setzte sich neben Maggie und musterte sie mit einem abschätzenden Blick. Als er sicher sein konnte, dass der Kutscher in nördlicher Richtung auf die Baker Street eingebogen war, begann er sich für den Kampf zu wappnen.

»Aber wir wollten doch zu Scotland Yard …«, begann sie überrascht.

»Ja, aber nicht heute Nachmittag«, antwortete er.

»Wieso nicht?« Anklagend blickte sie ihn an, und er musste lachen.

»Bitte beruhigen Sie sich. Ich habe etwas Dringendes zu erledigen, das nicht warten kann.« Fast war er versucht, nachzugeben, als er sah, wie ihre Augen sich besorgt verdunkelten, rief sich dann aber wieder in Erinnerung, dass er diese Untersuchung ohne sie fortsetzen musste.

»Wir dürfen keine Zeit verlieren«, bedrängte sie ihn. »Sie müssen diesem Fall bedingungslose Priorität einräumen.«

»Das tue ich auch. Seien Sie unbesorgt, Mrs Hartwell. Ich vernachlässige meine Arbeit nicht.«

»Wenn ich nur die Adresse dieses Mr Ripley hätte …«, dachte sie laut. Dann wandte sie sich Thaddeus zu und fixierte ihn mit einem strengen Blick. »Wie wollen Sie herausfinden, wo er wohnt?«

»Es gibt Mittel und Wege«, wich er aus. Wenn er von offiziellen Quellen wie Telefonauskunft und Post sprach, von Herrenclubs oder den Archiven im Scotland Yard, war ihr zuzutrauen, dass sie versuchen würde, Ripley selbst zu suchen. Es bestand natürlich auch die Möglichkeit, dass sie selbst darauf kommen würde, aber er hoffte, dass er Ripley erreichen würde, bevor sie auf derartige Ideen kam.

Schweigen herrschte eine Zeit lang zwischen ihnen, dann sagte sie: »Sie versuchen nur, mich loszuwerden, was?«

Er betrachtete ihre zusammengekniffenen Lippen. »Aber das ist nicht leicht bei Ihnen.«

Als sie etwas erwidern wollte, packte er sie an den Schultern und zog sie in seine Arme. Sie fühlte sich erstaunlich zerbrechlich an. Es sind zu viele Stoffschichten zwischen unseren Körpern, dachte er, während er den Mund auf ihren senkte. Als sie protestierte, brachte er sie mit einem versengenden heißen Kuss zum Schweigen. Wenigstens für ihn war er versengend heiß, denn als er diese rosigen, verwundbaren Lippen berührte, durchzuckte ihn ein jähes, brennendes Verlangen. Überrascht konzentrierte er sich ganz auf ihre verführerische Weichheit. Ihr weiblicher Duft berauschte ihn, und nach anfänglichem Widerstand lehnte sie sich an ihn und öffnete den Mund ein wenig weiter. Thaddeus war, als könne er nie wieder aufhören, ihre süßen Geheimnisse zu erforschen.

Der harte Aufprall ihres Schirms auf seinem Kopf riss ihn jedoch aus der Verzückung.

»So eine Frechheit! Wagen Sie es nie wieder, sich so unverschämt aufzuführen, Mr Webb«, sagte Maggie heiser, als der Hansom hielt und sie ausstieg, um Thaddeus die Fahrt allein fortsetzen zu lassen. Ihre blauen Augen funkelten vor Zorn, aber er fand es ungemein befriedigend, dass ihre Wangen stark gerötet waren und ein sanfter Zug um ihre Lippen lag, der Minuten vorher noch nicht da gewesen war.

7

»Mama, dein Gesicht ist ja ganz rot«, rief Victoria, als sie Maggie mit ausgestreckten Armen durch die Hotelhalle entgegenlief. »Was hast du getan?«

Maggie errötete noch heftiger, ihr war noch immer etwas schwindlig von Thaddeus' Kuss. Sie fühlte sich seltsam schwach, atemlos und schamlos hungrig nach mehr von seinen Küssen. Heute Morgen, als sie ihn getroffen hatte, waren sie sich praktisch noch völlig fremd gewesen, und jetzt – was waren sie jetzt? *Todfeinde*!

Was erlaubte sich dieser Mann! Jede Gelegenheit hatte er benutzt, um sie zu berühren, sie dachte an seinen Schenkel dicht an ihrem, seine starken Arme, die sie fest umfangen hielten, und dann, der allersüßeste Moment, sein Kuss. So direkt, so machtvoll und so … *wissend.* Sie hatte bei diesem Kuss das Gefühl gehabt, als wären seine Lippen eigens für sie geschaffen worden.

»Mama, du hörst nicht zu. Du träumst«, beschwerte sich Victoria.

»Pst«, sagte Maggie und sah sich unauffällig nach den Gästen im Foyer um. Nur ein Mann spähte über den Rand der Zeitung, die er las.

»Mama, wirst du den Tee mit mir einnehmen? Bitte?«

Maggie blickte in das bittend erhobene Gesicht ihrer Tochter. Ihr blondes Haar hatte sich aus einem der blauen Samtbänder gelöst, und ihre Schürze war vorn ein bisschen farbverschmiert. Wie konnte sie Nein sagen zu diesem kleinen Mädchen, dessen strahlend blaue Augen sie so voller Liebe und Vertrauen ansahen? »Natürlich, Liebling. Wir lassen uns den Tee ins Kinderzimmer bringen.«

Victoria hielt zwei Puppen, eine unter jedem Arm. »Dann können Molly Potter und Zoe Soap mit uns essen.« Victoria hüpfte auf und ab vor Freude und zeigte ihr die Puppen. »Sieh mal, Mama, sie haben neue Kleider!«

Miss Lather, die Gouvernante, kam herein, mit hochroten Wangen, als wäre sie den ganzen Weg vom Kinderzimmer gerannt. *»Da* bist du, Victoria. Wie oft habe ich dir gesagt, du sollst nicht …«

»Weglaufen«, schloss Victoria automatisch. »Aber ich sah Mama mit einem fremden Herrn in einem Hansom reden …«

»Das genügt«, unterbrach Maggie sie, als sie bemerkte, dass nun noch mehr Gäste aufmerksam wurden. »Du musst Miss Lather immer und aufs Wort gehorchen.«

Die Gouvernante wirkte verlegen und knickste, wobei ihr steifes graues Taftkleid raschelte. »Es tut mir leid, Ma'am.«

»Geht ruhig schon mal vor, ich komme gleich ins Kinderzimmer.«

Miss Lather scheuchte Victoria aus der Hotelhalle, und Maggie hastete zur Rezeption. Sie hob das Telefon auf und betätigte die Kurbel, die sie mit der United Telephone Company in der Coleman Street verband. Sie hoffte, dass Mr Ripley ans Telefonnetz angeschlossen war, obwohl die Chance gering war, da Telefone in der Hauptsache für Geschäfte reserviert waren. Es knackte in der Leitung, und eine metallisch klingende Stimme ertönte am anderen Ende.

»Könnten Sie mich mit einem Mr Anselm Ripley

verbinden? Ich glaube, er wohnt in Mayfair oder in Belgravia«, sagte sie.

»Moment bitte.« Das statische Knacken kehrte wieder, und dann klingelte das Telefon. Plötzlich ertönte eine Männerstimme in der Leitung. »Mayfair Vier Neun Sechs.«

Maggie stockte der Atem, als sie die Nummer aufschrieb. »Mr Anselm Ripley?«

»Mr Ripley ist im Augenblick nicht da. Kann ich ihm etwas ausrichten?«

Maggie zögerte, dann kam ihr ein Einfall. »Ich rufe von Fortnum und Mason's an, wegen einer Lieferung für Mr Ripley. Leider ist uns bei der Adresse ein Irrtum unterlaufen. Könnten Sie …«

»South Audley Street Nummer vierzehn. Kommen Sie zum Hintereingang«, sagte der Mann, dann legte er auf.

Maggie lächelte und war stolz auf ihren Einfall und ihre Courage, als sie zu ihren Privaträumen weitereilte. Sie würde Mr Webb schon beweisen, dass auch sie sehr gut imstande war, den Detektiv zu spielen. Um keine Zeit zu verschwenden, würde sie Mr Ripley selbst befragen. Die Detektivarbeit erschien ihr von Mal zu Mal interessanter. Sie blickte auf die Uhr und runzelte die Stirn. Es würde schon bald dunkel werden, doch bevor sie ausging, musste sie den Nachmittagstee mit ihrer Tochter einnehmen. Ein rascher Blick auf den Schreibtisch in ihrem Büro verriet ihr, dass das lackierte Holzkästchen noch immer fehlte.

In ihrem Schlafzimmer nahm sie den Hut ab und legte ihn in einen Hutkarton. Die Straußenfedern waren ein bisschen zerfranst nach dem Gerangel in dem französischen Restaurant. Als sie aus ihrem Rock schlüpfte, dachte sie empört an Mr Webb. Wie konnte ein Mensch bloß derart arrogant und eingebildet sein?

Doch die Erinnerung an seinen Kuss vertrieb jeden anderen Gedanken, und eine angenehme Wärme durchrieselte sie. Sie atmete ein wenig schneller, als sie sich die Momente in seinen Armen ins Gedächtnis rief … seine starken Arme … sein männlich herber Duft. Und diese Lippen! Beharrlich, selbstbewusst und warm … so warm …

Die Luft erschien ihr plötzlich kalt, als wäre das Haus – oder ihr *Leben* – viel leerer ohne seine Nähe. Während sie versuchte, diesen beunruhigenden Gedanken abzuschütteln, zog sie einen sauberen Rock und eine Hemdbluse an, bürstete ihr Haar und steckte es wieder zu dem gewohnten festen Knoten auf. Ihre Wangen waren noch immer rosig angehaucht, und ihre Augen funkelten. Seinetwegen? Maggie errötete noch ein wenig mehr.

Kopfschüttelnd trat sie auf den Korridor hinaus. Victorias Lachen erklang aus dem Kinderzimmer, und Maggie wurde ganz warm ums Herz beim Gedanken an ihre Tochter, die für sie der wichtigste Mensch in ihrem Leben war.

Sie seufzte. Wenn Männer sie als kühl und unnahbar empfanden, dann lag das daran, dass sie ständig auf der Hut vor ihnen war – doch mit ihrer Tochter konnte sie so entspannt und unbekümmert sein, wie sie nur wollte.

Das Zimmer war gemütlich eingerichtet, mit rotweiß karierten Ginganvorhängen, farbenfrohen Kissen auf dem Erkersitz und einem Schaukelpferd, dessen Mähne und Anstrich vom häufigen Gebrauch schon ganz verblichen waren.

»Mama! Es gibt Korinthenbrötchen und Trifle zum Tee. Mein Lieblingsessen.« Victorias Haar war frisch geflochten, und sie trug nun eine makellos weiße Schürze.

Maggie lachte, umarmte sie und küsste sie auf die Stirn. »Wie war dein Tag heute? Warst du im Zoo?« Sie warf der Gouvernante einen fragenden Blick zu.

»Ja, Mama, aber erst nach meinem Zeichen- und Leseunterricht.« Sie zeigte Maggie einige ihrer Bilder mit gelben Sonnen und farbenfrohen Häusern und Vögeln. »Miss Lather sagt, ich lese schon sehr gut.«

»Kleine Prahlerin«, tadelte Maggie, ihren Stolz verbergend.

»Victoria hat Recht, Mrs Hartwell. Sie lernt sehr schnell das ABC.« Die Gouvernante nahm Gertie das Tablett ab. Das Dienstmädchen lächelte Victoria an.

Die Kleine lief durch das Zimmer und drückte Gertie ein Korinthenbrötchen in die Hand. Zwischen den beiden Mädchen hatte sich Freundschaft entwickelt, und Maggie hatte schon oft bemerkt, dass Victoria dem Dienstmädchen durch das ganze Haus nachlief, wenn es die Zimmer reinigte.

»Vielen Dank, Miss Victoria«, sagte Gertie augenzwinkernd, als sie ging.

»Wir haben den großen Elefanten gesehen, Mama. Ich wünschte, ich könnte auch mal darauf reiten. Die Kinder reiten abwechselnd, weißt du. Der Elefant trägt einen Sattel mit zwei Bänken an den Seiten und die Reiter sitzen ganz, ganz hoch!« Sehnsucht klang in Victorias Stimme mit. »Wann darf ich mal darauf reiten?«

Maggie erschauderte, als sie sich ihre Tochter auf dem Rücken eines Elefanten vorstellte, denn sie selbst hatte Höhenangst. Sie würde ihr nie erlauben, auf so ein riesiges Tier zu steigen. Was, wenn sie herunterfiel? »Im nächsten Sommer vielleicht.«

»Für einen Sixpence können alle Kinder reiten.«

»Darum geht es nicht, aber ich habe gehört, dass dieser Elefant schrecklich wütend werden kann. Er soll schon zweimal aus seinem Gehege ausgebrochen sein.«

»Das tut er doch nur, weil er auch einmal allein spazieren gehen möchte«, erklärte Victoria, während sie einer ihrer Puppen Zöpfe flocht. »Er langweilt sich in seinem Haus.«

Miss Lather servierte den Tee, und sie begannen zu essen. Maggie lauschte nur mit halbem Ohr Victorias Geplapper, das sich vor allem um den gegenwärtigen Gesundheitszustand ihrer Puppen drehte. »Miss Lather näht für Zoe Soap ein neues Nachthemd«, erklärte sie, und die schüchterne Gouvernante errötete. Maggie dachte, wie froh sie doch sein konnte, eine so nette Frau für Victoria gefunden zu haben. Sie tat weit mehr als ihre bloße Pflicht, um Victoria zu beschäftigen, wenn Maggie ihrer Arbeit nachging.

»Das wird bestimmt sehr hübsch«, erwiderte Maggie und nahm sich vor, schon sehr bald das Gehalt der Gouvernante zu erhöhen.

»Liest du mir später etwas vor, Mama?«

»Wenn du im Bett bist. Aber vorher habe ich noch etwas zu erledigen. In etwa einer Stunde bin ich wieder da.« Sie küsste Victoria auf die Wange und erhob sich.

»Wo gehst du hin, Mama? Den Herrn, der in dem Hansom saß, besuchen?«

Maggie senkte den Blick. »Natürlich nicht! Er ist nur ein geschäftlicher Bekannter.«

»Er war so groß! Ich wünschte, er käme mit mir in den Zoo. Ich glaube, er wäre beinahe groß genug, um mich auf den Elefanten zu heben. Könntest du ihn bitten mitzukommen, Mama?« Victoria setzte ihr gewinnendstes Lächeln auf, und Maggie musste lachen.

»Mr Webb wird dich nicht in den Zoo begleiten,

aber ich verspreche dir, im Sommer einmal mit dir hinzugehen.«

»Oh, Mama, ich wünschte … ich hätte einen Vater, der so ist wie Mr Webb.«

Maggie errötete. »Ich würde dir sehr gern einen Vater schenken, aber ich glaube nicht, dass Mr Webb der geeignete Mann dafür ist.«

»Aber ich habe gesehen, wie nett er dich angelächelt hat, Mama. Und ich möchte einen Vater wie ihn, der groß genug ist, mich auf diesen Elefanten zu heben!«

Beunruhigt strich Maggie ihrer Tochter übers Haar. Ihre alte Sehnsucht, zu einer richtigen Familie zu gehören, erwachte wieder. Sie konnte Victoria nicht verdenken, dass sie sich einen Vater wünschte, doch wie war es möglich, dass ihre Tochter Thaddeus Webbs Charme so schnell erlegen war? »Wir werden sehen, Schatz.«

Maggie ließ sich noch einmal von Victoria umarmen, bevor sie rasch hinunterging. Sie entschied sich für einen pelzbesetzten Mantel, da der Nachmittag noch kälteres Wetter mitgebracht hatte. Wenn sie Mr Ripley vor Einbruch der Dunkelheit erreichen wollte, würde sie sich beeilen müssen.

Rafferty, der Portier, rief eine Mietkutsche für sie, und darin machte sie sich auf den Weg nach Mayfair, das in etwa fünfzehnminütiger Entfernung lag. Die Luft war feucht und kalt, und der eisige Regen machte die Straßen sehr gefährlich.

Sie erreichte die Adresse in der South Audley Street jedoch ohne Zwischenfälle und stieg aus. Nach einem flüchtigen Blick zum Himmel runzelte sie die Stirn und dachte, dass es wegen des regnerischen Wetters noch früher als sonst dunkel war. Nachdem sie ihren Schirm aufgespannt hatte, stieg sie die Stufen zu dem schmalbrüstigen Stadthaus hinauf und betätigte die

Glocke. Dem Haus nach zu urteilen, konnte Mr Ripley nicht ganz unvermögend sein, auch wenn es bei weitem nicht so elegant wie das von Mrs Smith-Jones in der Park Lane war.

Ein alter Mann mit grau meliertem Haar und Backenbart öffnete die Tür. »Ja?«

Maggie bemühte sich um einen zurückhaltenden Tonfall. »Mr Anselm Ripley?«

»Nein, Mr Ripley ist verreist. Er wird am nächsten Samstag zurückerwartet. Kann ich Ihnen weiterhelfen?«

»Nein … ich wollte nur mit ihm sprechen. Es ist dringend.« *Jetzt muss ich eine ganze Woche warten!* Nachdem sie blitzschnell nachgedacht hatte, zog sie ihre Visitenkarte aus der Handtasche. »Es geht um etwas Geschäftliches, und ich wäre Mr Ripley dankbar, wenn er mich unter dieser Nummer anrufen würde.« Sie überreichte dem alten Mann die Karte.

Der Butler dankte ihr und versprach, es Mr Ripley auszurichten.

Enttäuscht trat Maggie auf den Bürgersteig zurück. Plötzlich schien sie alle Energie verlassen zu haben. Ein scharfer Windstoß blies über die Straße und wirbelte Laub auf. Es regnete noch immer so heftig, dass sie wieder ihren Schirm aufspannte. Sie sah sich nach einem Hansom um, aber das einzige Gefährt, das in ihre Richtung kam, war bereits besetzt. Zu ihrer Überraschung hielt es jedoch an.

Ein Mann stieg aus, und als er ihr das Gesicht zuwandte, erkannte sie Thaddeus Webb.

»Sie!«, sagten beide gleichzeitig.

Mr Webb wirkte sehr verärgert, als er den Kutscher bezahlte. »Wie ich sehe, konnten Sie sich wieder einmal nicht aus meinen Nachforschungen heraushalten.«

Sie straffte die Schultern und kam sich dennoch ziemlich klein neben ihm vor. »Sie scheinen zu glauben, wir hätten alle Zeit der Welt, Mr Webb. Aber während wir hier reden, könnte meine Schwester schon in argen Schwierigkeiten stecken – oder womöglich gar dem Tode nahe sein!«

Es regnete noch heftiger und wurde von Minute zu Minute dunkler. Maggie begann die Straße entlang zu gehen, da sie in ihrer Verblüffung über Mr Webbs Erscheinen vergessen hatte, die Mietkutsche zurückzuhalten. Mr Webb folgte ihr und klappte zum Schutz gegen den Regen den Kragen seines Mantels hoch. Er trug wieder den zerfransten schwarzen Schal und seinen Homburg, hatte den Überzieher aber gegen einen Regenmantel ausgetauscht. Wie in großen dunklen Wellen strahlte Ärger von ihm aus.

Er packte Maggies Arm und brachte sie abrupt zum Stehen. »Lassen Sie mich auf der Stelle los!», fuhr sie ihn an, doch er ließ sich davon nicht beeindrucken.

»Verflixtes Frauenzimmer! Was hat Mr Ripley gesagt?«

Sie funkelte ihn an und wurde von Sekunde zu Sekunde aufgebrachter. Wasser drang aus der Pfütze, in der sie stand, in ihre Schnürstiefel. Vergeblich versuchte sie, sich von Thaddeus loszureißen.

»Mr. Ripley ist verreist und wird vor nächster Woche nicht zurückerwartet.«

»Hm.« Er ließ ihren Arm los, und sie ging weiter. Sie musste eine Kutsche finden, bevor ihre Stiefel ganz durchnässt waren.

Aber wenn Mr Webb eins war, dann sehr beharrlich. Er folgte ihr, mit einem Gesicht, das finster vor Empörung war, und Augen, die bedrohlich glitzerten. »Sind Sie eigentlich noch nie auf die Idee gekommen, dass es für Sie gefährlich werden könnte, sich an den Nachforschungen über das Verschwinden Ihrer Schwester zu beteiligen? Sie haben keine Ahnung, was zwischen Anselm Ripley und Ihrer Schwester war.«

Brüsk verhielt sie ihren Schritt und wandte sich betroffen zu ihm um. »Wollen Sie damit sagen, er könnte Leonora etwas angetan haben?«

Thaddeus zuckte mit den Schultern. »Möglich wäre alles.«

Maggie ging weiter. »Ich bin überzeugt, dass dieser Besuch hier mir nicht schaden kann – und schon gar nicht, nachdem Mr Ripley nicht zu Hause war.«

»Das ist nicht der Punkt. Das Problem hier sind Ihre Einmischungen und Ihr starrköpfiges Beharren darauf, sich in unbekannte – und möglicherweise auch gefährliche – Situationen zu begeben.«

Als er ihr vor ein paar Stunden gesagt hatte, er wolle Anselm Ripley allein aufsuchen, hatte sie offenbar nicht verstanden, dass er nur versuchte, sie zu schützen. Was, wenn Ripley Miss Winston in sein Haus gelockt und sie ermordet hatte? Die Idee war ziemlich weit hergeholt, aber es wäre schließlich nicht das erste Mal, dass eine Frau auf einen glattzüngigen, gut aussehenden Mann hereingefallen und von ihm entehrt oder ermordet worden war. Vielleicht war Miss Winston etwas zugestoßen, das sie so beschämte, dass sie ihre Schwester nicht damit belasten wollte? Die Umstände ihres Verschwindens waren wirklich ausgesprochen ominös.

Warum war Maggies Schwester unter einem falschen Namen gereist? War sie womöglich in irgendeine zwielichtige Geschichte in Amerika verwickelt? Es gab zu viele unbeantwortete Fragen, und Maggies Einmischungen erleichterten es Thaddeus nicht gerade, sie vor bösen Überraschungen zu bewahren, und erschwerten ihm zudem noch die Arbeit.

»Es ist nicht Ihre Sache, zu entscheiden, was gefährlich für mich ist und was nicht, Mr Webb.«

»Sie vergessen offenbar, dass Sie mich beauftragt haben, Nachforschungen über ihre vermisste Schwester anzustellen. Aber, da Sie es ja selbst so gut können und sowieso nicht auf mich hören wollen, lege ich meinen Auftrag hiermit nieder.« Er zog den Hut. »Guten Abend«, sagte er und schlenderte die Straße hinunter.

Entsetzt begann Maggie zu laufen, um mit ihm Schritt zu halten. »Mr Webb! Sie können nicht einfach *kündigen*! Was soll aus meiner Schwester werden?«

Er warf Maggie einen kurzen Blick zu. »Wie schon gesagt, Sie schaffen es doch gut allein. Ich weiß gar nicht, warum Sie meine Dienste überhaupt in Anspruch genommen haben.«

Sie geriet außer Atem, als sie neben ihm herlief. »Ich weiß nicht, was ich als Nächstes tun soll, aber ich verübele Ihnen sehr, dass Sie sich weigern, mir zu helfen.«

»Ich versuche ja auch nicht, Ihr Hotel für Sie zu führen«, entgegnete er.

Krank vor Angst, dass sie ihn jetzt ganz verloren hatte, ergriff sie seinen Arm. Er blieb stehen und starrte ihre Hand auf seinem Ärmel an. Man sah ihm an, wie zornig er war. Regen tropfte von der Krempe seines Homburgs.

»Wie oft muss ich es noch wiederholen?«, fragte er und löste sanft ihre Finger. »Ich kündige.«

Der Wind hatte weiter zugenommen und trieb den Regen in heftigen Böen vor sich her. Maggies Rock- und Mantelsäume waren schwer vom Wasser. Aber das kümmerte sie im Augenblick nicht: sie musste Thaddeus überzeugen, dass sie ihm in keiner Weise schaden wollte. Aber als sie den Mund gerade öffnete, um etwas zu sagen, drehte ein Windstoß ihren Schirm um, Wasser prasselte auf ihren Hut und ihr Gesicht.

Ärgerlich kämpfte sie mit dem sperrigen Gerät, während Mr Webb ihr lachend dabei zuschaute. Dann verschränkte er die Arme. »Soll ich Ihnen helfen?«

Ihr Hut flog weg und rollte über die Straße. »O nein!«, schrie sie und verlor nun auch den Schirm noch aus den Händen. Der Wind ließ ihn wie eine groteske Kröte über die Straße hüpfen.

»Das war Ihr letzter Schutz«, bemerkte Thaddeus lachend. »Sie werden besser dran sein ohne.«

Heiße Tränen stiegen ihr in die Augen. »Sie hätten wenigstens versuchen können, meinen Hut zu fangen«, warf sie ihm vor und wischte sich das Wasser aus den Augen. Ihr Haar war nass, ihr Knoten löste sich.

»Warum?« Er ging weiter über die Straße, die sich zum Grosvenor Square verbreiterte, wo sich endlich ein Mietkutschenstand befand.

Maggie schäumte vor Zorn und hatte Mühe, mit Thaddeus Schritt zu halten. »Ich vergesse immer wieder, dass Sie kein Gentleman sind.«

»Manchmal helfe ich alten Damen, die Straße zu überqueren. Würden Sie das nicht als das Verhalten eines Gentlemans bezeichnen?«

»Wahrscheinlich berechnen Sie einen Schilling für den Service.« Sie blieb neben einer der Mietkutschen stehen und fühlte sich so elend wie das Pferd, das mit hängendem Kopf im Regen stand. Sie holte tief Luft und versuchte ein letztes Mal, Thaddeus umzustimmen.

»Verzeihen Sie mir meine … Einmischungen, aber Sie müssen verstehen, dass ich sehr beunruhigt bin. Unter normalen Umständen würde ich nicht im Traum daran denken, mich in Ihre Arbeit einzumischen.«

Er sah sie lange an und bemerkte den trüben Ausdruck ihrer Augen. Kein Fünkchen Haltung war mehr da, sie wirkte jetzt ungemein verwundbar. Sein Ärger verblasste mit einem Schlag. »Ich akzeptiere die Entschuldigung.«

»Was jetzt?«, fragte sie, als der Wind sie zwang, einen Schritt zurückzutreten. Dabei stolperte sie über den Bordstein und prallte mit dem Rücken gegen eins der großen Kutschenräder hinter ihr. Webb streckte die Hand nach ihr aus, versuchte aber nicht, Maggie auf den Bürgersteig zurückzuziehen, sondern hielt nur ihre Hand fest.

»Zuerst müssen Sie etwas Trockenes anziehen. Ihre Füße schwimmen doch bestimmt schon in den Stiefeln.«

Sie wischte sich das Gesicht ab. Nasse Haarsträhnen klebten an ihrer Stirn. »Ja ...« Beschämt über ihr Aussehen, tat sie einen zaghaften Schritt in Richtung Kutschentür, nannte dem Fahrer leise ihre Adresse und stieg ein. Als sie sich umwandte, um sich von Thaddeus zu verabschieden, sah sie zu ihrer Überraschung, dass auch er einstieg.

»Da ich ein Gentleman bin, wie ich bereits sagte, werde ich Sie natürlich wohlbehalten heimbringen«, erklärte er und drückte sie in eine Ecke. Sie fröstelte vor Kälte, und dennoch wurde ihr von innen her ganz eigenartig warm, jetzt, wo er wieder bei ihr war.

Es war bereits stockfinster, als sie die Berkley Street erreichten. Die Straßen waren des Regens wegen wie leergefegt.

»Wenn es so weiterregnet, werden wir morgen wieder dichten Nebel haben«, prophezeite Thaddeus. »Der Winter ist wirklich die schlimmste Zeit des Jahres, nicht?«

Da ihre Zähne vor Kälte klapperten, konnte Maggie nur nicken. Einen Moment später erreichten sie das Hartwell's Hotel.

»Wenn Sie möchten, können Sie mit hereinkommen

und einen Grog mit Brandy trinken, um sich ein bisschen aufzuwärmen«, sagte Maggie.

Thaddeus Gesicht hellte sich zusehends auf. »Danke«, sagte er und bezahlte den Kutscher.

Gefolgt von ihrem Begleiter, betrat Maggie das Foyer. Rafferty stand auf seinem Posten, sein schöner Mantel mit den Kupferknöpfen war bespritzt und feucht vom Regen.

»Eine fürchterliche Nacht, Mrs Hartwell«, sagte er in breitem irischen Akzent und tippte sich an den Zylinder. »Die Lounge ist gut besetzt, und auch die Speisesäle füllen sich allmählich.«

Maggie konnte das Geräusch vieler Stimmen und das Klirren der Bestecke hören. Aus einem Impuls heraus lud sie Mr Webb in ihr privates Wohnzimmer ein.

»Vor einem warmen Feuer können wir uns ungestörter unterhalten«, sagte sie.

Thaddeus zwinkerte ihr zu, als er das Wasser aus seinem Homburg klopfte. »Na so was, Mrs Hartwell. Sie wagen es … mit mir allein zu sein?«, flüsterte er ihr zu.

»Ich fühle mich sicher in meinem eigenen Zuhause«, sagte sie. »Und ich hoffe, dass mein Gefühl mich nicht täuscht.«

Bei seinem Lächeln wurde ihr ganz warm ums Herz, und sie konnte gar nicht anders, als es zu erwidern.

Rafferty nahm Thaddeus' Schal, Hut und Mantel und übergab alles dem Mädchen in der Garderobe. Maggie zeigte Thaddeus den Weg durch ihr Büro, und er folgte ihr.

»Ich schätze, das fehlende Holzkästchen ist nicht wieder aufgetaucht?«, fragte er.

»Nein, ich habe keine Ahnung, wohin es verschwunden ist.« Maggie stieg die schmale Treppe hinauf und betrat das Wohnzimmer. »Da sind wir. Ich sehe, dass eine der Mägde schon ein schönes warmes Feuer angezündet hat.« Sie knöpfte ihren Mantel auf und wollte ihn gerade ablegen, als sie Thaddeus' Hände im Nacken spürte, wo er das nasse Kleidungsstück ergriffen hatte. Er schüttelte es aus und hängte es auf einem Bügel an den Kleiderständer.

Maggie glättete rasch ihr aufgelöstes Haar und steckte es mit Nadeln fest. Dann setzte sie sich ans Feuer und hielt die Hände darüber, um sie aufzuwärmen. Ihre Zähne hörten langsam auf zu klappern.

Thaddeus kniete sich vor sie hin und streckte die Hände aus. Verwundert starrte sie ihn an.

»Strecken Sie die Füße aus«, befahl er. »Ich helfe Ihnen, die Stiefel auszuziehen.«

Sie kniff die Lippen zusammen und musterte ihn misstrauisch. »Danke, aber das kann ich allein.«

Er lachte. »Natürlich können Sie es, wie Sie ja auch alles andere allein erledigen können – einschließlich meiner Arbeit.« Ohne ihren Einwand zu beachten, hob er ihren Rocksaum an und packte einen Fuß. Sein Blick glitt durch den Raum und verweilte auf dem Kleiderständer und dem Korb darunter, der Schuhlöffel, Schuhbürsten und andere Utensilien enthielt. Er ließ sie einen Moment los, um einen Knopfhaken zu holen.

Sie wusste nicht, wie sie sich widersetzen sollte, als er ihren Fuß auf sein Knie hob und mit dem Haken die Knöpfe ihres Stiefels löste. Dann streifte er ihr den nassen Schuh ab und berührte ihren feuchten Strumpf. »Wie ich mir schon dachte – er ist vollkommen durchnässt.«

Er schenkte ihr ein Lächeln, und Maggie richtete sich jäh auf, als ihr plötzlich klar wurde, woran er dachte. »Das kommt nicht in Frage, dass Sie … meine Strümpfe herunterrollen!« Sie war so schockiert, dass sie errötete.

»Ich kann sie ja wohl kaum herunterrollen, solange ich nicht das Strumpfband löse.» Er zupfte an ihrem nassen Strumpf, wie um es zu beweisen. Das Garn klebte an ihrer Haut. Seine Fingerspitzen wanderten zu ihrem Knöchel und ein wenig höher … in einer langsam, gemächlichen Liebkosung. Ein warmes, wundersames Prickeln breitete sich in ihrem Magen aus und griff auf alle ihre Glieder über, bis Maggie vor Verwunderung ganz sprachlos war. Sie saß ganz still, beseelt von dem verrückten Wunsch, er möge weitermachen, und andererseits auch voller Angst, dass er genau das tun würde.

Nach kurzer Überlegung, als seine Hand bereits auf ihrer Wade war, setzte er ihren Fuß ab und hob den anderen aufs Knie. Ein glutvoller Blick erschien in seinen Augen, und eine jähe, exquisite Reaktion durchzuckte sie – Sehnsucht; wilde, unbändige Sehnsucht.

»Schade. Ich hätte wirklich sehr gern Ihre Strumpfbänder gesehen, Ma'am.«

Sie musste lachen. »Das ist doch …!«

»Sie wissen ja, dass es mir Freude macht, Damen wie Sie zu schockieren.« Er ließ sich absichtlich viel Zeit damit, die Knöpfe ihres zweiten Stiefels aufzuhaken.

Maggie versuchte aufzustehen, aber er ließ ihren Fuß nicht los. »Damen wie mich? Was wollen Sie damit sagen, Mr Webb?«

Er zog die Schultern hoch und lächelte. »Sie wissen, was ich meine.«

Er hielt sie für … verklemmt und prüde. Die Erkenntnis schmerzte so sehr, dass ihr die Tränen kamen. Sie blinzelte, um sie zu verdrängen. »Das war nicht nett von Ihnen, Mr Webb … aber ich stimme Ihnen zu, dass ich in Ihren Augen ziemlich unweiblich erscheinen muss.«

Er berührte ihr Kinn. »Ein bisschen empfindlich, ja,

aber dennoch bezaubernd. Trotzdem bin ich der Ansicht, wie ich Ihnen vorhin schon sagte, dass es das Beste wäre, wenn sich unsere Wege trennen würden. Ich weiß, dass Sie eine kluge und tüchtige Frau sind, aber ich arbeite allein.« Er machte eine Pause. »Und im Allgemeinen auch mit guten Resultaten.«

»Sie dürfen die Ermittlungen nicht einstellen.« Sie senkte den Blick, verschränkte die Hände auf dem Schoß und überlegte, wie sie ihn überzeugen könnte. Um Worte verlegen, sah sie sich im Zimmer um, und ihr Blick fiel auf den Schrank mit den Likörkaraffen. Sie erhob sich. »Sie bekommen jetzt den Brandy, den ich Ihnen versprochen habe, und dann besprechen wir die Angelegenheit auf zivilisierte Art und Weise.« Aus schmalen Augen musterte sie ihn. »Ich würde sogar so weit gehen, Ihnen mehr Geld anzubieten oder eine andere Antiquität, falls Sie das vorziehen. Aber wir müssen meine Schwester finden.«

Er trat einen Schritt näher, bis er sie fast berührte, und legte ihr die Hände auf die Schultern. Seine Augen hatten sich verdunkelt. »Ich weiß nicht, ob ich Ihnen vertrauen kann, Mrs Hartwell.«

»Ich versichere Ihnen, dass ich vertrauenswürdig bin«, beeilte sie sich zu erwidern. Oh, warum bettelte sie bei diesem ärgerlichen Mann?

»Was ich meine, ist, ob ich mich darauf verlassen kann, dass Sie sich nicht mehr einmischen?«

Seine Hände wärmten sie durch ihre Bluse. Es fiel ihr schwer, ihre Gedanken beisammen zu halten, als sie ihm in die Augen schaute. Sie waren magnetisch, hypnotisierend und sehr … warm. Sie war nicht mehr so aufgeregt und so berauscht gewesen, seit sie sich in Victorias Vater verliebt hatte.

Aber *diesen* Fehler würde sie nicht noch einmal machen.

Sie trat zurück und wandte das Gesicht ab. Seine Hände waren so beruhigend gewesen – von ihm umarmt zu werden würde sogar noch sehr viel schöner sein. Es mochte sündig sein, aber Gott, sie sehnte sich so sehr nach der Berührung eines Mannes …

»Der Brandy«, wisperte sie. »Lassen Sie mich Ihnen etwas einschenken.«

Als wäre sie beschwipst, stieß sie auf dem Weg zum Schrank gegen den großen Lehnstuhl am Kamin. Ihre Hände zitterten, als sie die goldene Flüssigkeit in einen Kognakschwenker goss. Sich selbst schenkte sie nichts ein.

Sie reichte Thaddeus das Glas, ohne ihn dabei anzusehen, und setzte sich dann wieder vor das Feuer.

»Danke«, sagte er und ließ sich in einem der Sessel nieder. Er seufzte tief auf, dann legte er die Beine auf ein ledernes Sitzpolster, das als Fußbank diente.

»Ihnen muss doch auch kalt sein«, sagte Maggie, weil ihr im Moment nichts Besseres einfiel.

»Darf ich das so verstehen, dass ich meine Stiefel ausziehen soll – in Gegenwart einer Dame?« Ein sanfter Vorwurf klang in seiner Stimme mit.

»Ich möchte nicht, dass Sie sich eine Lungenentzündung holen«, erwiderte sie lächelnd.

Er lachte. »Nun, Mrs Hartwell, da ich so freundlich war, Ihnen ihre nassen Stiefel auszuziehen, könnten Sie …«

Sie machte große Augen. »Ich soll Ihnen Ihre Stiefel ausziehen?«

Er zog die Schultern hoch. »Ja, das meinte ich. Aber falls Sie glauben, dass solch simple Aufgaben unter Ihrer Würde sind, lasse ich sie eben an.«

»Auf keinen Fall.« Errötend vor Verlegenheit, kniete sie sich hin und griff nach einem seiner Stiefel. Er war aus feinem schwarzen Leder. Sie musste in sein

Hosenbein greifen, um den Knoten des Schnürsenkels zu finden, und sie erschrak, als ihre Finger warme Haut berührten, worauf Thaddeus lachte.

Sich auf die Fersen stützend, stemmte sie die Fäuste in die Hüften. »Wenn Sie sich über mich lustig machen, höre ich sofort auf.«

Er antwortete nicht, aber sein Blick sprach Bände. Mit einem Zeh stieß er sie an. »An diese Art von Service könnte ich mich gewöhnen«, meinte er.

Mit einem nachsichtigen Lächeln schüttelte sie den Kopf, schnürte einen Stiefel auf und zog ihn aus. Er hatte ein großes Loch vorn an der Socke. Sie berührte es. »Haben Sie niemanden, der Ihre Socken stopft?«

»Mutter tut es schon lange nicht mehr, und meine Schwestern ...«

»Mehr brauchen sie nicht zu sagen.« Sie hob seinen anderen Fuß auf.

Schnelle Schritte ertönten auf dem Korridor, und die Tür sprang auf und gab den Blick frei auf Victoria, in einem bodenlangen Flanellnachthemd und mit einer ihrer Puppen unter dem Arm. »Mama! Ich habe mich gefragt, ob du bei dem Regen noch immer draußen warst«, sagte sie. »Oh!«, fügte sie hinzu, als ihr Blick auf Thaddeus fiel. Ihre Augen weiteten sich vor Neugier, als sie seinen Fuß auf Maggies Knie entdeckte. Das Mädchen musterte Thaddeus prüfend. »Sie sind der Mann, der meine Mutter heute in der Mietkutsche geküsst hat! Ich habe es von meinem Fenster aus gesehen. Werden Sie nun Mama heiraten?«

Thaddeus lachte. Maggie ließ seinen Fuß auf den Lederschemel fallen. »Absolut nicht, Liebling. Komm her. Wie oft habe ich dir gesagt, dass du nicht ohne anzuklopfen in ein Zimmer stürmen sollst?«

»Entschuldige, Mama.«

Maggie zog ihre Tochter an sich und strich über das

seidenweiche Haar, das offen über ihren Rücken fiel. »Ich sagte dir doch schon, dass Mr Webb nur ein Bekannter ist.«

Thaddeus' Augen glitzerten belustigt. Er reichte dem kleinen Mädchen seine Hand. »Miss Hartwell, denke ich?«

»Ja, aber mein Papa ist tot.« Victoria hielt ihre Puppe hoch. »Das ist Zoe Soap. Sie möchte auf dem Elefanten im Zoo reiten, aber sie ist noch viel zu klein. Sie braucht jemanden, der sie hinaufhebt.«

»Aber wer hält sie dort fest, damit sie nicht herunterfällt?«

»Ich. Ich hätte keine Angst vor diesem Elefanten. Sie, Mr Webb?«

Thaddeus' Lippen zuckten. »Nein ... oder zumindest glaube ich es nicht.«

Victoria lächelte. »Das *wusste* ich! Sie sind fast genauso groß wie er.«

»Victoria!«, sagte Maggie tadelnd. »Du musst jetzt wieder ins Bett gehen.«

»Aber du hast versprochen, mir noch etwas vorzulesen, Mama.«

»Das werde ich auch tun, wenn Mr Webb gegangen ist.« Sie biss sich auf die Lippen, als ihr Blick auf seine Stiefel auf dem Boden fiel. Er hatte es sich im Sessel bequem gemacht und trank seinen Brandy. Vielleicht würde er bleiben, bis die Stiefel trocken waren? Sie merkte plötzlich, dass ihr die Idee gefiel, einen Abend am Kamin mit Thaddeus zu verbringen.

»Gehen Sie ruhig, und lesen Sie ihr etwas vor«, sagte er. »Ich finde schon hinaus, wenn ich den Brandy ausgetrunken habe.«

»Also gut, aber Sie können bleiben, solange Sie wollen, Mr Webb.« Als er nickte, begleitete sie ihre Tochter in deren Schlafzimmer.

Thaddeus hörte Victorias fröhliches Geplapper und Maggies geduldige Erwiderungen, als sie auf den Korridor hinaustraten. Ihm wurde seltsam warm ums Herz, und ihn erfasste plötzlich das Bedürfnis, sie zurückzurufen. Ein Gefühl der Zugehörigkeit beschlich ihn, als er in das prasselnde Feuer starrte und auf den Regen draußen lauschte. Es war Jahre her, seit er sich derart wohl gefühlt hatte. Maggie Hartwell bedeutete ihm mehr, als er es nach so kurzer Zeit für möglich gehalten hätte. Trotz ihrer ständigen Einmischungen war er gern mit ihr zusammen. Die Ermittlungen mussten fortgesetzt werden, wenn auch nur, um den Kummer in ihren Augen zu vertreiben, wenn sie über ihre Schwester sprach. Er betete zu Gott, dass Miss Winston kein Unheil zugestoßen war. Seufzend stand er auf. Trotz Maggies Einladung war es besser, wenn er nach Hause ging, um die Informationen auszuwerten, die er heute gesammelt hatte. Ihre Gegenwart erschwerte es ihm, klar und logisch zu denken.

Zwanzig Minuten später, nachdem sie Victoria ein Märchen vorgelesen und ihr eine gute Nacht gewünscht hatte, kehrte Maggie ins Wohnzimmer zurück und stellte fest, dass Mr Webb gegangen war. Enttäuschung überfiel sie. Unter dem leeren Kognakschwenker hatte er eine Nachricht für sie hinterlassen: *Ich werde die Ermittlungen unter einer Bedingung fortsetzen – dass Sie sich von jetzt an nicht mehr einmischen. Danke für den Brandy. Ich habe Ihre sanfte Hand auf meinen … Füßen sehr genossen. Ihr Thaddeus Webb.*

Sie zerknüllte das Papier und warf es ins Feuer. »Oh, warum ist er nicht geblieben, um alles mit mir zu besprechen!« Aber sie *hatte* ihm versprochen, seine Arbeit nicht mehr zu behindern, und gedachte sich daran zu halten. Sie würde ihm eben einfach vertrauen müssen.

Das Einzige, woran sie denken konnte, war sein warmes Lächeln und die Berührung seiner Hände, als er ihre Beine streichelte. Wie unendlich zärtlich er sie angeblickt hatte … Sie konnte nicht bestreiten, dass sie sich zunehmend wohler in seiner Nähe fühlte. Er schaffte es, dass sie sich lebendiger und sehr, sehr weiblich fühlte. Sie konnte das Verlangen, das beim bloßen Gedanken an ihn in ihr pochte, nicht mehr ignorieren. Wie lange würde sie diese Sehnsucht überhaupt noch unterdrücken können? Egal, wie erfolgreich sie diese Seite ihres Wesens in der Vergangenheit unterdrückt hatte – jetzt wurde sie daran erinnert, dass sie sich vor der Liebe nur versteckt hatte.

8

Drei Tage später hatte Maggie noch immer nichts von Mr Webb gehört. Sie brannte darauf, zu erfahren, was er Leonoras wegen unternahm, setzte sich aber nicht mit ihm in Verbindung, weil sie ihm zeigen wollte, dass sie ihren Teil der Abmachung einhielt. Darauf zu verzichten fiel ihr allerdings nicht leicht. In vier Tagen würde Mr Ripley wieder in London sein – vielleicht konnte sie ihn heimlich in der South Audley Street aufsuchen …

Am nächsten Morgen erwachte sie sehr früh, schon vor Beginn der Morgendämmerung. Sie fragte sich, was sie so jäh geweckt haben mochte, und ihr Herz begann wie wild zu pochen, als sie sich im Bett aufrichtete und auf Geräusche draußen auf dem Korridor vor ihrem Zimmer lauschte. Eine bedrückende Stille lastete auf dem Haus. War vielleicht einer der im Haus lebenden Angestellten in ihre Privatwohnung heraufgekommen? Doch normalerweise schliefen sie um diese Zeit noch alle …

Maggie zog die Decke unters Kinn und beobachtete die Tür, bis ihre Augen von der Anstrengung brannten. Sie konnte kaum die Umrisse des Türrahmens erkennen, doch der glänzende Kupferknauf schimmerte wie eine Signalleuchte. Ein Rascheln kam aus ihrem Wohnzimmer, und sie versteifte sich vor Furcht. Ihr ganzer Körper schien zu einem Eisblock zu gefrieren und behinderte ihre Bewegungen, als sie das Federbett zurückschlug. Warum fürchtete sie sich? Sie hatte sich in diesem Haus noch nie gefürchtet.

Das Geräusch ertönte wieder, und Maggie hielt den Atem an. Kalter Schweiß brach auf den Innenflächen ihrer Hände aus, als sie sich vom Bett erhob und vorsichtig zur Tür schlich.

Das Herz dröhnte ihr in den Ohren, und ihr Magen verkrampfte sich vor Entsetzen, als ein Poltern aus dem Nebenzimmer kam. Nach einem tiefen Atemzug legte sie die Hand vorsichtig auf den kalten Türknauf. Im Wohnzimmer herrschte Grabesstille, aber sie spürte, dass dort etwas – jemand – war. Ihre Hand zitterte, als sie den Türknauf drehte.

Ängstlich starrte sie in die undurchdringliche Finsternis des angrenzenden Raums.

»Wer ist da?«, fragte sie mit zittriger Stimme. »Ich habe Sie herumgehen hören.«

Sie hielt den Atem an, aber es kam keine Antwort. »Antworten Sie!«, verlangte sie ein wenig resoluter. Zögernd tat sie einen Schritt ins Zimmer und erschrak, als sie über irgendetwas auf dem Boden stolperte.

Vor lauter Angst taumelte sie und musste sich am Türrahmen fest halten, um nicht zu fallen. Bevor sie die Fassung jedoch ganz verlieren konnte, tastete sie nach den Streichhölzern auf der Anrichte neben der Wohnzimmertür, wo sie immer eine Schachtel aufbewahrte. Obwohl ihre Finger zitterten, gelang es ihr, ein Streichholz herauszunehmen und anzuzünden. Die Flamme blendete sie vorübergehend. Blinzelnd starrte sie in das Zimmer und wusste nicht, was sie erwarten sollte.

Der Raum war leer. Schwach vor Erleichterung, nahm sie den Glaszylinder von der Petroleumlampe auf der Anrichte und schraubte den Docht hinauf. Als sie ihn angezündet hatte, setzte sie den gläsernen Zylinder wieder auf. Ihre Hände zitterten unkontrollierbar.

Ihr Fuß stieß wieder an den Gegenstand dicht vor der Schwelle. Sie bückte sich und sah, dass es das Buch war, in dem sie am Abend zuvor gelesen hatte. Also *war* jemand in ihrem Wohnzimmer gewesen. Bevor sie schlafen gegangen war, hatte sie das Buch noch auf die Anrichte gelegt. Es konnte unmöglich von selbst so weit gefallen sein.

Sie lief durch den Raum zur Tür, die zum Korridor hinausführte, und lauschte. Nichts. Die Stille war erdrückend.

Zitternd ergriff sie die Petroleumlampe. Nach einem tiefen Atemzug hielt sie die Lampe hoch und öffnete die Tür, um einen Blick hinauszuwerfen.

Der Korridor war leer. Bevor sie ganz den Mut verlieren konnte, rannte sie den kurzen Weg bis zu Victorias Zimmer. Der Fußboden war eiskalt unter ihren nackten Füßen, aber das bemerkte sie in ihrer Eile kaum.

Ein schwaches Gaslicht brannte stets im Zimmer ihrer Tochter, und Maggie sah sofort, dass Victoria friedlich schlief. Den Tränen nahe vor Erleichterung, trat Maggie ein, zog die Tür hinter sich zu und drehte den Schlüssel im Schloss um.

»Mama?«, fragte Victoria verschlafen. »Was machst du hier?«

»Ich habe mich ohne dich einsam gefühlt«, erwiderte Maggie mit schwacher Stimme. Als Victoria auf die andere Seite des Betts rutschte, schlüpfte Maggie zu ihr unter die Decke. »Sollen wir so tun, als wärst du wieder ein Baby? Als kleines Kind wolltest du immer in meinem Bett schlafen.«

»Das war nur, weil ich Angst hatte, und jetzt bin ich kein Baby mehr.« Victoria rieb sich die Augen und gähnte ausgiebig. »Hast du Angst, Mama? Ist das der Grund, warum du bei mir schlafen willst?«

Maggie schloss die Augen und atmete tief ein. »Ganz und gar nicht, Liebling. Schlaf ruhig weiter. Morgen früh bestellen wir uns Kakao und Porridge zum Frühstück. Das magst du doch, oder?«

Victoria kuschelte sich an sie, und Maggie zog sie in die Arme. »Du bist die allerallerbeste Mama auf der Welt.«

9

Maggie war an der Rezeption und schaute vom Hauptbuch auf, als ein Mann die Hotelhalle betrat. Es war etwas merkwürdig Vertrautes an ihm. Sein hageres Gesicht wirkte ungewöhnlich und fesselnd; sein silbergraues Haar war elegant gekämmt, er war groß und schlank. Er hatte etwas Fremdländisches an sich, und Maggie bemerkte, dass auch die anderen Gäste im Foyer ihn neugierig musterten.

»Guten Tag«, begrüßte er Maggie freundlich und stellte seine bunt gemusterte Reisetasche auf die Theke. Seinen Hut hielt er in der Hand. Er hatte lange, wohlgeformte Finger, und seine linke Hand schmückte ein goldener Ring mit einem merkwürdig geschliffenen schwarzen Stein. Als Maggie genauer hinschaute, sah sie, dass er wie ein Käfer geschliffen war. Die leuchtend bunte bestickte Seidenweste des Mannes, die so aussah, als ob sie aus dem Orient käme, trug noch mehr zu seiner exotischen Erscheinung bei.

»Guten Tag«, erwiderte Maggie seinen Gruß und schloss das Hauptbuch. »Möchten Sie ein Zimmer?«

Sein durchdringender Blick glitt durch das Foyer, und Maggie bemerkte, dass ein Muskel an seiner Wange zuckte. »Eine Suite, falls Sie eine haben.« Er schenkte ihr ein liebenswertes Lächeln, und plötzlich wusste sie, warum er ihr bekannt vorkam. Ihre Großmutter hatte so gelächelt, und sie hatte auch solche leicht schrägen Augen gehabt.

»Mrs Margaret Hartwell?«

Sie umklammerte den Rand der Theke. »Ja. Sind wir uns schon einmal begegnet?«

Er schüttelte den Kopf. »Sie erinnern sich bestimmt nicht mehr. Es ist sehr, sehr lang her.« Er machte eine Pause. »Ich war vor zwei Tagen schon einmal hier, aber da Sie ausgegangen waren, bin ich in einem anderen Hotel abgestiegen.«

Verwundert musterte Maggie den teuren dunklen Anzug, den der Fremde trug. Der Mann musste etwa um die fünfzig sein, wirkte aber sehr vital und fit.

Er überreichte ihr seine Visitenkarte. »Ich bin dein Onkel, Rupert Merton«, sagte er schlicht und legte den Kopf ein wenig schief, um ihre Reaktion zu sehen.

Maggie las den Namen auf der Karte: *Rupert Merton, Fifth Avenue, New York.* »Onkel Rupert? Aber Vater sagte, du wärst vor Jahren bei einem Schiffsunglück umgekommen. Warum hast du dich erst jetzt gemeldet?«

Er zuckte mit den Schultern. »Ich hätte natürlich schreiben können, aber dein Vater und ich waren erbitterte Feinde. Ich erfuhr jedoch durch Großmutter Merton von der Flucht deiner Mutter, und bin froh, dass sie ihr gelungen ist. Wenn sie geblieben wäre, hätte Bully sie früher oder später bei einem seiner Wutanfälle umgebracht.« Er zog eine Augenbraue hoch. »Ich bin überrascht, dass *du* sie überlebt hast.«

Sie erschauderte unwillkürlich, als sie an die Verbitterung, den Hass und die Brutalität ihres Vaters dachte. »Er verabscheute Frauen.« Sie schwieg einen Moment. »Ich wusste nicht, dass ich noch lebende Verwandte hatte. Das ist eine große Überraschung.« Während sie um die Rezeption herumging, gab sie Rafferty mit einem Nicken zu verstehen, er solle Ruperts Reisetasche nehmen, doch ihr Onkel hatte sie schon selbst aufgenommen.

»Tut mir leid, aber ich habe darin Papiere, die ich nicht aus den Augen lassen möchte.«

»Kümmern Sie sich um Mr Mertons Mantel, Hut und Gepäck und bringen Sie es in Suite Zwei«, befahl Maggie Rafferty, der neugierig zu ihnen herüberstarrte. Dann wandte sie sich an ihren Onkel. »Wir haben viele Jahre nachzuholen«, sagte sie und legte lächelnd eine Hand auf seinen Arm. »Sollen wir in den Speisesaal hinübergehen? Du bist doch sicher hungrig.«

Er lachte und begleitete sie bereitwillig, die Tasche nach wie vor in seiner Hand. Der Muskel an seiner Wange zucke jetzt noch heftiger. »Ich fürchte, es erfordert mehr Zeit als die Dauer eines Mittagessens, dir alles zu erzählen, Margaret.«

»Nenn mich Maggie, das tun alle hier. Wo warst du, bevor du hierher nach London kamst?«, fragte sie, während sie ihn zu einem Ecktisch führte.

»In der Karibik.« Er stellte die Tasche ab und zog einen Stuhl für Maggie heran. Dann hob er die Rockschöße und setzte sich ihr gegenüber. »Du hast ein schönes Hotel«, bemerkte er anerkennend, als er sich in dem gemütlichen Speisesaal umsah.

»Du scheinst viel über mich zu wissen. Aber woher wusstest du, wo du mich finden würdest?« Sie reichte ihm eine Speisekarte.

»Von den Anwälten, meine Liebe. Sie kümmern sich noch immer um den Verkauf von Bullys heruntergekommenem Anwesen, für das sie bisher noch keinen Käufer finden konnten.« Mit hochgezogenen Augenbrauen studierte er das Menü. »Was mich nicht überrascht – ein düstereres Haus habe ich in meinem ganzen Leben nicht gesehen.«

»Dann warst du wohl schon dort, vermute ich?« Maggie betrachtete ihren Onkel, noch immer sehr verwirrt über die Entdeckung, das sie noch einen weiteren Verwandten außer Leonora hatte.

»Ja … das Dach sackt in sich zusammen, die Schornsteine verfallen, und das Unkraut steht so hoch, dass man das Haus kaum noch erkennen kann.« Er warf ihr einen raschen Blick zu. »Warst du nie wieder dort, seit du dein Elternhaus verlassen hattest?«

»Nein, es hätte zu viele schmerzliche Erinnerungen geweckt.« Sie schob die Kristallvase mit den rosa Nelken auf den Punkt, an dem sich die Bügelfalten der Tischdecke kreuzten. »Was bringt dich nach London?«

Er wich ihrer Frage aus. »Wie ist der Hecht mit Sardellensauce?«

Sie lächelte. »Natürlich köstlich. Ich serviere nur das Feinste hier. Empfehlen würde ich dir als Vorspeise Gemüsesuppe und nach dem Hauptgericht vielleicht einen Korinthenpudding, der ein perfekter Abschluss dieser Mahlzeit wäre.«

»Mir läuft schon das Wasser im Mund zusammen. Was meinst du, soll ich einen Rheinwein zum Fisch bestellen?«

Maggie winkte Paddy, dem Kellner. »Ein kühler Rheinwein würde sehr gut dazu passen, und zum Kaffee solltest du einen exzellenten alten Brandy nehmen.«

Als Paddy kam, um die Bestellung aufzunehmen, musterte Maggie ihren Onkel unauffällig. Er hatte etwas Machtvolles und Anziehendes an sich, das sie an ihrem übellaunigen Vater nie beobachtet hatte. Aber Rupert war ja auch ganz anders als ihr Vater: selbstbewusst, weltmännisch und irgendwie ganz unenglisch. Es muss die lange Zeit im Ausland sein, die ihn so verändert hat, dacht sie. Das Reisen hatte Rupert Merton offensichtlich gut getan.

Paddy kehrte mit dem Wein zurück und schenkte

ein Glas für Maggies Onkel ein. »Darf ich Ihnen auch etwas einschenken, Mrs Hartwell?«, fragte er.

»Nein, aber Sie können mir ein Gläschen Sherry bringen.« Sie wandte sich wieder ihrem neu entdeckten Onkel zu. »Und nun musst du mir alles erzählen.«

Mit einem rätselhaften Lächeln breitete er die Serviette auf dem Schoß aus. »Wo soll ich beginnen?« Dann, ohne ihre Antwort abzuwarten, fuhr er fort: »Du warst etwa drei Jahre alt, als ich fortging. Hast du eigentlich noch irgendeine Erinnerung an mich?«

»Nein, aber Großmutter hatte eine Daguerrotype von dir auf ihrer Etagere. Ich weiß nicht, was aus dem Bild geworden ist, nachdem Großmutter starb.«

»Ich habe mich seit meiner Jugend sehr verändert«, sagte er. »Du trugst lange Zöpfe und eine gestreifte Schürze und hattest das strahlendste Lächeln, das ich je gesehen hatte.« Er seufzte und schwenkte den Wein in seinem Glas. »Ich hatte einen furchtbaren Streit mit Bully, und er verbot mir, je wieder das Haus zu betreten.« Ruperts dunkle Augen funkelten plötzlich vor Ärger. »Er hatte all die Macht und das Geld aus den Stahlwerken. Ich hatte nichts, weshalb ich seinen Befehl befolgen musste. Ich kam nie wieder her, bis letzte Woche. Aber wie auch immer, jedenfalls nahm ich an jenem Tag mit dem bisschen Geld, das meine Mutter mir gegeben hatte, das erste Schiff nach Amerika. Wie du weißt, ist das Schiff während eines Sturms gesunken, und man nahm an, dass ich ertrunken war.« Der Ärger wich langsam aus seinen Zügen. »Ich wurde jedoch von einem Walfänger gerettet und an Land gebracht.«

»Was für eine Arbeit hast du dort gefunden?«, fragte Maggie interessiert.

Seine Augen wurden für einen Moment glasig, und das nervöse Zucken ließ ein wenig nach. »Ich habe mal hier, mal dort gearbeitet. Geblieben bin ich schließlich in New York, als ich bei einer Importfirma eine gute Stellung fand. Wir importierten Elfenbein aus Kenia, Jade aus China, Diamanten aus Südafrika, Rum aus der Karibik und Möbel aus Europa.«

»Das klingt, als hättest du dir ein erfolgreiches Leben in Amerika aufgebaut«, sagte sie.

»Ich habe auf Provisionsbasis gearbeitet. Ich arbeitete als Einkäufer und reiste durch die ganze Welt. Als mein Arbeitgeber starb, hinterließ er mir die Hälfte des Geschäfts und die andere seiner Tochter. Ihr Mann hat mir jedoch meinen Anteil ausgezahlt, und wie du siehst, bin ich nun hier.«

»Du hast nie geheiratet?«

»Nein … ich hätte die Tochter geheiratet, aber sie wollte mich nicht. Aber wahrscheinlich war es besser so. Welche Frau würde schon eine Familie mit einem Mann gründen wollen, der nie zu Hause ist?« Er streckte die Beine unter dem Tisch aus. »Aber meine Reisen sind vorbei. London wird von jetzt an mein Zuhause sein. Ich habe vor, mich nach einem geeigneten Lagerhaus umzusehen und dort ein Import-Export-Geschäft zu eröffnen.«

Die Suppe kam, und Rupert betrachtete sie interessiert. »Wenn ich diese Suppe, die übrigens ganz köstlich duftet, gegessen habe, musst du mir alles über dich erzählen, Maggie.«

»Das geht schnell. Mein Leben war nicht halb so interessant wie deins«, erwiderte sie. »Ich bin froh, dass du beschlossen hast, in meinem Hotel zu wohnen.«

Er legte den Löffel wieder hin. »Oh, fast hätte ich es vergessen!« Er zog seine Tasche unter dem Stuhl hervor, unter den er sie vorher geschoben hatte. Nachdem er eine Weile darin herumgekramt hatte, richtete er sich auf und legte eine Jadestatuette auf den Tisch. »Ein kleines Mitbringsel für dich.«

Maggie nahm das Figürchen vorsichtig in die Hand. Anscheinend war es eine orientalische Gottheit, mit vier Armen und vier Beinen. »Wer ist das?«

»Shiva, der Hindugott der Zerstörung und der Fortpflanzung. Die vielen Arme sind ein Symbol für den ›Tanz des Lebens‹. Ein exquisites kleines Kunstwerk, nicht?«

Maggie betrachtete die kleine Statue von allen Seiten. »Sie ist atemberaubend,. So etwas habe ich noch nie gesehen.« Sie warf ihm einen spitzbübischen Blick zu. »Wahrscheinlich sind deine Reisekoffer bis an den Rand gefüllt mit solch fremdländischen Figuren?«

Er nickte lächelnd. »So ist es. Ich muss gestehen, dass ich mich für orientalische Religionen interessiere. Es liegt eine Welt der Weisheit in den uralten Schriften, obwohl ich es vorziehe, ihre Bedeutung auf meine eigene Weise zu interpretieren. Alle Philosophien dieser Erde ähneln sich im Hinblick auf die Macht der Götter. Wir können sie natürlich nicht sehen – aber sie sind trotzdem da.«

Paddy brachte den Fisch und nahm den leeren Suppenteller mit.

Rupert Mertons Gesicht nahm einen entspannten Ausdruck an. Er begann den Fisch zu essen. »Der Mystizismus ist eine populäre Wissenschaft in unserem Zeitalter. Die Briten reisen mehr und mehr in ferne Länder und lassen sich von den religiösen Überzeugungen unserer Brüder im Orient beeinflussen«, fuhr er fort. Sehr viel lebhafter plötzlich, beugte er sich dann zu Maggie vor. »Findest du das schlimm?«

Sie lächelte und stellte das Figürchen auf den Tisch. »O nein, jeder hat ein Recht auf seinen eigenen Glauben. Es ist nur so, dass der Orient mir so … exotisch erscheint, so fremd, verglichen mit dem, was mir hier vertraut ist. Schließlich ist Paris der einzige Ort außerhalb Englands, den ich kenne.«

»Bully ist nicht mit dir gereist?«

»Nein. Vater hasste mich, wie alle Frauen. Er wurde sehr verbittert, nachdem Mutter ihn verlassen hatte, und das besserte sich auch mit den Jahren nicht.« Maggie zögerte und sah prüfend ihren Onkel an. »Hast du je Kontakt zu meiner Mutter aufgenommen?«

Er schüttelte den Kopf. »Ich hatte überhaupt keinen Kontakt zu der Familie, bis auf sporadische Neuigkeiten von Großmutter Merton, aber sie wusste nicht genau, wo deine Mutter lebte. Und ich ließ Großmutter schwören, Bully nicht zu sagen, dass ich noch am Leben war. Bully konnte furchtbar rachsüchtig sein, und er hätte möglicherweise einen Weg gefunden, mein Leben zu zerstören, und wenn auch bloß, um seinen Spaß zu haben.« Rupert legte sein Besteck nieder. »Niemand hat sich je gefragt, wo deine Mutter leben mochte, nicht?«

Maggie senkte den Blick. »Ich schon, aber ich konnte ja nicht allein nach Amerika fahren.«

»Und deshalb kamst du hierher nach London, um Bullys Tyrannei zu entfliehen. Gut gemacht, Maggie! Du warst wenigstens couragiert genug, dem alten Ungeheuer die Stirn zu bieten. Und dabei warst du noch so jung! Die Anwälte haben mir alles erzählt.« Er wischte sich die Lippen mit der Serviette ab. »Bully hätte dich zerstört, wenn du daheim geblieben wärst. Das weißt du doch, oder?«

»Ja, Vater hasste alle, mich eingeschlossen. Das Haus war wie ein Grab.«

Rupert Merton aß schweigend seinen Fisch auf, und Maggie leerte ihr Sherryglas. »Weißt du, es ist komisch, aber vor einer Stunde wusste ich noch nicht, dass ich einen Onkel hatte, und davor hätte ich mir nie träumen lassen, dass ich eine Schwester hatte.«

Interesse leuchtete in seinen Augen auf. »Eine *Schwester*? Das ist ja interessant. Erzähl mir doch von ihr.«

Aber in diesem Augenblick stürmte Victoria in den Speisesaal und unterbrach sie. »Mama, Mama! Ich bin Miss Lather weggelaufen«, rief sie fröhlich. Paddy folgte ihr mit dem Dessert.

Die Gäste an den anderen Tischen warfen Victoria entweder nachsichtige oder empörte Blicke zu, je nachdem, wie sie über Kindererziehung dachten. Maggie runzelte die Stirn. »Pst«, tadelte sie Victoria und hob sie auf den Schoß. »Wie oft habe ich dir schon gesagt, dass du ein Gespräch nicht unterbrechen darfst, ganz zu schweigen davon, einfach deiner Gouvernante wegzulaufen. Miss Lather wird schon sehr beunruhigt sein.«

Und tatsächlich sah Maggie die Gouvernante, die nun wohl glaubte, ihre Stellung zu verlieren, händeringend in der Tür erscheinen. Aber Maggie war der Ansicht, dass Kinder eine gewisse Freiheit brauchten. Warum ihre natürliche Überschwänglichkeit unterdrücken, wie ihr Vater es bei ihr getan hatte? Das einzige, was ihr aus ihrer eigenen Kindheit in Erinnerung geblieben war, waren dunkle Wände, Stille und trostlose Tage, die einander folgten.

»Victoria, begrüß deinen Onkel, Rupert Merton. Er hat die ganze Welt bereist.«

Victorias Augen wurden groß vor Staunen, als sie den Fremden ansah. »Haben Sie in der Wildnis Elefanten gesehen?«, fragte sie gespannt. »In Afrika oder in Indien, meine ich. Miss Lather sagt, dort leben sie.«

Rupert lachte. »Nein, ich fürchte, ich muss dich enttäuschen. Ich war nur in den Städten, nie in der Wildnis.«

Victoria *war* enttäuscht. »Ich möchte einen Elefanten als Haustier, wenn ich größer bin.«

»Es heißt, dass Elefanten Glück bringen.« Rupert Merton zog ein kleines Kästchen aus der Tasche. »Und du kannst dich glücklich schätzen, junge Dame. Ich habe hier etwas, was dir Glück bringen wird, wenn du es trägst.« Er reichte ihr das Kästchen, und Victoria öffnete es ehrfürchtig. Es enthielt einen kleinen Elefanten aus Jade, der an einer Silberkette hing. Er hatte Augen aus pechschwarzem Gaga und Stoßzähne aus schimmerndem Perlmutt.

»Wie schön!«, rief Victoria aus und bat Maggie, ihr die Kette anzulegen. Maggie erfüllte ihr den Wunsch, und Victoria verrenkte sich den Hals, um den Anhänger auf ihrer Schürze zu betrachten.

»Bedank dich bei Onkel Rupert.«

Victoria glitt von Maggies Schoß und knickste. »Danke«, wisperte sie und berührte mit einer Hand die Jade.

Onkel Rupert lächelte und strich Victoria über den Kopf.

Maggie blickte Victoria nach, als sie mit Miss Lather den Speisesaal verließ. Von hier aus konnte sie die Eingangshalle sehen, und das Herz blieb Maggie beinahe stehen, als sie dort Thaddeus Webb entdeckte, der gerade seinen scheußlichen schwarzen Schal abnahm und sie noch nicht bemerkt hatte. Nachdem er etwas zu dem Mädchen an der Garderobe gesagt hatte, wandte er sich in Richtung Speisesaal.

Sein Gesicht hellte sich zu einem Lächeln auf, als er Maggie sah, dann fiel sein Blick auf Rupert Merton. Und obschon sein Lächeln nicht verblasste, zog er erstaunt die Brauen hoch.

Er beugte sich über Maggies Hand und murmelte: »Haben Sie schon einen neuen Bewunderer gefunden, Mrs Hartwell? Ich bin zutiefst betrübt.«

Sie errötete bis unter die Haarwurzeln und entzog ihm rasch die Finger. Um ihre Verlegenheit zu verbergen, richtete sie ihre Brille. »Mr Webb, ich möchte Ihnen meinen Onkel vorstellen, Mr Rupert Merton, der erst vor einigen Tagen aus Übersee gekommen ist. Onkel Rupert, das ist Mr Thaddeus Webb, ein … ähm … ein Geschäftsfreund.«

Die beiden Männer schüttelten sich die Hände und musterten einander misstrauisch.

»Sind Sie zum Essen hier?«, fragte sie Thaddeus.

»Ja … unter anderem.» Der Blick, den er ihr zuwarf, war so irritierend warm, dass sie die Augen senkte.

»Sie können sich gern zu uns setzen«, sagte Rupert. »Ich habe schon gegessen, aber wir leisten ihnen gern Gesellschaft, nicht, Maggie?«

Thaddeus ließ sich nicht zweimal bitten. »Ich dachte, Sie hätten keine lebenden Verwandten außer Leonora«, sagte er.

Maggie wurde unruhig, denn sie fand die Situation bizarr. Was für ein merkwürdiger Zufall, innerhalb weniger Wochen zwei nahe Verwandte zu entdecken.

»Ich wusste bis heute nichts von Onkel Rupert.« Sie erzählte Thaddeus, was ihr Onkel ihr berichtet hatte. »Haben Sie Neuigkeiten von Leonora?«, fragte sie Thaddeus dann.

»Weiß Mr Merton von ihr?«, entgegnete er und winkte Paddy.

»Nein, aber ich wollte es ihm gerade sagen.« Maggie wandte sich an ihren Onkel, als Thaddeus eine Flasche Rotwein und Hackfleischauflauf bestellte. Sie erzählte ihm alles, was sie wusste, über Leonora. Ihr Onkel pfiff leise durch die Zähne. »Wenn ich das gewusst hätte, hätte ich versucht, deine Mutter in Amerika zu finden«, sagte er. »Sie muss eine schwere Zeit gehabt haben.«

»Leonora schrieb, da Mutter tot sei, wolle sie nach London kommen und hier leben«, fuhr Maggie fort und beobachtete, wie Paddy die Flasche öffnete und Thaddeus Wein einschenkte. Sie war sich Thaddeus' schlanker Finger um den Stiel des Glases intensiv bewusst, als er den Wein probierte. Seine Gegenwart war ungemein verwirrend. Es fiel Maggie schwer, den Blick von seinen Lippen zu lösen, als sie den Rand des Glases berührten.

»Ich frage mich, ob nicht vielleicht noch etwas anderes Leonora dazu veranlasst haben könnte, herzukommen«, meinte Thaddeus mit einem weiteren liebevollen Blick auf Maggie. »Eine Erbschaft vielleicht.«

»Ausgeschlossen«, widersprach Maggie. »Vater hatte bis auf das Haus alles, was er besaß, verkauft und das Geld verspielt. Zum Zeitpunkt seines Todes war nichts anderes mehr da als ein heruntergekommenes Haus, das von Jahr zu Jahr baufälliger wird. Und das haben nun die Anwälte beschlagnahmt, um seine Schulden zu bezahlen.«

»Hat er es nicht *Ihnen* hinterlassen?«, fragte Thaddeus überrascht.

»Natürlich nicht! Er hat mich noch am selben Tag, als ich sein Haus verließ, enterbt.« Maggie starrte Thaddeus verwundert an, weil sie merkte, dass er sie mit seinen Fragen dazu brachte, fast all ihre Geheimnisse auszuplaudern. Wenn sie nicht aufpasste, würde sie ihm noch mehr erzählen, und dann würde er das ganze Ausmaß ihrer Schande kennen. Schließlich wusste er bereits, dass Victoria vor ihrer Heirat mit Horace Hartwell auf die Welt gekommen war.

»Das alte Haus ist bloß noch ein Trümmerhaufen«, stellte Rupert fest und nahm dankend das Glas Rotwein an, das Thaddeus ihm anbot.

Paddy kam zurück. Ein appetitlicher Duft stieg von

der dampfend heißen Platte auf, die er Thaddeus brachte.

Nachdem der Kellner die Sauciere neben den Teller gestellt hatte, ging er wieder, und das Gespräch nahm seinen Fortgang.

»Eine Erbschaft kann also nicht der Grund gewesen sein«, stellte Thaddeus fest, dann probierte er das knusprige Kartoffelpüree, das das Fleisch bedeckte.

»Nein, ganz sicher nicht. Wenn Vater irgendetwas hinterlassen hätte, dann hätte er es gewiss nicht Leonora vermacht.« Maggie warf ihrem Onkel einen langen Blick zu. »Tut mir leid, dass ich so kalt über meinen Vater, deinen Bruder, sprechen muss, aber …«

»Bully war ein zynischer alter Mann. Er vergab oder vergaß niemals ein Unrecht. Er schleppte seine Verbitterung ein Leben lang mit sich herum.«

Maggie überlegte, worüber ihr Vater und Rupert gestritten haben mochten, beschloss aber, ihn erst dann danach zu fragen, wenn sie ihn ein wenig besser kannte. Freude erfasste sie, als ihr bewusst wurde, dass sie nun, obwohl Leonora nach wie vor vermisst wurde, eine Familie hatte. Dieses Weihnachtsfest würde ein ganz besonderes werden.

Rupert gähnte hinter seiner Hand. »Ich muss Ihnen wie ein schlechter Gesellschafter erscheinen, aber ich bin sehr müde. Glaubst du, dass ich meine Suite jetzt schon beziehen kann, Margaret?«

»Ja, natürlich.« Maggie begann sich zu erheben. »Ich werde sie dir zeigen …«

»Nein, der Portier oder eines der Mädchen kann mir den Weg zeigen. Wir reden morgen weiter.« Nach einer knappen Verbeugung vor Thaddeus ging er.

»Gute Nacht«, rief Maggie ihm nach. »Es wäre schön, wenn du morgen früh mit mir frühstücken würdest.«

Thaddeus beschäftigte sich mit seinem Essen, warf Maggie aber nach wie vor Blicke zu, die sie erröten ließen. Sie war versucht, zu gehen und ihn seine Mahlzeit allein beenden zu lassen, überlegte es sich aber anders, als sie an ihren nächtlichen Besucher dachte.

»Ich hatte ein beängstigendes Erlebnis gestern Nacht«, berichtete sie Thaddeus. »Jemand war in meinem Wohnzimmer und floh, als ich aufstand, um dort nachzusehen.«

Er drückte ihr besorgt die Hand. »Ein Einbrecher?«

Maggie runzelte die Stirn. »Ich glaube nicht, dass ich die Tür verschlossen hatte. Vielleicht war es einer der Dienstboten.« Sie zuckte die Schultern. »Es hat vielleicht nichts zu bedeuten.«

Thaddeus dachte eine Weile nach. »Von jetzt an sollten Sie ihre und Victorias Tür verschließen. Geben Sie mir sofort Bescheid, wenn irgendetwas Ungewöhnliches geschieht.«

Sie nickte und merkte, wie leise Furcht sich in ihr regte. »Ja, das tue ich.«

»Ich war bei Sergeant Horridge. Er konnte mir nicht mehr über Miss Winston sagen. Aber wenigstens haben sie noch keine … Leiche gefunden.«

»Das ist kein großer Trost. Vielleicht hat jemand Leonora entführt, sie ausgeraubt und sie dann weit entfernt von London irgendwo freigelassen. Oder was ist, wenn sie diesen schrecklichen Altarmorden zum Opfer fiel? Ganz London fragt sich voller Frucht, wer wohl das nächste Opfer sein mag.« Als ihre Unruhe mit voller Kraft zurückkehrte, verschob Maggie die Vase wieder an eine andere Stelle auf dem Tisch.

Thaddeus aß den letzten Bissen und legte dann die Serviette auf den Tisch. »Keins der Opfer der Altarmorde ist Ihre Schwester, Maggie. Horridge hat mir gesagt, wer diese Frauen waren.«

Maggie sah ihn an. »Wie haben Sie es geschafft, dem Sergeanten diese Informationen zu entlocken, obwohl ich selbst nicht das Geringste aus ihm herausbekommen habe?«

Thaddeus' Lächeln irritierte sie. »Ich dachte, kein Hindernis wäre zu groß für Sie«, lästerte er.

Sie kniff die Lippen zusammen. »Sie weichen meiner Frage aus.«

Er seufzte und trank den Rest des Rotweins aus.

»Obwohl ich nicht mehr beim Yard arbeite, sind Sergeant Horridge und ich Freunde geblieben. Manchmal treffen wir uns in einem Wirtshaus auf ein Bier.«

»Sie haben mir nie erzählt, warum Sie Scotland Yard verlassen haben«, sagte sie und fragte sich, ob sie das Recht besaß, danach zu fragen.

Das Lächeln um Thaddeus' Mund verblasste, sein Gesicht nahm einen düsteren Ausdruck an. »Die Aufgabe eines Polizisten ist, die Gesellschaft zu beschützen.« Er zögerte. »Aber ich konnte nicht einmal meine eigene Frau beschützen.«

»Ihre Frau?« Maggie hielt inne und zögerte, ihn noch weiter zu bedrängen, nachdem er ihr ein solches Geheimnis enthüllt hatte. »Ich wusste nicht, dass Sie verheiratet waren.«

»Ja.« Er betrachtete Maggie versonnen. »Warum soll ich Ihnen nicht gleich die ganze Wahrheit sagen. Rachel starb vor zwei Jahren während eines Raubüberfalls. Diebe brachen nachts in unser Haus ein. Ich erwachte und versuchte, sie aufzuhalten. Der Schlag, der mir zugedacht war, traf Rachel an der linken Schläfe.« Seine Stimme wurde rau vor Kummer. »Sie starb in meinen Armen. Und das war der Moment, in dem ich erkannte, dass ich den falschen Beruf ergriffen hatte. Ich wollte Polizist sein wie mein Vater und mein Großvater, aber ich war unbrauchbar.« Er seufzte schwer.

»Mein Großvater war ein berühmter Bow-Street-Runner«, fügte er in einem unbekümmerten Ton hinzu.

Maggies Herz zog sich vor Mitgefühl zusammen. Sie hätte ihn gern in die Arme genommen und getröstet. »Es war doch gewiss nicht Ihre Schuld, dass die Diebe eingebrochen sind.«

»Nein, aber ich werde mir nie verzeihen, dass Rachel sterben musste. Vermutlich werde ich nie ganz frei von Schuldgefühlen sein. Sie hatte so viele Träume für die Zukunft – eine große Familie, ein eigenes Haus ...«

Maggie wusste nicht, was sie sagen sollte. Sie teilte seinen Schmerz, weil sie aus eigener Erfahrung wusste, wie es war, wenn Träume zerstört wurden. »Das einzige Mal, als ich mich verliebte ... in Victorias Vater ... hat man mir sehr wehgetan. Ich beschloss, dies nie wieder zuzulassen. Als ich Horace kennen lernte – der dann mein bester Freund wurde – widmete ich mein Leben dem Hotelgeschäft.«

»Und Sie wurden eine nüchterne, tatkräftige Geschäftsfrau.« Er strich leicht über ihre Hand. »Ich bewundere Ihre Kraft und Unabhängigkeit.«

Für ein paar Minuten teilten sie ein kameradschaftliches Schweigen. Wärme breitete sich zwischen ihnen aus, und ihr Vertrauen begann sich zu vertiefen.

»O Maggie!«, flüsterte Thaddeus und stellte sein Glas auf den Tisch. Seine Augen glühten vor Gefühl, und er griff nach Maggies Hand und drückte sie ganz fest. Sie erwiderte die Geste und wünschte sich in diesem Augenblick nichts sehnlicher, als ihn zu küssen. Beschämt über ihr unziemliches Verlangen, senkte sie den Blick und zog die Hand zurück. Er muss mir direkt in die Seele geschaut haben, dachte sie.

Als würde er sich erst jetzt wieder der anderen Gäste im Speisesaal bewusst, lehnte er sich zurück und räusperte sich. »Um zur Sache zurückzukommen – ich habe mit zwei weiteren Passagieren gesprochen, aber sie haben sich nicht an Miss Winston erinnert.« Sein Gesicht hellte sich wieder auf. »Habe ich mir mein Kästchen mit den Einlegearbeiten jetzt schon verdient?«

Sie musste lächeln. Er brachte sie vollkommen durcheinander mit seinen Stimmungswechseln. »Nicht ganz, aber Sie dürfen es heute Abend bewundern und vielleicht sogar berühren.«

Er beugte sich vor, so nahe, dass sie den Duft seines Rasierwassers wahrnehmen konnte, das ein bisschen nach Zitronen roch. »Darf ich *Sie* auch berühren?«

Maggie stand so abrupt auf, dass ihr Stuhl fast umkippte. »Dazu besteht kein Anlass, denke ich.« Ihr eigenes Verlangen war erschreckend intensiv.

»Aber es war so schön«, murmelte er, und seine Augen blickten jetzt so weich, dass sie an braunen Samt erinnerten. »Und ich glaube, auch für Sie.«

»Mr Webb«, tadelte sie ihn sanft. »Sie benehmen sich ganz und gar nicht wie ein Gentleman.«

»Das sagten Sie schon einmal.« Er streichelte sie mit seinen Blicken, dann lachte er. »Meine Mutter würde Ihnen zustimmen. Sie ist entsetzt, dass ich ein solcher Rüpel bin, während sie selbst der personifizierte Anstand ist.«

Als Maggie ihn ansah, merkte sie, dass er schwindelte. »Mr Webb! Sie halten mich zum Narren.« Nervös blickte sie zur Tür als fragte sie sich, ob sie die Flucht ergreifen sollte.

Aber Thaddeus ergriff ihre Hand, bevor sie gehen konnte. »So, Sie laden mich dann also jetzt in Ihre Wohnung ein?«, murmelte er. »Wenn ich mich recht entsinne, war Ihr Brandy exzellent.«

»Nun …« Sie zögerte.

»Sie haben es versprochen.« Er erhob sich rasch. Ich

wusste, dass Sie es mir nicht abschlagen würden. Führen Sie mich zu dem Kästchen.«

Errötend verließ sie den Speisesaal, und Thaddeus folgte ihr. Sie konnte sich nicht entsinnen, sich je lebendiger gefühlt zu haben. Es war, als habe ihr Blut sich in Champagner verwandelt und erfüllte sie mit einem wilden Glücksgefühl.

Sie betrat ihr Büro, und Thaddeus schloss die Tür hinter ihnen. Der Gasleuchter an der Decke verbreitete ein schwaches Licht, und auf dem Schreibtisch brannte eine Petroleumlampe. Es war trotz der gedämpften Geräusche aus dem Restaurant und der Lounge still im Raum.

Thaddeus ging sofort zu dem antiken Kästchen und nahm es in die Hand. »Ein wahres Meisterwerk«, sagte er ehrfürchtig und bewunderte die Einlegearbeiten im Deckel. Ohne Maggie um Erlaubnis zu fragen, klappte er das Kästchen auf und musterte das Sammelsurium aus Stiften, Radiergummis, Büroklammern und Bindfäden darin. »Ein Sakrileg«, bemerkte er. Nach einem versteckten Blick auf Maggie leerte er den Kasten aus und ließ den Inhalt über den ganzen Schreibtisch rollen.

»Was tun Sie da?«, rief sie und fing rasch einen Bleistift auf, bevor er auf den Boden fallen konnte.

»Es wird besser sein, wenn ich es in Sicherheit bringe«, sagte Thaddeus und steckte das Kästchen unter den Arm. »Sie verdienen ein solches Kunstwerk nicht, wenn Sie es mit solchem Krimskrams füllen«, erklärte er mit einem angewiderten Blick auf das Durcheinander auf dem Schreibtisch.

Maggie beeilte sich, die Sachen aufzusammeln, bevor sie alle auf den Boden fallen konnten. »Wo soll ich das jetzt alles unterbringen?«, fragte sie verärgert.

Er stellte das Kästchen ab und zog die Schublade des

Schreibtischs auf. »Hier haben Sie jede Menge Platz. Ihr Schreibtisch ist so mustergültig aufgeräumt, dass man glauben könnte, es würde nie daran gearbeitet.« Seine Augen funkelten mutwillig. »Lassen Sie mich Ihre Schubladen füllen, Mrs Hartwell. Ich bin sicher, dass ich alles zu Ihrer vollkommenen Zufriedenheit in Ordnung bringen kann …« Er hielt inne, um sicherzugehen, dass sie auch verstand, was er ihr sagen wollte, und Maggie war fassungslos über die Anspielung. *Schubladen* war ein umgangssprachliches Wort für Schlüpfer, wusste sie. »Was meinen Sie?«, fuhr er schmunzelnd fort.

Maggie hätte ihn am liebsten ins Gesicht geschlagen. »Sie sind der unanständigste Mann, der mir je begegnet ist«, sagte sie heiser. »Es ist unentschuldbar …«

Langsam schob er die Schubladen wieder zu und schlenderte dann zu ihr hinüber, nahm ihr die Stifte aus den Händen und legte sie auf den Tisch. Sie wich vor ihm zurück, aber er beugte sich vor und legte ihr die Hände auf die Hüften. Sie spürte seine Berührung bis in die Zehenspitzen, beinahe so, als ob sie sie versengte, und erschrocken schaute sie zur Seite, weil ihr klar war, was sie in seinen Augen gelesen hatte.

»Wenn Sie ein bisschen lockerer und nicht so schrecklich steif sein könnten, wären Sie eine wirklich zauberhafte Frau, Maggie. Aber so …« Seine Finger glitten höher, bis seine Daumen direkt unter ihren Brüsten lagen. »So sind Sie nur imponierend. Was eigentlich auch nicht schlecht ist …« Er senkte den Kopf, und sein Atem streifte warm ihr Ohr. »Eine imponierende Frau in einem Eisenkäfig.« Er bewegte die Daumen und kitzelte sie durch das Korsett. »Was würde ich nicht dafür geben, Sie aus diesem Käfig zu befreien«, murmelte er und strich mit den Lippen über ihr Ohrläppchen, »und seidig warme Haut darunter vorzufinden …«

»Mr Webb!«, tadelte sie ihn mit steifen Lippen. Seine Nähe stieg ihr auf eine Art zu Kopf, die jeden vernünftigen Gedanken schlicht unmöglich machte. Sie stieß ihn leicht gegen die Brust, aber er verstärkte seinen Griff und ließ die Hände über ihren Rücken gleiten. Mit der Zungenspitze liebkoste er die zarte Haut unter ihrem Ohr, und sie spürte, wie ihr Widerstand erlahmte.

Ihre Knie drohten nachzugeben, doch er hielt sie fest, so dass sie sich vollkommen machtlos fühlte gegenüber seiner Kraft. »Mr Webb …«, wisperte sie.

Seine Hand schloss sich um eine ihrer Brüste, und Maggie stöhnte auf vor unverhohlenem Verlangen. Seine Berührung entfachte eine glutvolle Begierde in ihr. Seine Lippen wanderten über ihren Hals zu ihrem Kinn und beschrieben einen Pfad aus sanften Küssen. Nur Millimeter trennten seinen Mund von ihrem, und sie wünschte sich nichts sehnlicher, als dass er sie endlich küssen möge. Ohne lange nachzudenken, schlang sie ihm die Arme um den Nacken und hob ihm einladend das Gesicht entgegen. Sein Mund bedeckte ihren mit einer Leidenschaft, die ihren letzten Widerstand auslöschte. Dieser Kuss erfüllte sie mit Sehnsucht und riss ein Stück der Mauer ein, die Maggie um sich errichtet hatte. Zum ersten Mal seit vielen, vielen Jahren begann sie sich wieder weiblich und begehrenswert zu fühlen.

Ihre Lippen prickelten noch von Thaddeus' Kuss, als er den Kopf ein wenig hob und ihr in die Augen sah. »O Maggie, du bist von selbst zu mir gekommen. Ich glaube, ich habe heute Abend eine große Schlacht gewonnen«, flüsterte er. »Aber es werden noch viele, viele andere auf mich zukommen, bevor du dich ergibst.« Er gab sie langsam frei. »Und ich weiß, ich muss überaus behutsam vorgehen, wenn ich verhindern will, dass du wie ein aufgeschrecktes Reh die Flucht ergreifst.«

10

»Etwas Wunderbares muss Ihnen widerfahren sein«, sagte Cecily Byrne am nächsten Morgen, als sie mit Maggie frühstückte. »Ihre Augen glänzen wie Sterne.«

»Ich habe gut geschlafen«, antwortete Maggie, ohne Cecily anzusehen. Sie konnte ihrer Assistentin nicht gut sagen, dass Thaddeus Webbs Küsse den Glanz in ihre Augen – und in ihr Leben – gebracht hatten. Sie war schon fast bereit gewesen zu noch intimeren Liebkosungen, doch was er sagte, stimmte schon. Sie mussten sehr behutsam sein, wenn ihnen etwas daran lag, ihre Beziehung fortzusetzen. Sie wünschte, ihre Gedanken wären nicht vergiftet von den Zweifeln, die frühere Erfahrungen in ihr hinterlassen hatten.

Cecily schenkte dampfend heißen Kaffee ein. »Es ist noch etwas Nougatkuchen von gestern Abend da. Möchten Sie ein Stück?«, fragte sie mit einem Blick auf Maggies Toast mit Butter. »Wenn ich nicht ständig hinter Ihnen her wäre wie eine Glucke, würden Sie nie ausreichend essen.«

Maggie antwortete nicht. Während sie geistesabwesend ihren Kaffee umrührte, dachte sie über Thaddeus nach. Er war so ein attraktiver Mann, so warmherzig, aber auch so schrecklich irritierend. Und so unmanierlich …

»Hier ist es. Und ich gehe nicht eher weg, bis Sie das ganze Stück gegessen haben.« Cecily stellte den Kuchen neben Maggies Tasse und unterbrach die Träumereien ihrer Chefin.

»Ob mein Onkel wohl schon wach ist?«,fragte Maggie und blickte ihre Assistentin an, die mit verzückter Miene ein Stück Kuchen aß. Cecily liebte Süßigkeiten. »Sie müssen ihn unbedingt kennen lernen, Cecily. Ein wahrhaft distinguierter Mann.« Sie dachte einen Moment nach. »Er ist ein bisschen … seltsam, aber ich bin froh, dass ich einen weiteren Familienangehörigen gefunden habe.«

»Rafferty sagte, er habe außer normalen Anzügen auch noch einen riesigen Koffer voll fremdländischer Kleider in allen möglichen Farben und Mustern mitgebracht.«

»Er war gestern Abend eigentlich recht konservativ gekleidet, bis auf die Weste, die eine Art orientalisches Kunstwerk war.« Maggie lachte. »Ein wirklich interessanter Mensch, mein Onkel.«

»Sie gewinnen täglich mehr Verwandte«, sagte Cecily zwischen zwei Bissen.

»Ja, ist das nicht komisch?« Maggie trank den Rest ihres Kaffees und aß den Kuchen. »Ich werde Rafferty bitten, nachzusehen, ob Onkel Rupert schon aufgestanden ist.« Sie schwieg einen Moment. »Wir müssen auch mit den Vorbereitungen für die Weihnachtszeit beginnen, heute ist schon der fünfzehnte Dezember. Wir werden einen großen Christbaum im Foyer aufstellen und einige besondere Menüs für die Feiertage planen. Vielleicht sogar auch ein Büfett …«, sinnierte sie. »Ich möchte, dass Sie in zwanzig Minuten zu mir ins Büro kommen, Cecily.«

Maggie schickte Rafferty nach oben, um zu fragen, ob Rupert das Frühstück in seiner Suite einnehmen wollte. Zwei Minuten später kehrte der Portier zurück.

»Er ist nicht da, Mrs Hartwell, und er hat auch nicht in seinem Bett geschlafen. Ich habe ihn nicht weggehen sehen, aber ich bin ja auch nicht immer an der

Tür.« Rafferty kratzte sich am Kopf und kehrte auf seinen Posten zurück.

»Eigenartig.« Maggie starrte hinaus, als erwartete sie, ihren Onkel jeden Augenblick zurückkehren zu sehen. »Sagen Sie mir Bescheid, wenn er kommt.«

Ein ungutes Gefühl beschlich sie, als sie zum Büro ging. Wie hatte ihr Onkel das Hotel unbemerkt verlassen können? Seit jener unbekannte Eindringling sie zwei Nächte zuvor geweckt hatte, fühlte sie sich nicht mehr sicher in dem weitläufigen Gebäude. Wie viele Leute kamen und gingen ohne Raffertys Wissen? Es gab etliche Verbindungstreppen und zwei Hintertüren, die stets verschlossen blieben. Victoria schlief jetzt in Maggies Zimmer, damit diese ihre Tochter im Auge behalten konnte.

Seufzend setzte sie sich an den Schreibtisch und starrte auf das Durcheinander, das Thaddeus hinterlassen hatte. Das sieht ihm ähnlich, dachte sie mit einem Lächeln und räumte den Krimskrams in die Schreibtischschublade. Sie hatte ihm erlaubt, das Kästchen mitzunehmen, obwohl sein Auftrag noch nicht abgeschlossen war. Es war ihre Garantie, dass er nicht eher aufgeben würde, bis er Leonora gefunden hatte.

Als Cecily hereinkam, brachte sie Victoria mit. Das kleine Mädchen war noch ganz verschlafen, aber sie lief durch den Raum und warf sich in Maggies Arme. »Guten Morgen, Mama.«

»Habe ich dir nicht gesagt, du sollst nicht unbeaufsichtigt durchs Haus laufen«, fragte Maggie und drückte das Gesicht an Victorias duftendes Haar.

»Ich weiß, du hast gesagt, es schickt sich nicht«, erwiderte Victoria. »Es tut mir leid, ich hatte es vergessen.«

»Miss Lather ist erkältet und muss heute das Bett

hüten«, sagte Cecily. »Soll ich mich um Victoria kümmern?«

Maggie schüttelte den Kopf. »Möchtest du heute Weihnachtseinkäufe mit mir machen?«, fragte sie ihre Tochter. »Es sind nur noch zehn Tage bis Weihnachten, und je früher wir Geschenke kaufen, desto ruhiger wird es in den Läden sein.«

»Können wir mit dem Pferdeomnibus fahren?«, fragte Victoria gespannt.

»Ja, das müssen wir wohl.« Maggie wechselte einen amüsierten Blick mit Cecily. »Du darfst jetzt deinen Hut und Mantel holen, und vergiss nicht deine Handschuhe. Es ist kalt draußen.«

Kichernd rannte Victoria die Treppe hinauf.

»Ich hatte mir einiges für heute vorgenommen, aber das kann warten«, meinte Maggie seufzend. »Wir müssen den Wäschebestand prüfen und auch Pläne für die Feiertage machen.«

»Falls ich heute Zeit dazu finde, sehe ich den Wäscheschrank schon einmal durch«, sagte Cecily. »Sie brauchen eine Verschnaufpause von der Arbeit – und der Sorge.«

Maggie dankte ihrer Assistentin und versprach, ihr eine kleine Überraschung mitzubringen. Fünfzehn Minuten später war sie zum Ausgehen fertig, in einen pelzbesetzten Wollmantel gehüllt. In der Hand hielt sie einen Schirm und ihren Pelzmuff. Nach jenem Missgeschick hatte sie einen neuen Schirm gekauft, einen, der größer und robuster war. Auf dem Kopf trug sie eine Samthaube mit Pelzbesatz und einem Sträußchen Samtveilchen.

»Mama, du siehst wunderschön aus«, sagte Victoria, die einen roten Wollmantel und eine dazu passende Haube trug. Hand in Hand gingen sie zur Baker Street, wo sie einen der grün gestrichenen Busse der

Londoner General Omnibus Company bestiegen. Der Fahrer trug einen Zylinder und hatte eine Decke über den Knien liegen. Ein Schaffner mit buschigem Bart hob Victoria auf die Plattform neben der metallenen Wendeltreppe, die aufs offene Dach hinaufführte.

»Können wir oben sitzen?«, bettelte Victoria.

»Nein, dazu ist es viel zu kalt«, antwortete Maggie und setzte sich auf die lange Bank unten. »Und mir wird auch schwindlig.« Sie blickte zum Himmel auf. »Außerdem kann es jeden Augenblick anfangen zu regnen.«

Victoria zog ein Gesicht, begnügte sich aber damit, aus dem Fenster zu schauen, als der von Pferden gezogene Bus die belebte Straße entlangfuhr. »Sieh mal, Mama, der Straßenfeger dort wäre fast von einem Karren überfahren worden – und da vorne steht ein Blumenmädchen. Sind das echte Blumen?«

»Ich weiß es nicht, Liebling.«

Victoria plapperte weiter, machte Maggie noch auf einen Fotografen mit einem Stativ aufmerksam, auf ein lahmes Pferd, einen Orgelspieler und einen mageren Hund, bevor sie die Peter Robinson Ltd. in Oxford Circus erreichten, wo sie ihre Einkäufe machen wollten.

»Können wir zu Fortnum und Mason gehen, Mama? Ich hätte gern ein bisschen Schokolade.«

»Das kann ich mir vorstellen, Liebling. Vielleicht später, aber zuerst müssen wir für alle im Hotel Geschenke kaufen. Du musst mir helfen, keinen zu vergessen, damit wir am Weihnachtstag für jeden etwas haben.«

»Gertie hat mir gesagt, sie wünschte sich ein Haarband aus echter Seide.« Victoria lächelte den Schaffner an, als er sie vom Bus herunterhob.

Maggie nahm ihre Tochter an der Hand, und gemeinsam traten sie durch das Portal des Warenhauses. Gleich hinter der Tür stand ein Schaukelpferd, das mit einer Girlande aus Tannengrün geschmückt war. Victoria wollte stehen bleiben, aber Maggie zog sie weiter. Durch die Abteilungen für Damenkonfektion und Trauerkleidung – für die Robinson's berühmt war – gingen sie zu den Damenhüten. Eine Verkäuferin in schwarzem Kleid kam auf sie zu.

»Darf ich Ihnen behilflich sein?«

Maggie beschloss, zu ihrer Tochter heute ganz besonders großzügig zu sein. »Victoria, du darfst für alle Mägde Haarbänder aussuchen – die schönsten und die feinsten, hörst du? Ich werde mir derweil die Knöpfe ansehen.«

Eifrig folgte Victoria der Verkäuferin zu einem Regal mit Schubladen, die Rollen mit Haarbändern enthielten, während Maggie nach passenden Knöpfen suchte. Sie brauchte zehn weiße für eine Bluse, die sie abends nach Feierabend genäht hatte.

Sie hörte die Verkäuferin mit Victoria über Farben diskutieren, die sich, ihrem angeregten Geplapper nach zu urteilen, großartig zu unterhalten schien. Maggies Aufmerksamkeit richtete sich dann auf einen Stand mit großen Hüten, die mit seidenen Rosen und getupften Schleiern dekoriert waren. Besonders gut gefiel ihr ein schwarzer Strohhut mit einem pinkfarbenen Seidenband, das am Hinterkopf zu einer großen Schleife gebunden war. Das wäre ein schönes Weihnachtsgeschenk für Cecily, dachte sie. Mit einem Sträußchen pinkfarbener Rosenknospen als weiteren Schmuck würde der Hut sehr weiblich wirken.

Die Verkäuferin trat zu ihr. »Wie viele Meter Haarband brauchen Sie, Ma'am?«, erkundigte sie sich.

»Von jedem zwei«, sagte Maggie. »Und schicken Sie mir bitte diesen Hut in einem Hutkarton nach Hause.

Haben Sie Seidenrosen, die dazu passen würden?« Sie folgte der Verkäuferin hinter den Hutstand und sah sich das Sortiment künstlicher Blumen unter der Glastheke an. Nach langer Überlegung wählte sie nur eine voll erblühte Rose statt eines Sträußchens. Während sie die Rose an den Hut hielt, rief sie: »Victoria, komm mal her. Wie gefällt dir das?«

Keine Antwort. Verwundert runzelte Maggie die Stirn und blickte sich über die Schulter um. Victoria war nicht da.

»Victoria?«, rief sie lauter.

Sie entschuldigte sich bei der Verkäuferin und machte sich auf die Suche nach dem Kind. Die Räume waren L-förmig, und sie hoffte, ihre Tochter hinter der nächsten Ecke zu finden, aber auch dort war sie nicht. Nun war Maggie ernsthaft beunruhigt, sie hastete durch die verschiedenen Abteilungen auf den Haupteingang zu und sah sich dabei suchend um. Victoria wäre nie allein weggegangen, dachte sie. Sie lief zur Eingangstür, um den Portier zu fragen, ob er Victoria gesehen hatte, dann entdeckte sie plötzlich ihre Tochter bei dem Schaukelpferd. Rupert Merton stand neben ihr.

»Victoria!«, schalt Maggie und versuchte, ihren aufgeregten Herzschlag wieder zu beruhigen. »Wie konntest du nur weggehen, ohne mir etwas zu sagen?«

»Ich traf Onkel Rupert, und dann haben wir uns zusammen das Schaukelpferd angesehen. Wir wollten gerade zurückkehren und dich holen«, erwiderte Victoria zerknirscht. »Onkel Rupert wollte dich mit einem Karton Pralinen überraschen, aber jetzt hast du alles verdorben.«

Rupert Merton lachte und verbeugte sich vor Maggie. »Es tut mir leid, wenn ich dir einen Schreck eingejagt habe, aber wir waren wirklich schon auf dem Weg zurück, um dich zu holen.«

Maggie, deren Beine vor Schreck noch immer zitterten, nahm Victorias Hand. Wo hast du Mr Merton getroffen?«

»Als ich zu dem Schaukelpferd zurückging.«

»Wie oft habe dir schon gesagt, du sollst nirgendwohin gehen, ohne mir Bescheid zu sagen?«

Victoria blickte stur zu Boden. »Du hattest gesagt, ich solle auf dich warten, Mama.«

»Und das hättest du auch tun sollen!« Maggie straffte sich und lächelte ihren Onkel an. »Entschuldige bitte, aber ich war besorgt.«

»Ich hatte Victoria durch das Schaufenster bemerkt.« Rupert reichte ihr eine in Silberpapier eingepackte Schachtel. »Ich habe die Pralinen bei Fortnum gekauft. Sie sind nur ein kleiner Beweis, wie sehr ich mich darüber freue, nach all den Jahren meine Verwandten hier in London wiedergefunden zu haben.«

Sie dankte ihm und nahm die Schachtel. »Ich hatte gehofft, wir könnten heute Morgen zusammen frühstücken, aber der Portier sagte, du seist nicht in deinem Zimmer.« Sie verschwieg, dass Rafferty sogar einen Blick hineingeworfen hatte.

»Ich war schon früh spazieren«, erklärte er, und wieder zuckte ein Muskel an seiner Wange. »Ich hatte gar nicht gut geschlafen.«

Maggie blickte ihn prüfend an. »Es war doch hoffentlich alles in Ordnung mit den Räumen?« Log er, oder hatte er auf dem Sofa im Wohnzimmer der Suite geschlafen? Oder hatte er vielleicht sogar selbst sein Bett gemacht?

»An das Klima hier muss man sich zuerst gewöhnen«, fuhr er fort. »Ich fürchte, ich bin ein bisschen anfällig für Erkältungen bei solch kaltem, feuchtem Wetter.« Er tippte sich an die Brust. Dabei hatte er sich warm eingehüllt: Er trug einen Kaschmirgehrock und einen karierten Wollschal und darüber einen schwarzen Mantel und einen Hut. Er sah nicht so aus, als ob er fröre.

»Das Wetter ist auch nicht angenehm«, stimmte Maggie zu. »Sollen wir heute Abend in meinen Privaträumen essen, wo wir uns unterhalten können, ohne dass uns jemand unterbricht?«

Er zog die Brauen hoch. »Wie Mr Webb, meinst du?«

»Ja ... ich habe ihn engagiert, damit er meine Schwester sucht, aber er hat bisher nicht viel erreicht.«

Rupert runzelte die Stirn. »Engagiert?«

»Ja, er ist Detektiv und ermittelt in Fällen, mit denen die Polizei sich nicht befassen will.«

»Wie interessant. Ich bin sicher, dass seine Bemühungen von Erfolg gekrönt sein werden. Er scheint ein fähiger Mann zu sein.«

Maggie dachte an Thaddeus' überwältigenden Kuss und errötete. «Auf jeden Fall hat er eine beeindruckende Persönlichkeit. Er ist nebenbei auch noch Antiquitätenhändler und verkauft alle Arten von Möbeln und Ziergegenständen. Sein Geschäftspartner ist Innenarchitekt.«

»Hm. Vielleicht beauftrage ich ihn mit der Einrichtung meines Hauses, wenn ich eins gefunden habe.« Er nahm ihren Arm. »Bist du hier fertig? Können wir gehen?«

»Nein.« Maggie sah Victoria an. »Wir müssen unsere Einkäufe noch beenden und uns dann erkundigen, wie viel dieses Schaukelpferd hier kostet.«

Victoria hüpfte vor Freude auf und nieder. »Wirklich, Mama? Danke, vielen, vielen Dank!« Sie zog an Maggies Hand, aber Maggie forderte sie auf, sich zu benehmen. »Ich habe nicht gesagt, dass wir es kaufen«, fügte sie hinzu.

»Ich freue mich schon auf das Essen heute Abend«, sagte ihr Onkel und drückte Maggies Arm. »Aber jetzt muss ich zu meinen Anwälten. Ich arbeite mit der gleichen Firma, die auch Bullys Angelegenheiten geregelt hat.«

»Dann sehen wir uns später«, erwiderte sie und winkte, als er das Warenhaus verließ. Nachdem sie die Bänder und Cecilys Hut bezahlt und noch einmal das Schaukelpferd bewundert hatten, erlaubte Maggie Victoria, sie zu einem Spielzeugladen etwas weiter unten an der Oxford Street zu ziehen. Das Kind war entzückt von den Puppen mit den blassen Porzellangesichtern und den kunstvoll gearbeiteten spitzenbesetzten Kleidern.

»Zoe Soap möchte irgendwann eine Schwester haben, am liebsten eine mit langem blonden Haar«, sinnierte Victoria, und Maggie erschauderte, als sie an Leonora dachte. Würde sie ihre Schwester jemals kennen lernen, oder war es schon zu spät?

Von bösen Vorahnungen erfüllt, nahm sie Victorias Hand und zog sie aus dem Laden. Die Sorge um Leonora raubte ihr plötzlich den Spaß an ihrem Einkaufsbummel.

»Später vielleicht«, meinte Maggie.

Victoria hatte Mühe, mit dem Tempo ihrer Mutter Schritt zu halten. »Wohin gehen wir?«

»Nach Hause.« Maggie schaute zum Himmel auf. »Es sieht nach Regen aus. Sollen wir eine Droschke zum Hotel nehmen?«

»Ja.« Suchend blickte sich Victoria auf der Straße um. »Aber es ist keine da.«

Maggie umklammerte die kleine Hand noch fester. »Lass uns weitergehen. Sicher wird bald eine kommen.«

Der Himmel verdüsterte sich, bis es fast so dunkel

wie am späten Nachmittag war. Ein feiner Nieselregen begann zu fallen. »Mama, wir werden nass!«

»Ich habe meinen Schirm dabei.« Maggie spannte ihn über ihren Köpfen auf und winkte einer Droschke, die sich näherte, aber sie war bereits besetzt und fuhr vorbei. Sie gingen weiter, ohne eine leere Mietkutsche zu finden, bis sie Oxford Circus erreichten. Die Straßen waren belebter als am Morgen, die Bürgersteige voller Fußgänger. Es begann nun heftiger zu regnen. Maggie blieb an der Straßenecke stehen und suchte die Straße nach einer freien Droschke ab, dann wandte sie sich um und blickte in die entgegengesetzte Richtung. Überrascht und verärgert bemerkte sie, dass ein Mann mit Melone und einem braunen Kutschermantel sie auf unverschämte Weise anstarrte. Er stand nur wenige Schritte hinter ihr und hatte eine Zeitung unter seinen Arm geklemmt. Aus irgendeinem Grund empfand sie die Gegenwart des Mannes als beängstigend. Er hatte etwas an sich, das ihr sagte, dass er nur hinter ihr herlief, um sie anzustarren.

»Wir müssen einen Hansom oder wenigstens einen Pferdeomnibus finden«, sagte sie und zog Victoria während einer Lücke im Verkehr über die Straße. Die vollbesetzten Busse waren in regelmäßigen Abständen vorbeigefahren, ohne weitere Fahrgäste aufzunehmen.

Als Maggie über die Schulter blickte, sah sie, dass der Mann ihnen noch immer folgte. Während sie noch überlegte, wie sie sich verhalten sollte, fiel ihr plötzlich ein, dass sich Mr Webbs Laden nur zwei Häuserblocks weiter südlich in der Maddox Street befand. Aber es waren ziemlich lange Häuserblocks, und Victoria konnte nicht noch schneller gehen. Sie jammerte bereits.

»Du willst dir doch keine nassen Füße holen, oder?«, ermahnte Maggie sie und verlangsamte ihre

Schritte ein wenig. Am Ende des ersten Häuserblocks ließ sie absichtlich den Muff fallen und blickte sich, als sie sich bückte, unauffällig nach dem Mann um, der sie tatsächlich zu verfolgen schien. Warum kam er ihr hinterher? Fast hätte sie sich umgedreht und ihn zur Rede gestellt, verlor aber im letzten Augenblick den Mut. Und wenn sie sich nun irrte?

Ihr Herz begann vor Angst heftiger zu klopfen, und die letzten Meter rannte sie fast. Victoria beklagte sich lautstark neben ihr.

»Wir besuchen … Mr Webb. Er wohnt … gleich um … die Ecke«, keuchte Maggie. Vor lauter Furcht bekam sie keine Luft mehr und seufzte vor Erleichterung, als sie Thaddeus' grüne Tür erreichten. Als sie den Klopfer hob, hörte sie weibliche Stimmen aus dem Haus.

Die Tür wurde fast augenblicklich von einer älteren Dame geöffnet, die ihr silbergraues Haar in einem strengen Knoten trug. Sie hatte Thaddeus' warme braune Augen und sein festes Kinn. Sie musste seine Mutter sein. Maggie vergaß vorübergehend ihre Furcht. Die Frau war ihr auf den ersten Blick sympathisch – insbesondere, da ihr das mutwillige Funkeln fehlte, das stets in Thaddeus' Augen war.

»Ja?«, fragte die Frau höflich.

»Ich wollte Mr Webb besuchen. Ist er zu Hause?« Sie nannte ihren Namen, und die Frau bat sie herein. »Thaddeus«, rief sie, »eine Mrs Hartwell möchte dich sprechen.«

Maggies Herz pochte so heftig, dass sie glaubte, alle müssten ihr anmerken, wie aufgeregt sie war. Wieder konnte sie an nichts anderes denken als an den Fremden, der ihr folgte. Sie drehte sich um und sah, dass er an der Straßenecke stand und zu ihr herüberstarrte.

Dann war Thaddeus da, und als sie in seine Augen schaute, musste sie an den leidenschaftlichen Kuss denken, den sie ausgetauscht hatten. Zu ihrem eigenen Ärger spürte sie, dass sie errötete.

Sie schluckte und senkte rasch den Blick.

»Mrs Hartwell! Was für eine unerwartete und freudige Überraschung. Mutter, ich möchte dir eine meiner Klientinnen vorstellen – das ist Mrs Hartwell, die Eigentümerin des Hotels Hartwell.«

Einen Seufzer unterdrückend, nickte Maggie höflich. Wer wusste, wann sie jetzt Gelegenheit bekommen würde, Thaddeus von dem merkwürdigen Fremden zu erzählen.

Maggie schüttelte die Hand, die die ältere Frau ihr reichte, und bemerkte dabei die Schwielen an den Fingern und die raue Haut. Diese Hände wussten, was harte Arbeit war. Mrs Webb trug ein hochgeschlossenes braunes Kleid mit Stoffknöpfen und schwarze Lederstiefel. Ein gestricktes schwarzes Umhängetuch bedeckte ihre Schultern.

Zwei junge Frauen standen in der Diele. Die ältere hatte dunkelbraunes Haar, das in der Mitte gescheitelt war und in Korkenzieherlocken über ihre schmalen Schultern fiel. Wie ihr Bruder war sie groß und hatte die gleichen samtbraunen Augen und sein festes Kinn. Das jüngere Mädchen hatte helleres, goldbraunes Haar, ein rundes, freundliches Gesicht und den gleichen mutwilligen Ausdruck in den Augen wie Thaddeus. Alle Webbs hatten braune Augen, stellte Maggie fest.

»Das sind meine Schwestern, Delia und Amintha«, stellte Thaddeus vor. »Delia ist mit ihren Hochzeitsvorbereitungen beschäftigt, wie ich Ihnen schon erzählte, Mrs Hartwell.« Er bedeutete ihr, hereinzukommen, und hob Victoria hoch. »Wie ist die Luft dort oben?«, fragte er, und sie kicherte.

»Ich bin größer als Sie, Mr Webb. Fast so groß wie der Elefant im Zoo.«

»Ja, das bist du wohl, Miss Elephant.« Er ließ sie wieder herab, und sie quietschte vor Entzücken.

»Hast du gehört, Mama? Er nennt mich ...«

»Wir haben es alle gehört«, sagte Maggie, die über Thaddeus' mühelose Eroberung ihrer Tochter leicht verärgert war. Aber sie nahm sich zusammen und wandte sich an Delia. »Ich wünsche Ihnen viel Glück.«

Delia errötete und lächelte. »Thaddeus hat schon viel von Ihnen gesprochen. Er meinte sogar, wir sollten Ihren Speisesaal für den Hochzeitsempfang mieten, da meine ursprünglichen Pläne ins Wasser gefallen sind.«

»Wann ist die Trauung?«

»Heiligabend. Wir möchten eine große Hochzeit, und welcher Zeitpunkt könnte besser dafür sein als Weihnachten?« Sie wandte sich zu ihrem Bruder. »Warum nimmst du Mrs Hartwell nicht den Mantel und den Schirm ab, statt wie ein Riesenstoffel dort herumzustehen?« Delia senkte die Stimme, aber alle hörten, was sie sagte: »*Starr* sie nicht so an.«

Thaddeus lachte und beeilte sich, die Tür zu schließen und Maggie und Victoria die feuchten Mäntel abzunehmen. »Wenn Sie sich mit den Damen ins Wohnzimmer setzen und ein bisschen plaudern möchten, werde ich Hetty bitten, uns Tee und Sandwiches zu bringen.« Er zwinkerte Maggie zu, und ihre Knie wurden schwach, als sie den Damen ins Wohnzimmer folgte. Victoria war sprachlos vor Entzücken, als sie einen Wagen mit hölzernen Soldaten und Stoffpüppchen entdeckte. Maggie ließ sie gehen, nahm sich aber vor, sie im Auge zu behalten.

»Amintha, bring Mrs Hartwell einen Sessel«, bat Delia.

Mrs Webb setzte sich dicht neben das warme Feuer im Kamin und sah Maggie lächelnd an. »Ich nehme an, Thaddeus hilft Ihnen, Ihr Hotel neu einzurichten?«

»Nein, er arbeitet in seiner Eigenschaft als Detektiv für mich.« Sie erzählte ihnen von Leonora und war froh, dass er das Verschwinden ihrer Schwester nicht erwähnt hatte, nicht einmal seiner eigenen Familie gegenüber.

»Das ist tragisch«, meinte Mrs Webb besorgt. »Wissen Sie, wir waren gar nicht glücklich, dass Thaddeus Scotland Yard verlassen hat.«

»Er hat aber doch ein gut gehendes Geschäft hier«, verteidigte ihn Maggie.

»Ja … natürlich. Thaddeus hat es nie an Ideen gefehlt, und er kann auch hart arbeiten, wenn er sich etwas vorgenommen hat.« Sie lächelte beruhigend. »Wenn irgendjemand Ihre Schwester finden kann, dann er.«

Ihre zuversichtlichen Worte milderten ein wenig die Spannung, die sich in Maggie aufgebaut hatte, seit sie bemerkt hatte, dass der Fremde ihr folgte. Ihre unerwartete Begegnung mit Thaddeus' Familie erforderte jetzt ihre volle Aufmerksamkeit.

»Glauben Sie, Sie könnten es schaffen, den Hochzeitsempfang in Ihrem Hotel zu arrangieren?«, kam Delia wieder zum Thema zurück.

»Es ist sehr kurzfristig, aber ich würde mich freuen, Sie bei uns zu haben.« Maggie betrachtete Delias offenes Gesicht. »Es ist lange her, seit wir eine Hochzeit im Hotel gefeiert haben.« Keine mehr seit meiner eigenen vor vier Jahren, dachte sie. »An welche Art von Essen hatten Sie gedacht?«

»Wir werden eine Liste unserer Vorlieben zusammenstellen, und alles andere können wir dann später noch besprechen. Gavin hat versprochen, sich um die Dekoration zu kümmern, falls es Sie nicht stört.«

Maggie schüttelte den Kopf. »Nein, das wird es uns erleichtern, alles rechtzeitig zu arrangieren.«

Sie sprachen über das Hotel und Weihnachtseinkäufe. Maggie gefielen die drei Frauen sehr. Wie anders hätte mein Leben verlaufen können, wenn ich die Wärme und Gesellschaft einer Mutter gehabt hätte, dachte sie wehmütig.

Thaddeus kam zurück und brachte ein Tablett mit. »Hetty war wieder mal sehr aufgebracht über meine vielen Fehler. Sie behauptet, ich hätte eine schmutzige Untertasse in den Schrank gestellt und eine saubere in die Spüle.«

»Ich kann ihr nicht verübeln, dass sie sich beklagt«, murmelte Mrs Webb und blickte sich vielsagend in dem unordentlichen Zimmer um.

Der Tee war stark, und die Sandwiches waren köstlich. Victoria bekam ihren Tee an einem antiken Kindertisch serviert, den Thaddeus im Zimmer aufgestellt hatte. Sie schwatzte ohne Unterlass, froh über die Aufmerksamkeit, die ihr zuteil wurde, und diskutierte ausführlich die Spielzeuge mit ihm. Maggie merkte plötzlich, wie hungrig sie nach dem Einkaufen war. Sie hoffte nur, dass Cecily sich keine Sorgen um sie machte, wenn die Einkäufe vor ihnen im Hotel eintrafen.

Die Furcht, die sie auf der Straße noch beherrscht hatte, war am warmen Feuer und in der Gesellschaft der Familie Webb schnell verflogen. Es war offensichtlich, dass die Schwestern ihren älteren Bruder vergötterten, und sie alle liebten Mrs Webb, die einen ruhigen, würdevollen Stolz ausstrahlte. Während Maggie Thaddeus' Mutter beobachtete, erwachte ein ungewohntes Gefühl in ihr, und in ihrer Kehle formte sich ein Klumpen. Schnell trank sie einen Schluck Tee.

Victoria beendete ihren Tee, setzte sich zu Maggie in den großen Sessel und legte ihre Hand in ihre. Es war, als spürte sie, wie aufgewühlt die Gefühle ihrer Mutter waren.

»Wer näht das Brautkleid?«, fragte Maggie Delia.

»Mutter.« Delia lächelte. »Sie können uns gern zu Hause in Ludgate Hill besuchen, wenn Sie es sehen möchten.«

»Ich wünschte, meine Mutter würde auch heiraten, damit ich endlich einen Papa kriege«, sagte Victoria.

Maggie wünschte, der Boden möge sich unter ihren Füßen auftun. »Du hattest schon mal einen«, murmelte sie und hoffte, dass das Kind das Thema ruhen ließ. »Geh und spiel jetzt wieder mit den Puppen.«

»Sie sind Witwe?«, fragte Mrs Webb mitfühlend.

Maggie nickte. »Ja. Horace, mein Mann, starb vor zwei Jahren nach einer langwierigen Krankheit.«

»Wie tragisch«, sagte Delia. »Ich weiß nicht, wo Sie die Kraft hernehmen, sein Geschäft weiterzuführen.«

»Es ist nicht schwierig, ein Hotel zu führen, wenn man weiß, was man zu tun hat. Horace war ein geduldiger Mann. Er hat mich alles gelehrt.«

Alle nickten mitfühlend, und wieder fühlte Maggie sich in die warme Geborgenheit dieser Familie einbezogen. Schließlich erhob sich Mrs Webb. »Wir müssen uns jetzt verabschieden. Aber wir werden uns bald wieder sehen.« Sie wandte sich an Thaddeus. »Falls du je in die Nähe der Bäckerei in Covent Garden kommen solltest, bring Mrs Hartwell mit. Ich bin sicher, dass dein Vater sie gern kennen lernen würde.« Sie lächelte und reichte Maggie ihre Hand. »Das muss ein hartes Leben für Sie sein, ihre Tochter allein aufzuziehen und ein Hotel zu führen. Ich werde Sie in meine Gebete einschließen.«

Wieder spürte Maggie diesen Kloß in ihrer Kehle,

und sie war nicht in der Lage, etwas zu erwidern. Ihre Lippen zitterten, und nur mühsam gelang es ihr, ein Lächeln aufzusetzen.

Als die Webbs gegangen waren, sah Maggie Thaddeus an. Eine andere Art von Spannung war jetzt, wo sie allein waren, zwischen ihnen aufgekommen. »Es tut mir leid, wenn ich eine Familienzusammenkunft unterbrochen habe, aber …«

Ein Schluchzen stieg in ihrer Kehle auf, und sie tat ihr Bestes, um den Kummer, der in ihrer Brust festsaß, zu unterdrücken. Er wurzelte in ihrer Sorge um Leonora, die sie seit Tagen quälte, aber er hatte auch etwas damit zu tun, eine solch innig verbundene Familie zu sehen. Die Webbschen Damen hatten Maggies sonst so unbeugsame Kontrolle über ihre Gefühle mit ihrer Wärme und ihrer Freundlichkeit zunichte gemacht.

Sie ging durchs Zimmer und tat, als betrachtete sie ein verstaubtes Gemälde von Stubbs, das einen Mann in einem roten Jagdrock auf einem Pferd darstellte. Aber durch ihre Tränen sah sie es nur verschwommen und ließ ganz unbewusst die Schultern hängen. Sie hörte, wie Thaddeus näher trat. Die Berührung seiner Hände auf ihren Schultern raubte ihr den letzten Rest ihrer Beherrschung, und die Tränen flossen nun über. Er drehte sie langsam um, bis er sie anschauen konnte, dann zog er ein Taschentuch aus seiner Hosentasche und tupfte die Tränen ab, die über ihre Wangen rannen.

»Aber, aber«, murmelte er beruhigend. »Was hast du denn?«

»Ja, Mama, warum weinst du?«, fragte Victoria und klammerte sich an Maggies Röcke. »War ich böse heute?«

Maggie blickte auf das besorgte Gesicht des Kindes

hinab und musste selbst durch ihre Tränen lächeln. Sie streichelte Victorias weiches Haar. »Nein«, sagte sie, »du warst den ganzen Tag sehr brav.« Sie putzte sich mit Thaddeus' Taschentuch die Nase. »Und nun geh und spiel, während ich mit Mr Webb rede. Wir werden gleich nach Hause gehen.«

»Ich wünschte, du würdest noch zum Dinner bleiben«, murmelte Thaddeus, und Maggie blickte auf und sah ihm in die Augen. Sie waren so weich vor Zärtlichkeit, dass ihr der Atem stockte.

»Weinen Sie auch, Mr Webb?«, fragte Victoria und zog an seinem Hosenbein.

Thaddeus lachte. »Nein, aber das werde ich gleich, wenn deine Mutter nicht aufhört.«

Victoria zupfte an Maggies Rock. »Er sagt, du sollst aufhören zu weinen, Mama.«

»Ja ... das werde ich.« Maggie schob ihre Tochter zu dem Spielzeugwagen.

»Darf ich dich in die Arme nehmen?«, flüsterte Thaddeus.

»Nein ... bitte nicht«, sagte sie. »Das könnte eine neue Tränenflut auslösen.«

Dennoch strich er mit den Händen über die Ärmel ihrer weißen Batistbluse, und Maggie erschauerte vor Entzücken. Was für Gefühle die Freundlichkeit der Damen auch immer in ihr geweckt haben mochten, Maggie hatte ihre Haltung endlich wieder gefunden. Aber Thaddeus Webb gab sich die größte Mühe, eine gänzlich andere Empfindung in ihr auszulösen – Verlangen. Heiß durchzuckte es sie und ließ sie sich nach der Umarmung seiner starken Arme und der Berührung seines Mundes sehnen.

Um die wachsende Spannung zu brechen, erzählte sie ihm von dem Mann, der ihr gefolgt war, seit sie Robinson's verlassen hatte. »Ich habe ihn noch nie zuvor gesehen, aber ich bin ganz sicher, dass er mir und Victoria nachgegangen ist. Es war beängstigend, und als wir keinen Hansom finden konnten, hielt ich es für besser, herzukommen.«

Thaddeus nickte. »Das war sehr klug von dir, Maggie.« Er ging zum Fenster und schob die Spitzengardine beiseite, um einen Blick hinauszuwerfen. »Dort draußen ist niemand mehr zu sehen. Aber dennoch werde ich euch vorsichtshalber begleiten.« Mit einem viel sagenden Lächeln fügte er hinzu: »Obwohl ich natürlich trotzdem wünsche, du würdest zum Abendessen bleiben und danach vielleicht …«

»Das kommt nicht in Frage!«, wisperte sie schockiert, obwohl ihr Herz bei seinem Vorschlag schneller klopfte.

Er lachte und strich ihr über die Wange, als er auf dem Weg zur Diele an ihr vorüberging. Sie senkte den Blick. Egal, was sie sagte oder tat, er schaffte es doch immer wieder, sie zu verwirren.

Nachdem sie Victoria gerufen hatte, folgte sie ihm in die Halle. Sie wünschte, er hätte ihre Tränen nicht gesehen. Wahrscheinlich würde er sie jetzt immer damit aufziehen.

Aber sie irrte sich. Er erwähnte sie nur einmal, und da auch nur geflüstert. »Ich bin froh, dass du weinen kannst, Maggie. Ich hatte schon befürchtet, du wärst zu unnachgiebig, um Gefühle zu zeigen.« Sein Atem kitzelte ihr Ohr, als er ihr in den Mantel half. »Und ich hoffe, es war nicht das letzte Mal. Gefühle stehen dir gut, Maggie … Liebste.«

Sie fuhr zu ihm herum, aber er lachte nur und legte einen Umhang um. Errötend half sie Victoria in deren roten Mantel.

»Sie haben zu viele Sachen hier, Mr Webb«, bemerkte Victoria, als sie das Sammelsurium von Artefakten in der Eingangshalle sah. »Sie brauchen eine große Spielzeugtruhe, um das alles aufzuheben.«

Thaddeus lachte. »Aber dann könnte ich die Sachen nicht bewundern, wenn ich daran vorbeigehe«, sagte er.

»*Stolpern* Sie denn nie darüber? Ich falle immer über meine Spielzeuge, und dann verlangt Mama, dass ich sie in meine Truhe räume.«

Thaddeus zwinkerte. »Deine Mutter ist sehr klug. Aber wie du siehst, ist der Weg zur Tür noch frei.« Er reichte ihr die Hand. »Darf ich Sie begleiten, Mademoiselle Victoria?«, fragte er mit einer übertriebenen Verbeugung.

Victoria kicherte. »Ja, Sir, wenn Sie versprechen, mit mir oben auf dem Pferdeomnibus zu sitzen.«

Thaddeus sah Maggie mit erhobenen Augenbrauen an, und sie lächelte. Bei der Vorstellung, dass ihre Tochter und der fürsorgliche Mr Webb – Thaddeus – Freunde waren, wurde ihr ganz warm ums Herz.

11

Zwei Tage später erschien Thaddeus mit einem Bund Mistelzweige, die von einer roten Satinschleife zusammengehalten wurden, im Hotel. Er ging in Maggies Büro und hielt ihn über die Tür. Sie stand am Schreibtisch, und als er sie anlächelte, dachte sie, ihre Knie würden sich in Wasser verwandeln.

»Komm her, Maggie, und hilf mir, die Zweige zu befestigen. Bring mir einen Stuhl.«

»Aber es ist noch nicht Weihnachten.«

»Das Blumenmädchen auf der Straße glaubt es aber. Sie hatte einen ganzen Korb voller Mistel- und Stechpalmenzweige.«

Maggie wusste, dass er etwas im Schilde führte, tat aber, worum er sie gebeten hatte. »Ich kann mir nicht vorstellen, dass du nur hierher gekommen bist, um mein Hotel zu schmücken«, sagte sie misstrauisch.

Er kletterte auf den Stuhl und befestigte das rote Band an der Zierleiste des Türrahmens. Dann stieg er wieder herab, rieb sich zufrieden die Hände, schob den Stuhl beiseite und umarmte Maggie. »Der erste Kuss der Weihnachtszeit. Möge sie für immer währen.« Er zog ihre widerstrebenden Arme um seinen Nacken. Dann legte er die Hände um ihr Gesicht und nahm ihr sanft die Brille ab. Nachdem er sie zusammengeklappt hatte, steckte er sie in seine Jackentasche.

Maggie sah ihn jetzt nur verschwommen, war sich aber des Lächelns auf seinem Gesicht und des Mundes, der ihrem mit jedem Atemzug noch näher kam, nur allzu deutlich bewusst. Ein Stöhnen stieg tief in ihrer Kehle auf, als seine Zungenspitze die Konturen ihres Mundes nachfuhr. Die zärtliche Berührung rief eine wilde Sehnsucht in ihr wach, und sie musste sich an ihm festhalten, um nicht hinzufallen. Sein Mund war hart und fordernd, aber zugleich auch erstaunlich sanft und weich. Sie glaubte innerlich dahinzuschmelzen, während sie begierig dieses wundervolle Geschenk von ihm entgegennahm. Leben und Liebe durchzuckten sie und wurden immer stärker, je mehr sein Mund sie lockte und bezauberte und nach und nach die eiserne Barriere in ihr einriss.

Sie seufzte vor Enttäuschung, als er den Kopf hob. »Ich dachte mir, du hättest nichts gegen einen Weihnachtskuss«, murmelte er rau. Mit den Fingerspitzen strich er über ihren Haaransatz und kitzelte ihre Ohrläppchen, bis sie sich, beschämt über ihre Reaktion auf seine Zärtlichkeiten, von ihm löste.

»So schnell gibst du auf?«, schalt er.

»Ich habe andere Dinge so kurz vor Weihnachten zu tun.« Im Stillen wünschte sie jedoch, ihn zu noch intimeren Zärtlichkeiten ermuntert zu haben. Als sie sich an ihren Schreibtisch setzte, stellte sie zu ihrer Bestürzung fest, dass ihre Brille noch in seiner Tasche steckte. Sie streckte die Hand aus und verlangte sie zurück.

»Warte. Du siehst so verletzlich ohne diese Brille aus, dass ich sie noch ein paar Minuten behalten möchte, um dein hübsches Gesicht zu bewundern. Deine Blicke schießen ausnahmsweise einmal keine Pfeile auf mich ab.«

Sie seufzte. »Du bist der einzige Mensch, den ich kenne, der eine Beleidigung mit einem Kompliment verbinden kann.«

Er lachte und setzte sich in den Sessel vor den

Schreibtisch. »Ich bin noch aus zwei anderen Gründen hergekommen – nicht nur, um dich zu küssen. Mutter und die Mädchen möchten wissen, ob es dir recht ist, wenn sie am nächsten Montag zu einer Besprechung zu dir kommen.«

»Ja, ich habe dem Personal bereits gesagt, dass wir Vorbereitungen für eine Hochzeit treffen müssen. Ich werde deiner Familie persönlich alles zeigen. Kommt der Bräutigam auch mit?«

»Ich weiß es nicht.« Thaddeus schwieg einen Moment. »Ich wünschte, ich hätte Neuigkeiten von deiner Schwester, aber im Augenblick kann ich dir leider nicht mehr dazu sagen. Um dir jedoch meinen guten Willen zu beweisen, wollte ich dich fragen, ob du mich heute Nachmittag zur South Audley Street begleiten möchtest. Mr Ripley ist endlich von seiner Reise zurück. Ich habe ihn heute Morgen angerufen, und er ist bereit, uns zu empfangen.«

Maggies Herz schlug schneller. »Glaubst du …«

»Es ist noch zu früh für Spekulationen. Wir werden mehr wissen, wenn wir ihn gesprochen haben.« Thaddeus erhob sich abrupt und gab ihr die Brille zurück. »Könntest du in fünf Minuten fertig sein?«

»Natürlich.« Sie setzte die Brille auf und lief die Treppe zu ihrer Wohnung hinauf. Nachdem sie sich vergewissert hatte, dass ihr Chignon noch richtig festgesteckt und ihre gestärkte weiße Bluse noch makellos sauber war, legte sie einen Umhang um und setzte eine einfache Kapotte auf. Für ihre Hände nahm sie einen warmen Pelzmuff mit.

Der Tag war kalt und windig, mit einer blassen Sonne, die nur wenig Licht und Wärme spendete. Schneewolken ballten sich am Horizont zusammen.

»Vier Minuten und dreißig Sekunden«, sagte Thaddeus, als Maggie wieder hinunterkam. Er hielt seine

Taschenuhr in der Hand, und ein mutwilliges Funkeln glitzerte in seinen Augen. Maggie hatte ihren Schirm mitgebracht, und mit einem kleinen Lächeln bot Thaddeus an, ihn ihr zu tragen. »Er könnte sich als nützlich erweisen.«

»Du kannst wohl nie aufhören, mich aufzuziehen?«, fragte sie mit einem ärgerlichen Blick.

»Es wäre ein Fehler, wenn ich es nicht bei dir täte. Ich breche deinen Widerstand schon noch und mache eine Frau aus dir.« Er hielt die Tür für sie auf.

»Frech wie eh und je«, sagte sie und hätte ihn am liebsten gegen das Schienbein getreten.

Thaddeus trug einen Mantel mit Hahnentrittmuster, einen weichen Filzhut und dazu den langen schwarzen Schal.

Als sie bequem in einem Hansom saßen, fragte Maggie: »Musst du *den* eigentlich immer tragen?«, und zupfte an dem Schal.

»Er war das Letzte, was meine Großmutter vor ihrem Tod für mich gestrickt hatte.« Er berührte ihn zärtlich. »Ich weiß, dass er hässlich ist, aber er ist voller Liebe, und er wärmt mir meinen Hals.«

Maggie staunte über diesen Mann, der zu so viel Anteilnahme und Liebe fähig zu sein schien. Er konnte ihr gefährlich werden; vielleicht würde sie sich unsterblich in ihn verlieben. Es wäre sinnlos gewesen, diese Möglichkeit zu leugnen. Wenn sie ihn weiterhin traf, war sie verloren. Sie begann ein leises Unbehagen zu verspüren, weil er so mühelos Gefühle in ihr weckte. Er besaß solche Macht über sie …

»Ich wünschte, du hättest meine Großmutter gekannt. Sie war wirklich eindrucksvoll.«

»Vergiss deine Mutter nicht, die auch eine sehr bemerkenswerte Dame ist.«

»Ich werde dich einmal zu ihrer Bäckerei mitnehmen. Sie arbeitet dort von vier Uhr morgens bis spät in die Nacht. Als Vater Invalide wurde, ernährte sie die ganze Familie, bis ich im Yard zu arbeiten begann.«

Schweigen breitete sich zwischen ihnen aus, und Maggie vermutete, dass er an seine verstorbene Frau dachte. War sie in Thaddeus' Augen eine richtige Frau gewesen?

»Wie würdest du den Begriff *Frau* definieren, Thaddeus?«, fragte sie unwillkürlich.

Er blickte sie rasch an und lachte. »Darüber hast du nachgegrübelt?«

Sie antwortete nicht, sondern warf ihm nur einen herausfordernden Blick zu.

Er lehnte sich zurück und drückte sie noch weiter in die Ecke. »Eine richtige Frau ist die personifizierte Liebe und Sanftheit, Güte und Geduld.«

»Das klingt mehr wie die Beschreibung einer Heiligen«, spottete Maggie. »Keine Frau ist so perfekt.«

»Ein paar Stunden lang vielleicht. Manche können es auch Tage, Monate, ein ganzes Leben lang sein, wie meine Großmutter es war.«

Maggie unterstützte seine Theorie nicht. »Du erhebst sie zum Idol. Wie war deine Frau?«

Er zögerte. »Sie konnte zwar auch stur wie ein Maulesel sein, aber die meiste Zeit war sie sehr liebevoll und warm.«

»Du romantisierst deine Erinnerungen an sie.« Gehörte diese eifersüchtige Stimme wirklich ihr?

Ihre Blicke begegneten sich, und ihr Herz begann zu rasen. »Es kommt immer darauf an, wie die Frau behandelt wird.« Sie spürte, dass seine Worte ein Versprechen bargen, das Versprechen, ihr dies zu zeigen. Der Atem stockte in ihrer Kehle, und ihr Herz schmerzte vor Sehnsucht. Sie wünschte sich verzweifelt, zu erfahren, was er meinte.

»Eine Frau sollte geachtet und geliebt werden«, fuhr er fort.

Seine schlichte Feststellung berührte sie so tief, dass ihr der Atem stockte.

Der Hansom hielt, und Thaddeus wechselte das Thema. »Ah! Wir sind da.«

Der Diener, der Maggie auch bei ihrem ersten Besuch die Tür geöffnet hatte, führt sie durch einen düsteren Korridor, dessen Wände mit verstaubten alten Gemälden bedeckt waren.

Der Salon, zu dem er sie geleitete, hatte einen Erker, in dem mit goldfarbenem Samt gepolsterte Korbsessel standen. Die schweren Vorhänge waren aus dem gleichen Material, der Teppich war verstaubt und abgenutzt. In der Ecke stand eine Etagere mit seltsamen Objekten, und die Gemälde stellten fremdartige orientalische Diagramme dar. Wo habe ich so was schon mal gesehen?, grübelte Maggie.

»Hatte ich bereits das Vergnügen?«, ertönte eine Stimme von der Tür. Dort stand ein großer, sehr schlanker Mann mit dünnen blonden Locken. Er hatte ein faszinierendes Gesicht mit einem eckigen Kinn und einer schmalen, geraden Nase. Seine grauen Augen blickten scharf – und auch ein bisschen grausam, dachte Maggie. Ripley trug einen Sakko, eine dunkelrote Brokatsamtweste und eine schwarze Hose. Die Kleider wirkten elegant, aber auch seltsam feminin.

»Nein, wir sind uns noch nie begegnet, aber wir sind hergekommen, um Sie nach einer gewissen Miss Winston zu fragen«, erwiderte Thaddeus. »Sie hat den Atlantik auf demselben Dampfer überquert wie Sie, Mr Ripley. Kommt der Name Ihnen bekannt vor?«

Maggie fragte sich, warum er nicht Leonoras falschen Namen angegeben hatte.

»Miss Winston?« Mr Ripley nahm eine Zigarre aus

einem Humidor auf dem Korbtisch und zündete sie an. Während er nachdachte und rauchte, musterte er Maggie. Warum lässt er sich so viel Zeit mit seiner Antwort?, fragte sie sich unbehaglich.

»Miss Winston«, wiederholte er. »An diesen Namen erinnere ich mich nicht.«

Thaddeus nahm Leonoras Fotografie aus dem Kuvert, das er in der Hand trug. »Und Miss Winter?«

»Ah! Den Namen kenne ich«, sagte Mr Ripley. Er warf einen Blick auf die Fotografie und nickte. »Das ist Laura Winter. Sie machte ganz allein die weite Reise von Virginia, um in London ihre Schwester zu besuchen.« Er lächelte Maggie an. »Sind Sie die Schwester?«

»Ja, das bin ich. Wann haben Sie Leono ... Laura zum letzten Mal gesehen?«

»Ich hatte sie zu einem Glas Wein in der Lounge eingeladen. Tatsächlich hatten wir sogar denselben Tisch im Speisesaal.« Er seufzte und zog an seiner Zigarre. »Eine reizende junge Dame.«

»Haben Sie sie das Schiff verlassen sehen?«, fragte Thaddeus, und seine Augen verengten sich misstrauisch.

Mr Ripley sann über die Frage nach, während er durchs Zimmer ging und aus dem Fenster schaute. »Wir haben uns am Morgen unserer Ankunft in Liverpool verabschiedet. Nach dem Frühstück ging sie in ihre Kabine zurück und ich in meine.« Er warf Maggie einen verstohlenen Blick zu. »Ich glaube, das war das letzte Mal, dass ich sie sah. Verwandte erwarteten mich am Hafen, und ich bin mit ihnen weggefahren.«

Enttäuschung erfüllte Maggie. Sie schaute Thaddeus an und sah, dass er Mr Ripley prüfend musterte. »Hat Miss Winter Ihnen gesagt, wie sie nach London weiterreisen wollte? Hat ihr jemand angeboten, ihr zu helfen?«

Mr Ripley lachte humorlos. »Wollen Sie damit andeuten, dass ich mich meiner Pflicht als Gentleman entzogen habe?«

Thaddeus lächelte nicht. »Nein, aber ich bin sicher, dass Sie sich nach Miss Winters Situation erkundigt haben.«

Ärger flackerte in Ripleys Augen auf. »Selbstverständlich. Und wenn Sie es schon wissen wollen, Miss Winter dachte, ihre Schwester –«, er sah Maggie an, »– würde sie in Liverpool erwarten.«

»Das habe ich auch getan, aber sie tauchte nicht auf.« Maggie wechselte den Muff von einer Hand in die andere. »Wo kann sie nur geblieben sein? Sie muss ja angekommen sein, wenn Sie sie morgens beim Frühstück noch gesehen haben.«

Schweigen breitete sich aus, und wieder verspürte Maggie dieses merkwürdige Unbehagen.

»Tut mir leid, dass ich Ihnen nicht weiterhelfen kann«, sagte Ripley mit ausdrucksloser Miene. »Vielleicht hat sie eine Einladung angenommen, irgendeinen der anderen Passagiere für einige Tage oder Wochen zu besuchen.«

»Das ist äußerst unwahrscheinlich«, wandte Maggie ein. »Sie wusste, dass ich sie erwartete.«

Thaddeus wandte sich zum Gehen. »Komm, Maggie. Danke, dass Sie sich Zeit für uns genommen haben, Mr Ripley. Falls Ihnen noch irgendetwas Wichtiges einfallen sollte, dann lassen Sie es mich bitte wissen.« Er gab Ripley seine Karte.

Ripley verbeugte sich und begleitete sie zur Tür. »Es ist wirklich rätselhaft. Hat die Polizei schon eine Vermutung …?«

»Das werden sie, sobald ich mit ihnen gesprochen habe«, erwiderte Thaddeus grimmig.

Er nahm Maggies Arm, als sie schweigend zum

Mietkutschenstand an der Straßenecke gingen. Was mag meiner Schwester zugestoßen sein?, fragte Maggie sich. Seit fast zwei Wochen wurde sie jetzt schon vermisst …

»Was nun?«, fragte Maggie.

Thaddeus seufzte schwer. »Ich werde herausfinden, ob jemand das Schiff auf einer Bahre verlassen hat. Vielleicht ist Miss Winston von jemandem entführt worden.« Er unterbrach sich kurz. »Es ist wirklich ungemein verwirrend. Aber wenigstens wissen wir jetzt, dass sie am Tag der Ankunft noch am Leben war.«

»Falls Mr Ripley die Wahrheit gesagt hat«, entgegnete Maggie. »Er war mir ziemlich unsympathisch.«

»Er ist einer dieser reichen jungen Lebemänner; verwöhnt, gelangweilt, arrogant. Ich kenne diese Typen.» Thaddeus sah Maggie von der Seite an. »Ihm wäre durchaus zuzutrauen, dass er deine Schwester benutzt und dann … verlassen hat.«

»Genau das habe ich auch gedacht«, sagte Maggie leise. »Ich habe das Gefühl, dass Leonora etwas Schreckliches zugestoßen sein muss, denn sonst wäre sie schon vor Tagen in London eingetroffen.«

»Denk nicht an so etwas. Wir werden sie schon finden.«

Sie blieben vor dem Droschkenstand stehen, und Thaddeus blickte Maggie lange ins Gesicht. »Ich werde nicht eher ruhen, bis ich den Kummer aus deinen Augen vertrieben habe«, versprach er. »Und nun geh heim. Ich mache jetzt alleine weiter. Ich treffe mich gleich mit Sergeant Horridge und werde ihm erzählen, was wir erfahren haben. Jetzt, wo wir zwei Personen haben, die Leonora begegnet sind und wissen, dass sie sich Laura Winter nannte, wird er vielleicht bereit sein, offizielle Ermittlungen einzuleiten.«

»Wie könnte ich zu Hause sitzen und warten …«

»Tu es!« Er half ihr in den Hansom und schloss die Tür hinter ihr, bevor sie protestieren konnte. Ihr Ärger verblasste, und ihr Widerstand erlahmte. Sie vertraute Thaddeus. Wenn er ihr irgendwie helfen konnte, würde er es tun. Impulsiv beugte sie sich vor und küsste ihn auf die Wange.

»Danke.« Sie errötete. »Möchtest du heute Abend zum Essen zu mir kommen?«

Ein langsames, träges Lächeln breitete sich auf seinen Zügen aus. »Du kannst es kaum erwarten, zu erfahren, was Sergeant Horridge sagt, nicht wahr?«

»Es ist nicht nur das ... ich mag deine Gesellschaft.«

Er legte eine Hand ans Herz. »Du machst noch einen quasselnden alten Narren aus mir.«

Sie lächelte und lehnte sich auf dem Sitz zurück. »Du bist bereits einer«, erwiderte sie freundlich, froh, es ihm endlich heimzahlen zu können für all die Male, als er sie geneckt hatte.

»Bis heute Abend dann.« Lächelnd gab er dem Kutscher die Adresse des Hotels und sah ihr nach, als sie abfuhr. Ihm war, als nähme sie ein Stück von ihm mit, und eine Welle solch überwältigender Zärtlichkeit erfasste ihn, dass ihm ganz schwindelig wurde. Kopfschüttelnd ging er weiter. Er würde nie herausfinden, was aus Leonora Winston geworden war, wenn er nicht klar denken konnte. Er presste die Lippen zusammen, und ein grimmiger Zug erschien um seinen Mund. Er befürchtete, dass Miss Winston sich in großer Gefahr befand – oder vielleicht sogar schon tot war.

Nachdem er die Regent Street überquert hatte, betrat er eins der lärmenden Wirtshäuser in einer Seitenstraße in Soho. Obwohl das Gebäude außen rußverschmiert und das Fachwerk halb verrottet war, war die Atmosphäre drinnen warm und freundlich. Die Tische waren mit ausgefransten gelben Tischtüchern gedeckt, aber die Kupferstange um den Tresen glänzte, und die grünen Glaszylinder auf den Petroleumlampen funkelten vor Sauberkeit. Ein Piano klimperte im Hintergrund, und der Geruch von Fleischpasteten schwebte in der Luft.

»Das gleiche wie immer, Roger«, sagte er zu dem Wirt hinter der Theke und blickte sich in dem nur schwach besetzten Raum um. »Haben Sie Sergeant Horridge heute schon gesehen?«

»Treffen Sie sich hier mit ihm?«, fragte Roger und stellte einen großen Bierkrug vor Thaddeus. »Sie sehen heute so ernst aus, Mr Webb«, fügte er hinzu und starrte Thaddeus eulenhaft durch seine dicken Brillengläser an.

»Ich habe Probleme, für die ich keine Lösung finde.« Thaddeus probierte das kalte Helle, und über den Rand des Glases hinweg sah er Sergeant Horridge eintreten.

»Ich setze mich an einen Tisch. Bringen Sie noch ein großes Helles und zwei Fleischpasteten mit Kartoffelpüree für Sergeant Horridge.«

»Das wird den Sergeanten freuen. Er isst ja für sein Leben gern«, murmelte Roger und verschwand hinter der Schwingtür.

Thaddeus schüttelte seinem alten Freund die Hand. Septimus Horridge betrachtete erfreut das Bier, das Thaddeus ihm hinüberschob, als er sich setzte. »Das ist genau das, woran ich dachte, als ich durch die Tür kam.« Er trank einen großen Schluck. »Ah! Es gibt nichts Besseres als kaltes Bier, um seinen Durst zu löschen.« Er warf Thaddeus einen fragenden Blick zu. »Aber ich glaube nicht, dass du mich hierher eingeladen hast, um mich mit Bier zu versorgen.«

»Ich möchte mit dir über Leonora Winston reden.«

Der Sergeant knöpfte seinen schweren grauen Mantel auf. Dann, während er sein Zigarrenetui herausnahm, warf er Thaddeus einen Blick zu. »Hast du schon irgendeine Spur gefunden?«

»Sie hat sich auf dem Schiff als Laura Winter ausgegeben, und wir haben mit mehreren Leuten gesprochen, die sie gesehen und mit ihr gesprochen haben. Einer der Passagiere, Mr Anselm Ripley, sagt, sie sei an Bord des Schiffes gewesen, an dem Tag, als es in Liverpool einlief.« Er machte eine Pause und trank einen Schluck Bier. »Ich wäre dir dankbar, wenn du in Erfahrung bringen könntest, ob es beim Yard irgendetwas über Mr Ripley gibt. Ich mag den Kerl nicht. Und wenn du schon dabei bist, könntest du dann auch gleich einen Rupert Merton aus Sheffield überprüfen?«

Roger kam mit einem Tablett zurück. Er stellte die Fleischpasteten und die Schüssel mit dem Kartoffelpüree vor den Sergeant. »Möchten Sie keine Pastete?«, fragte er Thaddeus, der das Essen interessiert betrachtete.

»Ich kann nicht. Ich bin zum Abendessen eingeladen.«

Der Sergeant füllte den Teller, den der Wirt vor ihn gestellt hatte. »Bei deinen Eltern? Mrs Webb ist eine erstklassige Köchin«, sagte Horridge.

»Nein. Mrs Hartwell hat mich eingeladen. Ich bin sehr angetan von ihr, und ich würde sogar wagen, zu behaupten, sie auch von mir.« Er lachte beim Gedanken an Maggies Widerspenstigkeit.

»Du bist Herausforderungen noch nie aus dem Weg gegangen.« Der Sergeant aß mit Appetit und spülte das Essen mit noch mehr Bier hinunter. »Ripley?«, wiederholte er.

»In der South Audley Street. Er scheint eine Menge Geld zu haben, oder zumindest hatte er es mal. Er hat ein schönes Haus und jede Menge Standesbewusstsein.«

»Ich erinnere mich an niemanden mit diesem Namen, aber ich werde mir mal unsere Akten ansehen. Er könnte mit jemand anderem in Verbindung stehen.«

»Er hatte etwas Merkwürdiges an sich, obwohl ich nicht erklären könnte, was es ist.« Thaddeus stützte das Kinn in die Hand und schaute seinen Freund an. »Da wir nun bewiesen haben, dass Miss Winston auf diesem Dampfer war, könntest du doch jetzt offizielle Untersuchungen einleiten.«

Der Sergeant runzelte die Stirn. »Ja, wahrscheinlich schon, aber ich glaube, dass du schneller zu Ergebnissen kommen wirst. Wir haben im Moment zu viele Fälle. Alles, was nicht die Altarmorde betrifft, landet ganz unten unter den Akten. Es sieht so aus, als hätten wir einen neuen Ripper, oder vielleicht sogar denselben.«

»Das ist zu weit hergeholt.«

»Ich wünschte, du wärst wieder beim Yard, Thad. Dann würden wir den Mörder vielleicht finden.«

»Danke für das Kompliment, aber ohne den Yard geht es mir besser. Das Antiquitätengeschäft bietet mir genug Aufregung.«

»Du denkst immer noch an Rachel, nicht?«

»Manchmal. Sie ist als Ehefrau nicht leicht zu ersetzen.« Thaddeus dachte an Maggie und merkte, dass sie ihm schon fehlte.

»Denkst du an Heirat, Thad? Werde ich eingeladen zu dem großen Tag?«, scherzte der Sergeant und zündete sich eine Zigarre an.

»Eine Heirat ist ein ernster Schritt, nicht wahr? Deshalb bist du all die Jahre Junggeselle geblieben.«

»Ich liebe meine Freiheit, aber du – du wärst ein guter Vater, Thad. Und du brauchst jemanden, der eines Tages dein Geschäft übernimmt.«

»Du blickst zu weit voraus, mein Freund. Ich glaube, ich genieße meine Freiheit mindestens so sehr wie du.«

Horridge zog nachdenklich an der Zigarre und betrachtete Thaddeus mit einem humorvollen Glitzern in den Augen. »Du willst also, dass wir vom Yard diese Leonora Winston finden, damit du bei ihrer Schwester Eindruck schinden kannst.« Er klopfte Thaddeus auf die Schulter. »Das werden wir tun, mein Junge, falls du sie nicht zuerst findest.« Er erhob sich. »Ich wünsche dir viel Glück bei Mrs Hartwell. Sie scheint eine imponierende Persönlichkeit zu sein. Es braucht schon einen Mann wie dich, um sie zu zähmen.«

Thaddeus schnaubte. »Pass auf, was du sagst, Septimus. Wenn du nicht so ein alter Freund wärst ...«

»Jetzt habe ich einen wunden Punkt berührt, nicht wahr?« Horridge lachte und zog seinen Mantel über. An der Tür winkte er noch einmal. »Bis nächste Woche – am selben Ort, zur selben Zeit. Auf ein Bier und ein Abendessen.«

»Sieh zu, dass du mir Antworten mitbringst«, murmelte Thaddeus vor sich hin.

Als er die Rechnung bezahlt hatte, ging er. Es war kaum Teezeit, und trotzdem wurde es schon dunkel. Mit Schnee vermischter Regen fiel, und Thaddeus stellte den Mantelkragen hoch. Septimus hatte Recht – Maggie war wichtiger für ihn geworden, als er es je für möglich gehalten hätte. Die Verwundbarkeit, die er hinter ihrer imponierenden Fassade spürte, weckte den Wunsch in ihm, sie zu beschützen. Erst als er ihr begegnet war, war ihm bewusst geworden, wie leer sein Leben war, seit er Rachel verloren hatte. Nach dem anfänglichen Schmerz und seinen Selbstvorwürfen waren die Wunden langsam verheilt, und er hatte gedacht, er würde nie wieder eine Frau in seinem Leben brauchen. Aber jetzt merkte er, dass er nicht nur von Erinnerungen leben konnte. Erst seit Maggie in sein Leben getreten war, verstand er, dass sie die Frau war, auf die er in all der Zeit seit Rachels Tod gewartet hatte.

Nachdem er die Regent Street überquert hatte, bog er in die Maddox Street ein. Es brannte Licht in seinem Laden. Gavin musste zu Hause sein.

Zu seiner Überraschung stand die Eingangstür ein wenig offen. Ein Stöhnen erklang von drinnen. Die Tür aufreißend, stürzte Thaddeus hinein und sah Gavin im Wohnzimmer auf dem Boden liegen. Er hielt sich den Kopf, Blut strömte aus einer Wunde über seinem Ohr, und sein Gesicht war leichenblass. »Verdammt … verdammt«, fluchte er und erhob sich taumelnd.

»Was ist passiert?«, fragte Thaddeus, während er seinem Freund zu einem Sessel half. Er löste Gavins Finger von der Wunde und betrachtete die hässliche Schwellung. Die Haut war stellenweise aufgeplatzt.

»Zwei … Kerle mit Schlagstöcken kamen vor einer Weile herein. Einer fragte: ›Mr Webb?‹ Bevor ich … antworten konnte, stürzten sie sich auf mich und schlugen mich nieder. Ich verlor das Bewusstsein und bin gerade erst … zu mir gekommen.« Wieder fluchte er und hob den Kopf. »Aber ich werde es überleben.«

Thaddeus holte ein Glas Brandy und ein Handtuch, das er in der Küche in kaltes Wasser getaucht hatte. Er hielt es sanft an die Schwellung und reichte seinem Partner das Glas. »Tut mir leid, dass das geschehen ist.«

Gavin warf ihm einen erbosten Blick zu. »Sie hielten mich ganz offenbar für dich.« Er stürzte den Brandy hinunter. »Irgendjemand hat was gegen dich. Hast du in letzter Zeit irgendwelche unechten Antiquitäten verkauft?«

Thaddeus schüttelte den Kopf. »Nicht, dass ich wüsste. Aber du weißt ja selbst, dass ich nicht gerade Experte bin. Noch nicht jedenfalls.«

»Dann muss es wegen dieser verdammten Detektivgeschichte sein. Irgendjemand scheint dich als seinen Feind zu betrachten.« Gavin funkelte ihn an. »Und das werde ich vielleicht auch tun, falls das noch eimal passiert.«

»Ich habe den Verdacht, jemand will nicht, dass ich meine Nachforschungen über das Verschwinden von Miss Winston fortsetze.«

Gavin verzog das Gesicht, als er das Handtuch abnahm. »Vielleicht solltest du die Warnung beherzigen.«

»Komm, alter Junge. Ich bringe dich nach Hause, falls du nicht lieber hier bleiben willst.«

Gavins Augen blickten grimmig. »Nach oben in dein Bett, um mich einem weiteren Anschlag auszusetzen? Nein, vielen Dank. Dazu ist mir mein Leben viel zu lieb.« Er trank den letzten Brandy aus und erhob sich. »Du solltest auch nicht hier bleiben, wenn dir deins was wert ist, Thad.«

Thaddeus rieb sich nachdenklich das Kinn. »Vielleicht hast du Recht. Ich glaube, ich ziehe in ein Hotel, sobald ich dich nach Hause gebracht habe. Lass mich nur schnell ein paar Sachen einpacken.« Er stürmte die Treppe hinauf.

»Ich kann mir vorstellen, welches Hotel er sich aussuchen wird«, sagte Gavin düster zu dem leeren Raum. »Thaddeus lässt nie eine Gelegenheit durch seine Finger schlüpfen«, fügte er hinzu, während er sich in einem fleckigen Wandspiegel betrachtete.

12

Rupert Merton rief einen Hansom und gab dem Fahrer eine Adresse am Golden Square in Soho an. Das Haus war schmutzig und heruntergekommen, obwohl Marmorstufen und Säulen von einstiger Eleganz kündeten. Er klopfte einmal an, und als die Tür von einem jungen Mann geöffnet wurde, schlüpfte er rasch in die Eingangshalle.

»Bist du ihr gefolgt, so wie ich dich gebeten hatte, Theo?«, fragte er den Mann.

»Ja«, antwortete Theodore Fowler-Foss. »Sie hat mich allerdings bemerkt. Überwachungen waren eben noch nie meine Stärke. Anscheinend kennt sie jemanden in der Maddox Street, denn sie ging dort in einen Laden.«

»Webb natürlich«, murmelte Rupert.

Theodore führte ihn durch einen schmalen Korridor in den hinteren Teil des Hauses. Sie traten in einen Raum, der früher einmal eine luxuriöse Bibliothek gewesen sein mochte. Er war nur spärlich eingerichtet, doch die Insignien der geheiligten Zeremonien waren alle da: der Altar, die Kerzen und die Räucherstäbchen. Sie werden schon bald nach Richmond überführt, dachte Rupert voller Freude. Die Bruderschaft des Zwielichts würde dort ihr Hauptquartier in einem schönen alten Haus aufschlagen, das früher im Besitz der Familie eines der Mitglieder gewesen war. Sie würden nicht länger wie Diebe von Haus zu Haus ziehen müssen, um ihre Zeremonien abzuhalten.

Die Wände waren mit scharlachroten Stoffen verhängt, genau wie der Opferaltar. Die Räucherstäbchen in ihren Haltern verströmten einen süßen Duft, der die Stimmen, die Rupert nun beständig hörte, immer eindringlicher machte. Diese Stimmen waren auch nun wieder da und erfüllten seinen Kopf mit ihrem Klang. Er begrüßte sie wie alte Freunde. Er hatte die Erweiterung der Bruderschaft während seines Aufenthalts in Amerika seit langer Zeit geplant. Seit er begonnen hatte, ihre Mitglieder in London zu besuchen, wusste er, dass die jungen Männer bestens geeignet waren für seinen Plan, die Bruderschaft auf der ganzen Welt zu verbreiten. Die Hochzeiten und Menschenopfer hatten schon begonnen. Geld strömte herein, und die Stimmen wurden immer lauter und beharrlicher. Bald würden sie die Herrschaft ganz übernehmen.

»Ripley bringt jemanden mit, der in die Bruderschaft aufgenommen werden möchte.« Theodore schnaubte und verschränkte die Arme. »Er glaubt, die Macht eines Weisen zu besitzen, und möchte den Siebten Kreis erlangen.«

Rupert hörte nur mit halbem Ohr zu. Die Stimmen, die zu ihm sprachen, waren jetzt so laut und heftig, dass er sich mit beiden Händen an den Kopf griff. Sie verlangten täglich mehr. Es war sowohl beglückend als auch qualvoll. Rupert wusste, dass er bald nicht mehr existieren würde, dass er seinen Körper ablegen und das Höchste – selbst eine dieser Stimmen – werden würde. Er würde die mächtigste von allen sein. Er würde herrschen.

»Solange er nur jung und *gut aussehend* ist. Sie alle müssen reich heiraten, damit wir die finanziellen Mittel erlangen, die Bruderschaft zu verbreiten. Dann wird die ganze Welt zuhören ...« Rupert legte langsam seine scharlachrote Robe an, setzte jedoch die Kapuze nicht auf. Dann ging er durch den Raum zu einer Truhe an der Wand und hob den gewölbten Deckel. Aus dem Durcheinander von Büchern und Diagrammen zog er eine Wasserpfeife mit zwei dünnen Gummischläuchen hervor.

»Ich werde mich konzentrieren, bevor die anderen kommen. Möchtest du mir Gesellschaft leisten?«, fragte er und stellte die Pfeife auf den Tisch. Der Rauch beruhigte ihn und machte es ihm leichter, die Stimmen voneinander zu unterscheiden.

Vor dem Altar setzten sie sich einander gegenüber auf den Boden. Der gemusterte rote Teppich unter ihnen wies sieben Kreise auf, und sie stellten die Pfeife in den kleinsten. Rupert füllte den Kopf mit einem Klumpen klebrigen Opiums, zündete es an und begann in kleinen Zügen zu inhalieren. Er griff nach Theodores Händen, als das Wasser in dem Behälter unter der Pfeife gluckerte. Nachdem er ausgeatmet hatte, sackte er in sich zusammen und sank nach vorn, bis er fast den Boden mit der Stirn berührte. Die Stimmen durchströmten ihn, plapperten fieberhaft und wurden jetzt noch lauter als zuvor. Rupert ertrug sie fast nicht mehr. Er versteifte sich, verdrehte die Augen und knirschte mit den Zähnen. Dann verstummten die Stimmen und hinterließen ein klares goldenes, leeres Feld, wo er über alles hinaussehen konnte. Er war der Meister. Er wusste alles. Er warf den Kopf zurück und lachte triumphierend. Die Stimmen würden sich vor ihm verbeugen. Eines Tages würde sich die ganze Welt vor ihm verbeugen.

»Sie sind jetzt hier«, sagte Theodore wie von weither. Für einen Moment erinnerte seine Stimme Rupert an seinen verhassten Vater, und ein machtvoller Impuls bedrängte ihn, Theodore die Kehle zuzudrücken, bis er aufhörte zu reden. Sein Vater war derjenige gewesen, der zwischen ihm und den Stimmen gestanden hatte, doch Vaters Peitsche und seine harten Worte können meine inneren Freunde jetzt nicht mehr unterdrücken, dachte Rupert. Sein Vater war jetzt in der schwarzen Leere, wo er niemandem mehr schaden konnte. Bully war ihm dorthin gefolgt. Rupert lachte. Am Ende war er stärker gewesen als sie, egal, wie sehr sie ihn verspottet und geschlagen hatten. Bully hatte ihn einen blassen, feigen Bücherwurm genannt, einen Träumer. Aber Bully hatte nichts von den Kräften gewusst.

Mit dem Gefühl, stark, unbesiegbar und zugleich ätherisch leicht zu sein, erhob sich Rupert und zog die Kapuze über den Kopf. Er war der Reformator – er würde die Welt verändern.

Bald darauf traten die Anhänger der Bruderschaft ein, feierlich und schweigend. Flackerndes rotes Licht erhellte jetzt den Raum. Brannte es? Noch halb benommen und mit plötzlich unerträglich starken Kopfschmerzen, sah sich Rupert um. Da war kein Feuer, aber dennoch schien die Luft von Flammen zu vibrieren. Vor Überraschung keuchend, rief er aus: »Sehet die Macht der Stimmen!«

Er deutete auf den Mann, den Anselm Ripley in den Raum geführt hatte. Der junge Mann wirkte eingeschüchtert, aber auch neugierig. Die Mitglieder der Bruderschaft umkreisten ihn und murmelten in tranceähnlicher Ekstase.

»Du möchtest der Bruderschaft des Zwielichts, dem Vehikel der Stimmen, beitreten?«

Der junge Mann nickte und rang die Hände.

»Bist du bereit, alles zu geben?« Rupert glaubte durch den Raum zu schweben, vorübergehend an der Decke zu verweilen und dann vor dem verwirrten Mann zu landen. Das rote Licht intensivierte sich. Ein summendes Geräusch marterte seinen Kopf.

»Du wirst sterben und in ein neues Stadium des Geistes übergehen«, sagte er zu dem jungen Mann. »Bist du bereit zu sterben?«

Der Mann schluckte, seine Stirn war schweißbedeckt. »Muss ich dieses Leben aufgeben?«

»Dein Körper wird ein Gefäß für die Stimmen sein, für die Kräfte der Sieben Kreise, aber zuerst muss dein Ich gereinigt werden. Du musst jeden Kreis durchlaufen, bevor du jenen Zustand der Leere erreichst, in dem die Stimmen übernehmen werden.« Rupert schüttelte die Arme in der Luft und atmete zischend ein. Seine Augen brannten, jeder Atemzug war schmerzvoll. »Bist du bereit, dich aufzugeben?«

Der Mann nickte und verlagerte unruhig sein Gewicht.

»Dein Name wird ›Schatten‹ sein, bis du dem Gesetz gehorcht hast und von den Stimmen akzeptiert wirst. Deine erste Prüfung ist, zu heiraten. Das weibliche Opfer muss vermögend sein, und du musst ihr Vermögen den Stimmen darbringen, damit es ihrem Werk zugute kommt.« Ruperts Stimme veränderte sich und wurde dünner. Eine bleierne Müdigkeit erfasste ihn, und er ließ sich vor dem Altar auf die Knie sinken, so wie er früher vor einem Stuhl gekniet hatte, wenn sein Vater ihn ausgepeitscht hatte. Aber diesmal war er es, der die Macht besaß, und niemand würde sie ihm je wieder nehmen. Und dennoch schlugen ihn die Stimmen, schlugen ihn und schlugen ihn und hörten niemals auf …

Thaddeus betrat mit zwei großen Reisetaschen das Hotel. Maggie, die an der Rezeption stand, starrte ihn verwundert an.

»Was …?«

»Hast du ein Zimmer für mich?«, fragte er und stellte die Taschen auf den Boden. Als er ihr erzählte, was Gavin zugestoßen war, erblasste sie. »Es waren sicher Einbrecher. Gavin überraschte sie«, log er, um sie nicht zu sehr zu verängstigen. Denn ihm war gerade der Gedanke gekommen, dass auch sie sich womöglich in Gefahr befinden könnte.

»Ich weiß nicht …«, erwiderte sie zögernd. Es würde alles nur noch komplizierter machen, wenn Thaddeus im Hotel wohnte. Sie wandte sich an Cecily, die soeben ein Telefongespräch beendet hatte.

Cecily hatte Thaddeus' Frage gehört. »Natürlich haben wir ein Zimmer für Sie, Mr Webb«, sagte sie. »Nummer Drei ist frei, und da wäre auch noch Nummer Sieben, die sehr viel näher an Ihren privaten Räumen liegt, Maggie …«

»Mr Webb wird Nummer Drei vorziehen«, meinte Maggie rasch. Sie wartete, bis Cecily zu Rafferty gegangen war, um ihn zu bitten, Thaddeus' Gepäck hinaufzubringen. Dann sagte sie: »Wenn es nur ein Einbruch war, warum willst du dann hier im Hotel einziehen?«

Er blickte schuldbewusst zu Boden. »Nun ja …«

»Du hast Angst, mir könnte auch etwas passieren, nicht?«

Er nahm ihre Hände und betrachtete sie ernst. »Ja, schon möglich. Gavin glaubt, dass die Kerle es auf mich abgesehen hatten, und zwar meiner momentanen Nachforschungen wegen.«

Maggie atmete tief ein. »Es geschehen *wirklich* merkwürdige Dinge, die möglicherweise alle etwas mit Leonora zu tun haben. Ich dachte bisher, ich hätte mir das nur eingebildet – meinen nächtlichen Besucher und den Mann, der uns von Robinson's gefolgt ist. Aber nun kommt auch noch dieser Angriff auf Mr Talbot, deinen Freund, hinzu.«

Er schaute sie sichtlich beunruhigt an. »Ich bezweifle zwar, dass es etwas mit Miss Winston zu tun hat. Aber ich will nicht, dass dir etwas zustößt. Du bedeutest mir zu viel, Maggie.« Er drückte ihre Hände und lächelte beruhigend. »Ich weiß nicht, ob es etwas nützt, aber ich bin hergekommen, um dich zu beschützen.«

Ihr wurde ausgesprochen unbehaglich zumute, fast so, als schwebte eine unbestimmte Bedrohung über ihren Köpfen, aber sie bemühte sich zu lächeln. »Zumindest kommst du nicht zu spät zum Essen heute Abend. Ich schicke Paddy zu dir, wenn es fertig ist.« Sie hielt errötend inne. »Wir werden in meinen privaten Räumen essen, und Victoria wird uns Gesellschaft leisten, falls du nichts dagegen hast.«

»Ganz im Gegenteil.« Lächelnd klopfte er auf seine Manteltasche. »Ich habe sogar etwas für sie.«

»Bestechung?« Maggie bereute ihre Worte, als sie sein Lächeln verblassen sah. »Entschuldige«, fügte sie hinzu, »es ist nur so, dass –«

»– du immer gleich das Schlimmste von mir denkst«, schloss er. Dann wandte er sich zur Treppe. »Und indem du das Schlimmste denkst, schützt du dich vor unserer Liebe. So ist es doch, nicht wahr?«

Maggie hätte am liebsten *Nein!* geschrien, doch sie nickte nur. »Schon als Kind war ich Männern gegenüber misstrauisch. Alte Angewohnheiten kann man nicht so schnell ablegen.« Ihre Lippen zitterten, als sie hinzufügte: »Es tut mir leid. Es ist nicht deine Schuld.« Um sich weitere Peinlichkeiten zu ersparen, ging sie rasch in ihr Büro. Sie wusste nicht, wie sie es ihm erklären sollte, aber er bedeutete ihr mehr, als er ahnte.

Die Stunden vor dem Abendessen schienen sich endlos hinzuziehen. Maggie suchte in ihrem Kleiderschrank nach etwas Passendem zum Anziehen. Sie probierte und verwarf ein halbes Dutzend Kleider, bevor sie sich für ein hochgeschlossenes grünes Seidenkleid entschied, mit Gigotärmeln und einem Spitzeneinsatz, der vom Kragen bis zum Ansatz ihrer Brüste reichte. Die Ärmel liefen in breiten Manschetten aus, die mit einer langen Reihe kleiner Knöpfe geschlossen wurden, wie auch das Rückenteil des Kleids. Der Rock war an der Taille eng gerafft und bauschte sich dann über mehreren gestärkten Unterröcken. In ihrem Chignon trug sie einen mit Rheinkieseln besetzten Kamm, an dem eine Straußenfeder im gleichen Grün wie dem des Kleides steckte.

»Mama, du siehst wunderschön aus«, sagte Victoria, als sie kurz darauf eintrat. Sie trug ein weißes Baumwollkleid mit gerüschtem Saum und Kragen. Ihre Beine steckten in schwarzen Strümpfen und Lederstiefelchen, und Miss Lather hatte ihr feines blondes Haar gebürstet und mit einem blauen Seidenband zurückgebunden.

»Du siehst auch sehr hübsch aus«, antwortete Maggie und umarmte ihre Tochter. »Du musst manierlich sein, wenn Mr Webb da ist, und nicht während der gesamten Mahlzeit plaudern, hörst du?«

»Kinder soll man sehen, aber nicht hören«, zitierte Victoria, und Maggie lachte. »Das sagt Miss Lather jeden Tag.«

»Sie hat Recht, weißt du.« Maggie zupfte die widerspenstigen rotgoldenen Locken an ihrem Haaransatz zurecht.

»Aber es ist so schrecklich *langweilig* und *ungerecht*. Ich mag nicht nur dasitzen und zugucken, wenn alle anderen reden.«

»Wenn du erwachsen bist, kannst du reden, so viel du willst. Bis dahin musst du zuhören und lernen, wie man anständige Gespräche führt.«

»Mr Webb zieht dich immer auf, Mama. Ist das anständig?«

Maggie errötete. Ihre Tochter sah und hörte zu viel. »Solange er nichts Beleidigendes oder Anstößiges sagt, ist es akzeptabel, denke ich.«

Gertie hatte den Tisch im Wohnzimmer gedeckt, und Maggie lobte sie.

»Ich wollte, dass es heute ganz besonders hübsch aussieht«, sagte Gertie mit einem kleinen Knicks. »Mr Webb ist so ein netter, gut aussehender Mann.« Sie zwinkerte Maggie zu, die grimmig lächelte.

»Du bist ein freches kleines Ding, Gertie.«

»Aber ich sage immer die Wahrheit, Mrs Hartwell.« Errötend wandte Gertie sich zum Gehen. »Es tut mir leid, wenn ich Sie beleidigt habe.«

Maggie schüttelte wehmütig den Kopf, als sie Gertie auf dem Korridor kichern hörte, nachdem sie die Tür hinter sich zugezogen hatte. Das Mädchen war ein kleines Biest. Aber ihre Fröhlichkeit war ansteckend.

Tischschmuck war eine Kristallvase, die Maggie mit Stechpalmenzweigen gefüllt hatte. Die Gläser und das Silber funkelten, das Damasttischtuch mit den passenden Servietten war makellos und blütenweiß. Sobald Thaddeus kam, würde sie nach Paddy klingeln, damit er ihnen das Essen heraufbrachte.

Sie war nervös wie ein Schulmädchen, als sie darauf wartete, dass die Uhr sieben schlug. Bald würde er hier sein ... Wie konnte sie es wagen, ihn anzusehen, wenn sie wusste, dass sie ihr Herz in ihren Augen trug?

Sie zuckte fast vor Schreck zusammen, als es klopfte. »Herein«, rief sie und blickte auf die Uhr. Fünf Minuten zu früh.

Thaddeus trat lächelnd ein und schien mit seiner Gegenwart das ganze Zimmer auszufüllen. Er war tadellos gekleidet, trug einen schwarzen Anzug mit perlgrauer Weste und ein gestärktes weißes Hemd mit hohem Kragen. Sein Haar hatte er glatt zurückgebürstet, obwohl es dazu neigte, ihm in die Stirn zu fallen und sich an den Enden zu locken. Er sieht fantastisch aus, dachte Maggie, und unterdrückte den jähen Wunsch, mit den Fingerspitzen über sein Gesicht zu streichen.

»Mr Webb!« Victoria lief zu ihm, um seine Hand zu nehmen. Dann knickste sie, wie man es sie gelehrt hatte, und starrte auf das Päckchen in Thaddeus' Hand. »Ist das für mich?«

Er lachte und schüttelte den Kopf. »Das ist für deine Mutter, aber für dich habe ich auch etwas.«

Sein Blick glitt zärtlich über Maggie, als er ihr das Päckchen überreichte. Unter dem roten Papier verbarg sich ein Karton feinster Pralinen. »Etwas Süßes für eine süße Dame«, sagte er galant und zog dann ein weiteres Päckchen aus der Rocktasche.

Victoria jubelte, als sie das Papier entfernte. »Eine ganze Schachtel bunt bemalter Tierfigürchen! Ich habe sie in Ihrem Laden gesehen, Mr Webb, und mir gewünscht, sie wären meine.« Impulsiv schlang sie die Arme um seine Beine und drückte sie. »Danke!«

»Victoria«, ermahnte Maggie sie. »Du vergisst deine Manieren.«

Victoria dankte ihm, so wie es sich gehörte. Dann nahmen die Holzfigürchen ihre Aufmerksamkeit in Anspruch, und sie begann sie auf dem Tisch neben ihrem Teller aufzubauen. Maggie hätte normalerweise Einwände erhoben, doch heute Abend hatte sie nur Augen für Thaddeus.

»Du hättest nichts mitzubringen brauchen«, sagte sie und bot ihm lächelnd die Pralinen an. Er nahm eine, doch statt sie zu essen, hielt er sie an ihre Lippen, bis sie sie öffnete. Sie erschauerte vor Entzücken, als seine Fingerspitzen streichelnd über ihre Unterlippe glitten. Errötend nahm sie die Praline in den Mund.

»Das sollte ein Dessert sein und kein Aperitif.«

»Wir brauchen uns nicht an solch strikte Regeln zu halten.« Er ging zu der Vitrine, in der die alkoholischen Getränke standen. »Was möchtest du trinken?«, fragte er, als sei er der Gastgeber.

»Sherry bitte.«

Er betrachtete die Flaschen und stöhnte. »Wie kannst du nur diesen süßlich-sauren Wein trinken?«

»Wie kannst du schottischen Whisky trinken?«, konterte sie, als er eine viereckige braune Flasche herausnahm.

Er lachte und schenkte sich eine großzügige Menge ein. »Genauso, wie du Sherry trinkst – mit dem Mund.«

»Ach, du! Ich habe dich gewarnt, fang nicht schon wieder an!«

Sein Gesichtsausdruck wurde weicher. »Ich kenne noch viele andere schöne Dinge, die man mit dem Mund tun kann«, flüsterte er, als er den Sherry reichte.

»Pst«, warnte sie und blickte zu Victoria hinüber, die mit ihren Spielsachen beschäftigt war. »Wie gefällt dir dein Zimmer?«, fragte sie ein wenig lauter.

»Ah! Es wäre eines Königs würdig. Ich habe sogar ein eigenes Bad, und das Kupfer glänzt so hell, dass es mich vermutlich blenden wird. Und was für ein Service! Eine hübsche Magd namens Gertie brachte mir einen Stapel warmer Handtücher.«

»Du übertreibst, was den Komfort betrifft«, versetzte Maggie trocken. »Aber ich bin wirklich stolz auf mein Hotel und achte sehr darauf, dass immer alles blitzblank sauber ist.«

Er seufzte. »Wenn ich nur eine deiner Putzfrauen

haben könnte, wäre es das reinste Paradies bei mir zu Hause in der Maddox Street. Meinst du, du könntest eine entbehren …?«

»Bei dir sauber machen zu müssen, würde ich meinem ärgsten Feind nicht wünschen.«

Er lachte, und seine Augen funkelten vor Mutwillen. Dann klopfte es noch einmal.

»Hast du noch jemanden eingeladen?«, fragte er.

»Nein. Das muss Paddy mit dem Essen sein. Aber ich habe noch gar nicht nach ihm geklingelt …« Sie öffnete die Tür und stand ihrem Onkel Rupert gegenüber.

Er blickte erst zu Thaddeus, dann auf den gedeckten Tisch. »Oh, ich wusste nicht, dass du Besuch hast.« Er tat, als ob er wieder gehen wolle. »Soll ich ein andermal wiederkommen?«

Obwohl sie enttäuscht über die Störung ihres Abends mit Thaddeus war, lud Maggie ihren Onkel höflich ein hereinzukommen.

»Einen Whisky?«, rief Thaddeus. »Maggie hat nur die besten Sorten hier.«

Rupert lächelte und nickte. »Wie könnte ich da Nein sagen? Aber ich bleibe nur einen Moment.« Er setzte sich auf den gestreiften Fußschemel und nahm das Glas, das Thaddeus ihm reichte.

»Na, das ist aber ein ungewöhnlicher Ring«, bemerkte Thaddeus mit einem Blick auf Ruperts linke Hand. »Wo haben Sie etwas derart Ausgefallenes gefunden?«

»In Ägypten.« Rupert hielt die Hand ins Licht. »Es ist ein aus Onyx geschnitzter Skarabäus. Im alten Ägypten war er das Symbol der Wiederauferstehung.«

»Ich glaube mich zu erinnern, dass die alten Ägypter glaubten, der Tod sei eine lange Reise.«

»So ähnlich. Ich glaube, dass es eine Wiederauferstehung gibt, und Sie?« Ruperts dunkle Augen schienen Thaddeus zu durchbohren, dann richtete er den Blick auf Maggie. »Ich glaube daran, dass das alte, beschränkte Selbst eines Menschen stirbt und dann im selben Körper wiederaufersteht.«

Thaddeus ließ den Whisky in seinem Glas kreisen. »Na ja, ich weiß nicht. Es gibt zwar immer mehr mystische und religiöse Bewegungen, doch mit den Besonderheiten dieser neuen Philosophien kenne ich mich eigentlich nicht aus.« Er blickte Maggie an. »Wie denkst du darüber?«

»So wie du. Ich weiß nicht, ob es eine Wiederauferstehung gibt«, erwiderte sie mit einem unbehaglichen Blick auf Victoria. »Vielleicht sollten wir dieses Thema ein andermal diskutieren.«

»Natürlich. Es gibt viele interessante Theorien in der modernen Religion.« Rupert senkte die Stimme. »Der Tod kann manchmal ein Segen sein, glaube ich – wenn die betreffende Person ein nutzloses und vergeudetes Leben führt«, fügte er hinzu und trank den Rest seines Whiskys aus.

»Hattest du sonst noch etwas mit mir zu besprechen?«, fragte Maggie scharf. »Ich vermute, dass du sehr beschäftigt mit deinem neuen Geschäftsprojekt in London bist?«

»Ja. Ein Lager für meine Importwaren habe ich bereits gemietet, und nun suche ich noch Büros und Ausstellungsräume. Ich habe auch schon einen Geschäftspartner gefunden und ein Haus am Cavendish Square. Es muss nur noch renoviert werden, bevor ich einziehen kann.« Er reichte Thaddeus sein Glas, als dieser ihm noch mehr Whisky anbot. »Ich kam her, um dir mitzuteilen, dass ich ein paar Tage nicht in London sein werde, falls du während dieser Zeit die Suite vermieten möchtest.«

»Oh. Danke, dass du es mir gesagt hast.« Maggie

hätte ihn gern gefragt, wohin er fuhr, wollte aber nicht indiskret erscheinen, da sie ihren neu gefundenen Verwandten noch nicht gut kannte.«

»Heute ist Samstag. Nächsten Sonntag bin ich wieder da.«

»Ich werde Rafferty deine Sachen packen und aufbewahren lassen, solange du nicht da bist.«

Rupert erhob sich. »Das würde mir eine Last von den Schultern nehmen.« Er leerte das Glas und stellte es klirrend auf den Tisch zurück. »Ein exzellenter Whisky, meine Liebe. Gute Nacht, Victoria«, rief er dem kleinen Mädchen zu, das winkte.

Als Rupert ging, trat Paddy mit dem Essen ein. »Sie haben nicht geklingelt, Ma'am«, beschwerte er sich. »Das Essen wird allmählich kalt.«

»Dann sollten wir uns zu Tisch setzen«, sagte Maggie, dankbar für die Unterbrechung. Rupert hatte irgendwie einen Schatten auf den Abend geworfen, aber sie war trotzdem froh, einen Onkel zu haben, der sie ab und zu besuchte. Sie würden Nachbarn sein, wenn er am Cavendish Square wohnte. Sie konnte es kaum erwarten, ihn besser kennen zu lernen; vielleicht würde er ihr dann nicht mehr ganz so exzentrisch vorkommen.

Sie wartete, bis Paddy die mit Silberhauben zugedeckten Platten auf die Anrichte gestellt hatte. »Das ist alles für heute Abend, Paddy. Danke.«

»Ich bin hungrig, Mama«, sagte Victoria gähnend.

»Und müde auch«, fügte Maggie hinzu. »Vielleicht sollte ich eins der Mädchen zum Servieren rufen. Aber ich habe den meisten von ihnen den Abend freigegeben ...«

Thaddeus kam zu Maggie und zog einen Stuhl für sie heran. »Erlaube mir, euch zu bedienen«, sagte er. »Ein intimes Dinner zu ... dritt ist zwangloser.«

Maggie wusste, dass er im Begriff gewesen war, *zu zweit* zu sagen, und war froh, dass er Victoria mit eingeschlossen hatte.

»Wo soll ich beginnen? Bei der Suppe?« Er hob den Deckel einer Terrine an und atmete tief den aromatischen Duft ein, der daraus aufstieg.

»Fisch- und Gemüsesuppe«, kommentierte Maggie.

»Was gibt's zum Nachtisch?«, wollte Victoria wissen.

»Warte ab, bis du es siehst«, erwiderte ihre Mutter.

Thaddeus servierte die Suppe und reichte einen Korb mit knusprigen warmen Brötchen herum. Die Blätterteigpastetchen waren mit einem Blattmuster bedruckt und in perfekter Symmetrie auf einer Platte angerichtet. Victoria sagte, es sei schade, dieses hübsche Arrangement zu zerstören.

»Aber wenn wir nicht essen, müssen wir hungrig zu Bett gehen«, sagte Thaddeus und strich Butter auf ihr Brötchen.

»Sie schlafen doch nicht hier, Mr Webb? Ihr Zimmer ist am anderen Ende des Hotels.«

Maggie errötete, da sie wusste, dass Thaddeus sie ansah, aber sie weigerte sich, den Blick zu erwidern.

»Wenn du nicht isst, schicke ich dich sofort ins Bett, Victoria.«

»Aber Mama ...«

»Tu, was ich dir sage.« Maggie tupfte mit der Serviette ihre Lippen ab, weil sie kaum in der Lage war, die Suppe zu schlucken, so köstlich sie auch war. Die ganze Zeit spürte sie Thaddeus' amüsierten Blick auf sich und wünschte, der Boden möge sich unter ihr auftun und sie verschlingen.

Schweigend beendeten sie diesen Gang und begannen dann mit dem zweiten, einem Fischgericht aus gebratenen Hechtfilets, die mit frischem Dill, Zitrone, einer hellen Sauce und kleinen weißen Kartoffeln angerichtet waren.

Der Hauptgang bestand aus Lammkoteletts und gedünstetem Gemüse. Victoria klagte, so viel könne sie nicht essen, wenn sie danach noch Platz für das Dessert haben wolle.

»Nun ja, ich denke, das Trifle wirst du schon probieren müssen, das der Koch speziell für uns zubereitet hat«, sagte Maggie lächelnd, während Victoria ihre Manieren vergaß und begeistert auf und nieder hüpfte.

»Trifle ist mein *Lieblings*nachtisch«, vertraute sie Thaddeus an, als sie wieder ihren Platz einnahm.

»Meins auch.«

Victoria betrachtete ihn ehrfürchtig. »Ich mag Sie, Mr Webb.«

»Dass du mich magst, liegt vermutlich daran, dass ich dir ein Geschenk mitgebracht habe und auch gern Trifle esse.«

Victoria kicherte und zappelte auf ihrem Stuhl. »Sie sind ungezogen, Mr Webb. Aber Mama mag Sie sogar noch mehr als ich«, schloss sie mit einem Blick auf Maggie.

»Und ich mag deine Mutter sogar noch mehr als Trifle.«

Victoria jauchzte vor Entzücken. »Aber Sie können sie nicht *essen!*«

»Vielleicht oder vielleicht auch nicht«, entgegnete er rätselhaft.

Nachdem sie das köstliche Trifle gegessen hatten, sagte Maggie: »Ich werde Miss Lather rufen, damit sie dich zu Bett bringt, Victoria. Du müsstest schon seit einer Stunde schlafen, aber da wir einen Gast haben, habe ich dir erlaubt, ein bisschen länger aufzubleiben.«

Victoria gähnte und berührte die Holzfigürchen auf dem Tisch. »Das war das schönste Abendessen, seit Papa gestorben ist«, sagte sie.

Maggie zuckte zusammen und warf Thaddeus einen verstohlenen Blick zu. Er saß zurückgelehnt auf seinem Stuhl, rauchte ein Zigarillo und nippte an einem Brandy. Sein Blick war unergründlich, aber sie wusste, dass er sich wie immer all ihrer Gefühlsregungen bewusst war.

»Können wir morgen in den Zoo gehen, Mama?«

»Hast du Eintrittskarten? Sie sind gewöhnlich sehr begrenzt«, sagte Thaddeus.

Maggie nickte. »Wir sind Mitglieder der Zoologischen Gesellschaft«, erklärte sie und wandte sich an Victoria. »Aber im Winter gehen wir nicht in den Zoo. Vielleicht können wir Schlittschuh laufen, wenn es kalt genug ist. Und vielleicht hätte Mr Webb Lust, uns zu begleiten?«

Ein Lächeln spielte um Thaddeus' Mund. »Nur wenn ich auch Schlittschuh laufen darf.«

»O ja!«, rief Viktoria begeistert. »Darf ich oben auf dem Pferdeomnibus zum Park fahren, Mama?«

Maggie warf Thaddeus einen resignierten Blick zu. »Wir werden sehen. Ich wünschte, du wärst nicht so dickköpfig, Victoria.«

»Ich werde auch ganz brav sein, Mama«, versprach das kleine Mädchen. »Wenn du Miss Lather rufst, werde ich ohne Widerworte in mein Zimmer gehen.«

Thaddeus lachte. »Du bist ein kleines Biest, nicht wahr, Victoria?«

»Was ist ein Biest?«

»Jemand wie du.«

Victoria kicherte und versetzte Thaddeus einen spielerischen kleinen Schubs.

Miss Lather erschien ein paar Minuten später, und

Maggie gab ihr strikte Anweisung, in Victorias Zimmer zu übernachten. Sie hatte ihren Schreck über das Eindringen eines Fremden in ihre privaten Wohnräume noch nicht überwunden.

»Fürchtet Victoria sich im Dunkeln?«, fragte Thaddeus, der das Gespräch mit angehört hatte.

»Nein, aber ich habe Angst, dass jemand ihr … etwas antun könnte nach dem nächtlichen Besucher, den ich hatte.«

»Vor wem fürchtest du dich eigentlich – vor deinen Angestellten?«, fragte er mit schmalen Augen.

»Nein … das ist das Komische. Ich vertraue ihnen allen, und die Gäste kommen nicht herauf. Oder nur sehr selten jedenfalls.«

»Warum hast du mir nicht gesagt, wie sehr du dich fürchtest?«

»Weil ich keinen Grund dazu sah«, erwiderte Maggie und erschauderte, als hätte kalte Zugluft sie getroffen. Sie setzte sich wieder an den Tisch und sah Thaddeus an. Er zog an seinem Zigarillo und studierte sie.

»Jemand beobachtet dich, meine Liebe. Aber wer? Und warum?«, fragte er mit leiser Stimme.

Maggie zuckte nur mit den Schultern. Sie wusste es wirklich nicht.

Thaddeus nahm ihre Hand und rieb sie, weil sie eiskalt war. »Du bist angespannt wie eine Bogensehne.« Er stand auf und trat hinter sie. »Beruhige dich. Du hast hier nichts zu befürchten.« Er legte ihr die Hände auf die Schultern und begann sanft ihre angespannten Muskeln zu massieren.

Sie wollte protestieren, merkte dann aber, dass seine Berührung zu tröstlich, zu beruhigend war, um ihr zu widerstehen. Während die Spannung langsam von ihr wich, begann sich eine angenehme Wärme in ihr auszubreiten. Sie war sich Thaddeus' starker, aber sanfter Hände und seiner körperlichen Nähe nur allzu intensiv bewusst. Ein Hauch seines herben Eau de Colognes stieg ihr in die Nase und weckte köstliche Empfindungen in ihr.

Sehnsucht nach noch mehr von diesen liebevollen Zärtlichkeiten übermannte sie. Es war, als stünde ihre Haut in Flammen; sie nahm jede seiner Bewegungen immer intensiver wahr.

»Du bist so sicher in allem, was du tust«, sagte sie und schloss die Augen. Sie nahm seine Nähe so gierig in sich auf wie ein Verhungernder etwas zu essen.

»Du hast mir noch nicht viel von dir erzählt, Maggie. Alles, was ich weiß, ist, dass du eine intelligente und tüchtige Frau bist, die nicht mehr davon abzubringen ist, wenn sie sich etwas in den Kopf gesetzt hat.« Er schwieg einen Moment und massierte mit langsamen, kreisenden Bewegungen ihre Schultern. »Du bist schön und begehrenswert, und es wundert mich, dass du nicht wieder geheiratet hast. Aber es muss ja auch schwer sein, zweimal verwitwet zu sein.«

Maggie zögerte, ihm ihre Geheimnisse zu enthüllen, aber sie wusste, dass sie ihm vertrauen musste, wenn sie diese Beziehung vertiefen wollten. »Du magst gehört haben, dass ich zweimal verwitwet bin, aber das ist eine Lüge, die ich nur für das Personal aufrechterhalte.« Sie biss sich auf die Unterlippe und konzentrierte sich auf seine magische Berührung, um nicht in Panik zu geraten, wenn sie ihm die Wahrheit sagte. »Victoria wurde vor sechs Jahren hier in London geboren. Aber sie ist nicht hier gezeugt worden, sondern in Sheffield, auf dem Anwesen meines Vaters.« Ihre Stimme zitterte, aber sie zwang sich, weiterzusprechen.

»Ich wusste, dass Horace Hartwell nicht ihr Vater ist«, sagte Thaddeus sanft.

»Als ich siebzehn war, verliebte ich mich bis über beide Ohren in unseren neuen Stallknecht. Er sah sehr gut aus, war blond, muskulös und arrogant – genau der Typ Mann, der unschuldigen Mädchen mühelos den Kopf verdreht.« Sie atmete tief ein. »Du musst wissen, dass ich sehr einsam war, nachdem meine Mutter uns verlassen hatte. Ich wuchs in der Gesellschaft von Gouvernanten auf und sah Vater nur beim Abendessen – oder wenn er mich für meine kindlichen Streiche bestrafte. Ich wurde buchstäblich wie eine Gefangene gehalten. Vielleicht hatte mein Vater Angst, ich würde fortlaufen wie meine Mutter.«

»Du musst ein sehr einsames und unglückliches Kind gewesen sein.«

»Das war ich, aber ich war auch eigensinnig und voller Träume, und ich hatte mir geschworen, diese Träume eines Tages zu erfüllen. Erstens wollte ich eine große, glückliche Familie haben.« Sie verschränkte die Hände auf dem Schoß. »Der Stallknecht redete mit mir und begleitete mich auf meinen Ausritten.« Sie seufzte. »Ich war so … töricht. Er flirtete mit mir, und ich verliebte mich. Er war der sprichwörtliche Ritter, der gekommen war, um mich von der Tyrannei meines Vaters zu erlösen.« Ihre Stimme schwankte, aber sie zwang sich, fortzufahren. »Innerhalb eines Monats wurde ich seine Geliebte. Wir verbargen unsere Liebe vor allen und trafen uns auf Wiesen, in Höhlen und im Wald. Ich dachte, er würde mich ein Leben lang lieben, und ich ihn.« Sie seufzte schwer. »Wie sehr ich mich getäuscht hatte! Irgendwann wurde ich schwanger.«

»Das muss ja sehr beängstigend gewesen sein.«

»Ja … Als ich ihm von dieser Neuigkeit erzählte, verschwand er noch in derselben Nacht und wurde nie wieder gesehen. Ich dachte daran, mich umzubringen.

Ich wusste, ich konnte es meinem Vater nicht gestehen – er hätte mich wahrscheinlich tot geschlagen. Er hätte nur die Schande gesehen, mir vorgeworfen, unseren guten Namen zu beschmutzen.«

Sie verkrampfte die Hände, und ihr Körper versteifte sich bei der Erinnerung an vergangene Qualen. Thaddeus streichelte ihre Schultern noch einmal und löste dann den obersten Knopf ihres Mieders, um ihren Rücken zu massieren. Seine Finger glitten unter die Rüsche am Oberteil ihres Korsetts, und Maggie atmete ein wenig schwerer.

»Ich schämte mich so sehr – das tue ich auch heute noch. Ich beschloss zu fliehen«, fuhr sie fort. »Es war die einzige Möglichkeit. Ich nahm den Zug nach London, mit der Absicht, irgendwo als Dienstmädchen zu arbeiten, so viel Geld zu sparen, wie ich konnte, und dann mein Baby an einem Ort zu bekommen, wo mich niemand kannte.

Aber es war ungemein naiv von mir, zu glauben, ich würde ohne Referenzen sofort Arbeit finden. Das Leben ist nicht leicht in London. Aber das ist es ja nie, nicht wahr?« Sie wartete nicht auf seine Antwort, sondern fuhr mit ihrer Erzählung fort. Über ihre Vergangenheit zu sprechen schien sie von einer Bürde zu erleichtern, die sie so lange mit sich herumgeschleppt hatte, dass sie ihr schon zur Gewohnheit geworden war. Mit einem Mal fühlte sie sich um Jahre jünger.

»Man machte mir ständig unanständige Angebote auf den Straßen. Die Slums waren entsetzlich, aber ich konnte mir nur die billigsten Unterkünfte erlauben, während ich mich um eine Anstellung bemühte.«

»Du hattest keine Verwandten, die dir helfen konnten?« Langsam löste er auch den Rest der Knöpfe am Rückenteil ihres Kleids.

»Nein … Nun ja, zwei entfernte Cousins, aber sie

hätten Vater sofort informiert. Ich hatte zu viel Angst vor seinem Zorn.«

»Er hat dich hier in London nie gefunden?«

»Nein, wahrscheinlich dachte er, ich sei wie meine Mutter, und hat nie versucht, herauszufinden, wo ich war. Seine Anwälte setzten sich mit mir in Verbindung, als er zwei Jahre später starb, ein armer, unglücklicher Mann inzwischen.« Sie hielt inne, als Thaddeus die Seide von ihren Schultern streifte und die spitzenbesetzten Träger ihrer Chemise entblößte. Sie hätte beinahe protestiert, aber seine Hände waren warm und ungemein beruhigend auf ihrer Haut.

»Ich ging zu mehreren Arbeitsvermittlungsstellen, wo ich schließlich einem Mann begegnete, der eine Haushälterin suchte. Es war Horace Hartwell. Er war sehr freundlich – er machte mir ein Kompliment zu meinem Haar.«

»Es ist sehr schön«, flüsterte Thaddeus und zog die Nadeln aus dem strengen Knoten. Ihr Haar fiel wie ein schimmernder Mantel aus rotgoldener Seide über ihren Rücken, und er wollte sein Gesicht darin vergraben und den süßen Duft einatmen.

»Ich hatte Glück. Er stellte mich nicht nur ein, sondern half mir auch bei meiner Arbeit und lehrte mich alles über das Hotelgeschäft. Als meine Schwangerschaft erkennbar wurde, bot er mir die Ehe und seinen Namen für mein Baby an – ohne groß zu fragen.«

»Ein Ehrenmann«, stellte Thaddeus fest. Er schob seine Hände in ihr Haar und verspürte das fast qualvolle Bedürfnis, sie an sich zu ziehen und sie zu küssen, bis sie ihre schmerzlichen Erinnerungen vergaß.

Errötend senkte sie den Kopf. »Ich habe ihn nicht geliebt.«

»Aber er konnte gar nicht anders, als dich zu lieben.« Thaddeus lachte. »Das überrascht mich nicht. Du bist schön und begehrenswert.« Er schob einen Finger unter ihr Korsett und versuchte es zu lockern. Verlegen rückte sie ein wenig von ihm ab.

»Meine Verantwortung im Hotel nahm ständig zu, da Horace' Gesundheitszustand sehr labil war. Und ich merkte, dass die Arbeit mir viel Spaß bereitete.« Sie hielt inne und fügte dann verträumt hinzu: »Das Kommen und Gehen der Gäste, die Menschen aus fremden Ländern, die gute Küche ... es hat mich nie ermüdet. Es gibt viel größere Hotels – das *Victoria*, das *Savoy* und das *Grandhotel* zum Beispiel – aber ich gebe meinen Gästen nur das Allerbeste. Das ist der Grund, warum ich das Hotel klein und gemütlich halte. Die meisten Gäste kennen sich inzwischen. Wir sind wie eine große Familie, und das ist genau das, was ich will.«

Sie erhob sich und wandte sich mit großen, glänzenden Augen zu Thaddeus um. Er ergriff ihren Arm und zog sie langsam an sich.

»Ich hoffe, du denkst nicht schlecht von mir, weil ich genommen habe, was Horace mir anbot«, wisperte sie.

»Nein ... wir müssen alle überleben.« Er strich mit den Händen durch ihr seidiges Haar. »Um das zu tun, hast du Horace Hartwell geheiratet.«

»Ja ... er war so ein fürsorglicher Mann. In gewisser Weise habe ich ihn vielleicht doch geliebt – wie einen guten Freund. Natürlich wusste das Personal, dass er nicht Victorias Vater sein konnte, da sie schon zwei Monate nach der Hochzeit zur Welt kam.«

Sie betrachtete Thaddeus' Gesicht und fragte sich, ob die Tatsache, dass sie ein uneheliches Kind zur Welt gebracht hatte, seine Missbilligung erregte. Scham erfüllte sie, aber sein Gesicht verriet nichts anderes als Sorge. Sie dachte an Horace, der sie vor Not und Armut bewahrt hatte. »Außer der Krankheit, die Horace' Knochen zerstörte, hatte er auch eine schwache Brust und musste ständig ruhen.« Tränen sammelten sich in ihren Augen. »Er hat Victoria von Anfang an geliebt und sie wie seine eigene Tochter behandelt. Ich glaube, wir haben seine Einsamkeit gelindert.« Sie betupfte ihre Augen. »Er hat mir in seinem Testament das Hotel vermacht.«

Thaddeus streichelte mit den Daumen ihre Wangen. »Seit seinem Tod hast du das Hotel verändert und es zu einem florierenden Geschäft gemacht. Horace Hartwell wäre stolz auf dich gewesen.« Ohne ein weiteres Wort zog Thaddeus sie an sich und senkte seinen Mund auf ihren. Sie war so süß, so warm, dass ihm vor Glück ganz schwindlig wurde. Sie war alles, was er sich je ersehnt hatte, seit Rachel ihm entrissen worden war.

»O Maggie, Liebste ...«, murmelte er an ihrem Hals. Sie erbebte in seinen Armen wie ein erschrockenes kleines Reh, aber er wusste, dass sie sich entspannen würde, wenn sie erst einmal begriff, wie viel sie ihm bedeutete.

»Kein Mann hat mich seit damals, als Victoria gezeugt wurde, je wieder intim berührt«, murmelte sie und versteifte sich vor Sorge. »Ich wage nicht ...« Sie hätte ihre Hemmungen gern abgelegt und ihm erlaubt, sie ins Reich der körperlichen Liebe zu entführen, doch die Ängste, die sie an jeglicher romantischer Beziehung hinderten, ließen sich nicht einfach verdrängen.

Sie setzte sich in ihren Stuhl am Esstisch und wagte nicht, Thaddeus anzusehen. Er blieb hinter ihr stehen, und da das Mieder von ihren Schultern geglitten war, ließ er seine Hände sanft von ihrem Nacken zu ihrer Brust gleiten. Sanft wie die Berührung eines Schmetterlingsflügels waren seine Hände, als er die Häkchen vorne an ihrem Korsett löste. Maggie schloss die Augen und atmete tief ein. Ein kalter Luftzug streifte ihre Haut, als er das Korsett auseinander schob und die Hände um ihre Brüste legte.

Ihr Herz raste, ihr Atem wurde wieder schwerer. Sie sog scharf die Luft ein, als er eine ihrer Brustspitzen zwischen Daumen und Zeigefinger nahm und sie liebkoste, bis sie sich versteifte. Ihre Gedanken überschlugen sich, als seine Zärtlichkeiten Wellen unkontrollierbarer Erregung durch ihren Körper sandten und sie an die ungestüme Leidenschaft erinnerten, zu der sie fähig war. Seine Berührung wurde beinahe unerträglich süß und weckte den jähen Wunsch in ihr, sich ihrer Kleider zu entledigen, damit es nichts mehr gab, was sie noch trennte.

Er beugte sich über ihre Schulter und küsste ihren Hals und ihr Schlüsselbein, und dann ließ er die Lippen tiefer gleiten, bis sie die sanfte Wölbung ihrer Brust erreichten. Er betrachtete die steifen rosa Spitzen, und ein derart Schwindel erregendes Verlangen erfasste ihn, dass er befürchtete, das Gleichgewicht zu verlieren.

»Komm, Liebste«, murmelte er rau und zog widerstrebend die Hände von ihren warmen, einladenden Brüsten zurück. Gott, er begehrte sie so sehr, dass er kaum noch atmen konnte. Ihr Duft, ihre seidige Haut, die zarte Wölbung ihres Kinns verlockten und berauschten ihn. Wenn sie ihn so weit hatte gehen lassen … dann konnte nicht mehr viel von ihrer eisernen Kontrolle übrig sein, und er war ganz sicher, dass sie die sanfteste, hingebungsvollste Geliebte sein würde, die er je in den Armen gehalten hatte.

Sie erhob sich halb vom Stuhl, weil ihr Instinkt sie bedrängte, ihm zu folgen und ihn in ihr Bett einzuladen, doch ein nagender Zweifel hielt sie noch zurück. Einmal in ihrem Leben war sie ihren Emotionen blind gefolgt, und das Ergebnis war Victoria gewesen; ihr scheinbar unüberwindliches Problem hatte damals unerwartet dann doch eine befriedigende Lösung gefunden. Diesmal jedoch würde sie sich nicht eher hingeben, bis sie zumindest sein Versprechen hatte, dass er mehr als ihren Körper wollte.

»Komm«, bedrängte er sie wieder, seine Stimme rau, die Augen glühend vor Verlangen.

Sie focht einen harten Kampf mit sich aus, doch zum Schluss gewann ihre Vernunft. Das Korsett vor der Brust zusammenraffend, wandte sie sich von ihm ab. »Ich kann es nicht«, wisperte sie. »Die Einladung zum Dinner schließt diese Art Dessert nicht ein. Ich bin noch nicht bereit dazu.«

Er nahm ihr Gesicht zwischen seine großen Hände. »Du bist eine schöne, begehrenswerte Frau, Maggie, und ich glaube, du brauchst jemanden, der dich liebt. Und ich brauche dich.«

»Jeder Mensch braucht Liebe«, sagte sie und schloss das Mieder. »Aber ich darf mich nicht von meinen Emotionen leiten lassen.«

Er rang einen Moment mit sich und hoffte, ein gewisses Maß an Beherrschung zurückzugewinnen, bevor er wieder sprach. »Ich bin nicht hergekommen, um dich zu missbrauchen, Maggie. Ich kam, weil ich deine Gesellschaft sehr genieße und du mich faszinierst. Du bist so stark, so voller Leben. Ich spüre in dir eine Energie, die du hinter deinem spröden Äußeren jahrelang verschlossen hast.« Er strich mit der Fingerspitze über ihr Kinn. »Ich wünschte, du würdest das Wagnis eingehen, das Leben in vollen Zügen zu genießen, und mir glauben, dass es nicht nur eine bösartige Verschwörung ist.«

Wie konnte sie ihn fragen, ob er bereit war, sich an sie zu binden? Er war es, der ihr die Geborgenheit seines Namens hätte anbieten müssen, bevor er sie bat, sich ihm zu schenken. Doch die Sehnsüchte ihres Körpers waren beinahe unerträglich. Nein zu ihm zu sagen war das Schwierigste, was sie je getan hatte.

Er lächelte schuldbewusst. »Wahrscheinlich war es nicht gerade das Verhalten eines Gentlemans, meinen Gefühlen nachzugeben und dich um eine Liebesnacht zu bitten. Sieh mich nicht so erschrocken an, Maggie. Beruhige dich, ich habe nicht die Absicht, dir Gewalt anzutun – obwohl die Versuchung mich beinahe umbringt.«

Er zog sein Jackett zurecht und ging zur Tür. Sehnsucht drohte Maggies Herz zu zerreissen, als er sich verbeugte. »Es war ein exzellentes Dinner, und das … Dessert noch köstlicher, als ein Mann mit Worten je beschreiben könnte.«

Kurz bevor er die Tür schloss, flüsterte er: »Schlaf gut, süße Maggie. Ich weiß, dass ich heute Nacht von dir träumen werde.«

Maggie, die noch immer mit steifen Fingern ihr Mieder umklammerte, nickte und sagte Gute Nacht. *Was bist du doch für ein Feigling, Maggie!*, schalt sie sich. Warum bist du so prüde? Du hast ihm dein beschämendstes Geheimnis offenbart, was für einen Unterschied würde es denn da noch machen, wenn du ihm auch deinen Körper schenken würdest? Es gab Mittel, sich zu schützen … Sie errötete über ihre Gedanken. Ihr Körper *verlangte* fast, auch noch die letzten Reste ihres Selbsterhaltungstriebs aufzugeben. »O nein«, stöhnte sie, als sie spürte, wie ihr Entschluss zu schwanken begann. Ihre Hände zitterten, ihr Blut pulsierte vor Verlangen, als sie sich entkleidete und zu Bett ging. Enttäuschung und Einsamkeit würden heute Nacht ihre Begleiter sein.

13

Ein merkwürdiges Geräusch draußen vor ihrem Zimmer riss Maggie mitten in der Nacht aus einem unruhigen Schlaf. Als sie die Decke zurückschlug, fragte sie sich ängstlich, ob sie vielleicht vergessen hatte, die Wohnungstür abzuschließen, als Thaddeus gegangen war. Gestern Abend hatte sie sich ausnahmsweise einmal nicht um die unaugesprochene Bedrohung jenes nächtlichen Eindringlings gesorgt, als sie zu Bett gegangen war. Victoria war gut aufgehoben bei Miss Lather, und die Gouvernante hatte versprochen, die Schlafzimmertür abzuschließen.

Das Geräusch ertönte erneut, es klang, als ob Stoff über das Holzpaneel der Tür riebe. Sie wollte fragen, wer dort sei, hielt es dann aber doch für besser, still zu bleiben. Wenn sie wartete, würde sie vielleicht herausbekommen, wer in ihrem Wohnzimmer war.

Fröstelnd vor Angst, schob sie das Federbett beiseite und schlüpfte aus dem Bett. Ihr langes Flanellnachthemd behinderte ihre Bewegungen, als sie auf die Tür zuschlich. Das einzige Licht im Zimmer war das rote Glühen eines Kohlefeuers. Da war es wieder, dieses schleifende Geräusch an ihrer Tür! Maggie sammelte ihre konfusen Gedanken und erinnerte sich, dass die Anrichte direkt neben der Tür stand und sie die Platten mit den Essensresten abends vor dem Schlafengehen darauf hatte stehen lassen. Vielleicht war eine der Mägde hereingeschlüpft, um das Geschirr hinauszubringen, bevor Maggie erwachte? Aber nein, warum sollte jemand mitten in der Nacht noch arbeiten? Sie fuhr zusammen, als die Uhr auf dem Kaminsims zweimal schlug.

Wer konnte zu dieser unheiligen Zeit in ihrem Zimmer sein? Und warum hatte er oder sie nicht angeklopft? Mit wild pochendem Herzen presste sie das Ohr an die Eichentür. Sie hörte, dass jemand eine Schublade aufzog. Das könnte die Person sein, die das Lackkästchen aus ihrem Büro gestohlen hatte! Obwohl sie noch immer halb erstarrt war vor Entsetzen, musste sie herausfinden, wer dort war.

Sie bewahrte ihre Nähsachen in einem Korb auf dem kleinen Tisch neben der Tür auf. So leise, wie sie konnte, nahm sie eine Schere heraus und umklammerte sie fest – sie würde ihr als Waffe dienen. Sie wagte nicht, darüber nachzudenken, wie verwundbar sie war – als Frau, und dann noch ganz allein. Vorsichtig, mit angehaltenem Atem, drehte sie den Schlüssel herum. Er verursachte ein leises, schabendes Geräusch, und sie wartete, bis sie eine weitere Bewegung draußen hörte … das Geräusch, als die Tür der Anrichte geöffnet wurde.

Ihre Hände waren feucht und ihre Beine zittrig vor Angst, als sie durch den Türspalt spähte. Im schwachen Licht des Monds, das durch die Fenster drang, konnte sie die dunkle Silhouette eines Mannes erkennen. So breitschultrig und groß war keine Frau.

»Was wollen Sie?«, fragte sie, als sie ihre Stimme wieder fand.

Der Schatten fuhr herum und stand ihr einen kurzen Augenblick lang gegenüber. Sie sah ein blasses Gesicht und dünnes Haar, das zu beiden Seiten schlaff herunterhing. Dann floh der Mann zur Tür, die auf den Gang hinausführte. Maggie rannte ihm nach, die Schere hoch erhoben. »Wer sind Sie?«, rief sie heiser.

Ohne zu antworten, stürzte er hinaus und schlug die Tür hinter sich zu. Bis Maggie den Mut gefunden hatte, sie zu öffnen und dem Mann gegenüberzutreten, der draußen vielleicht auf sie wartete, zitterte sie so heftig, dass sie sich kaum noch auf den Beinen halten konnte. Der Korridor war in ein unheimliches, fahles Licht getaucht, und die Schatten, die die wenigen Möbelstücke an den Wänden warfen, waren riesig.

Die Türen zum Kinderzimmer und Victorias Schlafzimmer waren geschlossen, so wie die Tür am Ende des Gangs, die zu den Gästezimmern an der Vorderfront des Hauses führte. Maggie eilte dem Mann nach. War er einer ihrer Gäste? Vorsichtig öffnete sie die Tür und warf einen Blick auf den düsteren Korridor dahinter. Die Gaslampen an den dunkelroten Wänden waren herabgedreht und warfen Schatten auf den Boden. Der Gang war leer, und kein Geräusch kam von der Treppe. Wartete der Mann vielleicht schon in irgendeiner dunklen Ecke?

Als sie die geschlossenen Gästezimmertüren sah, zögerte sie, sich weiter vorzuwagen. Thaddeus' Zimmer lag am anderen Ende, und sie dachte, wenn ich es bis dahin schaffe, könnte ich ihn wecken …

Ihre Kehle war wie ausgedörrt, als sie langsam weiterschlich. Ihr war, als atmeten sogar die Wände und beobachteten sie. Sie erschrak, als ein Geräusch aus einem der Zimmer kam, doch nach einem Moment der Panik erkannte sie, dass es nur ein Schnarchen war. Sie biss die Zähne zusammen und ging weiter, wobei sie sich der stummen Bedrohung mit jedem Atemzug noch deutlicher bewusst wurde.

Sie hätte weinen können vor Erleichterung, als sie Thaddeus' Zimmer erreichte. Sie klopfte ohne Zögern an und hoffte, dass er einen leichten Schlaf besaß. Nach dem zweiten Versuch öffnete sich die Tür, und am liebsten hätte sie sein Gesicht mit dem vom Schlaf zerzausten Haar geküsst, so überaus erleichtert war sie.

»Ich bin's, Maggie. Darf ich hereinkommen?« War diese heisere Stimme wirklich ihre?

Er grinste breit und öffnete die Tür noch weiter. »Was für eine angenehme Überraschung.«

Ohne ein weiteres Wort trat sie rasch ein. »Ich hatte eben wieder einen Besucher. Ich habe ihn gestellt, aber er floh, bevor ich herausfinden konnte, wer er war.« Sie war am Ende ihrer Kräfte und wäre zusammengebrochen, wenn er sie nicht festgehalten hätte. Er führte sie zu einem Sessel, setzte sie hinein und nahm ihr sanft die Schere aus den steifen Fingern.

»Gut, dass du gekommen bist. Ich werde nachsehen. Zu deinem eigenen Schutz halte ich es für besser, wenn du die Tür von innen abschließt, solange ich nicht hier bin.«

»Es ist sinnlos, Thaddeus. Der Mann ist weg.« Sie ließ sich gegen die weiche Rückenlehne des Sessels sinken.

Thaddeus zog einen Schemel heran und legte ihre Füße darauf. Nachdem er eine Decke über sie gebreitet hatte, holte er ein Glas Brandy und hielt es ihr an die Lippen. »Trink das. Danach wirst du dich besser fühlen.«

Sie gehorchte, immer noch so starr vor Furcht, dass sie kaum die Lippen öffnen konnte. Der Brandy brannte in ihrer Kehle und wärmte ihren Magen. Ihre Atemzüge wurden ruhiger, ihre Muskeln begannen sich allmählich zu entspannen.

Thaddeus massierte ihre Schultern, wie er es schon früher am Abend getan hatte. Er sprach nicht, aber seine Gegenwart war ungemein beruhigend. Sie trank auch noch den Rest des Brandys, um die Erinnerung an die Geschehnisse in ihrer Wohnung etwas abzuschwächen.

»Wenn ich nur wüsste, was er gesucht hat«, sagte sie. »Ich habe nichts Wertvolles in meinen Zimmern, nur ein Silberbesteck und ein paar Halbedelsteine.«

»Wenn wir es wüssten, könnten wir den Schurken fassen«, sagte Thaddeus. »Ich muss jetzt gehen und mich in deinen Räumen umsehen. Hab keine Angst. Ich bin gleich wieder da.«

Er ging, und sie schloss die Tür hinter ihm ab. Dann schenkte sie sich ein weiteres Glas Brandy ein, und diesmal löste der Alkohol eine wohlige Wärme in allen ihren Gliedern aus.

Sie legte den Kopf zurück und seufzte tief. Eine merkwürdige Schwäche überkam sie.

Thaddeus kehrte kurz darauf zurück, und erst da fiel ihr auf, was sie vorher nicht bemerkt hatte: Er trug einen bunt gemusterten, blaugrünen Seidenmorgenmantel und – nichts darunter! Seine nackten Beine schauten unter dem Saum hervor, oben im Ausschnitt war das dunkle Haar auf seiner Brust zu sehen. Maggie kämpfte gegen die Versuchung an, ihn zu berühren.

»Es war niemand da, wie du schon gesagt hast. Ich habe deine Tür verschlossen.« Thaddeus reichte ihr den Schlüssel, und sie legte ihn auf den Tisch.

»Ich möchte nicht allein dorthin zurückgehen«, sagte sie.

»Du kannst hier bleiben.« Er machte eine kurze Pause. »Ich möchte auch nicht, dass du heute Nacht in deinem Zimmer schläfst. Der Eindringling kehrt womöglich noch einmal zurück.« Er streckte sich auf dem Bett aus. »Komm her«, sagte er leise. »Ich werde dich in den Armen halten, bis du einschläfst.« Er klopfte auf die Matratze neben sich und hob die Decke an. »Hab keine Angst. Ich habe nicht vor, die Lage auszunutzen.«

Sein Angebot war zu verlockend, um zu widerstehen. Nichts hätte sie jetzt dazu bewegen können, vor dem Morgengrauen in ihre privaten Wohnräume zurückzukehren. Wenigstens diese eine Nacht wollte sie nicht allein und unglücklich sein und sich den Kopf zerbrechen, wer ihr unheimlicher Besucher sein mochte.

Auf unsicheren Beinen ging sie zum Bett und setzte sich auf den Rand der Matratze. Angelockt von Thaddeus' Wärme und seinem beruhigenden Lächeln, legte sie sich hin, ein bisschen steif zunächst, doch dann, als er die Decke über sie zog und sie in die Arme nahm, entspannte sie sich langsam. Er war ihr so nahe, dass sie die Hitze seines Körpers durch ihr Nachthemd spürte und seinen unverkennbaren Duft wahrnahm, der ihr mehr zu Kopf stieg als der Brandy.

Berauschend. Seufzend barg sie ihr Gesicht an der Biegung seines starken Halses.

»Schlaf jetzt, Maggie, du bist bei mir in Sicherheit. Hab keine Angst, hier wird dir nichts geschehen«, murmelte er beruhigend und streichelte ihr Haar. Dann strich er mit den Lippen über ihre Wange. »Du riechst so gut – wie frische Wäsche, die in Wind und Sonnenschein getrocknet ist.«

Sie lachte leise. »Das ist mein Nachthemd.«

»Nein«, widersprach er. »Es ist deine Haut.« Er hörte nicht auf, ihr Haar zu streicheln, und langsam sank sie in einen erschöpften Schlaf. Sie hörte nicht, was er sonst noch sagte, aber der Klang seiner Stimme beruhigte sie.

Sie erwachte einige Zeit später. Im Zimmer war es dunkel bis auf das Mondlicht, das durch einen Spalt in den Vorhängen fiel. Thaddeus' Duft umgab sie, und als er sich bewegte und ein Bein über ihres legte, merkte sie, dass er schon wach war. Er zog sie noch fester an sich. Seine starken Arme hielten sie, und seine Wärme hüllte sie ein. Sie wandte ihm das Gesicht zu, um ihm zu zeigen, dass sie wach war.

Er berührte ihre Wange und zeichnete mit den Fingerspitzen die Konturen ihres Gesichts nach. Aufstöhnend schob er die Hände unter ihr Haar, und augenblicklich wurde sie von einer wilden Sehnsucht übermannt. Sie wollte sich seiner Liebe nicht länger versagen. Sie sehnte sich schon viel zu lange nach der Zuneigung und Gesellschaft eines Mannes. Sie verschloss ihre Gedanken vor den Zweifeln, die diesen Moment zu zerstören drohten, schlang die Arme um Thaddeus und zog ihn noch ein bisschen näher. Er würde sie danach ganz sicher nicht im Stich lassen. Sie brauchte keine Angst zu haben. Er war ein anständiger Mann.

»O mein Liebling«, murmelte er, als er spürte, dass sie seine Leidenschaft erwiderte. »Ich liebe dich, Maggie.« Ihre Lippen vereinten sich zu einem langen, aufregenden Kuss. Es war ein harter und dennoch sanfter Kuss, der überaus erregend war und eine Vielzahl erotischer Empfindungen in Maggie entfachte.

Seine Lippen glitten ihren Hals hinunter, und mit geschickten Fingern knöpfte er ihr Nachthemd auf. Sie konnte ihn nicht daran hindern ... und wollte es auch gar nicht. Sie umklammerte seine muskulösen Schultern und spürte, wie die Seide seines Morgenmantels unter ihren Fingern wegglitt. Der Gürtel hatte sich gelöst, der Mantel klaffte vorne auf. Begierig strich sie über das weiche dunkle Haar auf Thaddeus' Brust. Das aufgestaute Verlangen, das sie in ihm spürte, hatte einen aufreizenden Effekt auf sie. Sie konnte kaum noch atmen, als er das Nachthemd über ihre Schultern schob und ihre Brüste streichelte.

»Weich wie Samt«, flüsterte er und liebkoste die zarten rosa Spitzen.

Maggie stieß leise kleine Seufzer aus, als sie ihre

Hand streichelnd über seine Hüfte und dann über die Seide seines Morgenmantels gleiten ließ. Sie spürte, wie erregt er war, aber sie war noch zu unsicher, um ihn auf intimste Weise zu berühren. Aber sie begehrte ihn über alle Maßen.

Er liebkoste mit der Zunge ihre Brustspitzen, bis Maggie eine beinah unerträgliche Erregung verspürte. Welle um Welle eines exquisiten Feuers schien sie zu versengen. Thaddeus stöhnte, als sie instinktiv die Hüften hob und sich ganz unbewusst an seinem Körper rieb.

Ihr schien nicht bewusst zu sein, was ihr weicher Körper ihm antat. Er konnte sich kaum noch beherrschen, als sie ihr Bein an seinem zu reiben begann und bei jeder ihrer Bewegungen sein Glied berührte. Die Decke war längst herabgefallen, und er konnte Maggies helle Schenkel sehen, als ihr Nachthemd hinaufrutschte. Er war sich nur allzu deutlich ihrer Hand bewusst, die über seinen Bauch wanderte. In einer unschuldigen und dennoch sehr, sehr provozierenden Bewegung bog sie ihm die Hüften entgegen und presste sie an seine, als versuchte sie, ihr wachsendes Verlangen so zu lindern.

Er atmete tief ein und legte die Hand auf den sanften Hügel zwischen ihren Schenkeln. Den Atem anhaltend, drang er mit einem Finger in sie ein und spürte dort die feuchte Wärme. Sein wild pochendes Herz erschwerte ihm das Atmen. Er liebkoste sie, zunächst sehr sanft und dann ein wenig fordernder, als er seine Leidenschaft nicht länger zügeln konnte.

»Liebling«, stöhnte sie und wand sich unter seiner Berührung, die schier unfassbare Lust in ihr entfachte. Die süße Qual steigerte sich von Sekunde zu Sekunde, und sie hielt den Atem an, aus Angst, dass sie nachlassen könnte. Es war, als pochte etwas in ihr, das danach drängte, herauszukommen und sich von den Einschränkungen ihres Körpers zu befreien. Der Gedanke, Thaddeus zu berühren und den Beweis seiner Begierde zu umfassen, steigerte Maggies Verlangen ins schier Unermessliche.

»Ich ertrage es nicht mehr ...«, wisperte sie, umfasste seinen festen Po und presste sich an ihn. Dann spreizte sie die Beine und hob in einer stummen Einladung die Hüften. Thaddeus' Atem streifte ihren Hals, und sie konnte kaum den Augenblick erwarten, in dem er sie in Besitz nehmen und sich mit ihr vereinen würde. Aber er hatte keine Eile, sondern zog ihr nur das Nachthemd aus und warf es auf den Boden.

Dann küsste er die Innenseite ihrer Schenkel, liebkoste die zarte Haut. Maggie schnappte nach Luft, als er sie dort küsste, sie mit seiner Zunge neckte und eine Ekstase in ihr weckte, die noch viel berauschender war, als sie sich jemals hätte träumen lassen. Etwas brach in ihr, und sie spürte den Höhepunkt kommen. Und da legte Thaddeus sich endlich über sie und schob sich zwischen ihre Schenkel. Als sie die Hüften anhob, um ihn in sich aufzunehmen, keuchte sie, und jede Faser ihres Körpers bebte vor Verlangen.

Er war groß, heiß und erfüllte sie so vollkommen, dass sie einen Schrei nicht unterdrücken konnte, als die erste Welle der Ekstase sie durchzuckte. Und dann begann er sich schneller, ungestümer zu bewegen, unermüdlich, bis sie sich ermattet an ihn klammerte, als seine harten Stöße eine weitere Sturmflut der Gefühle in ihr auslösten. Ein heiseres Aufstöhnen entrang sich ihrer Kehle, als er ihr mit einer letzten kraftvollen Bewegung auf den Gipfel der Ekstase folgte.

Er atmete schwer und lachte vor Entzücken, während er sie immer wieder küsste. »Oh, wie sehr ich mich nach dieser Nacht gesehnt habe«, sagte er. »Ich wusste schon, als ich dich zum ersten Mal gesehen hatte, dass du mich sogar im Traum verfolgen würdest.«

»Auch ich habe mich dagegen gewehrt«, wisperte sie, »aber du hast nicht lange gebraucht, um meine Abwehr zu durchbrechen.«

»Weil ich der richtige Mann war. Weil ich wusste, dass sich hinter deiner spröden und entmutigenden Fassade ein verwundbares Herz verbarg.« Er küsste sie besitzergreifend auf den Mund. »Ich kann nicht genug von dir bekommen«, sagte er, als er seine Lippen von ihr löste. »Du berauschst mich über alle Maßen.« Er ließ die Hand über ihren Körper gleiten. »Du bist schön und leidenschaftlich, und dein Körper ist ein wahres Meisterwerk.«

Sie schmiegte sich an ihn und erfreute sich an jedem Zentimeter seines muskulösen Körpers. Sie hätte ihm jetzt gern gesagt, wie ungemein befriedigend die körperliche Liebe mit ihm war, fand aber nicht die richtigen Worte. Dies war noch zu schön, zu neu und zu zerbrechlich, um es mit Worten zu beschreiben. In seiner Nähe war sie sich seiner stets überdeutlich bewusst: seines Lächelns, seines Körpers, seiner Bewegungen – ja, sogar seiner Gedanken.

»Wundervoll«, murmelte er und zog sie noch fester an sich. »Ich möchte dich die ganze Nacht lieben. Lass uns das Meer der Ekstase immer und immer wieder überqueren, zum anderen Ufer hin, wo Frieden und Erfüllung auf uns warten, damit wir es im erbarmungslosen Licht des Morgens nicht vergessen.«

Maggie verschloss ihre Gedanken vor allen Zweifeln. Morgen würde sie sich um die Zukunft sorgen, doch heute Nacht war sie eine Prinzessin in einem verzauberten Land, in dem der Prinz ihrer Träume ihre geheimsten Sehnsüchte erfüllen und sie lieben würde bis zum frühen Morgen. Und das gedachte sie in vollen Zügen zu genießen.

14

Als Maggie am nächsten Morgen in Thaddeus' Bett erwachte, war er fort. Verwundert blickte sie auf die Uhr auf dem Nachttisch. Acht! Sie konnte sich nicht entsinnen, wann sie das letzte Mal so lange geschlafen hatte. Während sie sich zufrieden wie eine Katze auf der Matratze rekelte, atmete sie Thaddeus' Duft ein, der den Laken noch anhaftete. Eingehüllt im warmen Kokon ihrer Erinnerungen und der bequemen Daunendecke, sonnte sie sich in der Erfüllung, die er ihr geschenkt hatte. Ihr war, als hätte er jeden Zentimeter ihres Körpers mit seinen zärtlichen Liebkosungen verwöhnt.

Wo war er?

Zwanzig Minuten später stand sie auf und zog das Nachthemd an. Sie schaute sich suchend um, aber er hatte nirgendwo eine Nachricht für sie hinterlassen. Sie ertappte sich dabei, wie sie über die Kissen des Himmelbetts mit den burgunderfarbenen Behängen strich, in dem sie solch überwältigende Ekstase erfahren hatte. Sie berührte einen von Thaddeus' Mänteln, der über der Rückenlehne eines Stuhls hing. Auch er roch nach ihm, und während sie seinen Duft einatmete, begann sich eine prickelnde Erregung ihrer zu bemächtigen.

Sie wünschte sich, jeden Morgen neben Thaddeus zu erwachen, doch um das zu ermöglichen, würden sie den Konventionen folgen müssen. Und das hieß Heirat.

Ein wenig unbehaglich jetzt im frühen Licht des Morgens, fragte sie sich, wie Thaddeus über Heirat dachte. Sie brauchte keinen Mann, der sie ernährte und ihr ein Zuhause bot. Zum Glück war sie in finanzieller Hinsicht unabhängig, aber es wäre wunderbar, wenn Thaddeus immer bei ihr wäre, jeden Morgen und jede Nacht. Aber wollte er eine Geliebte, oder wollte er eine Ehefrau? Ihre strenge Erziehung und ihre eigenen Erfahrungen hatten sie gelehrt, dass Liebe ohne Ehe verhängnisvoll war. Wahrscheinlich hatte Thaddeus keine Ahnung, wie schwierig das für eine Frau in ihrer Lage war. Sie würde sich in Geduld üben und sich weniger von ihren Gefühlen als von ihrem Verstand leiten lassen müssen, bis sie wusste, wie es mit ihnen weiterging.

Seufzend blickte sie noch einmal auf die Uhr. Es war Sonntag, und sie musste sich beeilen, um sich für die Kirche anzuziehen. Der Gedanke, im Nachthemd über den Korridor zu laufen, flößte ihr Unbehagen ein, doch nach einem tiefen Atemzug öffnete sie dann doch die Tür und schlüpfte rasch hinaus. Sie hatte Glück; sie erreichte ungesehen ihr Zimmer. Aber wo war Thaddeus?

Thaddeus ging durch sein Haus in der Maddox Street. Als er am Morgen erwacht war, hatte er Maggie wieder lieben wollen, aber sie hatte so tief und fest geschlafen, dass er es nicht über das Herz gebracht hatte, sie zu wecken. Als er sie so sah, ihr langes Haar wie ein rotgoldener Schleier auf dem Kissen ausgebreitet, hatte er vor lauter Ehrfurcht und Liebe fast nicht atmen können. Er würde diese Frau heiraten, und wenn es das Letzte war, was er auf Erden tat!

Er kratzte sich am Kopf und betrachtete den Inhalt einer der Kisten im Lagerraum seines Hauses. »Wo habe ich diesen verflixten Ring bloß hingetan?«, murmelte er und begann noch einmal in der Kiste zu wühlen.

Die Sachen darin hatten seiner Großmutter gehört, und der massive Goldring mit dem rechteckigen Rubin, der ihr Verlobungsring gewesen war, hätte eigentlich dabei sein müssen. Er wollte ihn Maggie geben, wenn er sie um ihre Hand bat. Doch wo war er?

Als Thaddeus nach oben ins Büro ging, fiel sein Blick auf das exquisite Intarsienkästchen, das Maggie ihm überlassen hatte. Es erinnerte ihn daran, dass er schnellstens Leonora Winston finden musste. Er goss seine Pflanzen, die schon die Blätter hängen ließen, und schaute die Post durch. Gavin hatte im Laden gearbeitet und in der Zwischenzeit offenbar einige der Möbelstücke dort verkauft.

Thaddeus rieb sich entzückt die Hände. Obwohl es ihn nicht gerade reich machte, sicherte das Antiquitätengeschäft ihm wenigstens ein festes Einkommen.

Er sah in der mittleren Schublade des Schreibtischs nach und entdeckte dort ein verstaubtes Samtkästchen, das den Ring seiner Großmutter enthielt. Der Rubin musste gereinigt werden, das Gold war matt.

»Wenn ich ihn polieren lasse, ist er wieder so gut wie neu«, sagte er und steckte den Ring ein. Doch dann runzelte er die Stirn, als er erkannte, dass er mit dem Heiratsantrag warten musste, bis der Juwelier den Ring gereinigt hatte. Er zuckte mit den Schultern. Das gab ihm Zeit, dieses Ereignis zum romantischsten in Maggies Leben zu machen und eine Erinnerung zu schaffen, die sie ihr ganzes Leben lang nicht mehr vergessen würden. Er wollte Maggie nur das Beste geben, weil sie die beste Frau war, die ein Mann sich wünschen konnte.

Er klopfte auf die Tasche, in der sich der Ring befand, und ging dann hinunter. Gavin war im Wohnzimmer und stand vor drei Teppichen in verschiedenen Farben und verschiedenen Mustern.

»Ich bin überarbeitet. Du warst mir keine große Hilfe hier in letzter Zeit«, brummte er und warf Thaddeus einen scharfen Blick zu. »Dieser Hartwell-Fall nimmt viel zu viel von deiner Zeit in Anspruch.«

»Es ist ein äußerst komplizierter Fall«, sagte Thaddeus und dachte daran, wie Maggie in seinen Armen gelegen hatte.

»Ich glaube, du gehst das Problem von der falschen Seite an. Du solltest dich mehr um *Miss Winston* kümmern und weniger um Mrs Hartwell.«

Thaddeus lachte. »Dir entgeht aber auch wirklich nichts, Peg.« Er deutete auf einen roten Teppich mit einem Rand aus grünen Blättern und großen gelben Blumen an den Ecken. »Nimm den da.«

Gavin schnappte nach Luft. »Du weißt ja nicht einmal, woran ich arbeite«, sagte er. »Du bist nur noch so selten hier, dass ich das Geschäft allein zu führen scheine.«

»Rot passt zu allem. Mit diesem Teppich kannst du keinen Fehler machen. Obwohl der grüne …«

»Ich will den Effekt einer griechischen Küstenlandschaft erzeugen, mit Wandfresken, einer Decke voller Wolken, ionischen Säulen …«

»Säulen! Hast du unsere schon verkauft? Ich weiß, wo wir noch mehr davon finden können.«

»Natürlich habe ich sie verkauft. Lady Belkinsop war ganz entzückt davon. Aber ein roter Teppich?«

»Ich weiß schon, was du meinst. Der grüne wäre besser.« Thaddeus legte seinen Schal um, setzte einen Filzhut auf und schlüpfte in einen warmen Mantel. »Die Arbeit ruft.«

Gavin rief ihm etwas nach, aber Thaddeus machte, dass er fortkam. Ohne zu bedenken, dass heute Sonntag und die Läden also geschlossen waren, ging er zu dem Juwelier an der nächsten Straßenecke.

Nachdem Maggie ihr Haar zu einem etwas weicheren Chignon aufgesteckt und eine Strähne an den Schläfen herausgezupft hatte, ging sie mit Victoria und Miss Lather in die Kirche. Sie hatte kaum ein Auge zugetan und war noch immer nach ihrer ausgedehnten Liebesnacht von einem warmen Glücksgefühl erfüllt.

»Mama, du siehst heute Morgen sehr verschlafen aus«, bemerkte Victoria, als Maggie auf dem Heimweg von der Kirche auf einige der Fragen ihrer Tochter keine Antwort gab. »Miss Lather hat versprochen, mir eine Scheune für die Holztierchen zu bauen, die Mr Webb mir mitgebracht hat«, sagte die Kleine.

»Ich brauche dazu nur eine alte Schachtel«, sagte Miss Lather schüchtern, wie es ihre Art war. Sie erinnerte Maggie manchmal an ein ängstliches Kaninchen, mit ihren Korkenzieherlocken, die wie Schlappohren ihr Gesicht umrahmten.

»Und wir bemalen sie mit Wasserfarben«, fügte Victoria hinzu.

»Das klingt, als würde es sehr hübsch. Ich möchte es sehen, wenn es fertig ist. Vielleicht helfe ich euch sogar dabei – wenn ihr wollt«, schloss sie lächelnd.

Sie betraten das Hotel und trafen dort Thaddeus an, der in einem der Sessel des Foyers die Zeitung las.

Er erhob sich, als sie eintraten, und betrachtete Maggie mit einem langen, eindringlichen Blick. Wieder wurde sie von prickelnder Sehnsucht erfasst und vergaß beinahe zu atmen. War ihnen ihr Geheimnis anzumerken? Sie errötete und senkte schuldbewusst den Blick. Ein Teil von ihr hätte sich am liebsten in seine Arme geworfen, ein anderer war entsetzt über ihre Schamlosigkeit.

»Sollen wir heute Nachmittag Schlittschuh laufen gehen, wie wir geplant hatten?«, fragte Thaddeus.

»Ja!«, rief Victoria begeistert aus. »Du hast es versprochen, Mama!«

Maggie nickte. »Dann sollten wir uns um drei hier treffen.« Sie machte eine Pause. »Oder würdest du gern mit uns zu Mittag essen, Thaddeus?«

Er blickte sie nachdenklich an. »Nein … ich sollte besser wie üblich bei meiner Familie essen. Und vergiss nicht, dass Mutter morgen mit Delia herkommt, um den Hochzeitsempfang zu besprechen.«

Maggie errötete, als sie an ihre eigenen Heiratspläne dachte. »Ich habe es nicht vergessen.« Sie überließ Victorias Hand Miss Lather. »Du musst dich vor dem Essen umziehen, Victoria, und ich auch.« Mit einem scheuen Blick auf Thaddeus ging sie auf die Bürotür zu. Sie hatte Sehnsucht und Verlangen in seinem Blick entdeckt, aber auch ein mutwilliges Funkeln.

»Bis später«, rief er ihr nach, und nur sie hörte den vielsagenden Beiklang seiner Stimme. »Ich freue mich schon auf das Schlittschuhlaufen mit dir«, fügte er mit einem schelmischen Lächeln hinzu.

Sie sah ihn nicht wieder, bis es beinahe Zeit für ihren Ausflug war. Er betrat das Hotelfoyer, als sie gerade an der Tür mit Rafferty sprach. »Haben Sie Mr Rupert Mertons Sachen gepackt und fortgebracht?«, fragte sie den Portier.

Rafferty kratzte sich den Kopf. »Ja, ich habe sie auf den Dachboden gebracht, aber es war nicht viel zu packen da. Er hat eine große Reisetasche mitgenommen.«

»Danke«, sagte Maggie. »Bitte sagen Sie Gertie und einer der anderen Mägde, sie sollen die Suite in Ordnung bringen, damit wir sie an einen anderen Gast vermieten können.«

Dann wandte Maggie sich Thaddeus zu. Ihre Knie wurden schwach, als er ihr ein liebevolles Lächeln schenkte. »Ich hoffe, du bist in der Stimmung für einen kalten Nachmittag im Freien. Ich zumindest könnte mir eine angenehmere Beschäftigung vorstellen«, raunte er ihr ins Ohr.

»Deine Mutter hätte dir den Mund mit Seife auswaschen sollen, Thaddeus.« Aber Maggie konnte gar nicht anders, als sein Lächeln zu erwidern. »Du bist der unmöglichste Mann, der mir je begegnet ist.«

»Der Mann, der deine Glut entfacht, Maggie«, flüsterte er, »und hoffentlich auch der einzige, der sie löschen kann.«

Sie errötete bis an den Haaransatz. »Ich erwarte, dass du dich in Gesellschaft meiner Tochter anständig benimmst. Noch ein Wort wie dieses, und du kannst den Nachmittag allein verbringen.«

»Darf Victoria oben auf dem Pferdeomnibus sitzen, wenn ich bei ihr bleibe?«, fragte er, als das kleine Mädchen mit Miss Lather eintrat.

»Vielleicht ... aber nur, wenn du den Mund hältst. Victoria ist in einem leicht beeinflussbaren Alter, und ich möchte nicht, dass sie irgendeine deiner unanständigen Bemerkungen zu hören bekommt.«

Er zuckte die Schultern und lächelte sie an. »Ihr Wunsch ist mir Befehl, Ma'am.« Als sie zu Victoria gingen, nahm er Maggies Arm. »Übrigens wollte ich dir sagen, dass ich mich morgen früh mit Sergeant Horridge treffe. Vielleicht kann er mir schon etwas Neues über deine Schwester sagen.«

»Ich würde Tag und Nacht suchen, wenn ich nur wüsste, wo ich damit beginnen muss«, sagte Maggie.

Er hob die Brauen. »Du kritisierst meine Methoden?«

Sie schüttelte den Kopf. »Nein, ich mache mir nur Sorgen und bin ungeduldig.« Impulsiv ergriff sie seine Hand. »Wenn Leonora noch am Leben wäre und es ihr gut ginge, wäre sie doch sicher längst hierher gekommen, meinst du nicht? Es muss ihr etwas zugestoßen sein.«

Er seufzte. »Ich fürchte, du hast Recht. Je mehr Zeit vergeht, desto mehr befürchte ich, dass sie … dass ihr ein Unglück zugestoßen ist.«

»Ich muss es wissen. Ich stelle mir alle möglichen schrecklichen Dinge vor.« Ihr wurde ganz elend zumute, wenn sie an ihre Schwester dachte.

Thaddeus drückte ihre Hand. »Ich weiß.«

»Mama, können wir jetzt gehen?« Victoria war entzückt über die Aussicht, in den Park zu gehen. »Ich habe einen neuen Hut an, Mr Webb.«

Thaddeus lachte und betrachtete den Hut, den vorne eine große schwarze Schleife zierte. »Sehr hübsch, Victoria. Was ist, wenn eins der Kutschenpferde ihn mit einem Büschel Heu verwechselt und ihn dir vom Kopf reißt?«

Victoria sah entsetzt aus, und Thaddeus lachte. »Das war nur ein Scherz. Die Samtschleife würde ihm wahrscheinlich sowieso nicht schmecken.«

Victoria drohte ihm mit dem Finger, obwohl ein Lächeln ihr Gesicht erhellte. »Sie wollen mich nur aufziehen, Mr Webb«, schalt sie.

Thaddeus hob mit einer Hand die Tasche mit den Schlittschuhen auf und nahm mit der anderen Victorias, um sie aus dem Hotel zu führen. »Vielleicht, vielleicht auch nicht.« Lachend ging er mit der Kleinen die Straße hinunter, und Maggie folgte ihnen.

Ihr Herz zog sich vor Zärtlichkeit zusammen, als sie die beiden betrachtete. Eine Verbundenheit war zwischen Mann und Kind entstanden, und sie wünschte, sie könnte Victoria endlich den Vater geben, den sie sich so wünschte. Aber … was für Zukunftspläne mochte Thaddeus haben? Er hängte sich die Sporttasche über die Schulter, und Maggie dachte an seine großen Hände auf ihren nackten Brüsten. Die Erinnerung raubte ihr beinahe alle Kraft. Wenn er sie noch einmal so berührte, würde sie widerstandslos dahinschmelzen und sich noch tiefer in sein Netz der Leidenschaft verstricken …

Er wandte sich halb um und fing ihren Blick auf. Verlangen prickelte fast greifbar zwischen ihnen, und Maggie wurde über und über rot. Seine Augen funkelten wie die eines Raubtiers, er stellte ihr mit seinen Blicken nach und erriet jeden einzelnen ihrer Gedanken. Sie musste sich zwingen, wegzusehen, und war erleichtert, als sie die Bushaltestelle erreichten.

Der Tag war windig, aber nicht sehr kalt. Maggie hielt ihren breitkrempigen schwarzen Hut fest, den ein paar rote Seidenmohnblumen und ein getupfter Schleier schmückten, den sie tief über ihr Gesicht gezogen hatte. »Glaubst du, dass der Teich schon zugefroren ist?«, fragte sie.

»Ich weiß es nicht.« Thaddeus half Victoria auf das Dach des Busses und setzte sie dort auf die Bank, bevor er zurückkam, um Maggie in den Bus zu helfen. Victoria jubelte vor Begeisterung, dass sie endlich auf dem Dach fahren durfte, und die anderen Passagiere lachten. Maggie war froh, dass sie nicht dort oben bei ihnen sitzen musste. Sie wechselte einen raschen Blick mit Thaddeus, bevor er die schmale Eisenleiter, die aufs Dach führte, hinaufstieg. Die Elektrizität, die zwischen ihnen knisterte, als ihre Blicke sich begegneten, ließ die Luft im Omnibus fast unerträglich heiß erscheinen, aber Maggie wusste, dass die Hitze in ihr selbst war.

Der Park war voller Familien. Kinder in Matrosenmützen und pelzbesetzten Mänteln hüpften munter zwischen den sich gesetzter gebenden Erwachsenen herum. Obwohl die Nächte seit einer Woche schon sehr kalt waren, war der Teich noch nicht zugefroren, und Victoria weinte beinahe vor Enttäuschung. »Was sollen wir jetzt tun?«

»Wir können im Park spazieren gehen und dann irgendwo eine heiße Schokolade trinken«, schlug Thaddeus vor.

An einem Erfrischungsstand sahen sie den Spatzen zu, die über die sandigen Wege hüpften und nach Krumen suchten. Ein Straßenhändler mit gerösteten Kastanien bot den Spaziergängern lautstark seine Ware an, und Thaddeus kaufte eine große Tüte.

Zu dritt setzten sie sich auf eine Bank und knabberten die Kastanien. Der Wind wirbelte Kopfbedeckungen und Zeitungen auf, und Victoria schrie auf, als auch ihr der Hut vom Kopf gerissen wurde und den Pfad hinunterrollte. Nachdem sie ihn eingefangen hatte, kam sie zurückgelaufen.

»Mr Webb! Darf ich auch auf dem Heimweg oben auf dem Bus fahren?«

»Das fragst du besser deine Mutter.« Für Maggie fügte er in gedämpftem Ton hinzu: »Sie möchte es so gern.«

»Sie darf – wenn du bei ihr bleibst.«

Thaddeus lachte und drückte ihre Hand. »Du bist eine bemerkenswerte Frau, wusstest du das?«

»Nein«, erwiderte sie. »Ich fahre nie da oben mit, aber jetzt, wo du da bist ...«

Sie tranken heiße Schokolade und ließen sich von einem Fotografen ablichten, der sein Stativ unter einer alten Eiche aufgebaut hatte. Die Zeit verging in Thaddeus' Gesellschaft im Nu, und Maggie wünschte, dass der Tag nie enden möge.

Victoria schien seine Gesellschaft nicht weniger zu genießen als sie selbst. »Können wir vom Hyde Park aus nach Piccadilly Circus fahren und dann hinauf zur Regent Street?«, bettelte sie. »Sonst ist die Heimfahrt viel zu schnell vorbei.«

»Was meinst du, Maggie? Machen wir einen Umweg mit dem Pferdeomnibus?«

»Ich kann mir angenehmere Fortbewegungsmöglichkeiten vorstellen«, knurrte sie. »Ich weiß nicht, woher Victoria diese Leidenschaft für Pferdeomnibusse hat.«

»Ach, sei kein Spielverderber.« Der Bus erschien, und der Kutscher sprang herab, um das Fahrgeld zu kassieren. Bevor Maggie protestieren konnte, hatte Thaddeus sie die wackelige Leiter hinaufgetragen und auf den harten Sitz am Rand des Wagendachs gesetzt. Von Panik erfasst, umklammerte sie die Armlehne, und der Magen drehte sich ihr um, als sie hinuntersah.

»Nein!«

»Victoria ist die Nächste«, sagte er, um ihren Protest zu unterdrücken.

Er trug das kichernde Kind aufs Dach hinauf und setzte es neben Maggie.

»Jetzt kriegst du Angst, nicht wahr, Mama?«

Maggie konnte nichts erwidern, weil ihre Stimme ihr den Dienst versagte, als der Bus sich in Bewegung setzte. Thaddeus ließ sich neben ihnen auf der Bank nieder und lachte. Maggie schnappte nach Luft, als es plötzlich so aussah, als neigte die Kutsche sich zu einer Seite. Die Baumkronen waren dicht über ihren Köpfen, und der Boden schien Schwindel erregend weit zu sein.

»Wie konntest du nur«, flüsterte sie Thaddeus zu, als die Pferde langsam Piccadilly hinuntertrabten. Die Bänke schwankten, und Maggie wurde ein bisschen übel.

»Es ist fast wie auf einem Schiff auf sturmgepeitschter See«, sagte er mit einem Lächeln. »He – sieh mich nicht so böse an!«

Sie hätte ihn erdrosselt, wenn sie nicht hoch oben auf diesem altersschwachen Omnibus gewesen wären. Sie schloss die Augen und betete, dass die Tortur bald vorbei sein möge.

»Mama mag keine Höhen«, erklärte Victoria nach einem besorgten Blick auf Maggie. »Sie sagt, ihr würde schlecht davon.«

»Das wusste ich nicht«, sagte Thaddeus schuldbewusst. »Warum hast du es mir nicht gesagt?«

»Weil ich nie gedacht hätte, dass du mich einfach aufheben und wie ein Gepäckstück durch die Gegend schleppen würdest«, erwiderte Maggie wütend.

Er sah betreten aus. »Es tut mir leid.«

Maggie stöhnte, und Victoria zupfte an ihrem Ärmel. »Er hat gesagt, es tut ihm leid, Mama.«

Die beiden Pferde beschleunigten den Schritt, als sie eine andere Kutsche überholten, und die Bänke schwankten nun so heftig, dass sie sich über den Rand zu neigen schienen. Maggie erblasste und hielt den Atem an. Übelkeit erfasste sie. Sie wünschte, sie könnte hinuntergehen, aber die Leiter befand sich an der Außenseite des Gefährts.

»Es ist bald vorbei«, sagte Thaddeus.

»Sieh mal, Mama – dieser Straßenfeger dort sieht aus wie ein Liliputaner«, rief Victoria, und alle außer Maggie lachten.

Als die Fahrt am Oxford Circus endete, glänzten Victorias Augen. Impulsiv schlang sie die Arme um Thaddeus' Beine. »Danke, Mr Webb. Sie sind der allerbeste Mensch der Welt«, sagte sie.

Eine unendliche Zärtlichkeit lag in Thaddeus' Augen, als er Maggie von dem Omnibus herunterhob. Ihre Beine waren steif, in ihrem Kopf drehte sich noch alles. Er trug sie zu einer Bank und setzte sie darauf. »Warte mit deiner Mutter hier, Victoria. Ich hole ein Glas Wasser.«

Während er sich für seine eigene Dummheit verfluchte, ging er zu einem Erfrischungsstand am Straßenrand und bestellte Kaffee und ein Glas Wasser. Während er den lauwarmen Kaffee trank, sah er sich die anderen Kunden an. Zwei Männer, die mit dem Rücken zu ihm standen, unterhielten sich unter der Markise. Und dann fiel sein Blick auf ein Gesicht, das ihm bekannt vorkam.

Einer der Männer war Anselm Ripley. Der junge Mann trug einen dunklen Überzieher und einen schwarzen Biberhut. Er lachte, als er sein Glas hob, und Thaddeus' Blick fiel auf Ripleys linke Hand. Er trug einen kunstvoll geformten goldenen Ring mit einem schwarzen Stein. Als Thaddeus überlegte, wo er schon einmal einen solchen Ring gesehen hatte, fiel ihm der Abend ein, an dem er Maggies Onkel zum ersten Mal begegnet war. Merton hatte genau den gleichen Ring getragen.

War es eine neue Mode, oder besaß der Ring eine Bedeutung? Bestand eine Verbindung zwischen Rupert Merton und Anselm Ripley? Ich muss es unbedingt herausfinden, dachte Thaddeus, als er die Tasse abstellte und sich den Mund abwischte. Aber nicht von Ripley, oder doch zumindest nicht direkt. Ripleys Geheimnisse würde er nur im Verborgenen erforschen können, da der junge Mann bei ihrer ersten Begegnung freiwillig nicht viel von sich preisgegeben hatte – und da hatte er auch nicht den Ring getragen …

15

Der Ausflug endete in gereizter Stimmung, da Maggie Thaddeus noch immer sehr verübelte, dass er sie gezwungen hatte, oben auf dem Pferdebus zu sitzen. Mit der Behauptung, er habe noch einen geschäftlichen Termin, ließ Thaddeus Maggie und Victoria schon eine knappe halbe Stunde, nachdem er Anselm Ripley auf der Straße gesehen hatte, vor dem Hotel zurück. Nach einem kurzen Abschiedsgruß und einem Lächeln eilte er zu der wartenden Mietkutsche zurück, die sie vom Oxford Circus zum Hotel gebracht hatte.

Maggie befahl Victoria hineinzugehen und lief Thaddeus nach, der gerade in die Kutsche stieg. »Hat dieser Termin etwas mit meiner Schwester zu tun?«, fragte sie.

Er zögerte. »Das ist möglich.«

»Dann komme ich mit«, sagte sie. »Warte, bis ich Victoria zu Miss Lather gebracht habe.«

»Nein! Diesmal kann ich dich nicht mitnehmen«, entgegnete er und gab dem Kutscher die Adresse an. Maggie erkannte Ripleys Hausnummer sofort. Wütend kreuzte sie die Arme vor der Brust. »Du willst mir Informationen vorenthalten«, beschuldigte sie ihn.

»Nein.« Bevor er ihr etwas erklären konnte, setzte sich der Hansom in Bewegung. Wütend lauschte Maggie dem Hufgetrappel und machte Pläne, Thaddeus nachzufahren.

Nachdem sie sich vergewissert hatte, dass Victoria in guten Händen war, zog sie – in Erinnerung an ihren ersten Besuch bei Anselm Ripley – ein Paar schwere Stiefel an. So leicht würde Thaddeus sie nicht loswerden. Sie hatte ihm einiges zu sagen, wenn sie ihn eingeholt hatte! Rasch ergriff sie ihren Schirm und hastete hinaus.

Als sie in eine Droschke stieg, die gerade zwei Gäste vor dem Hotel abgesetzt hatte, stand Thaddeus schon auf seinem Posten, in einem dunklen Portal, das auf einen Hof auf der anderen Seite von Ripleys Haus führte. Maggie hätte dieses Abenteuer sicherlich mehr Spaß gemacht als die Fahrt im Pferdebus, dachte er, und sie hätte mir Gesellschaft geleistet. Aber wie hätte er ihr von seinem Verdacht erzählen können, dass es eine Verbindung zwischen Rupert Merton und Anselm Ripley geben musste? Was natürlich nicht unbedingt bedeuten musste, dass sie auch in ein gemeinsames *Verbrechen* verwickelt waren. Und dennoch … sein Instinkt sagte ihm etwas anderes. Aber Maggie würde ihm seinen Verdacht, dass Merton anders war, als es den Anschein hatte, bestimmt nicht glauben; sie schien überglücklich, dass sie ihren Onkel wiederhatte. Diesmal, das spürte Thaddeus, war er auf der richtigen Spur. Würde sie ihn zu Miss Winston führen? Mit etwas Glück führte Ripley sie vielleicht auf ihre Spur.

Die Dunkelheit brach schnell herein, der Wind war kräftiger geworden. Thaddeus begann sich zu langweilen und überlegte, ob er sich ein Zigarillo anzünden sollte, begriff dann aber, dass das Glühen – ganz zu schweigen von dem Rauch – ihn verraten könnte, falls Ripley zufällig an ihm vorbeikam.

Eine Droschke hielt vor Ripleys Tür, und eine Frau stieg aus. Als sie den Kutscher entlohnte, sah Thaddeus, dass es Maggie war. Aufgebracht stürzte er über die Straße und zerrte sie mit sich zurück zu dem Portal.

»Was tust du hier?«, fuhr er sie an. »Du hättest alles ruinieren können.«

»Und was schleichst *du* hier draußen in der Finsternis herum?«, entgegnete sie und riss sich von ihm los.

»Ich beobachte Ripleys Haus, du Dummkopf.« Er zwang sich, tief durchzuatmen, um seinen Zorn zu dämpfen. »Du bist das neugierigste, entnervendste Frauenzimmer, dem ich je begegnet bin«, knurrte er.

»Und du der unerträglichste, anmaßendste ...«

»Pst«, flüsterte er und zeigte auf die Straße. »Er kommt heim.«

Maggie beobachtete Anselm Ripleys schlanke, hoch gewachsene Gestalt. Er pfiff und schwenkte seinen Schirm. Ohne auch nur einen Blick in ihre Richtung zu werfen, betrat er sein Haus und schlug die Tür hinter sich zu.

»Was jetzt? Müssen wir lange hier warten?«, fragte Maggie, die in der eisigen Winterluft bereits zu frieren begann.

»Wir bleiben hier, bis er wieder fortgeht. Ich bin sicher, dass er später ausgehen wird.« Thaddeus betrachtete sie spöttisch. »Wenn du keine Lust hast zu warten, kannst du ja wieder heimfahren.«

Maggie warf den Kopf zurück und versuchte, die Kälte zu ignorieren. »Ich möchte sehen, was es ist, was dich an Mr Ripley so sehr interessiert.«

Aufmerksam das Haus beobachtend, blieben sie etwa zwanzig Minuten schwiegend stehen, bevor Thaddeus wieder sprach.

»Was weißt du über deinen Onkel, außer, dass er im Import-Export-Geschäft tätig ist?« Er konnte im Dunkeln nicht viel mehr als Maggies Umrisse erkennen, spürte aber, dass sie überlegte.

»Wie alle anderen in der Familie hatte er Streit mit meinem Vater, bevor er sich vor zwanzig Jahren nach

Amerika einschiffte. Er wurde wie durch ein Wunder gerettet, nachdem das Schiff bei einem Sturm gekentert war.«

»Er hatte keinen Kontakt zu deiner Schwester?«

»Nein. Ich habe ihn gefragt. Er wusste nicht einmal, dass es sie gab, bis ich es ihm erzählte.« Sie wandte sich Thaddeus zu, aber es war zu dunkel, um sein Gesicht zu erkennen. »Warum fragst du?«

Er zuckte mit den Schultern. »Weil ich es seltsam finde, dass er nach all den Jahren plötzlich bei dir auftaucht, und dann auch noch unmittelbar, nachdem du deine Schwester erwartet hattest.«

»Er sagte, er käme aus der Karibik, nicht aus Amerika«, erklärte sie.

»Was weißt du sonst noch über ihn?«

»Er erzählte mir von seinen Reisen, und er hat viele kuriose Souvenirs von ihnen mitgebracht. Er hat auf seinen Reisen offensichtlich viele fremdländische Gebräuche gelernt.« Sie hielt inne, um nachzudenken. »Er ist ein bisschen seltsam – er hat so stechende Augen, weißt du, und sagt viele merkwürdige Dinge, vor allem über Religion. Aber er ist immer höflich, er ist sehr freundlich zu Victoria, und er hat seine Hotelrechnung bezahlt.«

»Weißt du Genaueres über seine so genannte Import-Export-Firma?«

Maggie schüttelte den Kopf. »Nein, aber er hat versprochen, mich mit in sein Büro zu nehmen, wenn alles geregelt ist. Und du wirst dich sicher noch erinnern, dass er ein Haus am Cavendish Square gekauft hat.«

»Er muss ein wohlhabender Mann sein.« Thaddeus rieb sich das Kinn. »Sag mal, hast du zufällig mal bemerkt, ob er das Hotel regelmäßig zu bestimmten Zeiten verlassen hat, wie jeden Tag um zwei oder um sieben beispielsweise?«

»Nein … nicht dass ich wüsste. Wieso?«

»Er könnte irgendwelchen Riten oder Bräuchen folgen, die er aus dem Orient mitgebracht hat.«

»Über so etwas hat er nicht mit mir gesprochen. Aber in der ersten Nacht hat er nicht in seinem Bett geschlafen und mir später dann gesagt, er sei spazieren gegangen.«

»Mitten in der Nacht? Vielleicht leidet er an Schlaflosigkeit.« Schweigend blieben sie weitere zwanzig Minuten stehen. Maggie fröstelte und seufzte vor Erleichterung, als Anselm Ripley aus dem Haus kam und vor der Tür einen Zylinder aufsetzte. Er trug schwarze Abendkleidung und einen schweren Wintermantel. Seinen Spazierstock schwingend, schlenderte er über die Straße. Maggie wollte ihm sofort folgen, doch Thaddeus hielt sie zurück, bis Ripley die Straßenecke erreicht hatte. Sie hielten sich im Schatten, was nicht schwer war, da es inzwischen schon sehr dunkel war. Die Gaslampen warfen nur ein schwaches gelbes Licht auf das Kopfsteinpflaster.

Ripley winkte einem vorüberfahrenden Hansom. Mit gesenktem Kopf ging Thaddeus nahe genug an das Gefährt heran, um zu hören, welche Adresse Ripley angab. Als der Wagen abgefahren war, hielt Thaddeus die nächste Droschke an und half Maggie hinein.

»Ripley fährt zu einem Varieté in Whitechapel. Ich hoffe, es bringt dich nicht allzu sehr in Verlegenheit, ein so gewöhnliches Etablissement aufzusuchen«, scherzte er.

»Nicht mehr als dich«, entgegnete sie hochmütig.

Er lachte und zog sie an sich. Sie versteifte sich, als er seinen Mund auf ihre Lippen presste. Erotische Spannung breitete sich zwischen ihnen aus; süße Agonie, die nach Erfüllung strebte. »Gott, Maggie! Du hast mich verhext«, sagte er, und sein heißer Atem streifte ihr Gesicht. Sein Mund bedeckte ihren erneut und erstickte jeglichen Protest, der über ihre Lippen hätte kommen können. Seine Berührung brachte ihr Blut in Wallung. Sie öffnete sich ihm bereitwillig; ihr ganzes Sein verlangte nach ihm.

»So wahr mir Gott helfe, ich könnte dich gleich hier in der Kutsche nehmen«, knurrte er, und seine heisere Stimme löste ein süßes Prickeln in ihr aus.

Sie wollte, dass er sie nahm, wo auch immer, wann auch immer, jeden Tag ... aber sie zwang sich, an ihrem Entschluss von diesem Morgen festzuhalten.

»Warum wehrst du dich? Bist du meiner Zärtlichkeiten bereits überdrüssig, Maggie?« Er gab sie frei, und sie rückte ihren Hut zurecht und zupfte an dem Spitzenschleier.

»Nein«, wisperte sie. »Aber doch nicht *hier*, Thaddeus!«

Er lachte, und obwohl sie lächelte, war sie versucht, ihm ihren Schirm über den Kopf zu schlagen.

Die Droschke trug sie durch Soho und durch die Innenstadt. Sie fuhren an der Holy Trinity Church vorbei und erreichten Whitechapel; hier begannen die schäbigeren Viertel Londons.

»Ripley liebt ganz offensichtlich das Obszöne«, bemerkte Thaddeus grimmig, als er die stark geschminkten Frauen in den grell bunten Kleidern auf der Straße sah. Lauter Gesang und raues Gelächter drangen aus den Wirtshäusern und Bordellen.

Die Droschke hielt vor einem Gebäude, das nur von zwei Fackeln rechts und links von der Tür erhellt war. Es stand kein Name an der Wand, und die Läden an den Fenstern waren geschlossen.

Thaddeus entlohnte den Kutscher. »Ich wünschte, du wärst heimgefahren«, sagte er zu Maggie, als er ihr aus dem Wagen half. »Das ist kein Ort für Damen.«

Sie lächelte ihn spöttisch an. »Mit dir als Beschützer, was soll mir da denn schon passieren?«

Sie schnappte jedoch nach Luft, als sie das schmuddelige Foyer betraten. Vor ihnen erstreckte sich ein großer Raum mit Sitzrängen. Männer aller Altersgruppen und Gesellschaftsschichten saßen in den Reihen und sangen lauthals mit, als der Kapellmeister übertrieben seinen Taktstock schwang.

Der Geruch nach Schweiß und Erbrochenem, der die Luft verpestete, ließ Maggie den Atem anhalten. Die Bodendielen waren unbeschreiblich schmutzig, die Samtvorhänge in der Tür zerfleddert und von undefinierbarer Farbe.

»Ich kann sehen, dass die Veranstaltung nicht deinem Geschmack entspricht«, sagte Thaddeus dicht an ihrem Ohr. »Nach einem Glas Wein wirst du dich besser fühlen, und ich trinke sowieso abends immer ein Bier.«

Seine Augen neckten sie. »Warte, bis du die Tänzerinnen siehst. Sie scheinen nur aus Beinen zu bestehen und sind auch nicht zu schüchtern, sie zu zeigen.«

»Wie ich sehe, gefällt dir diese Art von Unterhaltung«, entgegnete sie spitz, trat dann aber tapfer ein mit ihm, als er die Eintrittskarten hatte.

»Manchmal, aber ich ziehe Beine vor, die ich berühren kann – und nicht nur sehen«, murmelte er und streichelte ihren Schenkel, als sie sich in eine der hinteren Reihen setzten, um Anselm Ripley unauffällig beobachten zu können. Er saß am Seitenausgang des Theaters, vorn bei der Bühne.

Maggie fuhr zurück, als habe eine Biene sie gestochen und errötete. Ihre Antwort ging in dem Geschrei unter, das ertönte, als eine Gruppe Frauen in kurzen Satinröcken und knappen Oberteilen auf die Bühne kam.

Das Orchester, das zum Teil in einer Vertiefung vor

der Bühne verborgen war, stimmte einen munteren Cancan an.

Empört beobachtete Maggie, wie die Mädchen Arm in Arm eine Reihe formten. Sie trugen skandalöse schwarze Netzstrümpfe, und ihre Lippen waren leuchtend rot geschminkt. Sie warfen erst ein Bein in die Luft, dann das andere. Maggies Augen weiteten sich vor Schock. Sie trugen eine Art winzig kleiner Unterhöschen, und sie waren *schwarz!* Es war das Unanständigste, was Maggie je gesehen hatte.

»Das ist ja unerhört!«, zischte sie Thaddeus zu.

»Ich finde es faszinierend«, parierte er, und wieder erschien der mutwillige Blick in seinen Augen. Er beugte sich zu ihr vor. »Aber keins dieser Mädchen hat so schöne Beine wie du, Maggie.« Um seinen Standpunkt noch zu unterstreichen, griff er zwischen die Sitze und ließ die Hand langsam von Maggies Knie zu ihrem Oberschenkel gleiten.

Sie sprang fast auf, obwohl die Geste ungemein erregend war. Dieser Mann, dem sie sich letzte Nacht so schamlos hingegeben hatte, war ein Mann von … großem Appetit. Und er weckte ihren.

»Sie sind impertinent, Mr Webb«, schalt sie, aber ihre Stimme hatte ihre Schärfe verloren.

»Mr Webb? Ich dachte, wir hätten inzwischen Fortschritte gemacht, Maggie.«

»Dieser Fortschritt kann jederzeit rückgängig gemacht werden, wenn du nicht aufpasst.« Maggie wandte den Blick ab, als die Mädchen in einer Reihe über die Bühne tanzten, und blickte zu Anselm Ripley hinüber. »Es ist schwer zu glauben, dass Mr Ripley solch *billige* Unterhaltung liebt«, fügte sie hinzu.

Thaddeus lachte erschreckend dicht an ihrem Ohr. Wenn sie ihn jetzt nicht entmutigte, würde er sich noch auf ihren Schoß setzen!

»Viele junge Männer der gehobenen Gesellschaft mögen diese Art geschmacklosen Amüsements. Ich könnte dir einige von ihnen zeigen, die heute Abend hier sind.«

Maggie schüttelte den Kopf. »Ich will es gar nicht wissen.« Die Mädchen verließen die Bühne, und Maggie sah, dass Ripley lächelte und klatschte.

Ein Sänger in schwarzem Frack und weißem Hemd kam auf die Bühne und begann patriotische Lieder vorzutragen. Das Publikum sang die Refrains mit und begann, nachdem alle sich bei ihren Nachbarn untergehakt hatten, von einer Seite zur anderen zu schunkeln. Maggies Arm wurde von einem untersetzten älteren Mann in Tweedjackett und Knickerbockern ergriffen, der sie lachend drängte, mitzusingen. Die Lieder gingen in unanständige Gassenhauer über, und der enthusiastischen Reaktion nach zu urteilen, war das Publikum mit diesen Texten sehr vertraut.

Maggie kniff die Lippen zusammen, als Thaddeus in den Chor mit einstimmte. Er zwinkerte ihr zu, und sie senkte beschämt den Blick. Wie konnte er so *vulgär* sein? Er tat es doch nur, um sie zu ärgern – aber ich werde schon einen Weg finden, es ihm heimzuzahlen!, schwor sie sich.

Auf den Sänger folgten Akrobaten, dann ein Bauchredner mit einer Marionette, die eine exakte Kopie seines scharlachfarbenen Umhangs und Zylinders trug. Die Vorstellung endete mit einem weiteren Auftritt der Cancantänzerinnen. Maggie wäre fast gegangen, noch bevor die Aufführung zu Ende war, doch dann erinnerte sie sich an den eigentlichen Grund ihres Besuchs und unterdrückte den Impuls.

Ripley erhob sich, sobald der Vorhang fiel.

»Er geht«, sagte Thaddeus. »Wir müssen ihm folgen.« Er stand so schnell auf, dass Maggie kaum Zeit blieb, sich zu sammeln. Als sie auf den Gang hinaustrat, blieb ihr schwarzer Seidenrock an einem der Sessel hängen. Sie bückte sich, um ihn zu lösen, und als sie wieder aufblickte, war Thaddeus in der Menge verschwunden. Sein Kopf war in einiger Entfernung noch über den anderen zu erkennen. Er drehte sich um und winkte ihr zu, ihm rasch zu folgen. Offenbar fürchtete er, Mr Ripley aus den Augen zu verlieren.

Maggie wurde von der Menge vor- und zurückgeschoben, und als sie endlich das Foyer erreichte, waren sowohl Thaddeus als auch Mr Ripley nirgendwo zu sehen. Verunsichert blieb sie an der Tür stehen und starrte von einem Ende des schmuddeligen Raums zum anderen. Männer aller Altersgruppen und Gesellschaftsschichten kamen an ihr vorbei, und viele boten ihr ihre Gesellschaft für den Rest des Abends an. Maggie empfand es als beschämend. Wo war Thaddeus?

Erfüllt von Furcht und Ärger, verließ sie das Lokal. Nur die beiden Fackeln neben dem Eingang warfen ein schwaches Licht auf die Straße, und von Thaddeus war nirgendwo etwas zu sehen. Hatte er eine Droschke genommen und war Ripley gefolgt? Niedergeschlagen wartete Maggie noch weitere zehn Minuten, bevor sie einen vorüberfahrenden Hansom herbeirief. Dies ist keine Gegend, in der man als Frau allein unterwegs sein sollte, dachte sie grimmig, als sie einen Betrunkenen in ihre Richtung schwanken sah. Sie umklammerte den Griff des Schirms noch fester, aber der Mann versuchte nicht, sie anzusprechen. Wo blieb Thaddeus nur?

Als sie gerade in die Droschke steigen wollte, stieß sie mit dem Zeh gegen etwas auf dem Boden. Sie sah genauer hin und erkannte, dass es Thaddeus' schwarzer Wollschal war. Sie erschauderte in jäher Furcht, als sie ihn vom feuchten Kopfsteinpflaster aufhob. Sie fühlte etwas Klebriges, und als sie ihn näher an die Kutschenlaterne hielt, sah sie, dass es ein Blutfleck war. Ein Schluchzen stieg in ihre Kehle auf. War Thaddeus überfallen worden? Sie blickte sich auf der Straße um, wo zwei Betrunkene von einer Seite zur anderen torkelten. Das Publikum aus dem Varieté hatte sich zerstreut, es war still geworden. Von Thaddeus war immer noch nichts zu sehen, und sie hatte keine Ahnung, in welche Richtung er gegangen war … oder man ihn fortgebracht hatte. Nebel waberte in der Luft, und sie wusste, dass sie nichts anderes tun konnte, als heimzufahren und zu warten.

Der Hansom fuhr durch die dunklen Straßen. Ein kalter Luftzug, der durch den Spalt unter der Tür hereindrang, ließ Maggie frösteln. Ihre Besorgnis wuchs mit jeder Meile, die sie zurücklegten, und ihre Augen füllten sich mit Tränen. Etwas Schreckliches musste Thaddeus zugestoßen sein.

Sie erreichte das im Dunkeln liegende Hotel. Nur eine Gaslampe brannte an der Rezeption. Der Nachtportier, ein Neffe Raffertys, döste in einem Sessel bei der Tür, und Maggie weckte ihn.

»Mrs Hartwell!«, rief er aus, sprang auf und ordnete seine Livree. »Ich wusste nicht …«

»Sie sollten nicht auf Ihrem Posten schlafen, Monty.« Sie konnte kaum das Zittern in ihrer Stimme unterdrücken. »Ich möchte, dass Sie mir sofort Bescheid sagen, wenn Mr Webb erscheint. Ich werde im Büro sein.«

»Ja, Ma'am«, sagte er.

Maggie ging in ihr dunkles Büro und zündete die Gaslampe an. Seufzend nahm sie Hut und Mantel ab. Sie konnte nicht schlafen gehen, bevor sie herausgefunden hatte, was Thaddeus zugestoßen war. Mit zitternden Händen schenkte sie sich ein Glas Sherry ein.

Als sie daran nippte, entdeckte sie, dass sie fast nicht schlucken konnte, weil ihre Kehle vor Angst wie zugeschnürt war. Und so setzte sie sich an den Schreibtisch und starrte den blutbefleckten Schal auf ihrem Schoß an, unfähig, über irgendetwas anderes als Thaddeus' spurloses Verschwinden nachzudenken.

Thaddeus' Kopf fühlte sich an, als würde er explodieren, wenn er auch nur die Augen öffnete. Er lag auf einer merkwürdig weichen Oberfläche, die Luft war von einem seltsamen Geruch erfüllt, der ihn an exotische Blumen denken ließ. Rauch trieb langsam durch den Raum. Thaddeus stützte sich auf einen Ellbogen und versuchte, seine Umgebung zu erkennen. Seine Handgelenke waren an einen Bettpfosten gebunden, doch mit einem kräftigen Ruck gelang es ihm, die hölzerne Strebe abzureißen und sich zu befreien. Mit den Zähnen löste er die Knoten in dem groben Seil.

Der Raum war in unterschiedlichen Rottönen eingerichtet, die Wände waren schwarz. Große Sitzkissen mit orientalischen Mustern lagen auf dem Boden, Glockengläut ertönte aus der nur halbgeschlossenen Tür, die auf den Korridor hinausführte.

Als sich Thaddeus stöhnend aufrichtete, durchzuckte ein scharfer Schmerz seinen Schädel. Er taumelte gegen ein Bücherregal und stieß eine Topfpflanze daneben um. Nachdem er vorsichtig den Kopf bewegt hatte, um seine Benommenheit abzuschütteln, wankte er zur Tür. Das einzige, woran er sich erinnern konnte, war, dass er Ripley aus dem Varieté gefolgt war. Er hatte Maggie in der Menge verloren, aber draußen auf sie warten wollen, sobald er wusste, wohin Ripley wollte. Der junge Mann hatte ihn im Dunkeln überrascht, ihm einen harten Schlag gegen den Kopf versetzt und dann versucht, ihn mit seinem eigenen Schal zu erwürgen. Thaddeus hatte es geschafft, ihn abzuwehren, und war Ripley hinterhergelaufen, als er in südlicher Richtung über Bishopsgate die Flucht ergriff. Thaddeus war ihm in einiger Entfernung gefolgt, um sicherzugehen, dass Ripley nicht in einer Seitenstraße untertauchte.

Doch genau das hatte er getan. Thaddeus hatte die Wahl gehabt, Ripley entweder zu verfolgen – was von Anfang an sein Ziel gewesen war – oder auf Maggie zu warten. Er hatte gedacht, ihr könne in zehn Minuten allein in dem Foyer nicht viel passieren. Aber als er um die Ecke der Union Street gebogen war, hatten sich plötzlich drei Männer auf ihn gestürzt, ihn niedergeschlagen und in eine Gasse gezerrt. Das war alles, woran er sich erinnerte.

Er blieb an der Tür stehen und zog die Uhr aus seiner Tasche. Es war nach Mitternacht, zwei Stunden waren also schon vergangen, seit er Maggie allein gelassen hatte. Mit einem unterdrückten Fluch schlüpfte er aus dem Raum mit dem fast unerträglich süßlichen Geruch. Im Flur war der Geruch sogar noch ausgeprägter. Thaddeus' Kopf schmerzte höllisch, was durch den Rauch nicht gerade besser wurde. Er griff sich an die Stirn und spürte, dass sein Haar von geronnenem Blut verklebt war. Er musste einen Weg finden, aus dem Haus herauszukommen. War es ein Fehler gewesen, Ripley zu verfolgen? Aber Ripley könnte sich als wertvolle Spur zu Maggies Schwester erweisen … oder nicht?

Thaddeus starrte in den Gang, der von zischenden und flackernden Gaslampen erleuchtet war. Am anderen Ende befanden sich zwei Türen, eine halb geöffnet, die andere geschlossen. Eine davon müsste eigentlich der Ausgang sein. Die Aufteilung des Hauses verwirrte Thaddeus, er hatte keine Ahnung, ob er auf dem Dachboden oder im Erdgeschoss war.

Nachdem er mehrmals tief durchgeatmet hatte, um die Schwäche aus seinen Gliedern zu vertreiben, ging er langsam auf die offene Tür zu. Er konnte das Gemurmel männlicher Stimmen hören, als er näher kam. Nach einem raschen Blick durch die Tür sah er eine Treppe, die nach unten führte. Die Geräusche kamen anscheinend aus dem Keller. Er probierte die andere Tür und entdeckte einen Raum voller Kleider und alter Möbelstücke. Hier kam er nicht weiter. Wo war die Eingangstür?

Mit einem unterdrückten Fluchen versuchte er es mit der Treppe. Die Stufen knarrten unter seinem Gewicht. Er wartete auf die unvermeidliche Attacke, doch die Stimmen verstummten nicht und hoben und senkten sich in einem fremdartigen Rhythmus. Seine Benommenheit kehrte zurück, und Thaddeus machte den dichten süßlichen Rauch dafür verantwortlich, der ihn umschwebte. Er wusste jetzt, wo er ihn schon einmal gerochen hatte – er war wie der Weihrauch in den Kirchen. Stirnrunzelnd lehnte er sich an die Wand, um Kraft zu sammeln. Die seltsamen Intonationen zogen ihn hinunter, auf die Geräusche zu. Ein unheimliches rotes Licht verstärkte sich bei jedem seiner Schritte.

Er gelangte ohne all zu viel Lärm nach unten und verbarg sich im Schatten eines großen Kleiderschranks. Was er durch die halbgeöffnete Tür sah, drehte ihm den Magen um. Männer in schwarzen Roben mit Kapuzen bewegten sich im Rhythmus ihrer seltsamen Beschwörungen um einen Altar. Glühende Räucherstäbchen und flackernde Kerzenflammen vervollständigten die unheimliche Szene. Das rote Licht kam von den Kerzen, die in blutroten Glasgefäßen auf dem Altar brannten.

Thaddeus konnte die Gesichter unter den Kapuzen nicht erkennen. Die Männer trugen Masken, die Tiergesichter darstellten: grotesk verzerrte Gesichter von Schakalen, Wölfen oder Bären. Thaddeus zählte sieben Männer, und seine Augen weiteten sich, als er auf dem Altar noch eine weitere Gestalt entdeckte – einen weiblichen Körper, der in schimmernd rote Seide eingehüllt war. Die Frau lag völlig reglos da, und Thaddeus' Mund war plötzlich trocken vor Entsetzen.

Die *Altarmorde* … Er erinnerte sich an die Schlagzeilen in den Zeitungen. Kalter Schweiß rann über seinen Rücken, und er schluckte mehrmals und umklammerte die Schrankkante, um nicht zu fallen.

Der Tanz endete abrupt, und Thaddeus beobachtete, wie der größte Mann, der eine scharlachrote Kapuze statt einer schwarzen trug, einen glitzernden Dolch über die reglose Gestalt auf dem Altar hielt. Er hielt eine schrille Ansprache, von der Thaddeus jedoch nur wenige Worte verstehen konnte: … auf Geheiß der Stimmen … der König des Siebten Kreises … ewige Diener …

Thaddeus fuhr zurück vor dieser schaurigen Szene und ging schwerfällig zur Treppe. Wenn er sich nicht so kraftlos und desorientiert gefühlt hätte, hätte er vielleicht versucht, die Zeremonie zu unterbrechen, doch er wusste, dass es sinnlos war. Er musste fliehen, um seine Entdeckung unverzüglich der Polizei zu melden. Ohne es zu wollen, war er auf ein schauriges Geheimnis gestoßen, und es war seine Pflicht …

»Schatten, bring den Mann herunter«, rief eine barsche Stimme. »Die Stimmen fordern sein Blut als Opfer.«

Thaddeus machte, dass er weiterkam. Er stolperte die Treppe hinauf und verfluchte die Benommenheit, die ihn immer noch behinderte. Es musste hier doch einen Ausgang geben …

Schritte ertönten hinter ihm, als er in das Zimmer lief, in dem er das Bewusstsein wiedererlangt hatte. Er blickte aus dem Fenster, aber es war stockfinster draußen. Dann entdeckte er die Tür am anderen Ende des Raums und lief darauf zu.

Als er gerade über eine weitere Treppe floh, traten drei Männer in Umhängen, Kapuzen und wallenden Gewändern ein. »Schatten, halt ihn auf!«, rief einer und stürzte in Thaddeus' Richtung. Er war schon die Stufen hinuntergelaufen und sah bereits die Eingangstür – den Weg in die Freiheit –, als einer der Männer sich auf ihn warf. Thaddeus kämpfte mit dem Angreifer, der während des Gerangels die Schakalmaske verlor. Thaddeus starrte in Ripleys glasige Augen. Kein Erkennen, nur ein fanatisches Glühen lag darin. Thaddeus wappnete sich gegen den auf seinen Kopf gezielten Schlag.

Reglos starrte Maggie zu den Gaslampen an der Decke auf, bis ihre Augen schmerzten. Ihre Gedanken waren schwerfällig, was auf ihren Schlafmangel zurückzuführen war, und ihre Muskeln schmerzten von der Anspannung. Sie konnte an nichts anderes als Thaddeus' seltsames Verschwinden denken. Was mochte ihm zugestoßen sein? Sie hätte vor Angst und Sorge weinen mögen, doch ihre Augen blieben trocken. Wie hypnotisiert von dem flackernden Licht an der Zimmerdecke, konnte sie nichts anderes tun, als es reglos anzustarren.

Die Uhr schlug vier Uhr morgens. Sie saß seit Mitternacht reglos an ihrem Schreibtisch und hatte bisher nichts anderes getan, als zu beten und ihre Qual Gott anzuvertrauen. Aber es passierte nichts. Keine Erleichterung, keine Linderung ihrer Ängste. Ihre Gedanken schweiften durch die endlos weite, stille Nacht zu Thaddeus und fragten ihn, wo er war, doch sie erhielt keine Antwort.

Wenn er nicht bald zurückkam, würde sie zerbrechen.

Das einzige Geräusch im Zimmer war das Ticken der Uhr. Bald würden sich die Straßen mit den morgendlichen Geräuschen füllen, doch jetzt war noch tiefste Nacht, in der böse Gedanken lauerten und es von Albträumen nur so wimmelte. Tick-tack, tick-tack. Weitere fünfzehn Minuten vergingen, dann eine halbe Stunde, und Maggie war immer noch nicht in der Lage, sich vom Fleck zu rühren.

Thaddeus konnte dem ersten Faustschlag ausweichen, dann traf er Ripley selbst so hart am Kinn, dass der jüngere Mann ohnmächtig in sich zusammensackte. Mühsam richtete sich Thaddeus auf, um die anderen Angreifer abzuwehren. Seine Knöchel pochten vor Schmerz, aber er ballte die Fäuste, um noch einmal zuzuschlagen, falls es nötig war, und noch einmal …

Die beiden Männer kamen langsam auf ihn zu. Die Klinge eines Messers glitzerte zwischen den Falten einer der schwarzen Roben, und Thaddeus wusste, dass er diesen Mann zuerst ausschalten musste, weil sonst kalter Stahl sein Herz durchbohren würde. Keiner sprach. Nur schweres Atmen war hinter den bizarren Masken zu vernehmen.

Thaddeus' Kopf schmerzte, und er sah nur noch verschwommen, erkannte aber trotzdem, dass er erheblich größer als die beiden Männer war. Einen müsste er doch überwältigen können! Ripley bewegte sich auf dem Boden und stöhnte auf vor Schmerz. Thaddeus begriff, dass er jetzt handeln musste, wenn er nicht als Gefangener – oder als Leiche – enden wollte.

Mit einem Wutschrei warf er sich auf den ersten Mann, der unter der Wucht des Aufpralls mit ihm stürzte. Das Messer flog in einem glitzernden Bogen durch die Luft und landete auf der anderen Seite des düsteren Gangs. In einem Anfall wilden Zorns schlug Thaddeus den Kopf des Mannes zweimal auf den Boden, bis er erschlaffte. Als Thaddeus sich gerade zu seinem zweiten Angreifer umwenden wollte, sprang der Mann ihm auf den Rücken und würgte ihn mit einer Art Seidenkordel. Sich aufrappelnd, versuchte Thaddeus den Mörder auf seinem Rücken abzuschütteln. Sein Kopf drohte von dem aufgestauten Blut zu platzen, und in seinen Ohren schien der Wind zu pfeifen. Obwohl seine Lungen von der Belastung schmerzten, legte Thaddeus die Hände um die Kordel und zog mit aller Kraft daran. Gerade, als er glaubte, das Bewusstsein zu verlieren, lockerte sich die Kordel. Thaddeus schnappte nach Luft und warf sich zur Seite, um den Quälgeist auf seinem Rücken abzuschütteln. Dann packte er den Mann am Hals, hob ihn auf und schleuderte ihn gegen Ripley, der schwankend auf ihn zukam. Beide Männer stürzten, und Thaddeus gelang es, durch die Haustür zu entkommen.

Die Nacht war kalt, und er fröstelte, als er sich im Schutz der hohen Hecke vor dem Haus versteckte. Es war so dunkel, dass er die Straße nicht erkennen konnte. Während er die Fassade des Hauses betrachtete – oder das Wenige, was er davon sehen konnte –, hörte er die aufgebrachten Stimmen der Männer, die ihn verfolgten. Sie würden vermutlich in Richtung Einfahrt laufen, und wenn er ihren Schritten lauschte, würde er wissen, wohin er sich wenden musste.

Doch vorläufig blieb er auf dem kalten Boden vor der Hecke hocken, wartete und horchte. Obwohl er lieber so schnell wie möglich weggelaufen wäre, wusste er, dass es sicherer war, sich still zu verhalten und abzuwarten.

Die Männer kehrten ein paar Minuten später zurück, ihre Schritte waren jetzt ganz nahe. Dann hörte Thaddeus, wie einer von ihnen fast direkt neben ihm stehen blieb und rief: »Ich habe ihn gefunden! Er versteckt sich in der Hecke.«

Maggie blickte mit brennenden Augen zur Uhr hinüber. Schon fünf Uhr morgens. Ihre Angestellten würden jeden Augenblick erscheinen, um Kohle in den Öfen der Zimmer nachzulegen. Ein trockenes Schluchzen entrang sich ihrer Kehle, und sie zwang sich aufzustehen. Schwankend trat sie ans Fenster und spähte durch einen Spalt zwischen den schweren Vorhängen. Aber alles, was sie sehen konnte, waren der winzige Garten und die hohe Steinmauer. Die Pflanzen, die im Sommer blühten, streckten jetzt ihre kahlen dürren Zweige in die graue Morgendämmerung. Sie sahen so trostlos aus, wie sie sich fühlte. Sie spürte, dass Thaddeus etwas Schlimmes zugestoßen war, und der Kummer saß wie ein bleiernes Gewicht in ihrer Brust. Ein Seufzer entrang sich ihrer Kehle, als sie den Vorhang wieder zuzog. Sie hatte die schreckliche Vorahnung, dass er nicht zu ihr zurückkommen würde. Mit schweren Schritten stieg sie die Treppe zu ihren Wohnräumen hinauf.

Thaddeus versteifte sich in seiner unbequemen Haltung und grub die Finger in die gefrorene Erde. Der

Mann, der behauptete, ihn entdeckt zu haben, ging auf die andere Seite des Hauses zu.

»Wo ist er denn nun?«, fragte eine zweite Stimme.

»Ich habe einen Stapel Holz für einen Mann gehalten. Aber er muss irgendwo hier sein. Er kann sich ja nicht in Luft aufgelöst haben.«

Als die Männer tiefer in den Garten eindrangen, der das Haus umgab, beschloss Thaddeus, dass der Moment zur Flucht gekommen war. Vorsichtig bewegte er sich im Schatten eines Buschs zum anderen, hin in Richtung Einfahrt. Als Kies unter seinen Stiefeln knirschte, wusste er, dass er auf dem richtigen Weg war, obwohl es so dunkel war, dass er die Hand nicht vor den Augen sehen konnte. Er würde sich die Umgebung einprägen müssen, um hierher zurückzufinden, doch als er die Stimmen zurückkehren hörte, lauter diesmal, beschloss er, dass es wichtiger war, zu fliehen, solange er die Möglichkeit dazu noch hatte.

Schmerz durchzuckte ihn, als er schwankend weiterging. In Gedanken sah er wieder die menschliche Gestalt auf dem Altar, und ein Würgen stieg in ihm auf, als ob er sich erbrechen müsse. Noch nie hatte er etwas so Abscheuliches, so etwas durch und durch *Böses* gesehen.

Er folgte einer gewundenen Straße, stolperte dreimal in den Schlaglöchern. Ungefähr eine Viertelstunde später begann das erste Tageslicht endlich den Horizont zu erhellen. Er entdeckte, dass er außerhalb von London war. Hecken säumten die Straße, und die hohen Dächer dahinter verrieten ihm, dass er in einem teuren Vorstadtviertel war, aber er hatte keine Ahnung, wo. Erst als er die vergoldeten Eingangstore zu einem Park entdeckte, erkannte er, dass er in Richmond war. Die Themse floss träge durch das Dorf, und Thaddeus' Schritte wurden energischer, als er die örtliche Polizeistation betrat. Er fror in der kalten Morgenluft, weil er seinen Mantel und seinen Hut verloren hatte – und seinen Schal.

Der Dienst habende Wachtmeister blickte ihn verschlafen an, als sei er erst vom Zuschlagen der Tür erwacht. »Was …?«

»Guten Morgen, Sergeant. Ich möchte melden, dass ich gestern Abend überfallen und entführt wurde.« Thaddeus beugte sich über den Schreibtisch, um dem Mann die Beule an seinem Kopf zu zeigen.

»Erzählen Sie von Anfang an«, sagte der Polizist und zog einen Notizblock und einen Stift heran.

Thaddeus griff über den Schreibtisch und packte den Beamten vorn an seiner Uniform. »Dafür haben wir keine Zeit. Holen Sie Ihre Männer, und ich zeige Ihnen, wo die Altarmorde stattgefunden haben.«

»Die Altar … morde? Hier in Richmond?«

»Ja, mitten in Ihrem idyllischen kleinen Städtchen. Kommen Sie.«

Eine Stunde später, als der Wachtmeister endlich Verstärkung besorgt hatte, führte Thaddeus die fünf Polizisten die Straße zurück, über die er eben erst gekommen war. Er hatte sorgfältig die Zeit bemessen, die er unterwegs gewesen war, doch egal, wie nahe sie dem Besitz auch kommen mochten, er konnte ihn nicht wieder finden. Er studierte jedes Haus, jede Einfahrt, und wurde wütender und wütender, als er begriff, dass er nicht in der Lage war, den Ort, an dem man ihn gefangen gehalten hatte, wiederzuerkennen.

»Wo sind also die Mörder?«, fragte der Sergeant und verschränkte die Arme vor der breiten Brust. Er schwitzte von der unerwarteten Anstrengung und blickte Thaddeus anklagend an.

»Ich werde das Haus gleich finden.«

Ein älterer Herr, der einen Pudel spazieren führte,

starrte die blau uniformierten Polizisten an, die sich so früh am Morgen schon versammelt hatten. Er tippte sich an den Hut und murmelte »Guten Tag.«

»Es ist weiter unten – irgendwo da hinten«, sagte Thaddeus entschieden, obwohl er allmählich selbst Zweifel hatte. Die Hecken um die Rasenflächen waren alle gleich, die Gärten fast identisch.

Zwanzig Minuten später hatte er noch immer nicht das richtige Haus gefunden und erkannte, dass er aufgeben musste. Die Polizisten schäumten, weil sie glaubten, Opfer eines geschmacklosen Streichs zu sein.

»Dafür nehme ich Sie fest«, brummte der Sergeant, und Thaddeus fragte sich, wie zum Teufel er sich aus dieser neuerlichen Notlage befreien sollte.

16

Maggie wusch sich das Gesicht mit kaltem Wasser, weil sie wusste, dass ihr Leben trotz Thaddeus' Verschwinden seinen gewohnten Gang gehen musste. Mit Händen, die bleiern waren vor Müdigkeit, befestigte sie den Gürtel ihres Morgenrocks und sah die Kleider in ihrem Schrank durch. Sie entschied sich für ein dunkelbraunes, ohne Spitze, Rüschen oder sonstige Verzierungen. Seufzend breitete sie es auf dem Bett aus und suchte dann ein frisches Hemd, Unterröcke und Strümpfe heraus.

Es klopfte an ihrer Wohnzimmertür, und Maggies Herz schlug schneller. Als sie durch die Zimmer eilte, warf sie einen Blick auf den Kaminsims und sah, dass es sieben Uhr war. Sie riss die Tür auf.

Da stand er – ohne Hut, ohne Mantel, doch ansonsten wohlbehalten. »Thaddeus!« Sie schlang ihm die Arme um den Nacken, und er hob sie auf und schwang sie lachend im Kreis herum.

»Wenn du nur wüsstest ...«, begann sie und spürte, wie ihr nun endlich doch die Tränen kamen. Ihr Herz sang vor Erleichterung, ihn gesund und munter wieder da zu haben. »Ich habe deinen Schal gefunden – er war voller Blut!«

»Schön, dass du mich vermisst hast.« Er ließ sie herab. »Komm herein, dann erzähle ich dir, was passiert ist.« Nachdem er die Tür geschlossen hatte, führte er Maggie zu dem Polsterschemel und ließ sich mit ihr darauf nieder. »Ich bin in einer Nebengasse der Union

Street von Ripley und seinen Konsorten überfallen worden«, begann er und berichtete ihr alles, was er wusste, bis auf seinen Verdacht, dass ihr Onkel möglicherweise zu Ripleys Bande gehörte. »Die Männer in den Roben boten den furchterregendsten Anblick, den ich je gesehen hatte.« Um Maggie zu schützen, verschwieg er ihr die Leiche auf dem Altar, weil er wusste, dass sie keinen Schlaf mehr finden würde, wenn sie erfuhr, dass Ripley einer der Altarmörder war. Immerhin hatte Leonora Winston auf dem Schiff Kontakt zu ihm gehabt.

»Leider konnte ich das Haus bei Tageslicht nicht wiederfinden. Die Polizisten in Richmond wollten mich daraufhin verhaften, weil sie glaubten, es sei alles nur ein dummer Streich von mir.« Er lachte. »Ich habe fast eine Stunde gebraucht, um den Wachtmeister dazu zu bringen, Horridge beim Scotland Yard anzurufen, damit er sich für meine Identität und geistige Zurechnungsfähigkeit verbürgen konnte.«

»Und das hat er sicher auch getan, vermute ich«, sagte Maggie, während sie Thaddeus' Haar streichelte und die Wunde betastete, die mit einem weißen Pflaster bedeckt war.

»Der Sergeant in Richmond hat mich zusammengeflickt«, erklärte er. »Mach dir keine Sorgen. Die Schwellung ist schon fast zurückgegangen.«

»Ich kann dir gar nicht sagen, wie froh ich bin, dass dir nichts Schlimmeres geschehen ist.« Sie konnte ihm nicht nahe genug sein. Den Kopf an seine Schulter lehnend, schnupperte sie an seinem Ärmel. »Du riechst komisch.«

Thaddeus dachte an die Tortur, die er ausgestanden hatte. »Diese Männer waren Satanisten.«

Maggie erschauderte, als fegte ein kalter Windzug durch den Raum. Sie schmiegte sich noch fester an

Thaddeus, und er wandte sich ihr zu und zog sie in die Arme.

»Ich war auch besorgt um dich«, sagte er, »aber ich musste dich allein lassen, um Ripley zu verfolgen.«

»Ja, das verstehe ich. Außerdem bin ich es gewöhnt, allein zurechtzukommen. Ich werde nie wieder ohne meine erprobte Waffe, meinen Schirm, ausgehen.«

Er küsste ihr Haar. »Meine tapfere Maggie.« Seine Augen verdunkelten sich vor Zärtlichkeit, und Maggie schluckte. Ihr Herz war so voll, dass sie befürchtete, es müsse platzen.

»Meine schöne Maggie.« Er zog die Nadeln aus ihrem Knoten und ließ das schimmernd weiche Haar über ihre Schultern fallen. Dann nahm er ihr sanft die Brille ab und legte sie auf den Tisch. »Du siehst aus, als hättest du die ganze Nacht kein Auge zugetan«, flüsterte er und streichelte ihr Gesicht. »Du bist ganz blass. Und du hast dunkle Ränder unter deinen Augen.«

»Es war die längste Nacht meines Lebens. Ich war sicher, dass dir etwas Furchtbares zugestoßen war.«

Thaddeus dachte, wie nahe er daran gewesen war, auf diesem Opferaltar in Richmond zu enden. Er stieß einen Seufzer tief empfundener Erleichterung aus, dankbar, dass er hier war und die Frau ansehen konnte, die er liebte.

Sie erhob sich errötend und streckte bittend ihre Hand nach ihm aus. »Komm, ich möchte, dass du mich in deinen Armen hältst und liebst«, sagte sie. »Als du gestern Nacht nicht wiederkamst, begriff ich, dass das Leben viel zu kurz ist, um es mit Ängsten oder Zweifeln zu verschwenden.«

Er stand auf, von Leidenschaft ergriffen, aber auch ein wenig scheu. Neben ihrer zarten Schönheit kam er sich wie ein großer, tollpatschiger Bär vor. Er führte sie in ihr Schlafzimmer, wo er sich voller Staunen umsah und den femininen Stil des Raums bewunderte. Sie hatte mit sanften Farben eine Insel des Friedens geschaffen, und Thaddeus wusste, hier konnte er die raue Welt draußen vergessen.

»Komm.« Sie führte ihn zum Bett und zog ihn darauf nieder. Dann streifte sie ihm das Sakko und die Strickweste darunter ab. Er errötete, als sie die Fingerspitzen an der Öffnung seines Hemds hinabgleiten ließ, nachdem sie es aufgeknöpft hatte. Schließlich zog sie es aus dem Hosenbund, und Thaddeus schnappte nach Luft, als sie den obersten Knopf der Hose öffnete. Ihr Morgenrock klaffte vorn ein wenig auf, und er konnte den Ansatz ihrer vollen Brüste und ihre seidig zarte Haut sehen. Seine Scheu verlor sich, und er zog sie an sich. »Meine schöne Blume, du bist ja nackt darunter«, flüsterte er an ihren Brüsten und ließ eine Hand ihren Rücken hinabgleiten, um ihren festen Po zu umfassen.

Maggie nickte. »Ja, ich hatte mich gerade ausgezogen.« Sie hob ihr Kleid und die Unterwäsche vom Bett auf und legte sie auf einen Stuhl. Ohne Zögern schlug sie die Bettdecke und das Laken zurück und legte sich auf die Matratze. Begierig nach der Vereinigung mit ihm, band sie lächelnd ihren Gürtel auf. Sie war nahe daran gewesen, ihn zu verlieren, und jetzt, wo er wieder bei ihr war, wollte sie ihn ganz.

Sie öffnete weit den Morgenrock und entblößte ihren nackten Körper vor seinen hungrigen Blicken. Seine Augen verdunkelten sich vor Verlangen, und er biss sich auf die Lippen, als sei der Anblick zu viel für ihn. Aufstöhnend schlüpfte er zu ihr ins Bett, nachdem er Stiefel, Socken und Hose abgelegt hatte. Sein Hemd hing noch offen über seinen Schultern, und Maggie schob die Hände darunter und legte sie um seine Taille.

»Küss mich«, verlangte sie, und er gehorchte mit einem rauen Stöhnen, das tief aus seiner Kehle kam.

Sie schlang ein Bein über seine Hüften und rieb ihren Schenkel an ihm. Ihre Zehen glitten kitzelnd über seinen Oberschenkel, und er presste sich an ihren Körper und ließ sie den Beweis seiner Begierde spüren.

»Ich kann nicht länger warten«, murmelte er zwischen lustvollen kleinen Seufzern, als sie mit beiden Händen seinen Po umfasste. Ihre Haut erinnerte ihn an feinstes Perlmutt, ihre Brustspitzen waren wie süße Beeren, von denen er nicht genug bekommen konnte. Der bloße Gedanke an die Kostbarkeiten, die ihr scheußliches Korsett verbarg, ließ ihn erschaudern. Zärtlich glitt seine Hand über ihren Körper, über die schmale Taille und die Rundung ihrer schlanken Hüfte. Er wusste, er würde diese Frau ein Leben lang vergöttern, falls sie bereit war, ihn zu nehmen.

Diese Augen, die nicht nur vor Entzücken, sondern auch vor Ärger funkeln können, sind die einzig wahren Saphire dieser Welt, dachte er, als er sie zärtlich anschaute. Sie waren weich vor Sehnsucht. Er wusste, er würde nie die Tiefe des Gefühls beschreiben können, das ihn überkam, wann immer er in diese klaren blauen Augen blickte. Er war ein Ertrinkender, ein Mann, der in seiner Liebe zu dieser Frau ertrank, und er hoffte, dass ihn niemand jemals retten würde.

Sie zog seine Hand zu ihrer intimsten Körperstelle und ließ sich dort von ihm liebkosen, bis das Verlangen wie glühende Lava durch ihre Adern rann. Ihre Atemzüge wurden flacher, und sie nahm nichts anderes mehr bewusst wahr als seine aufreizenden Berührungen, seinen Duft und die rauen Bartstoppeln an seinen Wangen. In einer stummen Einladung bog sie ihm die Hüften entgegen und half ihm, in sie einzudringen.

Aufstöhnend sank er auf sie, als ihre Wärme ihn umhüllte.

Maggie erbebte vor Entzücken und schlang die Beine um Thaddeus Hüften, um ihn noch tiefer in sich aufzunehmen.

Er hielt sie fest umfangen, und sie umklammerte seine breiten Schultern. Er begann sich langsam und unendlich aufreizend in ihr zu bewegen; seine Liebe überflutete und erfüllte sie und löste auch die letzte Anspannung in ihr. Sie spürte, dass er mit sich kämpfte, um sein eigenes unbändiges Verlangen zu bezähmen, aber er wartete und hielt sich zurück, bis ihre lustvolle Erregung sich bis ins Unerträgliche zu steigern schien und sie nichts anderes mehr tun konnte, als ihn um Erfüllung anzuflehen.

Und dann, im selben Augenblick, erreichten sie den Punkt, an dem alle Empfindungen sich zu einem Crescendo des Entzückens vereinten, und einen solch überwältigenden Gipfel der Ekstase, dass beide sich danach ermattet und überglücklich in die Arme sanken. Ohne sich aus ihrer innigen Umarmung zu lösen, schliefen sie zusammen ein.

Ein lautes Pochen an der Tür weckte sie zwei Stunden später. »Maggie, sind Sie krank?«, rief Cecily Byrne. »Bitte öffnen Sie. Haben Sie vergessen, dass Sie einen Termin mit Mrs Webb und ihrer Tochter haben? Sie sind schon unten.«

Maggie richtete sich erschrocken auf und zog das Betttuch unters Kinn. »Ich habe verschlafen«, rief sie. »Sagen Sie ihnen bitte, ich käme in zehn Minuten.«

»Gut.«

Maggie sah Thaddeus an, der den Arm auf ihren Schoß gelegt hatte, um sie am Aufstehen zu hindern.

Sein verschlafenes Lächeln rührte sie, doch ihr Pflichtbewusstsein war jetzt stärker. »Ich muss aufstehen. Was, wenn deine Mutter herausfindet, dass du hier die Nacht verbracht hast?« Errötend rutschte sie zur Bettkante, aber er verstärkte den Druck auf ihre Schenkel, so dass sie sich nicht rühren konnte.

»Ich wohne vorübergehend hier. Niemand außer dir weiß, in welchem Bett ich schlafe.« Seine braunen Augen funkelten mutwillig. »Ich bin froh, dass es nicht mein eigenes war.« Er kuschelte sich an ihren nackten Körper. »Deins ist viel, viel *weicher.«*

Maggie errötete, als sein Blick über ihren Körper glitt und dann schamlos auf ihren Brüsten verweilte. »Ich muss hinuntergehen. Es wäre unhöflich, deine Mutter warten zu lassen, insbesondere, nachdem wir eine Verabredung getroffen hatten.«

Thaddeus murmelte etwas Unverständliches und streichelte Maggies Oberschenkel. Ihre Haut begann zu prickeln, und der Atem stockte ihr, aber sie wehrte sich gegen den Impuls, sich seinen Zärtlichkeiten zu überlassen. Als sie jedoch versuchte, aufzustehen, strich er mit der Hand über ihre Hüfte, über ihre Taille und legte sie um eine ihrer Brüste.

»Mein Gott«, stöhnte er. »Hör auf, dich zu wehren … wer weiß, wann wir noch einmal Gelegenheit bekommen …« Er spielte mit ihrer Brustspitze, bis sie sich versteifte, doch Maggie widerstand den köstlichen Empfindungen, die er in ihr hervorrief.

»Thaddeus! Hast du eigentlich überhaupt kein Schamgefühl?« Es gelang ihr, ein Bein über den Matratzenrand zu schieben.

»Warum sollte ich?« Er zog sie zurück, aber sie hatte schon den Bettpfosten ergriffen, hielt sich daran fest und lachte, als er erbarmungslos ihre Kniekehlen kitzelte.

»Thaddeus! Von allen unverbesserlichen Männern bist du der Allerschlimmste.« Nackt stand sie vor ihm und hielt kühn seinen Blicken stand. Seine Augen glühten vor Begierde, aber sie schwor sich, ihm nicht nachzugeben. Endlich fand sie die Kraft, rasch etwas überzuziehen, eine schlichte weiße Bluse und einen schmalen Wollrock. Nachdem sie ihr Haar gebürstet und es zu ihrem gewohnten Chignon aufgesteckt hatte, legte sie noch rasch Ohrringe an.

»So! Ich glaube, so schnell habe ich mich noch nie angezogen.« Als sie sich im Spiegel betrachtete, sah sie, dass ihre Augen funkelten und ihre Wangen noch immer von Thaddeus' leidenschaftlichen Umarmungen glühten. Während sie ihn im Spiegel ansah, stieg sie in ein Paar weiche Lederpumps.

Auf einen Ellbogen gestützt, beobachtete er sie grinsend.

»Ich wäre dir dankbar, wenn du mein Zimmer verlassen würdest, bevor die Mädchen kommen, um aufzuräumen.«

»Ich weiß, dass es dir peinlich wäre, wenn sie mich hier finden würden.« Er stand auf und schlenderte zu ihr hinüber. »Keine Sorge.« Mit einer geschickten Bewegung seiner Finger zog er die Nadeln aus ihrem Knoten, so dass das Haar ihr offen auf die Schultern fiel.

Sie wich vor ihm zurück und funkelte ihn wütend an. »Was soll denn das nun wieder?«

»Das ist viel, viel hübscher so«, sagte er und strich mit beiden Händen durch ihr Haar.

»Aber höchst unpassend für eine Hotelbesitzerin.«

Er zuckte mit den Schultern. »Na gut. Dann lass mich dir wenigstens helfen. Du brauchst nicht wie eine Gouvernante auszusehen, weißt du.« Er drehte sie zu sich herum und strich mit der Bürste über ihre Haare, bis sie knisterten. Dann flocht er die langen Strähnen geschickt zu einem dicken Zopf, formte ihn zu einer Schlaufe und steckte ihn am Hinterkopf mit einem Schildplattkamm fest. Dann zupfte er die weichen Locken an ihrer Stirn zurecht.

»So. Jetzt siehst du wie eine schöne junge Frau aus, die gerade nach einer Nacht mit ihrem Liebsten aufgestanden ist.«

Maggie schnaubte, obwohl sie insgeheim erfreut war über die Veränderung. Sie fühlte sich vollkommen verändert mit dieser neuen Frisur.

Sie wollte gerade gehen, als Thaddeus sie an der Tür noch einmal aufhielt. Er drückte sie an seine nackte Brust und rieb sich an ihr. »Jetzt kannst du gehen«, sagte er und lachte über ihre empörte Miene.

Sie richtete ihre Brille und ging auf steifen Beinen durch das Wohnzimmer. »Du bist ein Wüstling. Deinetwegen komme ich eine *Stunde* zu spät, statt zehn Minuten.«

»Meine Mutter ist geduldig.«

»Oh ... *du!«* Sie schlug die Tür zu.

Miss Lather kam aus dem Kinderzimmer, als Maggie über den Korridor eilte.

»Mrs Hartwell, ich wollte Sie um einen Gefallen bitten«, sagte sie atemlos und passte sich Maggies Schritten an. »Ich wollte meine Mutter in Margate besuchen und würde gern Victoria mitnehmen. Ließe sich das machen? Wir könnten ein paar Tage an der Küste verbringen, und Victoria wäre während der hektischen Weihnachtsvorbereitungen nicht hier.«

Sie hatten die Treppe erreicht, die zu Maggies Büro hinunterführte. »Hm, das ist vielleicht eine gute Idee. Ich werde es mir überlegen und Ihnen später dann Bescheid sagen. Richten Sie bitte Victoria aus, ich würde es bedauern, sie heute Morgen nicht zum Frühstück geweckt zu haben. Ich werde stattdessen den Tee mit ihr einnehmen.«

Ohne die Antwort der Gouvernante abzuwarten, lief Maggie hinunter. Die Damen Webb saßen in ihrem Büro, und Maggie errötete vor Schuldbewusstsein, als sie daran dachte, dass sie Mrs Webbs Sohn gerade in ihrem Schlafzimmer zurückgelassen hatte. Ihren Liebhaber.

»Es tut mir so leid, dass ich mich verspätet habe …«

»Entschuldigen Sie sich nicht«, sagte Mrs Webb freundlich lächelnd. »Ihre Assistentin sagte uns, dass Sie um diese Jahreszeit extrem beschäftigt sind.«

Maggies Wangen glühten. »Ja … ich habe viel zu tun.«

Sie betrachtete Mrs Webb, die still und gerade in dem Lehnstuhl vor dem Schreibtisch saß. In dem dunkelgrauen taillierten Mantel, mit dem Pelzmuff und dem schwarzen Hut, den eine einzige Fischadlerfeder schmückte, wirkte sie anständig und solide. Delia erinnerte Maggie an eine zarte Frühlingsblume in ihrem hellblauen Mantel und dem passenden Hut auf ihrem braunen Haar. »Wo ist Amintha?«, fragte sie, während sie eine Mappe mit Ideen für den Empfang aus ihrem Schreibtisch nahm.

»Sie ist zu temperamentvoll für diese Art Konversation«, erwiderte Mrs Webb mit einem Lächeln. »Sie redet zu viel und stellt unangenehme Fragen.« Mrs Webb hielt inne. »Sagen Sie, ist mein Sohn … ähm … wohnt er jetzt hier im Hotel? Gavin Talbot sagte mir, Thaddeus sei hierher gezogen.«

Maggie schluckte, als sie Mrs Webbs prüfenden Blick erwiderte. »Ja, aber selbstverständlich nur als Gast. Ich fürchte, es ist meine Schuld – es hat etwas mit den Ermittlungen zu tun, die er für mich durchführt.« Da sie Lügen hasste, ging sie auf die Tür zu.

»Soll ich Ihnen das Hotel zeigen? Wir müssen einen der Speisesäle für den Empfang aussuchen.«

»Ich möchte nur das Allerbeste für die Hochzeit meiner Tochter«, sagte Mrs Webb und zog Delia mit sich in die Halle. Die zukünftige Braut errötete, ihre Augen funkelten vor Aufregung. Als Maggie sah, wie glücklich Delia war, wünschte sie plötzlich, ihre eigene Heirat vorbereiten zu können. Sicher dachte auch Thaddeus nach ihrer wundervollen Nacht daran.

Sie führte die Damen durch die Speisesäle, und sie beschlossen, dass der mittlere, mit dem dazugehörigen kleinen Garten, am geeignetesten sei.

»Meine regulären Gäste werden wie gewöhnlich im Hotel essen, aber da noch eine andere Tür in den großen Speisesaal führt, werden Sie hier ganz ungestört sein.«

»Gavin wird sich um die Lieferung der Blumen kümmern – pinkfarbene Rosen und Nelken«, erklärte Mrs Webb. »So, und wie ist es nun mit dem Menü? Kann das Essen hier zubereitet werden?«

Maggie schlug Kanapees und Champagner vor, da die Trauung abends stattfand und sie annahm, dass die Webbs sich kein mehrgängiges Menü erlauben konnten. »Wie viele Gäste werden kommen?«, fragte Maggie.

»Es wird nur eine kleine Gesellschaft sein. Wir haben etwa fünfundzwanzig Gäste eingeladen, von denen die meisten Familienangehörige und Freunde sind.« Die ältere Dame zögerte und richtete dann ihren klaren Blick auf Maggie. »Sie werden sich fragen, warum ich den Empfang hier abhalte und nicht irgendwo in unserem Viertel.« Sie schwieg einen Moment. »Wissen Sie, ich möchte eine kostbare Erinnerung für Delia schaffen, in der nichts, aber auch gar nichts an den alltäglichen Trott erinnert.«

Delia errötete. »O Mutter!«

»Ich fühle mich geschmeichelt, dass Sie mein Hotel für eine solch spezielle Gelegenheit ausgewählt haben.« Maggie spürte, dass ihre Augen feucht wurden. Diese eng verbundene Familie rührte sie auf eine Weise an, die alle Barrikaden in ihr niederriss. Die Webbs waren der lebende Beweis dafür, dass glückliche Familien existierten.

»Ich habe alle möglichen Beläge für die Kanapees notiert: Lachs, Languste …« Sie blätterte in den Papieren, konnte aber das Menü nicht finden. »Entschuldigen Sie mich einen Moment.«

Sie eilte gerade rechtzeitig in ihr Büro, um Thaddeus die Treppe ins Foyer hinabkommen zu sehen. Er sah fantastisch aus in seinem dunkelbraunen Anzug, dem blendend weißen Hemd mit dem hohen Kragen und der rot gestreiften Schalkrawatte, die er lässig unter seinem glatt rasierten Kinn gebunden hatte. Er sah so gut aus, dass es Maggie einen Stich versetzte. Als sie ihr Büro betrat, zwinkerte er ihr zu, worauf sie wieder stark errötete.

Sie brauchte über zehn Minuten, um die Menüvorschläge zu finden. Als sie das Büro verließ, sah sie gerade noch, wie Thaddeus einen Hut aufsetzte und hinausging. Sein schwarzer Schal, den sie im Morgengrauen gereinigt hatte, flatterte in der frischen Brise. Wo mag er hingehen?, fragte sie sich verwundert.

Als sie den Speisesaal betrat, hörte sie die letzten Worte einer Unterhaltung.

»… Thaddeus wird nie wieder heiraten, lass dir das gesagt sein«, sagte Mrs Webb. »Er könnte keine zweite Frau wie Rachel finden, und mit weniger wird er sich nicht zufrieden geben.«

»Aber Mutter, Mrs Hartwell wäre doch geradezu perfekt für ihn!«

»Das finde ich persönlich auch, aber ich weiß nicht, ob Thaddeus dieser Ansicht ist. Er hat bisher noch nichts von Heiratsabsichten gesagt. Sie haben nur eine geschäftliche Vereinbarung, soviel ich weiß.«

Dann sahen sie Maggie kommen und verstummten. Ihre Worte flößten Maggie Unbehagen ein. Dachte Thaddeus, sie sei nicht gut genug, um seine Frau zu werden, oder glaubte er, *keine* Frau könne sich mit Rachel vergleichen?

»Sie sind so blass, Mrs Hartwell. Was haben Sie?«, fragte Delia schüchtern und fing die Papiere auf, die Maggies Händen zu entgleiten drohten.

»Ich … ich fühle mich nicht wohl«, antwortete sie aufrichtig. »Ich fürchte, es ist die Grippe, die London gerade heimsucht.« Sie gab der jungen Frau das Blatt mit den Menüs. »Bitte lesen Sie das, und lassen Sie mich wissen, ob Sie andere Vorschläge haben. Wir können alles nach Ihren Wünschen arrangieren.« Die Stimme versagte ihr, als sie ins Foyer voranging. Sie zwang sich zu einem Lächeln und ignorierte ihr wild pochendes Herz. »Ich hoffe, Sie backen die Hochzeitstorte selbst, Mrs Webb. Ihr Sohn hat mir erzählt, dass Sie ganz wunderbares Gebäck herstellen.«

Mrs Webb lachte. »Thaddeus ist zu voreingenommen, um das beurteilen zu können«, sagte sie. »Aber ich werde natürlich mit Freuden alles backen, was Delia sich für ihre Hochzeit wünscht.«

»Ich hoffe, dass Sie sich morgen besser fühlen«, fügte Delia freundlich hinzu. »Ich werde Ihnen etwas von Mutters guter Brühe schicken, sobald wir wieder zu Hause sind. Sie heilt alles.« Impulsiv legte sie die Hand auf Maggies Arm. »Ich hoffe, wir werden Freundinnen.«

Maggies Augen wurden feucht bei Delias Worten. »Das sind wir schon.«

Als die beiden Damen fort waren, lief sie in ihr Büro, um ihren Tränen freien Lauf zu lassen. Sie konnte sich nicht entsinnen, wann sie das letzte Mal geweint hatte – außer bei jenem anderen Mal in Thaddeus' Laden. *Du Idiot!*, schalt sie sich und putzte ihre Nase.

Sie setzte sich an den Schreibtisch und dachte darüber nach, was Mrs Webb über Thaddeus' Einstellung zu einer erneuten Heirat gesagt hatte. Maggie war so begierig gewesen, in Thaddeus zu sehen, was sie sehen wollte, dass sie sich ihm hingegeben hatte, ohne ihn zu irgendetwas zu verpflichten. Aber sie hatte es gewollt, und sie bereute es auch nicht. Sie hätte nie gedacht, dass ihre Vergangenheit sie minderwertig machte, doch würde Thaddeus eine Frau heiraten wollen, die ein illegitimes Kind geboren hatte? Sie kannte keinen Mann, der bereit dazu gewesen wäre … außer Horace.

Sie verdrängte diesen grimmigen Gedanken, wischte sich die Tränen ab und begann sich mit den Rechnungsbüchern zu beschäftigen, einer langweiligen Aufgabe, bei der sie hoffentlich ihre Fassung zurückgewinnen würde. Aber selbst bei der Arbeit erinnerte die Qual in ihrem Herzen sie immer noch daran, wie absurd plötzlich ihr Traum erschien, Thaddeus' Frau werden zu wollen.

Thaddeus traf Sergeant Horridge in dem Wirtshaus in Soho. »Diesmal geht das Essen auf meine Rechnung«, bot der Sergeant an.

»Hast du schon etwas Neues über Ripley oder Rupert Merton?«, fragte Thaddeus, als er den ersten Bissen seines Steaks gegessen hatte.

»In den Akten war nichts.« Der Sergeant blickte

Thaddeus prüfend an. »Dachtest du, es läge vielleicht ein Haftbefehl gegen sie vor?«

»Nein … nicht unbedingt, aber Merton könnte England eines Verbrechens wegen verlassen haben.«

»Was genau ist eigentlich in Richmond passiert?«, fragte Horridge. »Ich war sehr überrascht, als ich einen Telefonanruf von einem aufgebrachten Wachtmeister erhielt, der behauptete, du seist reif fürs Irrenhaus.«

Thaddeus lachte, wurde dann aber wieder ernst. »Man brachte mich gestern Nacht in das Versteck von Teufelsanbetern in Richmond, doch leider konnte ich das Haus nicht wiederfinden, als ich mit der Polizei zurückkehrte. Anselm Ripley war einer dieser Satanisten. Er trug einen Ring wie den, den ich an Rupert Mertons Hand gesehen habe. Ich vermute, dass alle Männer dieser Sekte solche Ringe tragen. Und das werde ich auch beweisen.«

Horridge rieb sich nachdenklich das Kinn. »Hm. Das ist wirklich komisch. Aber warum sollten sie dir etwas antun wollen?«

»Weil ich Miss Winston suche.« Er seufzte. »Ich bin überzeugt, dass es irgendeine Verbindung zwischen ihr und Ripley gibt – und dieser mysteriösen Sekte.« Thaddeus dachte an die menschliche Gestalt auf dem Altar und den glitzernden Dolch in der Hand des Manns mit der Kapuze. »Und ich befürchte auch, dass sie vielleicht schon tot ist.«

»Ein schrecklicher Gedanke, aber durchaus möglich. Sie wird schon zu lange vermisst.« Horridge trank einen Schluck Bier und blickte seinen Freund versonnen an. »Dir liegt sehr viel daran, dieses Rätsel zu lösen, nicht?«

Thaddeus sah Horridge prüfend ins Gesicht und fragte sich, wie Septimus auf seine nächsten Worte reagieren würde. »Es könnte sein, dass ich die Männer gefunden habe, die die Altarmorde begangen haben.« Dann erzählte er Horridge von der in Seidentüchern eingehüllten Gestalt auf dem Altar und dem Dolch des einen Mannes.

Der Sergeant rieb sich das Kinn. »Bist du sicher? Das klingt weit hergeholt. Du warst bestimmt noch benommen nach dem Schlag auf deinen Kopf. Es könnte auch etwas anderes gewesen sein. Diese Kultrituale sind im Allgemeinen harmlos. Und außerdem sind sie augenblicklich sehr in Mode hier in London. Ich habe mir selbst einige angesehen.«

Horridge glaubte ihm also offenbar noch immer nicht. »Na schön, dann werde ich Beweise finden.«

»Wenn du noch mehr Informationen brauchst, stehe ich dir jederzeit zur Verfügung. Ich kann verstehen, dass du diesen Fall so schnell wie möglich abschließen willst.«

»Ja, ich möchte diese Last von Mrs Hartwells Schultern nehmen.«

»Und sie auf deine eigenen laden?« Horridge lächelte. »Ich würde sagen, dass du dich ein bisschen zu sehr engagierst, Thad.«

Thaddeus warf seine Serviette auf den Tisch. »Ich schicke dir eine Einladung zur Hochzeit, aber zuerst muss ich Mrs Hartwell fragen, ob sie die Braut sein will.«

Horridges Lächeln vertiefte sich. »Ich muss schon sagen!« Er stand auf und klopfte seinem Freund auf die Schulter. »Du hast wirklich kein Gras unter deinen Füßen wachsen lassen. Das muss gefeiert werden!«

Thaddeus legte beschwichtigend eine Hand auf seinen Arm. »Zuerst muss die Braut meinen Antrag annehmen.« Er runzelte die Stirn. »Ich wäre dir ewig dankbar, wenn du noch etwas über Ripleys Herkunft herausfinden könntest.«

»Wir werden seine Freunde und Geschäftspartner überprüfen. Aber denk dran, falls während unserer Ermittlungen nichts Ungehöriges geschieht, kann ich mir nicht erlauben, einen Beamten für eine weitere aussichtslose Suche zu verschwenden, vor allem, da du dich nicht mehr an die Adresse in Richmond erinnerst. Wir können nicht jedes Haus nach einem Altar und einer Leiche absuchen.«

»Natürlich nicht. Aber ich versichere dir, es *wird* etwas geschehen.«

Thaddeus kehrte zum Hotel zurück, getrieben von dem dringenden Bedürfnis, das Rätsel um Maggies verschwundene Schwester zu entschlüsseln. Er wusste, dass er nach Liverpool fahren musste, um herauszufinden, ob jemand gesehen hatte, was Leonora nach dem Verlassen des Ozeandampfers zugestoßen war. Vielleicht war Ripley der Letzte gewesen, der Kontakt mit Leonora Winston hatte.

Es regnete, und Thaddeus klappte seinen Kragen hoch. Die Luft war kalt, und Nebel zog sich über der Stadt zusammen. Thaddeus sehnte sich nach Maggie und einem gemütlichen Kaminfeuer, aber das würde warten müssen. Der einzige Grund, warum er zum Hotel zurückkehrte, war, Maggie auszurichten, dass er nicht eher ruhen würde, bis er definitive Neuigkeiten von Leonora hatte – gute oder schlechte.

Seine Zärtlichkeit für Maggie wärmte sein Herz, und er staunte über die Intensität seiner Gefühle. Die spröde, prüde Mrs Hartwell hatte sein ganzes Leben auf den Kopf gestellt, seit sie sein Geschäft in Maddox Street betreten hatte.

Sollte er ihr jetzt gleich einen Antrag machen oder lieber warten, bis der Fall Miss Winston abgeschlossen war? Der Ring mit dem Rubin war noch beim Juwelier, er brauchte ihn nur am Abend abzuholen.

Aber er wollte den Moment zum romantischsten ihrer Beziehung machen, und dieses verwirrenden Falles wegen war er augenblicklich gar nicht in der Lage, den richtigen Zeitpunkt für seinen Heiratsantrag festzulegen.

Er beschloss zu warten. Maggie brauchte Zeit, um sich an ihn zu gewöhnen, und sie musste inzwischen wissen, dass seine Absichten ehrlich waren. Frauen spürten im Allgemeinen solche Dinge, und er war sicher, dass sie froh sein würde, die konventionelle Bindung einer Ehe einzugehen. Und er merkte, dass auch er sich darauf freute. Nach einem harten Arbeitstag zu Maggie heimzukehren würde dem Paradies auf Erden so nahe kommen, wie man es sich als Mensch nur vorstellen konnte. Sie war wunderbar.

Sein Mantel war feucht, seine Füße waren nass, als er das Hotel erreichte. Wo mochte Maggie bei diesem trüben Wetter sein? Bei der Arbeit höchstwahrscheinlich.

Rafferty tippte sich an den Hut, als Thaddeus eintrat und den Regen von seinem Mantel schüttelte.

»Mrs Hartwell ist in ihrem Büro«, sagte der Portier. »Sie arbeitet zu viel, wenn ich das mal sagen darf«, fügte er hinzu.

»Sind Mrs Webb und meine Schwester schon gegangen?« Thaddeus nahm seinen schwarzen Schal ab und reichte ihn und den feuchten Mantel einem Hausmädchen.

»Ja, vor über einer Stunde schon.«

Thaddeus strich sich übers Haar und richtete seine Schalkrawatte. Er räusperte sich und klopfte dann an die Bürotür. Sein Herz pochte vor Erwartung, so wie es das hoffentlich immer tun würde, wenn er Maggie sah. Ihre wundervolle Liebe sollte nie vergehen.

»Herein«, rief sie, und plötzlich verlegen, trat er ein.

Was fand sie nur an einem großen, tollpatschigen Bären wie ihm?

Maggie schaute zum Gesicht ihres Geliebten auf, und der Atem stockte ihr. Sie liebte diesen Mann so sehr, dass es schon beinahe unerträglich war. Mit dem nassen Haar, das sich über seinem Kragen lockte, sah er hinreißend, aber auch ein wenig draufgängerisch aus. Kein Wunder, dass sie dumm genug gewesen war, ihm ihren Körper zu schenken, ihr Herz – und ja, sogar auch ihre Seele. Ihr ganzes Wesen flog ihm entgegen, und sie hätte weinen mögen über die Qual und Schönheit ihrer Liebe.

»Ich habe dich vermisst«, sagte er, und ihr Herz schlug schneller. Aber sie musste stark sein und diesem charmanten Lächeln und den großen, sanften Händen widerstehen, mit denen er im Begriff war, sie aus ihrem Stuhl zu ziehen und zu umarmen.

»Nein! Fass mich nicht an.« Er musterte sie prüfend, und sie wandte rasch den Blick ab. Die Wärme in seinem Lächeln wich Verwirrung.

»Was? Wieso?« Er blieb dicht vor ihrem Sessel stehen. »Sieh mich an, Maggie. Was hat sich seit heute Morgen geändert, als wir uns noch so nahe waren? Hat Mutter etwas gesagt, was dich verletzt hat?«

»Natürlich nicht!« Aber die Wahrheit war, dass Mrs Webbs Zweifel, ob Thaddeus je wieder heiraten würde, sie verletzt hatten. Warum sollte er eine Frau mit einer unehrenhaften Vergangenheit heiraten wollen? Würde er der Vater eines außerehelich gezeugten Kinds sein wollen? Maggie errötete vor Scham. Wenn er herausfand, dass sie sich die Respektabilität einer Ehe wünschte, würde er sich vielleicht empört von ihr abwenden, und sie wusste, dass sie, falls er sie jetzt in die Arme nahm, ihm alles sagen würde, was sie fühlte oder dachte.

»Bereust du, dass wir … intim miteinander waren?«, fragte er.

Sie fuhr herum. »Nein … ich bereue nichts.« Und das war die Wahrheit.

»Etwas muss dich aber verstimmt haben«, beharrte er und legte ihr die Hände auf die Schultern. »Ich wünschte, du würdest es mir sagen.«

»Es ist nur die Arbeit«, log sie. »Es ging hier in letzter Zeit sehr hektisch zu, und Leonoras Verschwinden …«

»Ja, ich weiß. Der Grund, warum ich hergekommen bin, ist, dir zu sagen, dass ich in den nächsten Tagen sehr beschäftigt sein werde. Ich werde nicht eher ruhen, bis ich Leonora finde, das schwöre ich dir, Maggie.«

Sie blickte ihn mit Tränen in den Augen an. »Das ist sehr lieb von dir. Hast du neue Spuren?«

»Im Moment noch nicht, aber ich habe Ideen, die ich verfolgen möchte.« Er wackelte mit den Augenbrauen. »Du bestehst ja gar nicht mehr darauf, mich zu begleiten, Maggie? Das Varieté wird dir gereicht haben, schätze ich?« Der alte scherzhafte Ton war nun wieder in seiner Stimme, doch Maggie gelang es trotzdem nicht, sich zu entspannen.

»Nein, aber ich habe gelernt, deinem Urteil blind zu vertrauen. Ich muss an meine eigene Arbeit denken.«

»Wie kalt und distanziert wir wieder klingen«, tadelte er und verschränkte die Arme vor der Brust.

Maggie warf ihm durch die Brille einen ärgerlichen Blick zu und blätterte in den Papieren auf dem Schreibtisch. »Falls du Aufmerksamkeit suchst, musst du woanders hingehen. Ich habe noch viele Probleme zu bewältigen, bevor der Tag vorüber ist.«

Missbilligend schnalzte er mit der Zunge. »Wie ich sehe, ist die Gouvernante wieder da.« Er hielt inne und betrachtete prüfend ihr Gesicht. »Falls du überarbeitet bist, solltest du dir ein paar Tage freinehmen. Deine Assistentin ist doch sicher in der Lage …«

Maggie ging durch den Raum und zog eine Schublade mit Aktenordnern auf. »Ich habe dich nicht um deinen Rat gebeten und wäre dir dankbar, wenn du ihn nicht so … so selbstherrlich austeilen würdest.«

»Selbstherrlich?« Er durchquerte den Raum und blieb dicht vor ihr stehen. »Das war unangebracht, Maggie.«

Sie riskierte einen Blick auf ihn und sah, dass er kampflustig das Kinn vorschob und seine Augen vor Zorn glühten. »Ich habe dich nur höflich gebeten, mir nicht zu sagen, wie ich mein Leben zu führen habe«, fuhr sie fort.

Er packte sie an den Oberarmen und starrte sie betroffen an. »Das war gemein, Maggie. Du weißt, dass mir dein Wohl am Herzen liegt. Ich möchte über deine Probleme hier Bescheid wissen, und auch über deine persönlichen Probleme, falls du welche hast.«

Sie entzog sich ihm. »Du weißt schon viel zu viel. Bald wirst du anfangen, den Herrn zu spielen und alle hier herumzukommandieren.« Zorn und Kummer überwältigten sie. Ihre Worte zerstörten alles, aber sie war nicht in der Lage, sie zurückzuhalten. »Das lasse ich nicht zu.«

Sein Gesicht verhärtete sich, und sie fuhr zusammen. Am liebsten hätte sie alles zurückgenommen, doch dazu war es jetzt zu spät. »Warum solltest du dich nicht mit mir beraten, Maggie? Eine Beziehung ist Geben und Nehmen. Ich würde nicht zögern, dich um Rat zu bitten.« Er machte eine weit ausholende Armbewegung. »Tatsächlich glaube ich sogar, dass du von geschäftlichen Dingen erheblich mehr verstehst als ich, und ich hätte keine Bedenken, deinem Ratschlag zu folgen, wenn es sich um meinen Laden handeln würde.«

»Diese Diskussion führt zu nichts«, sagte sie. »Es besteht nicht der geringste Zusammenhang zwischen unseren Geschäften.« Ihre Hände zitterten, als sie die Aktenordner auf den Tisch legte. All diese Aufregung, bloß weil sie es nicht wagte, ihn wegen ihrer gemeinsamen Zukunft zu befragen? »Ich glaube, du gehst jetzt besser. Ich habe Wichtigeres zu tun, als mit dir herumzustreiten.«

Er schlenderte zur Tür. »Ich finde es sehr ärgerlich, dass du deinen Alltag nicht mit mir teilen willst. Du hast mir nicht nur gesagt, wie ich die Ermittlungen im Fall deiner Schwester leiten soll, sondern bist mir sogar wie ein Spürhund überallhin gefolgt. Und ich habe es zugelassen.«

Maggie erschrak über seinen Zorn. Am liebsten wäre sie zu ihm gelaufen und hätte sich in seine Arme geworfen, aber Stolz hielt sie zurück. »Bitte geh«, sagte sie ruhig. »Wir sollten über unsere … Zukunft und persönlichen Bedürfnisse nachdenken, bevor wir uns wiedersehen. Ich hoffe, dass du mir das nächste Mal, wenn wir uns sehen, etwas über Leonora zu berichten hast.«

Er öffnete die Tür so heftig, dass Maggie schon befürchtete, er würde sie aus den Angeln reißen. »Maggie, ich wünschte, du würdest mich nicht aus deinem Leben ausschließen.« Dann ging er hinaus und schlug die Tür hinter sich zu.

»Nein!«, rief sie, aber es war bereits zu spät. *Geh nicht, Thaddeus …*

17

Am nächsten Tag, nachdem sie Cecily gebeten hatte, ein, zwei Tage das Hotel zu leiten, bestieg Maggie in King's Cross Station einen Zug in Richtung Norden. Er hielt in Sheffield, und von dort konnte sie eine Droschke zu ihrem früheren Zuhause nehmen. Sie war seit fast sieben Jahren nicht mehr dort gewesen und hatte ganz spontan beschlossen, dem einstigen Familiensitz einen Besuch abzustatten. Nachdem Thaddeus gegangen war, war ihr die Idee gekommen, Leonora könnte vielleicht aus irgendeinem Grund ins Landesinnere gefahren sein.

Maggie dachte, dass die Reise ihr Gelegenheit geben würde, über ihre Zukunft nachzudenken. Sie wünschte, ihre Trennung von Thaddeus wäre freundlicher verlaufen, aber es war nun mal passiert, und die Zeit würde zeigen, wie stark ihre Beziehung war. Als Maggie in einem privaten Abteil erster Klasse in dem gelben Pullmanwagen saß, dachte sie an Thaddeus und vermisste ihn erneut.

Sie sah, wie die Landschaft mit den grauen Dächern und hohen Schornsteinen allmählich in Wiesen und Wälder überging. Nach gründlicher Überlegung hatte sie Victoria mit Miss Lather nach Margate fahren lassen. Es war besser für ihre Tochter, aus dem Weg zu sein, solange Leonoras Verschwinden noch nicht aufgeklärt war. Thaddeus' Leben war bedroht worden, und Maggie war sich nicht sicher, ob ihr mysteriöser nächtlicher Besucher nicht vielleicht etwas mit ihrer Schwester zu tun hatte.

Während sie über Thaddeus nachdachte und sich fragte, was ihre nächste Begegnung bringen würde, schläferten die schaukelnden Bewegungen des Zugs sie ein, und sie ließ den Kopf an das Kissen zurücksinken, das an der Wand befestigt war. Sie erwachte erst wieder, als der Zug in Nottingham hielt, wo sie Süßigkeiten und Nüsse bei einem Hausierer kaufte, der mit einem Bauchladen draußen vor dem Bahnhof stand. Der Tag war sonnig und ungewöhnlich warm. Es war schwer zu glauben, dass es nur noch sechs Tage bis Weihnachten waren.

Die Landschaft wurde hügeliger, als der Zug den Peak District erreichte, und eine leise Nostalgie beschlich Maggie. Dies war die Landschaft, in der sie aufgewachsen war. Sie wünschte, ihr Vater wäre kein so grausamer, unversöhnlicher Mann gewesen, dann hätte sie schon früher zurückkehren und ihn besuchen können, während er noch lebte. Aber ihre Wünsche waren jetzt sinnlos, und sie wusste, dass er sich sowieso niemals geändert hätte.

Der Zug erreichte Sheffield, eine schnell expandierende Stadt und ein Zentrum der Stahlmanufaktur. Riesige hässliche Lagerhäuser und Fabriken entstellten die Landschaft. Die einzigen Farben hier waren Braun, Beige oder ein schmuddeliges Grau. Maggie kam der Gedanke, dass sogar London mit seinen vielen Menschen und heruntergekommenen Gebäuden zehnmal schöner war als dieses elende, trostlos graue Loch.

Sie trug ihre Reisetasche selbst, als sie zum Bahnhofshotel ging, das ganz in der Nähe lag. Es war sauber, wenn auch ein bisschen muffig durch die kühle, feuchte Luft. An der Rezeption nahm sie die Fotografie von Leonora, die Thaddeus ihr nach ihrem Besuch bei Anselm Ripley zurückgegeben hatte, und zeigte sie dem Hotelangestellten.

»Haben Sie diese Frau schon einmal gesehen – ist es möglich, dass sie schon einmal hier gewohnt oder gegessen hat?«

Der dünne, kahlköpfige Mann mit dem Kneifer auf der Nase starrte das Bild an. »Nein, ich habe sie noch nie gesehen.«

Enttäuscht ließ Maggie sich ein Zimmer geben und trug sich in das Gästebuch ein. Der Portier brachte ihr Gepäck hinauf.

Das Kohlenfeuer in ihrem Zimmer war erbärmlich klein. Maggie sehnte sich nach ihren eigenen komfortablen Wohnräumen zurück. Sobald sie sich ein wenig ausgeruht hatte, würde sie unten etwas essen und dann vielleicht zu ihrem einstigen Familienbesitz fahren. Er lag nur fünf Meilen außerhalb der Stadt.

Als sie jedoch den Speisesaal betrat, war der erste Mensch, den sie erblickte, Rupert Merton. Ihre Augen wurden groß vor Überraschung. »Onkel Rupert! Was tust du denn hier?«

Er runzelte verblüfft die Stirn, und seine Serviette flatterte zu Boden, als er sich erhob. »Margaret? Das ist ja eine unerwartete Überraschung – aber ich freue mich, dich zu sehen.« Er deutete auf den Tisch. »Würdest du dich zu mir setzen?«

»Ja, natürlich.« Sie nahm Platz, als er einen Stuhl für sie heranzog. Während sie ihn neugierig betrachtete, fragte sie verwundert: »Warum hast du mir nicht gesagt, dass du hierher kommen würdest? Wir hätten zusammen fahren können. Und wieso hast du das Gepäck nicht abgeholt, das du im Hotel zurückgelassen hattest?«

»Weil ich mich ganz spontan entschlossen hatte, herzukommen. Ich wollte sehen, ob nicht vielleicht eine Möglichkeit besteht, das alte Herrenhaus wieder aufzubauen, aber leider sieht es ganz so aus, als wäre das eine sinnlose Mission.« Er zuckte mit den Schultern und schenkte ein Glas Wein für Maggie ein. »Ich werde noch sentimental auf meine alten Tage.« Mit einem schweren Seufzer leerte er sein Glas. »Ich hatte an eine Art Sommerresidenz gedacht, verstehst du. Bully hatte den Anwälten das Haus für die Begleichung seiner Schulden überlassen, und sie versuchen nun verzweifelt, den alten Trümmerhaufen loszuwerden.«

»Meine Güte, du warst so beschäftigt damit, ein Geschäft zu gründen und dann noch ein Haus für dich zu finden … Und nun das hier«, sagte sie, während sie an ihrem Wein nippte.

Bei einem Kellner, der einen dunklen Rock und über dem Arm eine Serviette trug, bestellte sie Suppe, Weißfisch, Lamm und Rhabarbertorte. Sie war sehr hungrig.

»Ja, aber es sieht so aus, als wären all die anderen Projekte so weit abgeschlossen. Die Bauarbeiter werden mit der Renovierung meines Hauses am Cavendish Square fertig sein, wenn ich nach London zurückkehre, und dann kann ich mich dort einrichten. Ich habe die meisten meiner Sachen hier, und wenn ich zurückfahre, hole ich das restliche Gepäck aus deinem Hotel ab.« Er tätschelte ihre Hand. »Du musst unbedingt einmal abends zum Dinner zu mir kommen, wenn ich mein neues Heim bezogen habe.«

»Gern. Ich freue mich schon darauf.« Maggie betrachtete den sonderbaren Skarabäus-Ring an seiner Hand und fragte sich, ob jemand, der die ganze Welt bereist hatte wie ihr Onkel, je wirklich sesshaft werden würde.

»Was tust du hier, Margaret?«, fragte er mit schmalen Augen, und der Muskel zuckte wieder an seiner Wange.

»Ich wollte einen Tag aus London weg und dachte, es bestünde vielleicht eine geringe Chance, dass Leonora hier war.«

»Und …? Gibt es irgendeinen Hinweis darauf, dass sie hier in Sheffield war?«

Maggie schüttelte den Kopf. »Nein, ich habe schon an der Rezeption und am Bahnhof nachgefragt, und niemand erinnert sich an sie. Aber es reisen so viele Leute mit der Bahn, dass die Leute sie natürlich übersehen haben könnten.« Sie hielt inne. »Aber glaubst du nicht auch, dass eine Ausländerin wie Leonora zwischen den anderen Reisenden auffallen würde?«

Rupert Merton spielte mit dem Stiel seines Glases. »Ja, wahrscheinlich schon.«

»Ich werde noch in den anderen Hotels der Stadt nachfragen, um sicherzugehen, dass sie wirklich nicht in Sheffield war.« Sie seufzte. »Ich bin ihretwegen noch immer sehr beunruhigt.«

»Das ist verständlich, aber *einen* verloren geglaubten Verwandten hast du wenigstens gefunden.« Er tippte sich an die Brust. »Mich.«

Sie lachte. »Ja, das war eine erfreuliche Laune des Schicksals.« Ein plötzliches Bedürfnis, mehr über ihn zu erfahren, erfasste sie, und da er mit ihr verwandt war, hatte er sicher nichts dagegen, ihr gewisse Dinge zu erklären, die ihr keine Ruhe ließen. »Onkel Rupert …« Sie zögerte. »Würdest du mir sagen, warum du England vor so langer Zeit verlassen hast?«

Sein Messer klirrte auf dem Teller, als er es aus der Hand legte. »Die Frage kommt ein bisschen plötzlich, meine Liebe.«

»Niemand hat mir je erzählt, was zwischen dir und Vater vorgefallen ist.«

»Wir haben uns nie gut verstanden, doch der Tropfen, der das Fass zum Überlaufen brachte, war seine

Beschuldigung, ich hätte … ähm … eine Liaison mit deiner Mutter.«

Maggie machte große Augen.

Er nickte. »Ich versichere dir, so war es nicht. Bully hatte eine blühende Fantasie. Er bewachte jeden Schritt deiner Mutter. Als er uns eines Tages zusammen im Garten sah, glaubte er, wir hätten ein Verhältnis.« Er starrte Maggie an. »Deine Mutter war eine schöne Frau, und du siehst ihr ähnlich – die gleiche Haarfarbe und die gleichen Augen. Aber ich sage es noch einmal: Ich war nicht in deine Mutter verliebt. Sie war zu reizbar, zu verbittert.«

Die Luft schien stillzustehen, als er verstummte. Maggie hatte plötzlich eine böse Vorahnung und spürte, wie sich eine Gänsehaut auf ihren Armen bildete. Sie beobachtete Rupert prüfend, als er fortfuhr: »Bully schlug deine Mutter ständig; sie hat es mir selbst erzählt. Ich war nicht überrascht, als sie fortging und nie wieder etwas von sich hören ließ.« Er seufzte, und ein merkwürdiger Glanz erschien in seinen Augen. »Weißt du, ich glaube, Bully dachte, ich sei der Vater deiner Schwester, aber ich schwöre –«, er legte eine Hand aufs Herz, »– dass das nicht der Wahrheit entspricht.«

Maggie erschauderte, als hätte ein kalter Luftzug sie gestreift. »Du hast mir gesagt, du hättest nicht einmal gewusst, dass Leonora existierte.«

Er schenkte Wein nach. »Das ist richtig … ich hatte keine Ahnung. Deine Mutter hat sicher ein sehr schweres Leben in Virginia gehabt – sie musste sich und ein kleines Kind ernähren, doch zumindest quälte und missbrauchte sie dort niemand. Sie muss ihren Namen in Winston geändert haben, um die Mertons zu vergessen, was ich gut verstehen kann.«

Der Kellner brachte die Suppe. Maggie probierte sie, lauschte aber so aufmerksam den Worten ihres

Onkels, dass sie von ihrem Geschmack nichts wahrnahm.

»Hätte ich von der Notlage deiner Mutter gewusst, dann hätte ich vielleicht versucht, Bully zur Vernunft zu bringen.«

»Aber was war mit mir? Warum hat sie mich bei ihm zurückgelassen?«

Onkel Ruperts Lächeln war starr wie eine Maske. »Vermutlich hat Bully ihr gedroht, sie umzubringen, wenn sie dich – seinen einzig wahren Nachkömmling – mitnähme. Bully war ein sehr merkwürdiger Mann, Maggie.«

»Er hat mich in all den Jahren sehr, sehr schlecht behandelt, hat mich ignoriert und herabgesetzt. Er kann mich nicht geliebt haben.«

»Ich glaube schon, dass er das tat, auf seine eigene skurrile Weise. Vielleicht hat er tief in seinem Innersten befürchtet, dass jemand anderer dein Vater sein könnte. Er war sehr verbittert, das darfst du nicht vergessen.«

Nachdem Merton ein Stück Fleisch gegessen hatte, fuhr er versonnen fort: »Es muss großen Mut erfordert haben, so jung schon dein Zuhause zu verlassen, Maggie.«

»Ich ... ich hatte Todesangst vor meinem Vater.« Sie konnte ihm nicht den wahren Grund für ihre Flucht aus Sheffield sagen, oder doch zumindest nicht, bis sie sich etwas behaglicher in seiner Nähe fühlte.

Es lag eine eigenartige Stille über dem Raum, als belauschte jemand ihre Unterhaltung. Maggie betrachtete die anderen Gäste und zählte fünf Paare und einen einzelnen Herrn, der an einem Ecktisch hinter einer großen Schusterpalme saß. Aber deren Plätze waren zu weit entfernt, als dass sie ihre Unterhaltung hätten mitanhören können.

»Du wirkst bekümmert, meine Liebe. Quälen dich Erinnerungen?«

Maggie blickte Rupert in die Augen und war sich plötzlich völlig sicher, dass *er* der Grund für ihr seltsames Unbehagen war. Etwas trieb sie dazu, zu fragen: »Sag mal, Onkel, sind deine religiösen Überzeugungen eigentlich … christlich?«

Er hörte auf zu essen und starrte sie mit einem sonderbaren Ausdruck an. »Was für eine merkwürdige Frage, Maggie. Was in aller Welt …?«

»Ich wollte dich nicht beleidigen«, fügte sie, etwas verlegen geworden, rasch hinzu. »Es ist nur so, dass du so lange fort warst und dass du eine gewisse Ausstrahlung besitzt, die … nun ja, die ziemlich fremdartig ist.«

Er begann sich sichtlich zu entspannen. Das Zucken des Muskels an seiner Wange ließ ein wenig nach. »Wenn du es wissen willst – ich habe verschiedene Religionen intensiv studiert.« Er beugte sich näher zu ihr vor und murmelte: »Und offen gestanden fand ich sie alle in vielen Dingen ziemlich mangelhaft. Ihre Rituale sind nicht das, was ich *Anbetung* nenne.«

»Anbetung? Und was ist für dich Anbetung?« Unter seinem seltsam eindringlichen Blick fühlte sie sich unwohl.

»Opfer zu bringen, meine Liebe.« Seine Stimme nahm wieder einen verschwörerischen Tonfall an.

»Opfer?«, echote sie. »Was meinst du damit?«

»Etwas aufzugeben, um einer größeren Sache zu dienen. Deine eigenen Bedürfnisse und Wünsche einem größeren Plan zu opfern.«

Maggie konnte den Blick nicht von seinem Gesicht abwenden. »Das klingt schwierig. Sein eigenes *Ich* aufgeben?«

»Sag mir, was für Opfer müssen ganz normale Kirchgänger schon bringen?« Er klang etwas gereizt. »Es gibt heutzutage keine wahren Prüfungen mehr, keine Mutproben, keinen Kampf gegen das Böse.« Er warf seine Serviette auf den Tisch. »In alten Zeiten musste ein Ritter sich seine Ehre durch Mut, Kampf und Herausforderungen verdienen, oder er verlor sein Leben.«

»Aber wem steht die Entscheidung zu, welches Opfer richtig ist, um diese Ehre zu gewinnen?«

»Jemandem, der die Dinge aus einer höheren Perspektive sieht.«

Schweigen entstand zwischen ihnen, das Maggie schließlich wieder brach. Ihr gefiel das Lächeln nicht, das jetzt um Ruperts Lippen spielte.

»Willst du damit sagen, *du* hältst dich für den, der weiß, worum es dabei geht?«

Er zuckte mit den Schultern. »Das muss jeder für sich selbst entscheiden. Sogar eine Frau, die keine Ehre durch Kampf gewinnen kann, kann Opfer bringen.«

Maggie legte die Serviette auf den Tisch. »Ich finde diese Unterhaltung ausgesprochen irritierend, Onkel Rupert. Du verherrlichst Barbarentum und Gewalt, und solchen beunruhigenden Ansichten kann ich nicht zustimmen.«

»Ein Mensch kann nur dann seine wahre Stärke messen, wenn er einer Prüfung unterzogen wird. Der Tod …«

Maggie erschauderte. »Ich weiß wirklich nicht, wovon du redest, aber ich denke, es ist dein gutes Recht, zu glauben, was du willst.«

»Ich kann es dir erklären, falls es dich interessiert, Maggie.«

»Es klingt faszinierend, doch das Hotel nimmt meine ganze Zeit in Anspruch, wie du weißt. Aber vielleicht könntest du mir ja ein paar Bücher leihen.«

Er lächelte geheimnisvoll. »Mit dem größten Vergnügen, Margaret.« Er leerte sein Glas.

Maggie schwieg und beobachtete ihn. »Ich würde dich gern besser verstehen.«

Er tätschelte ihr beruhigend die Hand. »Wir haben noch Jahre vor uns, hoffe ich. Ich freue mich auch schon darauf, dich besser kennen zu lernen.«

Sie beendeten die Mahlzeit schweigend. »Es war ein langer Tag. Ich bin müde«, sagte Maggie und erhob sich.

Er stand auf, und ihm war anzusehen, wie enttäuscht er war. »Ich hatte gerade begonnen, unsere Unterhaltung zu genießen.« Er führte sie zur Tür des Speisesaals. »Ich hoffe sehr, dass meine Überzeugungen nicht unsere neugewonnene Freundschaft ruinieren.«

»Natürlich nicht. Du hast das Recht auf eine eigene Meinung.« Maggie warf ihm einen Blick zu. »Wann gedenkst du abzureisen?«

»In zwei oder drei Tagen, aber ich würde gern noch einmal mit dir essen, bevor du heimfährst. Ich freue mich, dass wir uns hier getroffen haben.«

Maggie wünschte ihm eine gute Nacht und ging durch das Foyer zu der breiten Mahagonitreppe. Die Schatten der flackernden Gaslampen auf den dunkelgrünen Wänden ließen den Korridor ein bisschen unheimlich erscheinen, und Maggie lief rasch in ihr Zimmer und schloss die Tür hinter sich ab.

Mit einem unguten Gefühl setzte sie sich in den einzigen Sessel in dem Zimmer. Sie wusste nicht, was sie von ihrem Onkel halten sollte, aber sie fand ihn von Mal zu Mal exzentrischer.

Sie blickte aus dem Fenster. Der Tag ging in den späten Nachmittag über, und gegen vier würde es schon dunkel sein. Der Besuch zu Hause würde bis morgen warten müssen.

Nervös, wie sie war, begann sie im Zimmer auf und

ab zu gehen. Sie hatte kein Verlangen, mit ihrem Onkel weiter über Religion zu diskutieren, und beschloss deshalb, den Abend in ihrem Zimmer zu verbringen. Gut, dass sie ein Buch zum Lesen mitgebracht hatte. Sie legte sich auf das Bett, drehte die Gaslampe höher und begann mit dem ersten Kapitel. Aber es dauerte nicht lange, bis sie einschlief.

Gegen acht erwachte sie und ließ sich ein spätes Abendessen auf ihr Zimmer bringen. Als sie allein vor dem Kamin saß, kam ihr zu Bewusstsein, wie sehr sie Thaddeus vermisste. Wie hatte sie bisher bloß ohne ihn gelebt? Es war nur ein halbes Leben gewesen, ein trostloses und monotones.

Ganz gleich, welche Schwierigkeiten sie in ihrer Beziehung vielleicht noch zu bewältigen haben würden, sie würde sich die größte Mühe geben. Mit diesem Gedanken ging sie zu Bett und sank in einen erschöpften Schlaf.

Der nächste Morgen brachte Schneetreiben und eiskalten Wind mit sich. Maggie mietete ein Gig, um zu ihrem früheren Elternhaus hinauszufahren. Vor der Stadt ragten felsige Berge auf, so weit das Auge schauen konnte. Schnee bedeckte die höher gelegenen Stellen, und der Wind heulte durch die Ebenen. Die graue Wolkendecke schien den Wind auf die Erde herabzudrücken, und die strumgepeitschten Bäume verstärkten den trostlosen Eindruck noch.

Das Gig hielt vor einem der verfallenen Tore des Anwesens, das auf der Kuppe eines sanften Hügels lag. Maggie erinnerte sich mit einem Gefühl der Nostalgie an die wunderbare Aussicht dort. Die zerbröckelnde Mauer um den verwilderten Park war von dürren Kletterpflanzen überwuchert, der Kiesweg uneben und verwahrlost. Büschel toten Grases wuchsen aus allen Ritzen, selbst aus dem steinernen Fundament des

Hauses, das ihr Großvater mit so viel Stolz erbaut hatte. Der Granit, den er für die Mauern benutzt hatte, war noch in gutem Zustand, aber die gotischen Fensterrahmen waren verrottet, und überall lag zerbrochenes Glas herum. Die Schieferplatten auf dem Dach baumelten entweder lose an den verfaulenden Deckenbalken, oder sie waren dick mit grünem Moos bewachsen. Die Verwüstung stimmte Maggie traurig. Wie verwahrlost alles war!

Es war ihres Vaters Wunsch gewesen, alles so verfallen zu lassen. Hätte er doch ihr das Haus vererbt – sie hätte es nicht verkommen lassen! Aber er hatte gewollt, dass mit ihm, dem letzten Merton, alles starb – oder es wenigstens gedacht, da er ja nicht gewusst hatte, dass Rupert das Schiffsunglück überlebt hatte.

Maggie forderte den Kutscher auf, zu warten.

»Vater, wie konntest du so grausam sein zu allen?«, wisperte sie, als sie die Eingangstür aufstieß. Sie hing nur noch an einer Angel, die Eingangshalle drinnen war voller Vogelmist. Flora, Fauna und Vagabunden hatten das Anwesen übernommen. Bald würde auch der einst so glatte, schimmernde Parkettboden von Gras und Unkraut überwuchert sein.

Sie hörte ein Geräusch aus dem Stockwerk über ihr und fuhr vor Schreck zusammen. »Wer ist da?«, rief sie, als sie oben Schritte hörte. Keine Antwort. Sie schluckte und stieg halb die knarrende Treppe hinauf. Ihre Hände wurden feucht, und sie wischte sie an ihrem Rock ab. »Ist dort oben jemand?«, rief sie lauter. Sie hob rasch einen Backstein auf, bevor sie weiterging.

Das Haus hatte zehn Schlafzimmer im ersten Stock. Vielleicht lebten jetzt Landstreicher hier. Was hast du schon zu fürchten?, schalt sie sich und ging mit zusammengekniffenen Lippen resolut den Rest der Treppe hoch, bevor sie ganz den Mut verlieren konnte. Die knorrigen Äste der Bäume draußen blockierten die Fenster und warfen dunkle Schatten in die Halle.

Sie hörte ein weiteres Geräusch, das so klang, als würde ein schwerer Gegenstand verschoben. Leise ging sie in die Richtung des Geräuschs, zu dem Raum, der früher das Schlafzimmer ihres Vaters gewesen war.

Voller Angst, was sie hier entdecken würde, spähte sie durch den Türspalt und sah sofort ihren Onkel, der auf den Knien den unteren Teil des Einbauschranks durchsuchte. Sie ließ den Stein fallen und verschränkte stumm die Arme vor der Brust.

Er fuhr herum. Sein dunkles Haar war staubbedeckt. »Margaret! Du hast mich zu Tode erschreckt!« Er erhob sich und klopfte seine Hose ab.

»Was suchst du da?«, fragte Maggie und betrat den Raum.

»Ich wollte mich vergewissern, dass keine Familienerbstücke im Haus zurückgeblieben waren«, sagte er mit einem schwachen Lächeln. Sein Gesicht war von der Anstrengung gerötet, seine Kleider waren zerdrückt und grau vor Staub. Er schien schon den ganzen Morgen das Haus durchsucht zu haben.

»Ich bin sicher, dass Vagabunden längst alles Wertvolle mitgenommen haben.« Maggie betrachtete das Durcheinander aus alten Magazinen und Zeitschriften, Stücken abgerissener Tapete und zerbrochenem Porzellan auf dem Fußboden.

»Es ist kein einziges Möbelstück mehr da, nicht einmal oben auf dem Dachboden. Ich habe mir heute Morgen alle Räume angesehen.«

»Dann warst du ja sehr beschäftigt.« Maggie hatte den Verdacht, dass er ihr etwas verschwieg. »Warum sagst du mir nicht, was du hier wirklich gesucht hast?«, verlangte sie mit einem durchdringenden Blick auf ihn.

Er wischte sich die Hände ab, und langsam wich die Röte aus seinem Gesicht. Sein Blick verschloss sich, und Maggie hatte mehr denn je den Eindruck, dass er etwas zu verbergen hatte.

»Wir haben schließlich alle unsere Geheimnisse, nicht wahr?«, beharrte sie. »Doch falls deins die Familie betrifft, habe ich ein Recht, es zu erfahren.«

Er zuckte mit den Schultern und ging zu dem Schrank zurück, dessen Inhalt er auf dem Boden verstreut hatte. »Na schön, dann werde ich's dir sagen. Ich hatte gehofft, Briefe zu finden – oder vielleicht sogar ein Tagebuch, das erklärte, warum Bully so verbittert war und alles so verkommen ließ.«

»Ich glaube nicht, dass du dergleichen finden wirst«, sagte sie und tippte mit dem Fuß an einen Zeitungsausschnitt auf dem Boden. »Vater war kein mitteilsamer Mensch, weshalb ich stark bezweifle, dass er irgendetwas aufgeschrieben hat.« Sie las den vergilbten Zeitungsausschnitt. DAMPFER AUF SEE GESUNKEN, KEINE ÜBERLEBENDEN. »Sieh mal, da steht etwas von dem Schiff, auf dem du warst!«

»Ja, das habe ich schon gesehen«, sagte er. »Bully hat *einige* Dinge doch aufgehoben.« Er schnaubte. »Wahrscheinlich hat er den Artikel nur aus Schadenfreude darüber aufgehoben, weil er wusste, dass er mich nie wieder sehen würde.«

Maggie sah sich auch die anderen Zeitungen an, fand aber nichts Interessantes mehr.

»Ein trostloser Ort, nicht wahr?«, sagte Rupert und zupfte seine in Unordnung geratene Schalkrawatte zurecht. »Mir wird ganz anders hier ...« Sein Blick glitt zu den dunklen Zimmerecken.

»Ja«, stimmte Maggie zu und musterte ihn forschend. »Es war wirklich ziemlich komisch, dich auf Knien in einen spinnwebenbedeckten Schrank spähen zu sehen.«

Er lachte. »Du weißt ja, wie es ist, wenn man anfängt, alte Sachen durchzusehen. Eins führt zum anderen, und man hört nicht eher auf, bis man alles durchgeschaut hat.« Er nahm ihren Arm und führte sie aus dem Zimmer. »Du wirkst so misstrauisch – als beginge ich ein Verbrechen.«

»Nein … es war nur unerwartet, dich zu sehen, das ist alles.« Irgendwie bezweifelte sie noch immer, dass er ihr die Wahrheit gesagt hatte.

»Meine Kutsche wartet«, fügte Maggie hinzu. »Wie bist du hierher gekommen?«

»Zu Fuß, über die Hügel. Das war sehr belebend, aber ich hätte nichts dagegen, mit dir in die Stadt zurückzufahren. Falls es dir nichts ausmacht?«

»Natürlich nicht. Es ist ein viel zu kalter Tag, um draußen unterwegs zu sein.« Sie blickte zum trüben Himmel auf. »Es sieht so aus, als würde es noch mehr Schnee geben.«

Schweigend fuhren sie über die von Steinmauern gesäumte Straße. Als die ersten Schornsteine von Sheffield auftauchten, sagte Rupert Merton plötzlich: »Dein Vater hatte sehr viel Macht. Er bestimmte das Leben aller Arbeiter in seinen Stahlwerken.«

»Ja, aber er war kein guter Arbeitgeber. Die Leute litten schrecklich, schufteten mindestens zwölf Stunden am Tag, und du erinnerst dich doch sicher noch, wie heiß es drinnen bei den Schmelzöfen war. Ich hörte, dass der neue Besitzer ein netterer Mann sein soll.«

»Bah! Was macht das schon? Die Fabrik gab den Arbeitern zu essen. Und sie lebten in anständigen Häuschen, die dein Vater speziell für sie hatte errichten lassen.«

»Sie waren sehr unsolide gebaut; sie meisten brachen nach fünf Jahren schon zusammen.«

»Trotzdem, die Arbeiter hörten auf Bully. Er pflegte auf einem Stuhl in der Fabrikhalle zu stehen und seine Anweisungen herauszuschreien, und die Leute schauten zu ihm auf, als sei er Gott.«

»Wahrscheinlich hassten sie ihn für seine Grausamkeit, wagten aber nicht zu protestieren, weil sie Angst hatten, ihre Anstellung zu verlieren.«

Rupert klatschte sich, wie um seine Worte zu betonen, auf den Schenkel. »Aber er hielt ihre Leben in der Hand und konnte damit tun, was er für richtig hielt.«

Maggie warf ihrem Onkel einen prüfenden Blick zu. »Keine beneidenswerte Position, finde ich. Im Hotel muss ich mich immer sehr bemühen, zu allen Angestellten fair zu sein, und ich stelle fest, dass ich meine Prioritäten von Tag zu Tag verändern muss.«

Ihr Onkel bedachte sie mit einem merkwürdigen Blick. »Vielleicht fehlt dir die Vision für Größe.«

Schweigen breitete sich zwischen ihnen aus, und Maggie fragte sich, was ihm wohl durch den Kopf gehen mochte. »Du stellst Macht mit Größe gleich?«

»Sie gehen Hand in Hand.« Er straffte die Schultern und atmete ein, bis seine Brust sich sichtlich weitete. »Eines Tages werde ich beides miteinander kombinieren.«

Maggie war nicht sicher, ob er es ernst meinte. »Ein Diktator würde eine derartige Behauptung äußern. Planst du etwa, eine Fabrik zu eröffnen, um bei den Arbeitern Gott spielen zu können?«

Sein Lächeln war rätselhaft, doch Maggie spürte die hektische Energie hinter seiner glatten Fassade. »Vielleicht, aber meine Pläne bewegen sich in einem erheblich … breiteren Rahmen.«

Maggie kniff die Lippen zusammen. Das Gespräch

wurde langsam absurd, genau wie ihre Unterhaltung am vergangenen Abend.

»Was für Pläne?« Sie suchte in seinem Gesicht nach Hinweisen, doch alles, was sie erkennen konnte, war sein offensichtliches Entzücken über seine eigenen Ideen.

»Wenn meine Berechnungen korrekt sind, werden meine Ideen sich weit verbreiten – in England und vielleicht sogar auf der ganzen Welt.«

Maggie war überrascht. »Du bist wirklich alles andere als provinziell, Onkel Rupert. Aber ich nehme an, das kommt von deinen vielen Reisen. Willst du etwa in jeder Hauptstadt dieser Welt Büros eröffnen?« Sie wartete auf seine Antwort und fragte sich, wie sie ausfallen mochte.

Er lachte. »Büros wohl kaum, meine Liebe, aber um das zu diskutieren, ist es noch zu früh. Zunächst muss ich mich in England etablieren.«

Die Kutsche hielt vor dem Hotel. »Ich wusste gar nicht, dass du solche enormen Ambitionen hast, Onkel Rupert«, sagte Maggie und stieg aus der Kutsche, bevor er ihr helfen konnte. Dann sagte sie: »Ich schätze, du wirst eine Menge Geld für deine Pläne brauchen.«

Er nickte und entlohnte den Kutscher. »Ja … das ist natürlich ein Problem, aber ich liebe Herausforderungen.«

Er führte sie hinein und beugte sich galant über ihre Hand. »Deine Gesellschaft war so wohltuend wie immer«, sagte er.

Sie erwiderte: »Wir müssen uns hier trennen. Ich fahre heute Abend nach London zurück, sobald ich mich in den anderen Hotels nach meiner Schwester erkundigt habe.«

»Brauchst du Hilfe?«

»Nein, das schaffe ich allein, und ich möchte auch nicht deinen Aufenthalt hier ruinieren.«

»Ich werde bald nach London zurückkehren.« Lächelnd verbeugte er sich noch einmal. »Bis dann, Margaret.«

Nach einem leichten Mittagessen verließ Maggie das Hotel, das Foto ihrer Schwester in der Tasche. Sie suchte alle anderen Hotels der Stadt auf, wusste aber, noch bevor sie anfing, dass es sinnlos war. Leonora war nie hier gewesen.

Maggie nahm den Abendzug nach London, noch viel verwirrter als vorher. Doch über eins zumindest war sie sich im Klaren – sie wollte nie wieder von Thaddeus getrennt sein, egal, wie seine Absichten sein mochten, ehrbar oder nicht ehrbar ... seine Liebe war das Wichtigste in ihrem Leben.

18

Es schneite heftig, als der Zug Sheffield verließ. Draußen vor den Fenstern wirbelte der Wind die Schneeflocken in einem wilden Tanz herum. Maggie fragte sich, ob London auch mit Schnee bedeckt sein mochte.

Das Abteil war sehr gemütlich, und sie war müde. Der Tag hatte zu viele Erinnerungen geweckt, und ihre Begegnung mit Onkel Rupert war, um es höflich auszudrücken, *verwunderlich* gewesen. Was hatte er so verbissen in dem heruntergekommenen alten Haus gesucht?

Das Schaukeln des Zuges hatte eine einschläfernde Wirkung. Eine Stunde später erwachte sie vom Kreischen der Bremsen, als sie Nottingham erreichten. Maggie warf einen Blick hinaus und sah einen fliegenden Händler, der heißen Tee aus einem Kessel auf einem Spirituskocher verkaufte. Daneben stand ein Tablett mit süßen Brötchen, die ungemein verlockend aussahen. Tatsächlich winkte der Händler ihr sogar zu, als sie die Tür öffnete. Ihre Handtasche in der Hand, stemmte sie sich gegen den Wind, der durch den Bahnhof pfiff.

»Ein mörderisch kalter Tag, nicht wahr?«, sagte der Händler und schenkte Tee in eine zersprungene Tasse.

»Ja, schrecklich.« Sie bezahlte und nahm sich eins der Brötchen vom Tablett. Es war innen noch warm, und die Himbeermarmelade, mit der es gefüllt war, schmeckte köstlich.

»Meine Frau backt sie«, sagte er stolz, als Maggie vor Entzücken seufzte.

Andere Reisende gesellten sich zu ihnen, und Maggie trat beiseite. Nach ein paar Minuten hatte sie ihr Brötchen gegessen und den Tee getrunken, doch als sie in ihr Abteil zurückkehren wollte, stiegen zwei Männer aus dem Zug und vertraten ihr den Weg.

»Mrs Hartwell?«, fragte einer der beiden. Er war alt, seine Schultern waren gichtgekrümmt und seine Kleider schäbig. Maggie schnappte verblüfft nach Luft, als sie seinen jüngeren Begleiter erkannte. Es war der Mann, der sie und Victoria an jenem Nachmittag durch die Londoner Innenstadt verfolgt hatte. Furcht beschlich sie. Rasch trat sie einen Schritt zurück und sah sich nach den anderen Passanten um, doch auf dem Bahnsteig standen nur noch zwei, die sich miteinander unterhielten und nicht in ihre Richtung blickten.

»Was wollen Sie?«

»Da ist etwas, was wir Ihnen zeigen wollen«, sagte der junge Mann und rieb sich die behandschuhten Hände. Sein Blick huschte über den Bahnsteig.

»Was …?« Wie hatten sie sie gefunden? Niemand außer den Hotelangestellten und ihrem Onkel wusste, wo sie war. »Bitte lassen Sie mich durch«, verlangte sie und versuchte, an ihnen vorbeizugehen, aber sie packten sie an den Armen und zogen sie um die Ecke des Bahnhofsgebäudes. Bevor sie einen Schrei ausstoßen konnte, hielt einer der beiden Männer ihr den Mund zu. Sie war machtlos gegen ihre Kraft, als sie sie zu einer Kutsche führten.

»Da ist die Kutsche, die er uns versprochen hat«, sagte der jüngere Mann. Als sie um die nächste Ecke bogen, die auf den offenen Platz vor dem Bahnhof hinausging, fuhr ihnen der Wind entgegen und trieb Maggie Schnee in die Augen. Mit gesenktem Kopf stemmte sie sich gegen die scharfen Windböen. Die Männer stießen sie unerbittlich weiter. Die Kutsche war schneebedeckt – selbst das Pferd trug einen dünnen weißen Schneemantel.

»Was wollen Sie?«, schrie Maggie, als der Mann die Hand von ihrem Mund nahm. Sie wurde auf die Tür der Kutsche zugestoßen und hineingehoben. Bevor sie sich wehren konnte, packte der junge Mann sie und hielt sie auf der Sitzbank fest. Obwohl sie vor Schmerz aufschrie, versuchte sie dennoch, sich gegen seine überlegene Kraft zur Wehr zu setzen. »Was tun Sie …?«

Er legte ihr einen Schal über den Mund, und der ältere Mann verknotete ihn an ihrem Hinterkopf. Sie versuchte zu schreien, als die Kutsche sich ruckartig in Bewegung setzte, doch kein Geräusch drang durch den Schal. Sie lehnte sich auf der Bank zurück und reckte den Hals, um zu sehen, in welche Richtung sie fuhren. Einer der Männer beugte sich über sie und fesselte ihre Hände. Sie wusste, es war sinnlos, sich zu wehren, und ließ sich kraftlos gegen die Rückenlehne sinken. Tränen traten ihr in die Augen, und sie bekam fast keine Luft mehr durch den Schal, der ihre Nase und ihren Mund bedeckte.

Sie zitterte unkontrollierbar, weil sie wusste, dass irgendjemand ihr etwas antun wollte – aber wer? Mit dem Verschwinden ihrer Schwester hatte alles angefangen, dann der nächtliche Besucher, und nun das. Was konnten diese Leute von ihr wollen? Ihren Körper? Würden sie sie verstümmeln wie der Whitechapel-Mörder es mit seinen Opfern getan hatte? Ihr wurde schwindlig, und sie fürchtete, vor Angst das Bewusstsein zu verlieren. Die Tränen, die über ihr Gesicht rannen, erkalteten in der eisigen Luft und fühlten sich wie Frost auf ihren Wangen an. Ihre Glieder waren vor Kälte schon gefühllos.

Sie fuhren eine kleine Ewigkeit, schien ihr. Dann bog die Kutsche von der Straße ab und hielt in einer Einfahrt. Maggie erkannte nur schwach die Umrisse eines reetgedeckten Bauernhauses und eines hohen Baums im Garten.

Die Männer sprangen schweigend auf und zerrten sie hinaus. Ihre Beine zitterten so heftig, dass sie jeden Augenblick unter ihr nachzugeben drohten. Die Männer packten sie rechts und links am Arm und schoben sie durch die niedrige Tür ins Haus. Drinnen war es warm, und im Kamin brannte ein Feuer, aber abgesehen davon wies nichts auf mögliche Bewohner dieses Hauses hin. Bis auf das Feuer im Kamin wirkte es völlig unbewohnt.

Ohne ihr die Fesseln abzunehmen, setzten die Männer Maggie auf ein Sofa. Einer von ihnen warf ihre Handtasche auf den Tisch. Dann, ohne einen weiteren Blick auf Maggie, wandten sie sich zum Gehen und schlossen die Tür hinter sich ab.

Maggie zitterte so heftig, dass sie sich minutenlang nicht rühren konnte. Aber sie stieß einen Seufzer der Erleichterung aus, als die Kutsche aus der Einfahrt fuhr. Es sah so aus, als bekäme sie Gelegenheit zu fliehen, falls die Männer nicht sofort zurückkehrten. Sie wünschte nur, sie hätten ihr den Knebel abgenommen.

Sie versuchte, ihre Gedanken zu sammeln, dann stand sie auf und ging durch den kleinen Raum. Es gab einen Esstisch und zwei harte Stühle, ein Sofa und Gingamvorhänge an den Fenstern. So weit sie sehen konnte, enthielt der Raum jedoch keinerlei persönlichen Besitz. Hatte jemand das Bauernhaus gemietet, um sie hier gefangen zu halten?

Sie brauchte nur einen scharfen Gegenstand zu suchen, mit dem sie das Seil um ihre Handgelenke durchtrennen konnte, dann würde sie aus einem der Fenster steigen. Sie trat zu dem Fenster an der Tür und warf einen Blick hinaus, stellte aber zu ihrer Bestürzung fest, dass es vergittert war. Rasch lief sie zur anderen Seite, um zu sehen, ob es dort vielleicht Nachbarn gab, die sie alarmieren konnte, aber das Haus war von einer hohen Hecke umgeben.

Obwohl sie noch immer von Furcht erfüllt war, plante sie ihre Flucht und suchte den Raum nach irgendeinem Gegenstand ab, der scharf genug war, ihre Fesseln zu durchtrennen. Eine Tür im hinteren Teil des Raums führte in die Küche.

Es muss hier doch irgendwo ein Messer geben, dachte sie fröstelnd. Es war so dunkel, dass sie außer den dunklen Umrissen der Schränke nicht viel sah. Würden sie die Männer, die sie hierher gebracht hatten, ohne etwas zu essen hier zurücklassen? Und für wie lange?

Sie befingerte die bleierne Spüle und zog mehrere Schubladen auf, aber sie waren alle leer. Nach einer Weile gab sie die Suche auf, weil sie wusste, dass sie im Dunkeln sowieso nichts finden würde. Um die Wärme in dem anderen Zimmer zu bewahren, zog sie die Tür hinter sich zu. Wenn das Feuer ausging … sie weigerte sich, darüber nachzudenken.

Es gab noch eine andere Tür, die in einen Schuppen neben dem Haus führte. Hoffnung flackerte in Maggie auf, und sie probierte die Tür, die in den Garten führte, doch sie war mit einer Holzplanke verriegelt, wie sie durch die Ritzen erkannte. Maggie konnte nichts in dem Schuppen sehen, da er keine Fenster hatte, die ein wenig Licht hereingelassen hätten. Falls dort irgendwelches Werkzeug war, würde sie es nicht vor Tagesanbruch finden.

Niedergeschlagen setzte sie sich auf einen Stuhl am Feuer. Eine schmale Wendeltreppe führte auf den Dachboden, doch sie wusste, dass es dort oben stockfinster sein würde. Wenn es ihr nicht irgendwie gelang, die Fesseln durchzutrennen, würde es ihr unmöglich sein, sich zu befreien. Um fliehen zu können, brauchte sie ihre Hände.

Ihre Gedanken überschlugen sich, als sie zu verstehen versuchte, warum man sie hierher gebracht hatte. Konnte ihr Onkel dahinter stecken? Aber er hatte doch keinen Grund, sie einzusperren, und nur, weil er ein bisschen seltsam war, musste er noch lange nicht verantwortlich für die Entführung sein. Wollte einer ihrer Angestellten vielleicht Lösegeld von ihr erpressen? Da das Hotel gute Einkünfte erzielte, war sie eine recht wohlhabende Frau. Aber es gab so viele andere, die sehr viel reicher waren als sie. Doch sie lebte allein mit einer kleinen Tochter und war deshalb verwundbar … Gott sei Dank, dass Victoria bei Miss Lather in guter Obhut war!

Die Nacht verstrich, und Maggies Kopf sank an die Stuhllehne. Ein Geräusch draußen ließ sie auffahren, doch es verklang gleich wieder. Furcht war ihr beständiger Begleiter und spannte ihre Muskeln an, bis ihr ganzer Körper schmerzte. Schließlich schlief sie eine Stunde oder zwei, und als sie erwachte, drang das erste Tageslicht durch die Vorhänge an den Fenstern. Das Feuer war erloschen, und sie zitterte vor Kälte.

Ob meine Entführer heute zurückkehren?, fragte sie sich, während sie ihre steifen Glieder streckte. Sie würde nicht eher ruhen, bis sie eine Möglichkeit zur Flucht gefunden hatte. Ihr Magen knurrte vor Hunger, doch daran verschwendete sie nicht mehr als einen flüchtigen Gedanken.

Sie stieg die Wendeltreppe hinauf und fand zwei

leere Schlafzimmer. Kein einziges Möbelstück, die Fenster waren kahl, hatten aber keine Eisengitter. In freudiger Erregung über die Entdeckung schaute sie hinaus und sah, dass die Entfernung bis zur Erde sehr beträchtlich war. Sie würde versuchen müssen, an dem schrägen Dach hinab zu rutschen und sich dann auf gut Glück fallen zu lassen.

Um keine Zeit mehr zu verlieren, eilte sie nach unten. Es musste doch etwas zu finden sein, mit dem sie die Stricke an ihren Handgelenken durchtrennen konnte … Ihre Hände waren schon steif und blau der mangelnden Durchblutung wegen. Sie konnte kaum die Tür zum Schuppen öffnen.

Hier draußen werde ich Werkzeug finden, dachte sie. Und dann wird es ein Leichtes sein, mich zu befreien.

Fast augenblicklich sah sie den Stiel einer Axt, die an der Wand lehnte und zum Teil hinter einem Stapel Holz verborgen war. Die Antwort auf ihre Gebete!

Im Schuppen war es eisig kalt, und sie fröstelte, obwohl sie noch immer ihren Mantel trug. Sie setzte sich auf den Boden und zog die Axt zu sich heran, bis sie flach vor ihr lag. Dann steckte sie den langen Holzstiel zwischen ihre Knie, so dass die scharfe Kante auf sie zeigte, und begann den Strick darüber zu reiben.

Sie arbeitete, bis ihr von der Anstrengung ganz warm wurde.

»Na also! Ich habe es geschafft!« Der Strick gab nach, und sie streifte ihn ab und riss den Schal von ihrem Mund. Es war sehr unachtsam von ihren Entführern gewesen, eine Axt zurückzulassen, oder vielleicht hatten sie sie auch nicht bemerkt. Maggie krümmte die Finger und massierte ihre Hände, bis sie sie wieder richtig bewegen konnte. Dann ging sie ins Haus zurück und schloss die Tür des Anbaus. Ihr einziger Gedanke jetzt war Flucht.

Sie lief die Wendeltreppe hinauf und wählte das Fenster, das ihr die beste Chance für einen weichen Aufprall bot, entdeckte dann aber, dass alle außer einem vollkommen mit Farbe verklebt waren. Es kostete sie ihre ganze Kraft, dieses eine aufzustemmen. Sie lehnte sich hinaus, um zu sehen, wie der Boden darunter aussah, doch die vorspringenden Dachbalken versperrten ihr die Sicht.

Als sie gerade aus dem Fenster klettern wollte, hörte sie die Kutsche zurückkommen. Die Einfahrt war auf der anderen Seite des Hauses, und Maggie ging rasch durch den Raum zum Fenster. Sie sah, wie der jüngere Mann ausstieg. Auf Zehenspitzen und mit angehaltenem Atem schlich sie wieder durch den Raum. Sie durfte keine Zeit verlieren. Ihre Röcke raffend, stieg sie durch den Fensterrahmen auf das Dach. Ihre Füße glitten sofort ab, und sie konnte sich gerade noch am Fensterrahmen fest halten. Wenn sie sich flach auf das Reetdach legte, würde sie hinunterrutschen, ohne dass noch irgendetwas ihren Fall aufhielt …

Ihr Herz hämmerte vor Angst, und kalter Schweiß erschien auf ihrer Stirn. Wenn sie jetzt zu denken anfing, würde sie es nie wagen, sich fallen zu lassen. Das Zuschlagen der Tür half ihr, sich zu entscheiden.

Hilfe!, dachte sie, als sie die Augen zukniff und den Fensterrahmen losließ. Das Dach war weich und glatt, als sie daran hinunterrutschte – und dann war plötzlich gar nichts mehr da. Mit einem stummen Schrei segelte sie durch die Luft und landete dann mit einem harten Aufprall, der ihr für einen Moment den Atem raubte. Sekundenlang blieb sie reglos auf dem Boden liegen. Hatten die Männer sie gehört oder gesehen?

Ihr Rücken schmerzte höllisch, doch abgesehen davon war sie unverletzt. Sie rang nach Atem, und vor ihren Augen drehte sich alles. Sie schloss sie und versuchte sich zu entspannen. Innerhalb von Sekunden hatte sie ihr Gleichgewicht zurückgefunden und setzte sich vorsichtig auf. Victoria würde ihr nicht glauben, wenn sie ihr von diesem Abenteuer erzählte – was sie natürlich nicht zu tun gedachte, da es ihre Tochter nur ängstigen würde.

Sie richtete sich unsicher auf, lehnte sich an die Wand und horchte auf Geräusche von drinnen. So gut es ging, klopfte sie den Schmutz von ihren Kleidern und ging auf die Hecke zu, wobei sie darauf achtete, keine Spuren zu hinterlassen. Zum Glück war der meiste Schnee bereits geschmolzen. Dann fiel ihr ein, dass sie ihre Handtasche im Haus vergessen hatte.

Wie soll ich jetzt nach London zurückkommen?, fragte sie sich, während sie sich hinter der hohen Hecke verbarg. Die Tür auf der anderen Seite des Hauses knallte zu, und der junge Mann kam in den Garten. Maggie legte sich flach in den Straßengraben auf der anderen Seite der Hecke, froh, dass das Wasser darin noch gefroren war. Während sie betete, dass er sie nicht finden möge, blieb sie völlig reglos liegen.

Er ging zweimal um den Garten herum und stieg dann wieder in die Kutsche. Als sie abfuhr, flitzte Maggie zurück hinter die Hecke, damit die Männer sie nicht im Straßengraben entdeckten. Aber die Kutsche fuhr an ihr vorbei, und Maggie stieß einen Seufzer der Erleichterung aus. Aber würden sie nicht zurückkehren, wenn sie sie nicht auf der Straße fanden? Sie musste zusehen, dass sie fortkam, bevor sie wieder herkamen.

Sie war froh, dass der Schlüssel an der Tür noch steckte. Ihre Entführer hatten nicht damit gerechnet, dass sie fliehen würde, und sich jetzt, wo sie nicht mehr da war, nicht einmal die Mühe gemacht, den Schlüssel abzuziehen.

Sie schloss die Tür auf, holte ihre Tasche und wandte sich dann in die Richtung, aus der die Kutsche in der Nacht zuvor in die Einfahrt eingebogen war.

Die Straße war von Bauernhäusern und Hemlocktannenhecken gesäumt. Maggie wusste, dass sie sich in einiger Entfernung von Nottingham befand und irgendwie zum Bahnhof dort gelangen musste. Das Einzige, woran sie denken konnte, war, heil nach London und zu Thaddeus zurückzukehren. Während sie über die Straße hastete, betete sie, nicht ihren Entführern zu begegnen. Sie würden sie sofort erkennen. Sie hatte keine Ahnung, wer die Männer waren, aber der jüngere war gut gekleidet; das war ihr sofort aufgefallen.

Es begann wieder zu schneien, und der Wind wurde noch kälter. Schnee blieb auf den Ästen liegen. Wenn Maggie nicht so aufgeregt gewesen wäre, hätte sie die winterliche Schönheit sicher bewundert.

Sie musste etwa zwei Meilen weit gegangen sein, als sie die ersten Schornsteine am Horizont erblickte. Karren und Kutschen befuhren die Straße, und Maggie hielt jedes vorüberfahrende Gefährt im Auge. Dann machte die Straße eine Biegung um eine hohe Steinmauer, und Maggie war wieder allein. Plötzlich hörte sie Hufgetrappel hinter sich, und als sie sich umblickte, sah sie, dass es die Kutsche ihrer Entführer war. Sie hatte hinter der Mauer gestanden – wahrscheinlich hatten sie dort auf sie gewartet.

Das Herz klopfte Maggie bis zum Hals, als sie über die Straße hastete und betete, sie möge jemandem begegnen, der ihr helfen würde. Die Kutsche ratterte hinter ihr heran und kam unerbittlich näher. Maggie raffte ihre Röcke und begann zu rennen. Der frisch gefallene Schnee machte den Boden glitschig, und sie stolperte mehrmals. Schließlich lief sie in ein Feld, das ziemlich eben aussah. Die Straße führte in einer weiten Biegung um die Wiese, und die Kutsche würde ziemlich lange brauchen, um sie zu umrunden. Indem sie querfeldein lief, gedachte Maggie einen Vorsprung zu gewinnen. Zu ihrer Erleichterung folgte ihr niemand auf das Feld – vielleicht hatten die Männer Angst, Aufmerksamkeit zu erregen.

Auf der anderen Seite kletterte Maggie die Böschung hinauf und betrat wieder die Straße. Eine weitere Biegung führte sie an einer Hecke vorbei, und direkt vor ihr fuhr plötzlich ein Wagen mit Kartoffelsäcken.

Rufend und winkend machte sie das junge Paar in dem Wagen auf sich aufmerksam, und der Mann zügelte das Pferd.

»Fahren Sie nach Nottingham?«, fragte Maggie keuchend.

»Ja. Wollen Sie mitfahren, Missy?«

»Ja, bitte.« Maggie kletterte auf die Ladefläche und legte sich zwischen die Kartoffelsäcke. »Ein paar Männer in einer Kutsche verfolgen mich«, erklärte sie und blickte sich beunruhigt um. Sie fühlte sich verpflichtet, den Bauersleuten ihr seltsames Verhalten zu erklären. »Ich war zu Besuch bei einer alten Freundin, und als ich einen Spaziergang machte, folgten diese Männer mir ganz plötzlich.«

»Junge Spunde, die nichts anderes als Unfug im Sinn haben«, sagte die Frau des Bauern. »Aber keine Angst, Missy, wir erlauben denen nicht, Sie zu belästigen.«

»Sie haben sich einen schlechten Tag für einen Spaziergang ausgesucht«, meinte der Mann, während er eine Decke über Maggies Knie legte.

»Ja … ich bereue diesen kleinen Ausflug inzwischen

auch«, sagte sie, mehr zu sich selbst als zu den Bauern. »Wann geht der nächste Zug nach London?«

»Irgendwann heute Morgen. Wir setzen Sie am Bahnhof ab«, sagte die Frau mit einem warmen Lächeln. »Ich hoffe, Ihre Freundin macht sich keine Sorgen um Sie.«

»Ich lasse ihr eine Nachricht überbringen.« Maggies Lippen zitterten. »Man sollte meinen, auf dem Land wäre man sicherer.«

»Ach, das sind die jungen Herren aus der Stadt. Die haben nichts als dummes Zeug im Kopf«, erwiderte der Mann.

Die Kutsche kam in Sicht, und Maggies Herz begann zu hämmern. Würden sie den Wagen anhalten und verlangen, dass die Bauern sie gehen ließen? Maggie schloss in einem stummen Gebet die Augen und kam sich schrecklich schutz- und hilflos vor.

Sie starrte auf die Kutsche hinter ihr, aber sie hielt Distanz zu ihnen. Die Bauern ließen Maggie am Bahnhof aussteigen, und Maggie hoffte, dass die Entführer es nicht wagen würden, sie zwischen all den anderen Menschen anzugreifen. Sie kaufte eine Fahrkarte nach London und setzte sich in den am dichtesten besetzten Teil des Warteraums. Die beiden Männer, die sie entführt hatten, erschienen in der Tür, aber Maggie tat, als sähe sie sie nicht. Aber sie spürte ihre Blicke. Als sie gingen, wusste sie, dass sie in Sicherheit war.

Der Zug fuhr eine Stunde später ab, und Maggie war froh, darin zu sitzen. In zwei Stunden traf sie in London ein, und dann würde sie sich als Erstes im nächstbesten Café ein ausgiebiges Frühstück leisten.

Die Zugfahrt verlief ohne Zwischenfälle, und es war Mittag, als Maggie in King's Cross eintraf. Schneeflocken tanzten durch die Luft. London würde also doch ein weißes Weihnachten bekommen.

Nachdem Maggie mit großem Appetit gefrühstückt hatte, kehrte sie eilig zum Hotel zurück, weil sie aus irgendeinem merkwürdigen Grund befürchtete, es könne verschwunden sein, das Haus und alles andere. Aber nein, es war noch da, und auch Rafferty stand auf seinem gewohnten Posten an der Tür.

»Guten Tag, Ma'am«, begrüßte er sie lächelnd. »Schön, dass Sie wieder da sind.«

»Ist irgendetwas Besonderes während meiner Abwesenheit passiert?« Sie knöpfte ihren Mantel auf und sah sich in der stillen Eingangshalle um.

»Ja, sie haben den Weihnachtsbaum gebracht. Ein großes, stacheliges Ungetüm.« Er deutete auf eine Ecke des Foyers. Und er hatte Recht. Die Tanne reichte bis zur Decke, und die unteren Äste waren lang und kräftig.

»Er riecht frisch wie der Wald«, sagte Maggie. »Sie müssen mir später helfen, ihn zu schmücken.«

»Mit Vergnügen, Ma'am«, erwiderte er strahlend.

Maggie sah Cecily an der Rezeption und ging zu ihr. »Haben Sie schon etwas von Victoria gehört?«, fragte sie sofort und vergaß, ihre Assistentin zu begrüßen.

»Du meine Güte, Sie sind aber aufgedreht!«, sagte Cecily und blätterte in der Eingangspost. »Hier, diese Karte kam heute Morgen.«

»War sonst noch etwas Wichtiges?«, fragte Maggie, als sie die wenigen Zeilen der Gouvernante überflog. Victoria war offenbar sehr glücklich an der Küste.

»Stimmt was nicht? Sie sehen schrecklich angespannt aus«, sagte Cecily, als sie Maggie prüfend musterte. »Und müde.«

Maggie beschloss, ihrer Freundin von ihren beängstigenden Erlebnissen zu erzählen. »Kommen Sie auf ein Glas Sherry mit nach oben.« Als sie zusammen die

Treppe hinaufstiegen, fragte Maggie: »Irgendwelche Neuigkeiten von Mr Webb?«

»Er kam gestern Abend und sagte, er führe nach Liverpool. Warum, hat er nicht gesagt, nur, dass er wahrscheinlich heute am späten Abend wieder da sei.«

»Wird er hier … im Hotel bleiben, oder ist er in sein Haus zurückgekehrt?« Maggie schloss die Tür auf und merkte, dass das Schloss klemmte und der Schlüssel sich nur schwer umdrehen ließ.

»Davon hat er nichts gesagt«, antwortete Cecily und riss entsetzt die Augen auf, als Maggie die Gaslampe aufdrehte. »Was ist denn *hier* passiert?«

Maggie schnappte nach Luft, als sie das wüste Durcheinander in dem Zimmer sah. Mit Ausnahme der Möbel war alles auf den Kopf gestellt und auf dem ganzen Fußboden verstreut worden.

»Was zum Donnerwetter …«

»Ich rufe die Polizei«, sagte Cecily. »Es muss jemand eingebrochen sein.«

Maggie blieb wie angewurzelt stehen. »Warten Sie!«, befahl sie. »Ich muss nachdenken.«

Cecily musterte sie verständnislos. »Was gibt's da nachzudenken? Wir müssen die Polizei benachrichtigen!«

Maggie bedeutete Cecily, sich hinzusetzen, während sie sich das Chaos ansah. Sie ging zu dem Schrank mit den alkoholischen Getränken und schenkte für beide einen großzügig bemessenen Sherry ein.

»Hier, trinken Sie das. Das wird Sie beruhigen.«

Cecily war leichenblass, als sie sich umschaute. »Wer kann das gewesen sein?«

»Ich möchte, dass Sie das Personal unten im Büro versammeln. In einer halben Stunde werde ich mit ihnen sprechen, und dann benachrichtigen wir die Polizei.«

»Wieso?«

»Weil irgendeiner der Angestellten etwas Ungewöhnliches beobachtet haben könnte, aber das möchte ich sie selber fragen. Sie hätten wahrscheinlich zu viel Angst, der Polizei etwas zu erzählen.« Sie hob ein chintzbezogenes Kästchen vom Boden auf und begann die Briefe, die sie darin aufgehoben hatte, wieder hineinzulegen. »Ich wünschte, Mr Webb wäre hier.«

»Was glauben Sie, was der Dieb gesucht hat? Geld? Schmuck?«

»Keine Ahnung.« Maggie verzog das Gesicht, als sie einen weiteren Kasten aufhob, dessen lederner Bezug vollständig zerschnitten war. »Mir scheint, dass jemand etwas ganz Bestimmtes gesucht hat.« Sie berührte mit dem Fuß das Silberbesteck auf dem Kaminvorleger. »Das Silber haben sie jedenfalls nicht gestohlen.« Rasch ging sie in ihr Schlafzimmer und sah, dass ihr Schmuckkasten offen stand, aber keins der Stücke daraus fehlte.

Cecily blieb in der Tür stehen. »Hier drinnen ist es fast genauso schlimm. Es ist komisch, aber nur die Kästchen, die Sie haben, sind ausgeräumt und auseinander genommen worden.«

»Das ist mir auch schon aufgefallen.« Sie seufzte. »Es fing alles mit dem japanischen Lackkästchen an, das von meinem Schreibtisch verschwunden ist.« Sie blickte ihre Assistentin an. »Bitte rufen Sie das Personal zusammen. Es sind doch noch alle hier, oder?«

Cecily schaute auf die Uhr. »Ja, die meisten gehen erst um fünf.« Verwundert schüttelte sie den Kopf, als sie hinausging.

»Ich bin in einer halben Stunde unten.« Maggie war so müde, dass sie selbst kaum glauben konnte, wie lange sie ohne Schlaf gewesen war. Aber sie wusste, dass sie kein Auge zutun würde, bevor dieses Rätsel gelöst war.

Nachdem sie sich gewaschen hatte, zog sie ein blaues Wollkleid mit einem dezenten kleinen Spitzenkragen an. Sie erinnerte sich, wie Thaddeus ihr Haar frisiert hatte, und versuchte, es genauso locker aufzustecken, weil es bequemer als der straffe Knoten war, den sie gewöhnlich trug. Ihre Sehnsucht nach Thaddeus saß wie ein erbarmungsloser Schmerz in ihrer Brust.

Als sie nach unten ging, versuchte sie das Chaos in ihren Räumen zu ignorieren.

Die Bediensteten hatten sich in einer Reihe aufgestellt, Cecily stand neben Rafferty, die anderen nach Rang geordnet. Gertie, die junge Küchenmagd, stand der Tür am nächsten.

Maggie betrachtete die Gruppe. Spannung hing in der Luft, und alle starrten sie mit großen, furchtsamen Augen an. Sie waren eine hart arbeitende, fröhliche kleine Schar, und Maggie hoffte, dass keiner von ihnen für den Einbruch in ihren Wohnräumen verantwortlich war.

»Ich habe Sie alle rufen lassen, weil jemand in meine Wohnung eingebrochen ist.« Prüfend betrachtete sie jedes einzelne Gesicht, während sie die Reihe abschritt wie ein General seine Soldaten. »Der Gedanke, dass einer von Ihnen – treue Angestellte, denen ich seit Jahren schon vertraue – mir das angetan haben könnte, stimmt mich traurig. Aber wenn Sie jetzt gestehen, werde ich die Sache auf sich beruhen lassen, ohne die Polizei zu verständigen. Der oder die Schuldige werden ihre Anstellung verlieren, aber ich verspreche, dass das alles sein wird.« Sie seufzte resigniert.

Ein bedrücktes Schweigen senkte sich über den Raum, und alle starrten Maggie sprachlos an.

Sie schritt die Reihe ein weiteres Mal ab. Keiner sprach, als Maggie sich an den Schreibtisch setzte und grimmig die Lippen zusammenkniff. »Nun? Wenn ich Sie der Polizei melde und Sie für schuldig befunden werden, könnten Sie am Galgen enden.«

Ein ängstliches Seufzen ging durch die Gruppe. »Ma'am, ich war es nicht!«, rief Gertie und begann zu weinen. »Ich schwöre es.«

Die anderen traten unbehaglich von einem Fuß auf den anderen und sahen einander an.

»Ich glaube dir, Gertie.« Maggie hätte am liebsten selbst geweint. »Es hat alles mit dem Verschwinden des Lackkästchens begonnen. Bitte sagen Sie mir, was Sie wissen, selbst wenn Sie nichts mit dem Diebstahl jenes Kästchens zu tun hatten.«

Paddy, der Kellner, trat vor. »Jesses«, murmelte er, »ich glaube wirklich nicht, dass einer von uns etwas damit zu schaffen hat, Mrs Hartwell. Wenn Sie sich das Schlüsselbrett in der Speisekammer ansehen, werden Sie feststellen, dass einer fehlt. Der Ersatzschlüssel für die Hintertür, Ma'am.«

Maggie schnappte verblüfft nach Luft und sah Cecily an. »Stimmt das?«

»Das war mir noch gar nicht aufgefallen«, erwiderte die ältere Frau und rang bestürzt die Hände.

Maggie blickte Paddy prüfend an. »Aber wieso haben Sie mir oder Mrs Byrne noch nichts davon gesagt?«

Betreten senkte er den Kopf. »Wenn ich es getan hätte, wäre *ich* verdächtigt worden, ihn gestohlen zu haben.«

»*Ich* hätte Sie nicht verdächtigt, Paddy.«

Gemurmel erhob sich unter den anderen; alle begannen ihre Unschuld zu beteuern. »Ich glaube Ihnen«, sagte Maggie. »Ich hatte bisher noch keinen

Grund, Ihnen zu misstrauen. Aber vielleicht hat ja trotzdem jemand etwas Ungewöhnliches bemerkt – oder sogar Fremde um das Hotel herumlungern sehen?«

Die Bediensteten schüttelten den Kopf, und Maggies Hoffnung schwand. Sie wünschte, sie hätten ihr mehr erzählen können, doch zumindest wusste sie jetzt von dem Schlüssel. »Gehen Sie nun wieder an die Arbeit. Aber bitte seien Sie wachsam und halten Sie nach ungewöhnlichen Dingen Ausschau – und Sie, Rafferty, behalten jeden Fremden, der das Foyer betritt, im Auge.« Sie schwieg einen Moment. »Informieren Sie mich unverzüglich, falls Ihnen irgendetwas Ungewöhnliches auffällt.«

Sichtlich erleichtert verließen die Angestellten das Büro. »Sie sind viel zu weich, Maggie«, sagte Cecily und ließ bekümmert die Schultern hängen. »Ich verstehe nicht, wie dieser Schüssel fehlen kann.«

Zusammen sahen sie sich das Brett an, an dem die Schlüssel zum Weinkeller, zur Vorratskammer und den Wäscheschränken hingen. Es gab für alle Türen Ersatzschlüssel.

»Was sollen wir jetzt tun?«, fragte Cecily.

»Ich werde Sergeant Horridge beim Scotland Yard anrufen.«

19

Nach seiner Rückkehr aus Liverpool fuhr Thaddeus nach Hause in die Maddox Street, um sich umzuziehen. Im Wohnzimmer verhandelten Gavin und eine Kundin über eine handgeschnitzte Esszimmereinrichtung. »Ich versichere Ihnen, dass das genau das Richtige für Sie ist«, hörte Thaddeus Gavin sagen.

Thaddeus lachte, als er, immer zwei Stufen auf einmal nehmend, die Treppe hinaufeilte. Niemand verlässt den Laden, ohne etwas zu kaufen, wenn Peg da ist, dachte er. Vor allem, wenn der Käufer weiblichen Geschlechts war.

Nachdem Thaddeus sich rasch ausgezogen hatte, drehte er die Wasserhähne seiner Badewanne auf. Er konnte es kaum erwarten, Maggie wiederzusehen. Es kam ihm wie eine Ewigkeit vor, seit er sie in den Armen gehalten hatte. Ihre kleine Auseinandersetzung war absurd gewesen, und er würde dafür sorgen, dass sie das begriff. Sie brauchten einander. Zufrieden ließ er sich in das warme Wasser sinken und genoss die wohltuende Entspannung, die es seinen müden Gliedern brachte.

Eine halbe Stunde später, als er sich gerade abgetrocknet hatte und sein Hemd zuknöpfte, klopfte Gavin an und kam herein.

»Hast du Glück gehabt bei deinen Nachforschungen?«

»Ja … stell dir vor …«

Gavin unterbrach ihn. »Oh, bevor ich es vergesse,

gestern war ein Herr hier, der dich sprechen wollte. Er war mir auf Anhieb unsympathisch, als er mich von oben herab ansah und verlangte, dass ich ihm verriet, wo er dich finden konnte.« Gavin schnaubte und setzte sich in einen Ledersessel. »Ich habe ihm gesagt, ich wüsste es nicht.«

Thaddeus runzelte die Stirn. »Wie sah er aus?«

»Groß, dünn, blond und mit den kältesten Augen, die ich je gesehen habe. Er steckte gerade seine Nase in den Eckschrank im Wohnzimmer, als ich eintrat. Ich war bei Hetty in der Küche und hatte ihn nicht anklopfen hören.«

Thaddeus fragte sich, ob der Besucher Anselm Ripley war. Vor seiner Reise nach Liverpool hatte Thaddeus veranlasst, dass Sergeant Horridge Ripleys Haus beobachten ließ.

»Trug er irgendwelchen auffallenden Schmuck?«, fragte Thaddeus.

Gavin schwieg einen Moment. »Jetzt, wo du es erwähnst, fällt mir ein, dass er einen goldenen Ring an seiner linken Hand trug. Der Stein war aus Onyx, wenn ich mich nicht irre.«

»Dann muss es Ripley gewesen sein«, sagte Thaddeus mit einem grimmigen Lächeln. »Er ist hinter mir her, weil ich Miss Winstons Verschwinden aufzuklären versuche.«

Gavin strich sich das Haar zurück. »Woher weißt du das?«

»Das kann ich dir auch nicht sagen, aber aus irgendeinem Grund will er anscheinend nicht, dass ich sie finde.« Thaddeus band seine gestreifte Schalkrawatte und schob ihre Enden in den Ausschnitt seiner Weste. Dann kämmte er sein Haar und strich sich über das frisch rasierte Kinn. Es war weich und glatt – für Maggies Lippen, dachte er lächelnd.

»Wie geht's dir, alter Junge? Schmerzt dein Kopf noch von dem Schlag?«, fragte er Gavin, während er sein Tweedjackett anzog.

»Nein, aber etwas Seltsames geht vor. Ich habe das Gefühl, als würde dieses Haus beobachtet.« Gavin fluchte verhalten. »Das gefällt mir gar nicht, vor allem, seit ich der Empfänger der Schläge war, die offenbar dir zugedacht waren.« Er rieb sich die Stirn. »Ich möchte meinen Kopf behalten, falls du nichts dagegen hast.«

Thaddeus trat ans Fenster, zog die Samtvorhänge beiseite und blickte auf die Straße hinab. Er konnte nichts Befremdliches erkennen, und niemand lauerte in dem Portal auf der anderen Straßenseite. »Es ist nichts zu sehen draußen.«

Gavin ging zur Tür. »Falls du Hilfe bei diesem Fall brauchst, lass es mich wissen. Je schneller er aufgeklärt wird, desto besser. Außerdem vermissen deine Kunden deinen fachmännischen Rat im Laden.« Er griff in seine Tasche. »Hier, das hat ein Bote von Scotland Yard für dich gebracht.«

Thaddeus nahm den Umschlag und legte Gavin den Arm um die schmalen Schultern. »Ich könnte mir keinen besseren Freund als dich wünschen.«

Gavin versetzte ihm einen kleinen Schubs. »Seit du mit Mrs Hartwell zu tun hast, bist du nicht mehr der Alte, Thaddeus. Sie hat dir wirklich vollkommen den Kopf verdreht.«

Thaddeus nickte, und sein Herz schlug schneller. »Ja, das hat sie.« Er klopfte auf die Manteltasche, in der das Kästchen mit dem Verlobungsring seiner Großmutter steckte. »Wenn Maggie mich haben will, heirate ich sie.«

Gavin grinste. »Du Heimlichtuer! Hast du es deiner Familie schon erzählt?«

Thaddeus schlang den langen schwarzen Schal zweimal um den Hals. »Noch nicht. Ich kann ihnen nichts erzählen, solange Maggie noch nicht Ja gesagt hat.«

»Wirst du sie heute Abend fragen?«

Thaddeus senkte in plötzlicher Verlegenheit den Blick. »Möglich. Aber glaubst du, dass sie jemanden wie mich überhaupt haben will, Gavin? Denn außer einem bescheidenen Bankkonto und ein paar alten Möbelstücken habe ich ihr schließlich nicht viel zu bieten.«

Gavin lachte. »Wahrscheinlich nicht, aber das erfährst du erst, wenn du sie fragst. Geh und tu's endlich, du alter Narr.« Er ging hinaus und schloss die Tür. Thaddeus nahm den Brief aus dem Kuvert. Er war von Septimus Horridge.

Thad, alter Junge,
ich habe herausgefunden, dass Ripley ein guter Freund eines gewissen Theodore Fowler-Foss ist. Wir haben vergeblich versucht, etwas über seinen Aufenthaltsort herauszufinden, aber seine letzte Adresse, ein Haus am Golden Square, stand leer, und laut Aussage der Nachbarn lebt dort schon seit Jahren niemand mehr. Was die Rituale betrifft, die du in Richmond gesehen hast, so ist die Chance, dass sie mit den Altarmorden zu tun haben, nur sehr gering. Wir haben absolut nichts gefunden, was Rupert Merton damit in Verbindung bringt. Seine Geschäfte sind legal, seine Beziehungen in New York sehr respektabel. Ich könnte mir vorstellen, dass er sich in schwarzer Magie versucht – wie so viele andere heutzutage. Bist du sicher, dass du eine menschliche Gestalt auf dem Altar gesehen hast? Es tut mir leid, aber ich kann keine Zeit mehr mit dem Fall vergeuden. Du musst allein arbeiten, bis es hieb- und stichfeste Be-

weise gibt. Wir haben zwanzig andere Spuren im Zusammenhang mit den Altarmorden zu verfolgen. Dein Hinweis ist nur einer von sehr vielen, und deshalb kann ich dich nicht weiter unterstützen.

Fluchend warf Thaddeus den Brief auf die Kommode. Er hatte sich nicht geirrt. Es *war* ein menschlicher Körper gewesen, der auf dem Altar geopfert werden sollte. Er seufzte ärgerlich. Er würde schon Beweise dafür finden, dass Merton und Ripley etwas mit den Altarmorden zu tun hatten.

Thaddeus' Gesicht war grimmig vor Entschlossenheit, als er zu Maggies Hotel ging. Sobald er sie gesehen hatte, würde er seine Arbeit fortsetzen. Der Fall war komplizierter, als er ursprünglich gedacht hatte.

Er befingerte das Samtkästchen in seiner Manteltasche. Durfte er es nach ihrem Streit überhaupt noch wagen, sie um ihre Hand zu bitten? Er wollte den Moment zu einem ganz besonderen Ereignis machen. Er stellte sich ein Zimmer voller Rosen, sanfte Violinmusik und ein exquisites Essen vor. Aber wie sollte er all das arrangieren, ohne dass Maggie etwas davon merkte?

Thaddeus lächelte. Maggie war eine wunderbare Frau. Sie war schön und warmherzig, intelligent und liebenswürdig. Es gab keine positiven Eigenschaften, die sie nicht besessen hätte …

Was für ein verliebter alter Narr du bist, Thaddeus, schalt er sich.

Es schneite inzwischen, und der Wind pfiff um die Straßenecken. Thaddeus umfasste das Kästchen mit dem Ring, und da kam ihm die richtige Idee. Er würde ein Zimmer im Savoy mieten und dort das richtige Ambiente für den Heiratsantrag vorbereiten lassen.

Das Personal würde alles arrangieren, und er brauchte selbst nichts anderes zu tun, als Maggie zu einem festlichen Dinner einzuladen. Aber wenn sie Nein sagte …? Das Risiko würde er eingehen müssen. Sie war eine emanzipierte Frau, und er hatte sie wirklich sehr verärgert.

Als er das Hotel erreichte, sah er zu seiner Überraschung einen blau uniformierten Polizisten an der Tür bei Rafferty.

»Guten Abend, Larry«, begrüßte Thaddeus den Beamten. »Was machen Sie denn hier?«

Der Mann tippte sich mit zwei Fingern an den Helm. »n'Abend. Ich bin beruflich hier. Sergeant Horridge ist drinnen bei Mrs Hartwell.«

Thaddeus stellte ihm keine weiteren Fragen, sondern lief hinein, rannte durchs Foyer und die Treppe zu Maggies privaten Wohnräumen hinauf. Die Türen standen weit offen, und Horridge und noch ein weiterer Polizist knieten in einem unfassbaren Durcheinander. Mit aschfahlem Gesicht und zusammengekniffenen Lippen stand Maggie an der Tür zum Schlafzimmer. Mit einer solch erschreckenden Wendung der Ereignisse hatte Thaddeus nicht gerechnet.

Maggie erhob den Blick zu ihm und stürzte durch das Zimmer. »O Thaddeus!«, rief sie, als sie sich in seine Arme warf.

Entzückt über ihre Begrüßung, zog er sie fest an sich. »Ich habe dich schrecklich vermisst, Liebling.« Er blickte in ihr blasses Gesicht, aber sie hielt die Augen geschlossen, als litte sie furchtbare Schmerzen.

»Was ist hier passiert?«, fragte er, während er den vertrauten Duft ihres Haars einatmete.

»Jemand ist in meine Wohnung eingebrochen.« Sie zog Thaddeus hinein, und er stieg vorsichtig über die Dinge auf dem Boden.

Sergeant Horrdidge blickte für einen Moment von seiner Arbeit auf. »Hallo, Thad. Für mich sieht das wie ein ganz normaler Einbruch aus, aber Mrs Hartwell besteht darauf, dass nichts gestohlen wurde.«

»Außer dem Schlüssel für die Hintertür, aber ich weiß nicht, seit wann er nicht mehr da ist«, erklärte Maggie. »Mir ist klar, dass Sie mein Personal befragen müssen, aber sie alle haben mir geschworen, dass keiner von ihnen den Schlüssel genommen hat – oder hier oben bei mir eingebrochen ist.« Ihre Stimme zitterte. »Und ich vertraue meinen Leuten. So etwas ist noch nie passiert.«

»Könnte einer der Gäste den Schlüssel gestohlen haben?«

»Nun … das wäre möglich, aber sie gehen normalerweise nicht in die Küche, wo die Schlüssel hängen.«

Thaddeus hob den chintzbezogenen kleinen Kasten auf. »Mir scheint, dass der Einbrecher ganz besonders interessiert an deinen Kästchen ist.«

»Das dachte ich auch schon«, stimmte Maggie zu. »Es fing alles mit dem Lackkästchen an, von dem ich dir erzählte, als wir uns zum ersten Mal begegneten.«

Thaddeus dachte an die Kästchen und an Anselm Ripley. Konnte es da eine Verbindung geben?

»Lass uns in dein Schlafzimmer gehen«, sagte Thaddeus zu Maggie. »Ich muss mit dir reden.«

Sie gingen hinein und schlossen die Tür. Thaddeus setzte sich aufs Bett, zog Maggie neben sich und hielt ihre Hand. »Ich möchte mich für diesen dummen Streit entschuldigen«, sagte er.

Ihre Lippen zitterten. »*Ich* muss mich dafür entschuldigen, Thaddeus«, sagte sie. »Ich war zu hart zu dir.«

»Wie auch immer, ich habe jedenfalls gute Neuigkeiten. Seit wir uns zum letzten Mal gesehen haben, war ich in Liverpool, um herauszufinden, ob jemand deine Schwester das Schiff hat verlassen sehen, und ich sprach mit einem Gepäckträger, der ihre Koffer zu einer wartenden Kutsche getragen hatte.« Er hielt inne. »Der Grund, warum Horridge keine Spur deiner Schwester finden konnte, war, dass dieser Gepäckträger krank war, als die Beamten die Befragungen durchführten, und dieser Mann der Einzige am Hafen ist, der sich an sie erinnert.«

Maggie lehnte sich an Thaddeus und schlang die Arme um seine Taille. »Aber wo ist sie?«

»Der Gepäckträger sagte, es hätten drei Männer in der Droschke gesessen und sie erwartet. Sie sprachen und stritten mit ihr, aber der Gepäckträger konnte nicht hören, was sie sagten.«

Maggie sog scharf den Atem ein. »Es ist komisch. Ich war in Sheffield, weil ich in Erfahrung bringen wollte, ob Leonora vielleicht dorthin gefahren war. Während eines kurzen Aufenthalts des Zugs in Nottingham wurde ich von zwei Männern entführt, und einer von ihnen war der Mann, der mir von Robinson's gefolgt war, als ich an jenem Tag zu dir in die Maddox Street kam.« Sie erzählte Thaddeus von ihrer Reise und der Begegnung mit ihrem Onkel.

»Es gelang mir, aus dem Bauernhaus zu fliehen.« Sie dachte eine Weile nach und runzelte die Stirn. »Ich weiß nicht, wie lange sie mich dort gefangen halten wollten. Sie hatten niemanden zurückgelassen, um mich zu bewachen. Es war nichts zu essen und kein Feuerholz da, aber am nächsten Morgen kamen sie zurück – vielleicht, um mich zu holen. Sie waren sicherlich nicht darauf aus, mich zu berauben, denn sie ließen mir meine Handtasche, und ich hatte wegen der Reise eine beträchtliche Geldsumme darin.«

»Was machte dein Onkel in Sheffield?«

Maggie seufzte. »Schwer zu sagen. Der Mann hat revolutionäre Ideen – Pläne – von denen er behauptet, dass sie irgendwann die Welt verändern werden. Aber was für verrückte Ideen er auch immer haben mag, er ist trotzdem ein interessanter Mann und immer höflich.« Sie lächelte. »Ich finde es ganz nett, einen Exzentriker in der Familie zu haben.«

Thaddeus dachte an die mit schwarzen Roben bekleideten Männer in Richmond, wollte aber seinen Verdacht, dass Rupert Merton möglicherweise etwas mit ihnen zu tun hatte, nicht äußern. Maggie schien eine Schwäche für den Mann zu haben – was bei ihrem ausgeprägten Familiensinn verständlich war –, und deshalb hielt Thaddeus es für klüger, ihr nichts zu sagen, bis er Beweise hatte. Außerdem hätte Merton schon oft genug Gelegenheit gehabt, Maggie etwas anzutun, wenn er es gewollt hätte, so dass sie also höchstwahrscheinlich vor ihm sicher war. Das Problem war, wo lag die Verbindung zwischen Merton, Ripley und Leonora Winston? Warum war Miss Winston verschwunden und Maggie entführt worden? Besaßen die beiden Schwestern etwas, was Merton und Ripley haben wollten?

»Das gefällt mir ganz und gar nicht«, sagte Thaddeus grimmig. »Am liebsten würde ich dich von hier wegbringen, bis alles aufgeklärt ist.«

»Ausgeschlossen!«, sagte Maggie. »Ich muss für Heiligabend den Hochzeitsempfang deiner Schwester und dazu noch die üblichen festlichen Weihnachtsessen vorbereiten. Außerdem müssen wir das Hotel noch schmücken.«

»Können die Angestellten das denn nicht?«

»Doch, natürlich, aber ich muss trotzdem dafür sorgen, dass alles ordentlich erledigt wird. Außerdem schmücke ich den Baum sowieso lieber mit Victoria.«

»Victoria sollte jetzt besser nicht hier sein.«

»Ich weiß. Ich habe Miss Lather ein Telegramm geschickt und sie gebeten, noch etwas länger zu bleiben und erst zu Heiligabend zurückzukehren. Das gibt uns noch drei weitere Tage.«

»Gut.« Er hob ihr Kinn zu sich empor und betrachtete ihre weichen Lippen, die jetzt ganz entspannt aussahen. Ein jähes Bedürfnis, sie zu küssen, übermannte ihn, und das erinnerte ihn an den Ring in seiner Tasche, aber ein Klopfen an der Tür beendete den intimen Augenblick.

Maggie ließ Sergeant Horridge ein. »Ich kann hier keine weiteren Spuren finden«, sagte er. »Sind Sie wirklich sicher, dass nichts fehlt, Mrs Hartwell?«

Sie deutete auf den offenen Schmuckkasten. »Nicht das Geringste. Ich besitze keinen wertvollen Schmuck, wage aber dennoch zu behaupten, dass ein Dieb immerhin ein paar Pfund dafür bekommen hätte, wenn er ihn versetzt hätte.«

Der Sergeant schüttelte den Kopf. »Es ist mir ein Rätsel. Es sieht überhaupt nicht nach der Arbeit eines gewöhnlichen Diebes aus. Eher nach jemandem, der seine Wut an Ihren Sachen ausgelassen hat.«

Maggie wurde noch ein bisschen blasser und griff haltsuchend nach der Tür. Thaddeus lief zu ihr, um sie zu stützen. »Das genügt, Septimus. Du machst Mrs Hartwell Angst.« Er erzählte Horridge von Maggies erschreckendem Erlebnis in Nottingham, worauf der Sergeant durch die Zähne pfiff.

»Glaubst du, es besteht eine Verbindung?«, fuhr Thaddeus fort.

Horridge rieb sich nachdenklich das Kinn. »Möglich. Vielleicht wollte jemand Mrs Hartwell aus dem Hotel forthaben, damit er – oder sie – in Ruhe ihre Wohnräume durchsuchen konnte.«

»Aber warum?«, wisperte Maggie. »Ich habe keine Feinde.«

»Es könnte jemand aus Ihrer Vergangenheit sein«, entgegnete der Sergeant. »Denken Sie einmal darüber nach. In der Zwischenzeit werde ich die Ermittlungen im Fall Ihrer Schwester wieder aufnehmen. Sofern sie nicht auf einem anderen Dampfer nach Amerika zurückgekehrt ist, muss sie noch irgendwo hier in England sein.« Er wandte sich zur Tür. »Ich finde schon allein hinaus«, sagte er, setzte seine Melone auf und verließ das Zimmer.

»Ich helfe dir beim Aufräumen«, schlug Thaddeus vor, als er sah, wie Maggie erschöpft die Schultern hängen ließ. Er sammelte die verstreuten Papiere und Briefe auf und legte sie in ordentlichen Stapeln auf den Tisch, damit Maggie sie später durchsehen konnte. Sie warf die zerbrochenen Gegenstände weg und holte einen großen Pappkarton aus dem Vorratsraum, in den sie dann den Rest der Sachen packte.

»Was wird jetzt geschehen?«, fragte sie.

»Ich werde diesen Ripley nicht mehr aus den Augen lassen. Er wird uns irgendwann zum Kernpunkt des Problems führen, und ich bin mir sicher, dass wir dort auch deine Schwester finden werden.«

Maggie verhielt in der Bewegung. »Tot oder lebendig, meinst du?«

Thaddeus wagte seine Befürchtung, dass Leonora die menschliche Gestalt auf dem Opferaltar in Richmond gewesen sein könnte, nicht zu äußern.

Es war später Abend, als sie mit dem Aufräumen fertig waren. »Ich bin froh, dass ich beschlossen hatte, im Hotel zu übernachten«, sagte er. »Ist mein Zimmer noch frei?« Er hielt es für klüger, Maggie nicht zu fragen, ob er in *ihrem* Zimmer schlafen könne, solange sie so aufgeregt war.

»Ja … natürlich. Ich glaube, es sind auch noch einige deiner Sachen hier.« Sie errötete und senkte dann den Blick. Er schien zu spüren, dass sie an ihre gemeinsamen Nächte dachte.

»Maggie, ich würde dich gern morgen Abend zum Dinner ausführen«, sagte er, weil er seinen Antrag keinen Tag länger verschieben wollte. Er konnte unmöglich weiter mit ihr ins Bett steigen, ohne ihr die Ehe anzubieten. »Ins Savoy.«

Sie machte große Augen. »Ins Savoy?«

»Ja, ich finde, wir verdienen ein bisschen Abstand von all den furchtbaren Ereignissen. Ich möchte, dass es ein ganz besonderer Abend für uns wird.«

Sie erhob den Blick zu ihm, und er konnte die Frage in ihren Augen sehen, und die Befangenheit. Als er sie in die Arme schloss, hoffte er, dass sie schon ahnte, womit er sie überraschen wollte.

20

Maggie verbrachte den nächsten Tag damit, zusammen mit den anderen Mitarbeitern das Hotel zu schmücken. Sie musste etwas tun, um sich vom Schicksal ihrer Schwester und den anderen rätselhaften Begebenheiten abzulenken. Die Zeit schien jedoch sogar noch langsamer als gewöhnlich zu vergehen, als sie Girlanden aus Tannenzweigen über die Kaminsimse und Türen der drei Speisesäle legte und große Sträuße Stechpalmenzweige in glänzend aufpolierte Kupfertöpfe stellte.

Es wollte keine Weihnachtsstimmung in ihr aufkommen, vor allem deshalb nicht, weil Victoria nicht zu Hause war. Ihre Tochter liebte es, mit ihr den Baum zu schmücken. Maggie schaute den nackten Baum in der Ecke an und beschloss, dass sie das Schmücken bis zum Schluss aufschieben würde. Sie stellte einen Korb mit Knallbonbons auf die Theke an der Rezeption. Jedes enthielt etwas Süßes und ein Motto. Die Kinder waren ganz verrückt danach.

Cecily polierte einen silbernen Kerzenleuchter, der mit vier roten Wachskerzen auf einem bestickten roten Tischtuch an der Rezeption stehen sollte. Als das Telefon klingelte, nahm Cecily den Hörer ab und rief dann Maggie. »Für Sie. Ihr Onkel.«

Maggie hielt den Hörer an das Ohr. »Onkel Rupert?«

»Margaret, ich bin so froh, dass ich dich erreicht habe!«

Das statische Knistern in der Leitung war so laut, dass Maggie ihn kaum verstehen konnte. »Ist etwas passiert? Du klingst, als wärst du krank.«

»Ich habe mir eine schlimme Erkältung in Sheffield zugezogen. Mein Geschäftspartner, der in Richmond wohnt, bestand darauf, dass ich bei ihm blieb. Ich dachte, du könntest vielleicht einige meiner Sachen packen und sie hierher bringen. Außerdem möchte mein Partner dich zum Abendessen einladen.«

»Heute? Aber ich hatte andere Pläne ...«

»Wäre es nicht trotzdem möglich?« Seine Stimme klang jetzt bittend. »Ich bin im Bett, und der Arzt hat mir geraten, drei Tage liegen zu bleiben, oder zumindest, bis das Fieber nachlässt.« Er hustete, und Maggie fühlte Mitgefühl in sich erwachen.

»Dann solltest du den Rat des Arztes auch befolgen. In diesem kalten feuchten Wetter könntest du dir sonst noch eine Lungenentzündung holen.« Maggie seufzte und blickte auf die Uhr. Es wurde bereits dunkel draußen, aber sie konnte in Victoria Station die Untergrundbahn nach Richmond nehmen. »Ich komme gern. Möchtest du irgendetwas Bestimmtes haben?«

»Meine Bücher und etwas Kleidung zum Wechseln.«

Maggie legte auf und ging zum Dachboden hinauf. Der große Reisekoffer ihres Onkels, zusammen mit einer leeren Reisetasche, stand in einer Ecke. Sie fand einige ordentlich gefaltete Hemden und, ganz unten auf dem Boden des Koffers, zwei Bücher. Sie sah, dass sie über orientalische Religion waren, und eins enthielt Zeichnungen und Diagramme, die sie nicht verstand. Nachdem sie alles in die leere Reisetasche gepackt hatte, ging sie wieder ins Foyer hinunter.

Dort schaute sie auf die Uhr und nahm sich vor, gleich nach dem Tee nach Richmond aufzubrechen.

Nachdem sie darum gebeten hatte, dass man ihr ein Tablett nach oben brachte, stieg sie die Treppe zu ihren Wohnräumen hinauf. Die Mädchen hatten hier alles so gründlich gereinigt und die ganze Wohnung derart makellos sauber hinterlassen, dass keine Spur des Einbruchs mehr zu sehen war und die Zimmer in ihrer Sauberkeit beinahe unpersönlich wirkten.

Ein Klopfen ertönte, und Thaddeus steckte den Kopf durch die Tür. »Darf ich hereinkommen?«

»Thaddeus! Ich freue mich, dich zu sehen«, sagte Maggie lächelnd. Seine unbeschwerte Gegenwart war genau das, was sie den ganzen Tag vermisst hatte. Die Umgebung, die ihr eben noch düster und farblos erschienen war, nahm nun einen rosigen Schimmer an.

Er nahm Maggie in die Arme. »Du erinnerst dich doch, dass ich dich ins Savoy zum Dinner eingeladen hatte?«

Sie nickte und umschlang ihn noch ein wenig fester.

»Nun, sie haben bis auf heute Abend keine privaten Speisezimmer mehr. Sie sind bis nach Weihnachten voll ausgebucht, und so lange möchte ich nicht warten, um einen Abend mit dir allein zu verbringen«, murmelte er. Als sie sich in seinen Armen versteifte, fügte er hinzu: »Ich weiß, dass es ein bisschen kurzfristig ist, aber du hast doch hoffentlich noch keine anderen Pläne?«

»Es geht nicht«, sagte sie. »Onkel Rupert hat mich angerufen. Er ist krank und wohnt für ein paar Tage bei seinem Geschäftspartner. Ich habe versprochen, ihm einige Sachen vorbeizubringen, und sein Partner möchte gern, dass ich zum Abendessen bleibe.«

Thaddeus stöhnte und dachte an den Ring, der ihm in der Tasche brannte. »Nein … kann das nicht warten? Merton liegt doch nicht im Sterben, oder?«

»Nein, aber ich habe es versprochen, und obwohl er

es nicht gesagt hat, glaube ich, dass er meinen Beistand braucht.«

»Bitte …«, bettelte Thaddeus und küsste sie aufs Haar. Er ertrug den Gedanken nicht, bis nach Weihnachten mit seinem Antrag warten zu müssen.

Ärgerlich entzog sich Maggie ihm. »Bedräng mich nicht! Ich breche das Versprechen nicht, das ich meinem kranken Onkel gegeben habe.«

Thaddeus verschränkte die Arme vor der Brust. »Dann ist er dir also wichtiger als ich, nicht wahr?« Er konnte ihr nicht sagen, wie sehr ihm bei der Vorstellung graute, dass sie mit ihrem zwielichtigen Onkel Zeit verbrachte, der sehr gut am Verschwinden ihrer Schwester beteiligt sein konnte – ganz zu schweigen von den Altarmorden.

»Das war kindisch«, sagte sie und straffte ihre Schultern. Ihre wundervollen Augen funkelten vor Ärger, und Thaddeus' Herz schlug schneller. Gott, war sie schön …

»Darf ich dich dann wenigstens begleiten? Vielleicht können wir dann später noch zusammen essen.«

»Nein, du bist nicht eingeladen. Außerdem weiß ich nicht, wie lange es dauern wird. Wir müssen unser Tête-à-tête verschieben, Thaddeus.« Sie öffnete ihren Schrank und begann die Kleider auf den Bügeln durchzusehen. »Was wäre das Geeignetste für ein solches Dinner?«, murmelte sie.

Sie entschied sich für ein grünes, eng tailliertes Samtkleid mit kurzen Puffärmeln und breitem Spitzenkragen und einem weiten, ausgestellten Rock. Dazu trug sie eine Samtschärpe in einem kontrastierenden Grün und lange grüne Abendhandschuhe.

Thaddeus dachte über Mittel und Wege nach, sie aufzuhalten. Er konnte seinen Verdacht nicht einfach ignorieren. Was, wenn Maggie etwas zustieß, während sie zu Besuch bei ihrem Onkel und er nicht da war, um sie zu beschützen? Er konnte die dummen Worte nicht aufhalten, bevor sie über seine Lippen kamen. »Du wirst nicht zu ihm fahren, Maggie. Ich verbiete es dir. Ich kann noch nichts beweisen, aber ich glaube, dass dein Onkel etwas mit Miss Winstons Verschwinden zu tun hatte.« Von den Altarmorden durfte er nichts erwähnen. Nicht nur, weil Maggie die bloße Idee als absurd bezeichnen würde, sondern auch, weil Merton ihr Onkel war und die Familie, die sie nie gehabt hatte, verkörperte. »Dein Leben könnte in Gefahr sein, nicht nur dein Besitz.«

Furcht flackerte für einen winzigen Moment in ihren Augen auf, doch dann sah Thaddeus, wie sie ärgerlich die Lippen zusammenkniff. Sie schob sich an ihm vorbei, als er ihr den Weg zur Kommode verstellte.

»Warum glaubst du, dass mein Onkel …? Warum sollte er …« Sie vermied es, Thaddeus in die Augen zu sehen, und fühlte, wie Bestürzung sie erfüllte. Sie war so froh gewesen, Onkel Rupert gefunden zu haben, und Thaddeus hatte nun ihr Glück vergiftet.

Er setzte sich aufs Bett. »Erstens, weil er exakt zum gleichen Zeitpunkt im Hotel auftauchte, an dem auch deine Schwester hätte kommen sollen. Bloßer Zufall? Das ist schwer zu glauben.« Er warf Maggie einen flehentlichen Blick zu. »Zweitens, weil er und Anselm Ripley exakt die gleiche Art von Ringen tragen – die mit dem schwarzen Skarabäus, wie du dich erinnern wirst. Kann das auch ein Zufall sein?«

»Es wäre möglich«, murmelte sie. Nachdem sie ihr Haar gebürstet hatte, legte sie die Bürste auf ihren Frisiertisch.

Thaddeus nickte. »Ja, aber solche Zufälle sind selten harmlos. Ich kenne seine Gründe nicht, aber er könnte Leonora entführt haben – und dann dich, weil er etwas sucht, vielleicht etwas Wertvolles, das mit seiner Vergangenheit oder eurer in Verbindung steht.«

»Das sind nur Vermutungen«, sagte sie verteidigend.

Er seufzte. Wie konnte er Maggie von seinem Verdacht erzählen, dass Merton in die Altarmorde verwickelt war, ohne sie noch mehr gegen sich aufzubringen? Aber um sie davon abzuhalten, dass sie ging, blieb ihm nichts anderes übrig, als es ihr zu sagen. Wenn er doch nur Beweise hätte. »Es mag zwar nur eine Vermutung von mir sein, aber du solltest meine Warnung beherzigen. Ich befürchte, dass Anselm Ripley in ... in die Altarmorde verwickelt ist.« Er hielt den Atem an, als er auf Maggie zuging und ihr die Hände auf die Schultern legte. »Was, wenn ich Recht habe, Maggie?«

»Die Altarmorde? Nein, nein! Mein Onkel und Ripley?« Sie weigerte sich, so etwas Furchtbares zu glauben. »Sie hatten schon begonnen, bevor Onkel Rupert nach England kam.«

»Er könnte schon länger hier sein, als er sagt.«

Maggie wandte das Gesicht ab. »Hör endlich auf, meinen Onkel zu kritisieren. Ich bin bereit, einige der Marotten, die er hat, zu übersehen, und ich kann einfach nicht glauben, dass er hierher gekommen ist, um mein Leben in Gefahr zu bringen.« Sie schnaubte. »Das ist ja absurd, Thaddeus! Er war immer nett zu mir und hat mich mit ausgesuchter Höflichkeit behandelt. Er ist außer Victoria der einzige Verwandte, den ich habe, und ich will loyal ihm gegenüber sein – so wie du deiner Familie gegenüber loyal wärst – bis du beweisen kannst, dass ich mich irre.« Ihre Stimme schwankte. »Ich hoffe zu Gott, du kannst es nicht.«

Wortlos ergriff Thaddeus Maggies Arme und zog sie an sich. Er presste sie an seine Brust, bedeckte ihren Mund mit seinem und überwältigte sie mit seinem

Kuss, bis sie ihren Widerstand aufgab. Erst dann lockerte er seinen Griff und kostete die Weichheit ihrer Lippen aus. Die gleiche Schwäche, die er immer fühlte, wenn er sie in seinen Armen hielt, überkam ihn auch jetzt.

»Oh … Maggie …«, flüsterte er an ihrem Ohr, als es ihm endlich gelang, den leidenschaftlichen Kuss zu unterbrechen. Sie war wunderbar weich und nachgiebig, als er sie noch ein wenig fester an sich zog. Ihr Herz klopfte genauso schnell wie seins. Sie machte einen schwachen Versuch, sich ihm zu entziehen, gab es aber bald schon auf.

»Liebling«, murmelte er und küsste die zarte Haut am Ansatz ihres Halses. »Dass wir uns über deinen Onkel streiten, ist absurd.« Ihr Duft berauschte ihn, und ein erwartungsvolles Ziehen ging durch seine Lenden. Er umfasste eine ihrer vollen Brüste und verfluchte im Stillen das Korsett, das ihn daran hinderte, sie noch intimer zu erforschen.

»Nein …«, stöhnte sie. »Dafür habe ich jetzt keine Zeit.« Sie entzog sich seinem Griff, und ein schockierendes Verlustgefühl erfasste ihn. Niedergeschlagen sah er zu, wie sie durch das Zimmer ging und ihr Kleid vom Bügel nahm.

Er befühlte das Samtkästchen mit dem Rubinring in seiner Manteltasche. Ein Gefühl der Dringlichkeit erfasste ihn, Furcht, dass er sie verlieren würde, wenn er ihr nicht auf der Stelle einen Heiratsantrag machte. Er durfte sich diese Gelegenheit nicht entgehen lassen.

»Maggie, komm bitte einen Moment her«, sagte er und streckte seine Hand nach ihr aus. »Es ist wichtig.«

Sie warf ihm einen forschenden Blick zu, dann ging sie zu ihm. Er konnte sich nicht entsinnen, sich je in seinem Leben so gehemmt gefühlt zu haben, als er sie zu dem Polsterschemel in der Zimmerecke führte.

Sichtlich verwirrt, setzte sie sich darauf, und Thaddeus ließ sich vor ihr auf ein Knie nieder. Zärtlich ließ er die Hände über ihre Schenkel und ihre Hüften gleiten, umfasste ihre Taille und blickte ihr in die Augen.

»Maggie, Liebste, willst du meine Frau werden?« Der Atem kratzte in seiner Kehle, als er das Kästchen aus der Tasche nahm und den Deckel aufklappte. Der Rubin lag schimmernd auf dem schwarzen Samt.

Maggies Augen wurden groß, und sie erblasste. Ihr war, als müsse ihr das Herz stehen bleiben, so glücklich war sie. Sie konnte das Zittern ihrer Lippen nicht beherrschen und auch nichts dagegen tun, dass ihr die Tränen kamen. Sie rannen in Strömen über ihre Wangen, und Thaddeus nahm ihr sanft die Brille ab und tupfte ihr mit seinem Taschentuch die Tränen ab.

»Ich liebe dich mehr, als ich dir sagen kann«, sagte er, mit einer Stimme, die ganz heiser vor Gefühl war.

Sie nickte, und auch ihre Stimme war rau von Tränen, als sie sagte: »Ja, ich will, Thaddeus. Mehr als alles andere auf der Welt.«

Mit zitternden Fingern nahm er den Ring aus dem Samtkästchen und streifte ihn ihr über den Ringfinger. Er passte perfekt, der Rubin glitzerte blutrot an ihrer hellen Haut.

»Als wäre er für dich gemacht«, sagte Thaddeus lächelnd. »Er gehörte meiner Großmutter – der, die meinen schwarzen Schal gestrickt hat.

»Er ist wunderschön«, sagte sie und betrachtete ihn bewundernd.

»Ich wollte ein ganz besonderes Ereignis daraus machen, nach einem exquisiten Abendessen im Savoy.«

Sie streichelte sein Haar. »Nichts könnte perfekter sein als der eigentliche Moment, in dem du fragst – das Wo und Wann ist nicht so wichtig.«

Er schlang die Arme um ihre Taille, zog sie an sich und barg sein Gesicht zwischen ihren Brüsten. »Ich hätte nie gedacht, dass es möglich ist, so starke Empfindungen für eine Frau zu haben«, murmelte er. »Es ist überwältigend …«

»Wie Glockengeläut«, sagte sie und blickte ihm in die Augen. »Oder ein Chor von Engeln.«

Mit einem leisen Stöhnen erhob er sich, zog sie auf die Beine und nahm zärtlich ihr Gesicht zwischen die Hände. »Ich hatte Angst, dass du den Antrag vielleicht nicht annehmen würdest.«

»Und ich, dass du vielleicht nie fragen würdest.« Wie in Trance hob sie ihm ihren Mund entgegen. Ihre Liebe durchströmte sie in einer Schwindel erregenden, köstlichen Welle des Entzückens. Er schob die Hände unter ihr Haar und küsste sie zärtlich.

Sie fühlte sich verwundbar mit dem offenen Haar, und sogar noch hilfloser, als er ihre Bluse aufknöpfte und den Stoff zur Seite schob.

Seine Augen verdunkelten sich vor Verlangen, als er ihr die Bluse von den Schultern streifte, und Maggie erschauerte lustvoll, ihr Magen verkrampfte sich vor Sehnsucht.

»Sieh mich an, Maggie«, bat er, als er die Häkchen ihres Korsetts löste und die Hände um ihre Brüste schloss, die jetzt nur noch von einem dünnen Seidenhemd bedeckt waren. »Ich möchte das Verlangen in deinen Augen sehen.«

Scheu blickte sie ihn an und rang ganz unbewusst nach Atem, als sie die mit unverhohlenem Verlangen vermischte Zärtlichkeit in seinen Augen sah.

Er streichelte ihre Brüste. »Wie Pfirsiche«, flüsterte er und senkte den Kopf, um eine der harten kleinen Spitzen unter dem seidenen Hemd zu küssen. »Wie reife, rosige Pfirsiche.« Er saugte an ihrer Brustspitze, und sie ertrug es fast nicht mehr, als heiße Wellen der Begierde sie durchzuckten. Ungeduldig öffnete sie die Knöpfe seiner Weste und seines Hemds und schob die Schalkrawatte beiseite.

Lustvoll vergrub sie die Fingerspitzen in dem Haar auf seiner Brust und atmete seinen Duft ein. Sein herbes Eau de Cologne verlockte ihre Sinne.

»Du riechst wie eine Sommerwiese, aber deine Haut ist wie etwas Verbotenes, Gefährliches und ungemein Berauschendes«, sagte er. »Und dein Körper … es gibt keine Worte, mit denen sich seine Vollkommenheit beschreiben ließe.«

»Wollen Sie mir den Kopf verdrehen, Mr Webb?«

»Nun, das wäre nur gerecht, denn meinen hast du mir ja schon verdreht.« Er küsste ihre Schultern und löste die Häkchen an ihrem Rockbund. Der Stoff bauschte sich um ihre Knöchel, und Thaddeus zog ihr die Unterröcke über den Kopf. Der letzte, der aus spitzenbesetzter Seide war, verfing sich in ihrem Haar, und sie lachte.

Thaddeus stöhnte vor Begierde, als er ihre üppigen Kurven unter dem hauchdünnen Seidenhemdchen sah, und hob sie auf, ohne es ihr vorher auszuziehen. Sie seufzte vor Vergnügen, als er sie auf das Bett legte und mit den Händen über ihren verführerischen Körper strich. Ihr Hemd rutschte ein wenig hinauf, so dass das rotgoldene Haar zwischen ihren Schenkeln sichtbar wurde. Thaddeus küsste sie dort und drang dann mit der Zunge in sie ein, bevor sie protestieren konnte. Doch stattdessen spreizte sie nur einladend die Schenkel. Ein solch unbändiges Verlangen erfasste ihn, als sie sich seinen Blicken darbot, dass er all seine Beherrschung brauchte, um nicht sofort in sie einzudringen.

Er schloss für einen Moment die Augen, bis er wieder in der Lage war, seine erotischen Liebkosungen fortzusetzen.

Maggie streifte den störenden Unterrock über den Kopf und ließ ihn auf das Bett fallen. Thaddeus' erregende Zärtlichlichkeiten waren wie eine exquisite Tortur für sie. Sie bog sich ihm aufstöhnend entgegen, wieder und wieder, auf der Suche nach Erlösung von der süßen Spannung, die zwischen ihren Schenkeln begann und von dort auf jede Faser ihres Körpers übergriff.

Thaddeus kniete sich zwischen ihre Schenkel und beugte sich dann vor. Sein Gewicht drückte sie auf die Matratze, aber sie schlang die Arme um ihn und ließ einladend die Hüften kreisen, bis die Spitze seines harten Glieds sie dort berührte, wo die süße Qual am größten war.

Sie stieß einen lustvollen Schrei aus, als er in sie eindrang. Mit entnervender Langsamkeit begann er die Leere in ihr auszufüllen, bis sie sich aufbäumte und ihm ungeduldig den Schoß entgegenbog. Das Gesicht verzerrt vor Leidenschaft, begann er sich in ihr zu bewegen, und sie stöhnte in lustvoller Verzückung auf.

»Verdammt«, fluchte er und biss sich auf die Unterlippe, »ich glaube nicht, dass ich mich noch viel länger beherrschen kann.«

Sie schob ihn sanft zurück, löste sich von ihm und drehte ihn auf den Rücken. Dann hockte sie sich rittlings über ihn, und er liebkoste ihre Brüste, bis sie mit einem Aufschrei der Ekstase über ihm erschauerte. Da umfasste er ihre Hüften, drang mit einem machtvollen Stoß noch einmal ganz tief in sie ein und rief mit heiserer Stimme ihren Namen, als sich seine Leidenschaft in ihr entlud.

Ermattet ließ sie sich auf seinen Bauch sinken, ohne die innige Vereinigung mit ihm zu unterbrechen. Er raffte mit einer Hand ihr Haar zusammen, das ihn wie ein schwerer Vorhang von der Außenwelt abtrennte.

»Ich möchte dich noch einmal«, sagte er und küsste ihren schlanken Hals. »Und noch einmal ... und noch einmal ...«

Sie streckte die Beine aus und lag jetzt ganz auf ihm. Er hob den Kopf und küsste ihre Lippen.

Ihre Augen waren schläfrig nach der stürmischen Umarmung. »Wer hindert dich daran?«

»Verführerin«, erwiderte er zärtlich und fragte sich, ob ein Mann an zu viel Liebe sterben konnte.

21

Maggie war, als schwebte sie auf Wolken, als sie die Reisetasche ihres Onkels nahm und dann in der Halle wartete, während Rafferty eine Mietkutsche für sie herbeirief.

Thaddeus schlief noch oben, und sie hatte sich gewaschen und angezogen, ohne dass er es bemerkt hatte. Es war besser, so zu verschwinden, als eine weitere hitzige Diskussion über ihre Entscheidung mit ihm zu führen. Er neigte dazu, ein bisschen bestimmend zu sein, und sie hatte nicht die Absicht, sich jeder seiner Launen zu beugen. Bevor er in ihr Leben getreten war, war sie schließlich auch allein sehr gut zurechtgekommen. Und dennoch … seine Fürsorge wärmte ihr das Herz. Und wie er ganz richtig festgestellt hatte, war irgendetwas Unheilverkündendes im Gange. Aber wie konnte er Onkel Rupert verdächtigen, die scheußlichsten Morde Londons begangen zu haben?

Das Schneetreiben hatte aufgehört, und die Straßen waren voller Matsch. Kein Märchenbuch-London in diesem Jahr. Der Wind war bitterkalt geworden, und Maggie fröstelte, obwohl sie ihren dicksten Mantel trug mit Kapuze und Pelzbesatz. Ihre Stiefel waren warm, und ihre Hände steckten in den gestrickten Fausthandschuhen, die Miss Lather ihr zum letzten Weihnachtsfest geschenkt hatte.

»Da ist einer«, sagte Rafferty und winkte dem Kutscher, dessen Augen über seinem dicken Schal fast nicht zu sehen waren. Der Hansom hielt auf der anderen Straßenseite, und Maggie stieg rasch ein. »Zur Victoria Station, schnell«, befahl sie durch das Fenster.

Wie war doch noch die Adresse, die Onkel Rupert ihr gegeben hatte? Maggie zog einen Handschuh aus und suchte in ihrer Tasche, obwohl das Licht der Gaslaternen auf der Straße viel zu schwach war, um das Innere der Kutsche zu erhellen. Stirnrunzelnd nahm Maggie alles Mögliche heraus: Portemonnaie, Kamm, Taschentuch, Schlüssel, Haarnadeln und einen Stift. Nur die Adresse fand sie nicht. Sie erinnerte sich jedoch, sie auf dem Block neben dem Telefon notiert zu haben, aber wahrscheinlich hatte sie vergessen, den Zettel in die Handtasche zu stecken. Sie dachte angestrengt nach und erinnerte sich an die Straße, Sparrow Lane. Aber war es Nummer 544 oder 542 gewesen?

»Du Idiot!«, schalt sie sich. Sollte sie zurückkehren und eine Auseinandersetzung mit Thaddeus riskieren? Nein, lieber nicht. Sie sah vielleicht etwas, was sie zu dem richtigen Haus in Richmond führte, und falls sie an der falschen Tür anklopfte, konnte sie sich immer noch entschuldigen.

Von einem warmen Glücksgefühl erfüllt, dachte sie an Thaddeus und spielte mit dem Ring an ihrem Finger. Mrs Margaret Webb, dachte sie. Oder Mrs Thaddeus Webb. Beides klang gut, und sie vermisste jetzt schon sein Lächeln und seine Umarmung.

Thaddeus war im selben Moment erwacht, als Maggie die Tür des Schlafzimmers geschlossen hatte. »Verdammt!«, fluchte er und schlug die Bettdecke zurück. Aber nackt, wie er war, konnte er ihr nicht nachlaufen. Warum musste sie nun doch zu ihrem Onkel fahren? Weil sie zu vertrauensselig war, deshalb!

In fieberhafter Eile streifte Thaddeus seine Kleidung über und band nachlässig die Schalkrawatte um. Nachdem er sich rasch mit Maggies Bürste übers Haar gefahren war, zog er seinen Mantel an und rannte die Treppe hinunter, aber nur noch gerade rechtzeitig genug, um den Hansom abfahren zu sehen.

»War das Mrs Hartwell?«, fragte er Rafferty. »Wo fährt sie hin?«

»Keine Ahnung, Sir. Sie sagte, sie wolle ihren Onkel besuchen. Und der wohnt am Cavendish Square, oder?«

Thaddeus nickte und lief auf die Straße. Er musste Maggie einholen. Genau wie sie es zu Beginn der Ermittlungen getan hatte, würde er sich ihr einfach aufzwingen und verlangen, dass er sie begleiten durfte.

Keuchend rannte er über die Straße, um mit dem Hansom Schritt zu halten. Da jedoch um diese späte Zeit nur wenige Fahrzeuge unterwegs waren, kam die Kutsche gut voran. Thaddeus biss die Zähne zusammen und rannte, um das Gefährt nicht aus den Augen zu verlieren. Als ein weiterer Hansom vorbeikam, winkte er so heftig, dass er stoppte.

»Wat ham Se's denn so eilig?«, fragte der Fahrer lachend. »Ham'Se Feuer im Hintern?«

»Folgen Sie dem Hansom dort«, befahl Thaddeus und sprang in den Wagen. »Sie kriegen ein paar Schilling extra, wenn Sie dranbleiben.«

Der Kutscher begann ein schrilles Lied zu pfeifen, und Thaddeus merkte, dass der alte Mann sich wohl ein bisschen zu sehr mit einer Brandyflasche aufgewärmt hatte, die er irgendwo zwischen seinen voluminösen Kleidern versteckt hatte.

Thaddeus rieb sich verblüfft das Kinn, als er sah, dass Maggies Kutsche nicht zum Cavendish Square abbog. Sie war also doch nicht zu Rupert Mertons Haus gefahren.

Aber wohin wollte sie? Zu seiner Überraschung bog der Hansom in die Regent Street ein, fuhr durch den zunehmenden Nebel bis Piccadilly und schlug dann die Richtung Hyde Park Corner ein. Zutiefst verwirrt, beobachtete Thaddeus, wie der Wagen am Grosvenor Place vorbei zur Victoria Station fuhr. Was hatte Maggie vor?

»Halten Sie ein paar Meter hinter dem anderen Hansom«, wies er seinen Kutscher an, der jetzt begeistert vor sich hinsang, und stieg aus. Er bezahlte die Fahrt und gab dem alten Mann ein großzügiges Trinkgeld.

Gaslicht strömte durch die Bahnhofstüren, und Thaddeus betrat die riesige Eingangshalle. Keine Spur von Maggie. Rasch suchte er die nähere Umgebung ab. Er hatte die Straußenfeder auf ihrem schwarzen Hut erkannt, als sie aus ihrem Hansom gestiegen war, aber im Moment war sie nirgendwo zu sehen. Thaddeus drängte sich durch die Menge und betrachtete prüfend alle Frauen.

Ein Zug pfiff, und zu spät erkannte Thaddeus, dass sie wahrscheinlich in eine der Untergrundbahnen gestiegen war. Deren Endstation war Richmond. Er musste sie in der Menschenmenge verpasst haben, da sie nirgendwo auf den Bahnsteigen gewesen war. Wie war das passiert? Hatte sie ihn gesehen und sich versteckt? Er sah, wie der Zug den Bahnhof verließ, und ging dann zu dem einzigen Schalter, der um diese Zeit noch offen war.

»Haben Sie eine Frau mit rotblondem Haar, einer Brille und einem schwarzen Hut mit einer Straußenfeder gesehen?«

Der buckelige alte Mann nickte. »Ja, sie war gerade hier. Sie hat eine Fahrkarte nach Richmond gekauft, hin und zurück.«

»Geben Sie mir auch eine«, sagte Thaddeus grimmig. »Wann fährt der nächste Zug?«

»In einer Stunde.«

Thaddeus zahlte, nahm die Fahrkarte und schlenderte über den Bahnsteig. *Richmond*? Was wollte sie in Richmond? Eine böse Vorahnung beschlich ihn. Wenn Rupert Merton wirklich etwas mit den Altarmorden zu tun hatte, gab es keine Garantie dafür, dass Maggie nicht das nächste Opfer sein würde. Würde sie Thaddeus zu dem Haus zurückführen, in dem er gefangen gehalten worden war? Alles in ihm bedrängte ihn, sie zu beschützen, aber falls sie merkte, dass er ihr gefolgt war, würde sie sehr wütend sein.

Kalter Schweiß rann ihm über den Rücken bei dem Gedanken an die Gefahr, in die Maggie sich begab. Während er wartete, beschloss er, Septimus Horridge eine Nachricht zu senden. Er überlegte, was er ihm schreiben sollte, während er einen Bleistift und ein altes Kuvert aus seiner Manteltasche nahm.

Das Bahnhofsgebäude leerte sich. Herren in Melonen lasen Zeitungen, und einige Bauersfrauen vom Gemüsemarkt schleppten Körbe mit Kohlrüben und Pastinaken. Ihre Gesichter waren rot nach einem ganzen Tag in der Kälte draußen, und weder ihre Fausthandschuhe noch ihre abgetragenen Mäntel vermochten ihr Frösteln und ihr Unbehagen zu verbergen. Zwei Jungen liefen an der Bank vorbei, auf der Thaddeus saß, und er beschloss, dem einen einen Schilling und die Nachricht an Horridge anzuvertrauen. Ihm blieb einfach keine Zeit mehr, sich nach einem anderen Boten umzuschauen.

Er schrieb dem Sergeanten, er solle ihn so schnell wie möglich auf dem Bahnsteig in Victoria Station vor dem Zug nach Richmond treffen. Ein weiterer Zug lief in den Bahnhof ein und ließ zischend eine Wolke Dampf ab.

Thaddeus rief einen der beiden Gassenjungen und starrte das schmale blasse Gesicht und strähnige Haar des Kindes an. »Möchtest du dir einen Schilling verdienen?«, fragte er.

»Einen ganzen Schilling?« Der Junge machte große Augen.

»Ja … aber du musst versprechen, diese Botschaft so schnell wie möglich Sergeant Horridge beim Scotland Yard zu übergeben.«

»Da geh ich nicht hin«, sagte der Junge und schob das Kinn vor.

»Für einen Schilling schon. Und falls der Sergeant nicht da sein sollte, gibst du den Zettel einem Polizisten und sagst, die Nachricht sei von Mr Webb und sehr, sehr dringend.«

Der Junge beäugte die glänzende Münze in Thaddeus' Hand und zog seine schmutzige Kappe noch tiefer in die Stirn. Dann leckte er sich erwartungsvoll die Lippen beim Gedanken an das Essen, das er sich mit dem Schilling kaufen konnte.

»In Ordnung.« Er schnappte sich den Zettel und die Münze und war so schnell aus dem Gebäude verschwunden, dass Thaddeus vor Erstaunen blinzelte.

»Septimus wird die Nachricht vielleicht nie sehen«, dachte Thaddeus laut, »aber wenigstens kriegt der Junge heute Abend etwas Anständiges zu essen.«

Er schrak aus seiner Versunkenheit auf, als die Lokomotive wieder zischte. Thaddeus blickte auf die Uhr; noch vierzig Minuten, bis sein Zug abfuhr. Er hoffte, dass er Maggie noch in Richmond einholte, obwohl das ziemlich unwahrscheinlich war. Nachdem er eine Zeitung gekauft hatte, stieg er in den ersten freien Waggon des Zugs, um seine Abfahrt abzuwarten.

Er schlug die Zeitung auf, konnte sich aber nicht auf die Nachrichten konzentrieren. Er wartete, trommelte mit den Fingern auf den Fensterrahmen und blickte alle fünf Minuten auf die Uhr. Kurz bevor der Zug abfuhr, riss Sergeant Horridge die Waggontür auf und stieg ein. »Was ist los?«

»Ich glaube, Maggie Hartwell wird uns zu den Altarmördern führen«, erwiderte Thaddeus grimmig. Er seufzte vor Erleichterung, als der Zug sich nach einem schrillen Pfiff endlich in Bewegung setzte. Er hoffte, nur, dass sie nicht zu spät kommen würden.

Richmond, eine verschlafene, uralte Stadt in den Außenbezirken Londons, war stockfinster, als der Zug im Bahnhof hielt. Nur einige wenige Gaslaternen beleuchteten die Straßen, und Maggie sah, dass es wieder angefangen hatte, zu schneien.

Sie stieg aus und senkte den Kopf gegen den eisigen Wind, der sie empfing. Noch drei andere Fahrgäste stiegen aus und gingen mit ihr auf den Bahnhof zu.

»Entschuldigen Sie«, sagte sie, »aber könnten Sie mir sagen, wie ich zur Sparrow Lane komme?«

Die Dame, die einen kleinen Jungen an der Hand hielt, lächelte. »Ja, das ist gleich hier um die Ecke. Sie gehen bis zum Ende dieser Straße, an den Gärten und dem Park vorbei, zählen dann fünf Gaslaternen und biegen zuerst links ab und dann rechts – und schon sind sie in der Sparrow Lane. Es sind höchstens zehn Minuten zu Fuß.«

Maggie freute sich, das zu hören, da keine Mietkutschen vor dem Bahnhof standen. Ihr blieb keine andere Wahl, als durch den Schnee zu laufen, der vor den Hecken bereits hochgeweht wurde. Der Nebel, der über London gehangen hatte, hatte Richmond noch nicht ganz erreicht. Maggie ging von einem Licht zum nächsten und betrachtete die hohen Backsteinvillen hinter den Hecken. Richmond war das Paradies der wohlhabenden Geschäftsleute und Ärzte. Sie bauten ihre prächtigen Häuser außerhalb von London und brachten dort ihre Frauen und Kinder unter, während sie selbst mehr Zeit in ihren Clubs verbrachten als zu Hause.

Maggie fand die Sparrow Lane sofort. Die Straße war sogar noch spärlicher beleuchtet als die anderen, aber sie konnte fünf Häuser darauf sehen. Sie las die Nummern an den schmiedeeisernen Portalen: 544 – und direkt daneben 542.

Durch die Gitterstäbe spähend, versuchte sie herauszufinden, welches Haus das richtige sein mochte. Beide waren dunkel, aber es war möglich, dass Lichter auf der Rückseite brannten. Maggie straffte die Schultern und betrat den geplatteten Weg, der zur Eingangstür des ersten Hauses führte. Im Dunkeln tastete sie nach dem Türklopfer. Nachdem die ersten hohlen Schläge verklungen waren, wurde die Stille um sie geradezu unheimlich. Sie wünschte jetzt, sie hätte Thaddeus' Rat befolgt und sich von ihm begleiten lassen.

Da keine Schritte zu hören waren, betätigte sie den Klopfer noch einmal. Ein dumpfer Schlag erklang und schallte durch das Haus. Niemand war zu Hause. Maggie blickte zu der dunklen Fassade auf und fragte sich, ob es das andere Haus war, das sie suchte. Durch die Hecke konnte sie ein flackerndes Licht im Kellerbereich sehen. Also musste jemand da sein.

Fröstelnd ging sie zur Straße zurück und dann den kiesbestreuten Weg zum nächsten Haus hinauf. Es lag etwas weiter zurück versetzt, und die Einfahrt war von Bäumen und hohen Hecken gesäumt. Es brannte kein

Licht an der Eingangstür. Man sollte meinen, dass jemand, der Besuch erwartet, draußen Licht macht, dachte sie.

»Bitte lass es die richtige Adresse sein«, wisperte sie, weil sie keine Lust hatte, sich auch noch die anderen Häuser auf der Straße anzusehen.

Dieses hatte den gleichen Türklopfer wie das Nachbarhaus. Sie ließ ihn diesmal gleich dreimal fallen und schwor sich, nicht eher zu gehen, bis jemand aufgemacht hatte. Während sie dort stand und das Holz der Tür anstarrte, fiel ihr auf, dass schwaches Licht durch eine Ritze drang. Die Tür war nur angelehnt. Vielleicht war ihr Onkel zu krank, um sie hereinzulassen. Aber wo war dann sein Freund? Beunruhigt stieß sie die Tür auf.

Ein seltsam süßlicher Geruch schlug ihr entgegen, ein Duft, der ihr merkwürdig bekannt vorkam. Wo hatte sie ihn schon einmal wahrgenommen? Es war warm im Haus, und ein Lichtschein drang aus einer offenen Tür am Ende der Eingangshalle.

Maggie trat ins Haus, und während sie unsicher stehen blieb und wartete, hoffte sie, dass jemand ihr Klopfen gehört hatte.

»Hallo? Ist jemand zu Hause?«, rief sie, aber im Haus blieb alles still. Zu ihrer Rechten lag ein Zimmer, eine Art Salon. Sie konnte nur die Umrisse schwerer Möbel und Draperien sehen. In dem schwachen Licht bemerkte sie, dass die vorherrschende Farbe rot war, sogar an den Wänden in der Eingangshalle. Daran war an sich nichts Ungewöhnliches, aber es verlieh dem Haus eine bedrückende Atmosphäre.

Ihrer Ansicht nach war dies kein Ort, an dem Ruperts Partner eine Dinnerparty geben würde – oder? Komisch. Es roch weder nach Essen, noch war das Geplauder von Dinnergästen zu vernehmen. Sie wollte gerade wieder gehen, als sie plötzlich ein Geräusch hörte.

Es klang wie ein schrilles Heulen, wie von einem Tier, das Schmerzen litt. Wie gelähmt blieb Maggie stehen und horchte auf noch mehr Geräusche, doch es kam nichts mehr. Etwas veranlasste sie, auf das Licht zuzugehen, ein Bedürfnis, diesen Schmerz zu lindern. Gab es vielleicht einen kranken Hund in diesem ansonsten völlig leeren Haus? Sie ertrug es nicht, Tiere leiden zu sehen, wenn sie etwas daran ändern konnte.

Ein weiteres Stöhnen, bei dem sich ihre Nackenhaare sträubten, und sie umklammerte den Türrahmen, der die Halle von der Treppe trennte. Zu ihrer Überraschung sah sie jetzt, dass das Licht von einer rauchenden Fackel in einem Halter an der Wand kam. Wie barbarisch, dachte sie, und wie gefährlich. Die Wand des Kellers war aus Stein, aber es gab genügend leicht entzündliche Materialien in der Nähe. Die Fackel erfüllte den unteren Teil des Gangs mit Rauch, der in Maggies Augen brannte.

Wieder dieses Stöhnen, leiser jetzt. Dann erklang ganz plötzlich ein Gemurmel vieler Stimmen, das Maggie vor Furcht erschaudern ließ. Sie wusste, es wäre vernünftiger gewesen, jetzt zu gehen, aber irgendetwas hinderte sie daran. Ein nagender Verdacht in ihrem Unterbewusstsein; ein Gedanke, der zu Ende gedacht werden musste. Sie hatte die ganze Zeit seit Leonoras Verschwinden etwas übersehen und war sich plötzlich ziemlich sicher, dass sie nun zum Kern der Sache vorgedrungen war.

Mit zitternden Beinen stieg sie eine Stufe hinunter, dann noch eine. Der widerlich süße Geruch wurde bei jedem Schritt stärker, und sie blinzelte in dem irritierenden Rauch. Als sie sich dem Ende der Treppe näherte, war die Luft noch wärmer und erfüllt von einem seltsamen Zischen, das wie tausendfaches Wispern klang. Das Licht veränderte sich, als sie sich dem Ende des Gangs näherte. Jetzt war es rot, ein helles Purpurrot, das sie an Blut erinnerte.

Sie presste sich an die Wand und atmete tief durch, um ihre Ängste zu beherrschen. Wovor fürchtete sie sich? Sie hatte ein Haus betreten, das Fremden gehörte, und sie würden sie hinauswerfen, wenn sie sie entdeckten. Was hatte sie bloß dazu veranlasst, einfach hereinzukommen?

Die Stimmen hoben und senkten sich, als sängen sie. Was sagten sie? Maggie ging drei Schritte weiter, dann noch zwei, bis sie den Türrahmen berühren konnte, wenn sie die Hand ausstreckte. Der aufdringliche Geruch von Räucherstäbchen hing noch schwerer in der Luft, und die Fackeln zischten und flackerten in ihren Haltern.

Maggie konnte die Worte nicht verstehen, da die Stimmen sich zu einem sinnlosen Gemurmel zu erheben schienen. Furchtsam, aber trotzdem unfähig zu gehen, trat Maggie vor, bis sie um die Ecke blicken konnte. Ihre Augen wurden groß vor Schock, als sie die seltsame Szene vor ihr sah.

Kapuzen tragende Gestalten bewegten sich vor und zurück zu den Geräuschen. Sie trugen verschiedenfarbige Gewänder in Silber, Gold und Schwarz. In der Mitte befand sich ein Altar, und die hohe Gestalt dahinter trug eine scharlachrote Samtrobe mit seltsamen, mit Goldfäden aufgestickten Zeichen auf der Brust. Die schwankenden Gestalten waren relativ groß, daher nahm Maggie an, dass es sich um Männer handelte. Dies musste das Ritual sein, von dem Thaddeus ihr erzählt hatte. Eine Opiumpfeife stand zwischen dicken Seidenkissen auf dem Boden. Maggie hatte solche Dinge schon einmal auf Bildern gesehen.

Der Mann in Rot hob beide Arme, die weiten Ärmel glitten zurück und entblößten seine blassen, aber kräftigen Unterarme. Er hielt etwas in der Hand, und als er die Hand bewegte, blitzte eine Messerklinge im Schein der vielen roten Kerzen auf, die in zweiarmigen Leuchtern an den vier Ecken des Altars standen.

Maggie hätte beinahe aufgeschrieen, als sie die reglose Gestalt auf dem Altar erblickte. Eine Frau mit langem blonden Haar lag fast völlig nackt auf dem roten Stoff der Opferstätte, die Arme auf der Brust verschränkt und die Hände wie zum Gebet gefaltet. Sie trug nur ein schenkellanges Hemd und ein Paar Schnürstiefel. Ihr Gesicht war leichenblass, und Maggie sah, dass ihre Augen offen waren und in hilflosem Entsetzen auf die glitzernde Klinge über ihrem Kopf starrten. Ganz offenbar war sie zu verängstigt, um auch nur einen Fluchtversuch zu wagen.

Maggie wusste, dass der Mann in der roten Robe der Frau den Dolch ins Herz bohren würde. Eine schier unerträgliche Spannung breitete sich aus, während die murmelnden Stimmen immer lauter wurden. Maggie blickte sich verzweifelt nach irgendeiner Waffe um. Sie würde es nicht ertragen, zuzusehen, wie die Frau ermordet wurde, ohne wenigstens versucht zu haben, ihr zu helfen.

Am anderen Ende des Gangs sah Maggie einige mit Korken verschlossene Fünf-Liter-Flaschen in einem Regal. Da sie keinen anderen Gedanken mehr kannte, als der Frau zu helfen, vergaß sie ihre Furcht, obwohl ihre Glieder immer schwerfälliger zu werden schienen, als sie über den Gang eilte. Mit zitternden Händen zog sie den Korken aus der ersten Flasche, und als sie daran schnupperte, erkannte sie sofort den typischen Geruch von Lampenöl. Die beiden anderen Flaschen enthielten auch Petroleum, und sie nahm sich zwei von ihnen, eine unter jeden Arm. Sie keuchte unter dem Gewicht der Flaschen und betete, dass sie noch rechtzeitig zur Tür zurückkam.

Ohne Zögern stellte sie eine Flasche ab, ergriff die andere mit beiden Händen und trat über die Schwelle, als die Stimmen sich gerade zu einem irren Crescendo erhoben.

»Aufhören!«, schrie sie, so laut sie konnte.

Der Gesang brach ab, und die Männer in den langen Roben drehten sich zu ihr herum. Aber das einzige, was Maggie von ihren Gesichtern sehen konnte, waren die Augen, deren fanatisches Glitzern sie durch die Schlitze in den Kapuzen erkennen konnte. Etwas Goldenes schimmerte an der Hand, die den Dolch hielt, und Maggie erkannte den Ring augenblicklich: Es war der Skarabäus aus Onyx, den ihr Onkel trug. »Maggie!«, zischte er.

Thaddeus hatte Recht mit meinem Onkel … »Lasst sie gehen!«, verlangte Maggie heiser und ließ vor Angst beinahe die Flasche fallen. Doch stattdessen hob sie sie über den Kopf und schleuderte sie durch den Raum. Sie prallte gegen den Altar und zerbrach. Öl spritzte in alle Richtungen, und Glasscherben hagelten zu Boden. Die Frau auf dem Altar schrie auf vor Entsetzen, und Maggie ergriff die andere Flasche und schleuderte sie der ersten nach. Der Boden schimmerte feucht von dem Petroleum, das von den Säumen der langen Roben und dem Teppich vor dem Altar aufgesogen wurde.

Die Männer begannen langsam auf sie zuzukommen, und die Frau auf dem Altar versuchte, sich aus dem Griff des Mannes in der roten Robe zu befreien.

Maggie glaubte sich verloren, schnappte sich aber rasch die nächste Fackel, die gleich neben der Tür hing, und hielt sie in den Raum.

»Wenn Sie sie nicht gehen lassen, werfe ich die Fackel in das Öl, und Sie alle gehen in Flammen auf. Sie werden nicht verhindern können, dass Ihre Roben auf der Stelle Feuer fangen.«

Gehörte diese dünne, schrille Stimme wirklich ihr? Sie atmete ganz flach und glaubte jede Sekunde umzufallen. Jede Faser ihres Körpers schien sich langsam aufzulösen, und sie lehnte sich an den Türrahmen, als die Männer sie stumm und bewegungslos anstarrten. Sie konnten sie innerhalb von Sekunden erreichen, aber noch schneller konnte sie die Fackel werfen. Sie spürte, dass sie Angst vor einem Feuer hatten, das das Haus bis auf die Fundamente niederbrennen würde, auch wenn sie selbst entkommen konnten.

Maggie sah mit unbewegter Miene zu, wie die Frau sich langsam vom Altar erhob. Das Haar fiel ihr strähnig auf die Schultern, das Kerzenlicht flackerte auf ihrer schreckensbleichen Haut. Sie stolperte einmal, als sie auf dem Öl ausglitt, gewann aber rasch das Gleichgewicht wieder. Ihr Gesicht glitzerte von Tränen, und ihre Augen waren groß vor Schock. Es war etwas Vertrautes an ihr, das blonde Haar … das Kinn …

Maggie schwenkte die Fackel über dem Kopf, um die Männer an ihre Drohung zu erinnern. Die Frau erreichte die Tür, ihre Brust hob und senkte sich unter trockenen Schluchzern. Sie schien ihre Umgebung gar nicht mehr richtig wahrzunehmen.

»Laufen Sie hinaus!«, befahl ihr Maggie. »Schnell!«

Die Frau stolperte die Treppe hinauf und schluchzte noch heftiger, jetzt, wo die Freiheit schon ganz nahe war.

Maggie vermochte den Blick nicht von der Szene vor ihr abzuwenden. Sie war wie aus einem Albtraum. Wie sollte sie hier fortkommen? Sobald sie sich umdrehte, würden sich die Männer auf sie stürzen. Ihre einzige Hoffnung war, schneller als sie zu rennen.

Sie trat einen Schritt zurück, dann noch einen, und die Männer taten es ihr nach. Ihr Blick huschte zur Tür, und in einem letzten verzweifelten Versuch fuhr sie herum und knallte die Tür den Männern vor der Nase zu. Als sie sich dagegen stemmte, glitt ihr die Fackel aus der Hand. Erleichterung erfasste sie, als sie sah, dass der Schlüssel steckte. Sie drehte ihn rasch herum, und das Schloss schnappte im selben Augenblick ein, als die Männer sich gegen die Tür warfen.

Die Fackel auf dem Boden vergessend, rannte Maggie die Treppe hinauf und aus dem Haus. Ohne einen Blick zurück zu werfen, lief sie zur Straße. Sie hörte die Tür zersplittern, als sie das Tor erreichte. Die blonde Frau stand geduckt im Schatten der Hecke und wartete auf sie.

»Bleiben Sie nicht da stehen! Laufen Sie!«, schrie Maggie und sah, dass die Frau sich in eine Decke gehüllt hatte. Gott sei Dank, dachte Maggie, denn die Kälte war so beißend, dass sie sie sogar durch ihren dicken Mantel spürte. Aber sie schwitzte vor Angst und keuchte vor Erschöpfung, als sie um die nächste Straßenecke bog. Die Frau war dicht hinter ihr und schluchzte noch immer heftig.

Sie hörten Schreie hinter sich, und Maggie drängte die Frau sich zu beeilen. »Schneller! Wenn sie uns erwischen, sterben wir!«

22

Die schweren Stiefelschritte hinter ihnen kamen beständig näher, und die Männer schrien einander etwas zu. Maggie erkannte, dass sie gleich keine Luft mehr bekommen würde, da sie schnelles Laufen nicht gewöhnt war. Sie würden ihre Verfolger irgendwie überlisten müssen.

Sie kamen an einer Straßenlaterne vorbei, und Maggie dachte, es sei besser, aus dem Licht zu bleiben. Sie zog die Frau mit sich in den Schutz einer hohen Hecke.

Die Frau stolperte im Schnee und fiel auf die Knie, aber Maggie zog sie wieder auf die Füße. »Schnell, sie haben uns schon fast eingeholt«, wisperte sie.

Wortlos folgte ihr die Frau. Sie durchquerten einen Garten, wichen dornigen Büschen, Bäumen und einem Brunnen aus. Die Männer kamen immer näher – Maggie konnte schon ihre dunklen Schatten auf dem Rasen sehen.

Rasch zog sie ihre Gefährtin hinter einen dicken Baumstamm. Keuchend und angespannt horchten sie auf Geräusche, die verrieten, dass die Männer sie entdeckt hatten. Aber die Schritte bewegten sich jetzt in Richtung Straße. Die Männer rannten an ihnen vorbei.

»Wir müssen von einem Garten zum nächsten laufen, bis wir sicher sind, dass sie aufgehört haben, uns zu suchen«, flüsterte Maggie. »Wenn wir den Bahnhof erreichen, sind wir in Sicherheit. Dort werden sie es nicht wagen, uns etwas zu tun.«

Sie nahm die zitternde Frau an der Hand und zog sie durch die Hecke in den nächsten Garten. Dort forderte sie sie wieder auf zu laufen. Am Bahnhof würden sie irgendwie die Polizei verständigen. Der Bahnhofsvorsteher hatte bestimmt ein Telefon.

Maggie wagte nicht einmal über die Beteiligung ihres Onkels nachzudenken, doch die furchtbare Wahrheit lähmte sie fast vor Entsetzen. Thaddeus hatte also doch Recht gehabt. Rupert hatte etwas mit den Altarmorden zu tun. Ihr Onkel ... Sie empfand brennende Scham, aber auch bittere Enttäuschung. Sie war so froh gewesen, endlich wieder Teil einer Familie zu sein.

»Wie heißen Sie?«, fragte sie die Frau, als die einladenden Lichter des Bahnhofs in der Ferne auftauchten. »Und wie sind Sie hierher gekommen?«

»Sie hielten mich seit Wochen schon gefangen«, erwiderte die Fremde zwischen Schluchzern.

Maggie starrte sie neugierig an, als sie ihren ausländischen Akzent bemerkte. »Leonora ...«, wisperte sie mit Lippen, die schon ganz steif vor Kälte waren.

»Ja. Ich bin Leonora Winston. Ich kam nach England, um in London meine Schwester zu besuchen.«

Endlich erreichten sie den Bahnhof. Leonoras Gesicht war blau vor Kälte, und sie zitterte unkontrollierbar.

»Ich bin Margaret Hartwell«, sagte Maggie mit erstickter Stimme. Im Warteraum nahm sie ihre Schwester in die Arme und hielt sie fest umfangen. Tränen sammelten sich in ihren Augen, als sie ihren Griff ein wenig lockerte und ihrer blassen, zutiefst verwirrten Schwester in die Augen sah. »Leonora, du bist meine Schwester. Wenn du wüsstest, welche Sorgen ich mir um dich gemacht habe. Ich hatte Angst, du wärst ... tot. Ich kann dir gar nicht sagen, wie froh ich bin, dass du am Leben bist.«

»Margaret?«, wisperte Leonora und berührte zaghaft Maggies Wange. Ihre Hände waren eisig. »Ich wäre tot, wenn du nicht gekommen wärst. Sie warteten nur noch auf den richtigen Augenblick für meine Hinrichtung. Sie sagten, ich solle über meine Sünden nachdenken, bevor ich sterbe.« Ihre Stimme brach, und sie ließ die Schultern hängen.

»Wir haben uns so viel zu erzählen«, sagte Maggie und wünschte, sie könne den Horror, den sie immer noch in Leonoras Augen sah, wegwischen. Sie umarmte sie noch einmal und rieb Leonoras steifen Rücken. »Wenn du nur wüsstest, wie sehr ich mich in all diesen Jahren nach einer Schwester, einer Familie gesehnt habe.«

»Ich auch«, wisperte Leonora. Sie erwiderte Maggies Umarmung, und Maggie dankte im Stillen Gott, dass ihre Schwester nichts geschehen war. »Du hast mir das Leben gerettet, und dafür werde ich dir immer sehr verbunden sein. Danke.« Sie schenkte Maggie ein tränenreiches Lächeln, und Maggie wusste, dass ihre Freundschaft in diesem Augenblick besiegelt worden war. Als sie in Leonoras Augen blickte, glaubte sie eine Verbindung zu ihrer Mutter zu verspüren und zu einem Teil ihrer Vergangenheit, der von der Tyrannei ihres Vaters nicht besudelt worden war.

Der Zug aus London lief zischend und mit kreischenden Bremsen in den Bahnhof ein. Der Lärm brachte Maggie wieder in die Gegenwart zurück. Sie führte ihre Schwester zu einer Bank neben dem Kohleofen und bat sie, sich zu setzen. »Bitte wärm dich ein bisschen auf, während ich die Polizei anrufe«, sagte sie.

Maggie ging zum Fahrkartenschalter und klopfte an das Glas. Der Bahnhofsvorsteher erhob fragend seinen Blick zu ihr. »Ja?«

»Bitte rufen Sie die Polizei an. Meine Schwester wäre heute Nacht beinahe ermordet worden.« Sie beugte sich vor. »Es geht um die Altarmorde«, flüsterte sie und sah, wie seine Augen groß vor Staunen wurden.

Er öffnete und schloss den Mund wie ein Fisch auf dem Trockenen und deutete dann auf das Telefon auf seinem Schreibtisch. Maggie nickte. »Ich bin Ihnen sehr verbunden«, sagte sie. Als sie Männerstimmen draußen hörte, warf sie einen Blick zur Tür. Waren die Männer ihnen etwa bis hierher gefolgt? Sie würde um Hilfe schreien, falls sie hereinkamen.

Aber als die Tür sich öffnete, stand da Thaddeus, größer als das Leben selbst, und erfüllte den ganzen Raum mit seiner Gegenwart. Sergeant Horridge war bei ihm, und sie sahen Maggie fast im selben Augenblick.

»Maggie!«, rief Thaddeus. »Ich war schon ganz krank vor Sorge um dich.«

Erleichterung erfasste sie. Am liebsten hätte sie sich in seine Arme geworfen, doch die neugierigen Blicke der anderen Reisenden hinderten sie daran. Stattdessen deutete sie auf ihre Schwester, die zusammengekauert bei dem Ofen saß. »Das ist Leonora«, sagte sie. »Sie wollten sie umbringen.«

Jetzt, wo er wusste, dass ihr nichts zugestoßen war, war Thaddeus sehr verärgert über ihre Unvernunft. »Ich könnte *dich* dafür umbringen, dass du mitten in der Nacht allein nach Richmond gefahren bist!«

»Es ist ja wohl kaum mitten in der Nacht«, entgegnete sie ärgerlich. Sie hatte gerade dem Tod ins Auge gesehen, und da stand Thaddeus und machte ihr Vorwürfe und tadelte sie! Ohne ihn weiter zu beachten, führte sie die Männer zu ihrer Schwester, die sie kaum anzusehen wagte und vor Verlegenheit errötete. Leonora versuchte vergeblich, ihr wirres Haar zu ordnen, und zog die Decke noch fester um sich.

»Um Himmels willen ...!« Thaddeus knöpfte seinen schweren Mantel auf, legte ihn um Leonoras Schultern und gab ihr ein Taschentuch, damit sie sich das Gesicht abwischen konnte. Fragend wandte er sich dann an Maggie. »Was ist passiert?«

»Ich hatte den Bahnhofsvorsteher gebeten, die Polizei zu rufen.« Maggie erzählte Thaddeus und Sergeant Horridge von den Männern in den seltsamen Roben, dem Keller und dem Altar, auf dem Leonora gelegen hatte. Als sie ihre Geschichte beendete, ging die Tür auf, und vier blau uniformierte Polizisten mit Schlagstöcken in den Händen traten ein.

»Was geht hier vor?«, fragte einer mit einem missbilligenden Blick auf Leonora. »So halb entblößt herumzulaufen ist ein öffentliches Ärgernis.«

»Vergessen Sie das«, sagte Maggie ärgerlich. »Ich kann Sie zu den Männern führen, die die Altarmorde begangen haben.«

»Die Altarmorde ...?«, wiederholten die Männer wie aus einem Mund. »Nicht schon wieder!«

»Ja, und zwar hier in Richmond.«

»Sie hat Recht«, sagte Thaddeus. »Es ist das Haus, in das man mich verschleppt hatte und das ich später nicht wieder finden konnte.«

»Hm. *Das* haben wir noch nicht vergessen«, sagte der älteste Wachtmeister und beäugte Sergeant Horridge misstrauisch. »Wer sind Sie?«

»Sergeant Horridge vom Scotland Yard. Ich habe von Anfang die Ermittlungen in diesem Fall geleitet.« Er erzählte den Beamten, was Leonora zugestoßen war. Dann wandte er sich zu Maggie, als die Richmonder Polizisten untereinander tuschelten. »Können Sie uns das Haus zeigen?«

»Ja … aber wer kümmert sich in der Zwischenzeit um meine Schwester? Wir können sie nicht allein hier lassen.«

»Ich bleibe bei Miss Winston«, sagte der jüngste Polizist und schien froh zu sein, nicht mit in das Haus gehen zu müssen, in dem die Altarmorde begangen worden waren.

»Dann kommen Sie«, sagte Maggie, nachdem sie ihrer Schwester beruhigend auf die Schulter geklopft hatte. »Wir sind bald zurück«, versprach sie ihr.

»Ich werde ihr eine Tasse heißen Tee besorgen und sie vor den neugierigen Gaffern hier verbergen«, sagte der junge Polizist und ging zum Fahrkartenschalter hinüber.

Thaddeus ergriff Maggies Arm, und sie spürte, dass er sehr, sehr wütend war. »Ich kann nicht glauben, dass du das getan hast!«, fuhr er sie an. »Dir ist doch klar, dass sie dich überwältigt hätten, wenn der Schlüssel nicht in der Kellertür gesteckt hätte?«

»Ich konnte sie ja nicht gut eine hilflose Frau umbringen lassen, ohne wenigstens zu versuchen, sie zu retten«, erwiderte Maggie und straffte ärgerlich die Schultern.

»Du bist dümmer, als die Polizei erlaubt. Sie hätten *dich* umbringen können!«, schrie Thaddeus. Dann, als er Maggies Kummer sah, beruhigte er sich ein wenig. »Ich hatte solche Angst um dich. Der Gedanke, dich zu verlieren, hat mich fast um den Verstand gebracht.«

Sie lächelte durch ihre Tränen. »Ich bin froh, dass du dir Sorgen um mich machst, aber im Augenblick haben wir Wichtigeres zu besprechen. Es wird Sergeant Horridge interessieren, dass einer der Mörder mein Onkel, Rupert Merton, ist.«

»Das ist ja ungeheuerlich«, erwiderte Horridge. »Es

tut mir schrecklich leid für Sie, dass das passieren musste.«

Sie bogen in die Sparrow Lane ein. Der Wind wirbelte den frisch gefallenen Schnee auf und trieb ihn in ihre Gesichter.

»Da ist es«, sagte Maggie und deutete auf die Einfahrt mit der Nummer 542. Das Haus lag im Dunkeln. »Es sieht so aus, als wären wir zu spät gekommen. Sie sind bestimmt geflohen, nachdem sie unsere Spur verloren hatten.«

Die Polizeibeamten gingen zum Eingang und ließen den Türklopfer fallen. Das Geräusch hallte durch die Räume, aber niemand kam.

Sergeant Horridge probierte den Türknauf, und die Tür schwang knarrend auf. Die Schlagstöcke in der Hand, traten sie leise ein. Thaddeus war dicht hinter ihnen, nachdem er Maggie ein Zeichen gegeben hatte, draußen zu bleiben – ein sinnloser Befehl.

Sie versuchte, an ihm vorbeizuspähen, aber es war stockfinster in der Eingangshalle. Thaddeus zündete eine Gaslampe an der Wand an, und in dem schwachen Lichtschein sahen sie die Kellertür. Maggie erschauderte vor Furcht, als sie den Weihrauch roch.

»Ich erinnere mich an diesen Geruch«, murmelte Thaddeus, während er zwei Türen öffnete und einen Blick hineinwarf. »Aber die Zimmer waren zu der Zeit so dunkel, dass ich sie nicht wiedererkenne.«

»Die Männer waren im Keller«, sagte Maggie zu den Polizisten.

Sie gingen auf die offene Tür zu und blickten unschlüssig die steile Treppe hinunter.

»Ich bin mir sicher, dass sie nicht mehr hier sind«, meinte Maggie, als die Männer dann vorsichtig hinuntergingen. Die Fackeln waren gelöscht worden und hatten einen muffigen, verräucherten Geruch hinterlassen.

Maggie folgte als Letzte, da sie kein Verlangen hatte, noch einmal den Altar zu sehen, auf dem aller Voraussicht nach vier Frauen ihr Leben hatten lassen müssen. Warum? Sie fragte sich, ob sie je die Antwort darauf finden würde.

»Hier ist niemand«, sagte der erste Polizist. »Und ich sehe auch keinen Altar, Mrs Hartwell. Sind Sie sicher, dass er hier in diesem Keller war?«

Sergeant Horridge hielt die Petroleumlampe hoch, und Maggie entdeckte sofort die Stelle, an der sie die Fackel hatte fallen lassen. Reste eines verkohlten Teppichstücks lagen noch auf dem Boden, und hinter der Türschwelle schimmerte Öl.

»Sehen Sie? Da habe ich die Petroleumbehälter hingeworfen.« Vorsichtig trat sie ein und achtete darauf, nicht auf die Glasscherben und das Öl zu treten. Der duchnässte Teppich lag noch da, doch der Altar, die Kerzenleuchter, die seltsamen Wandbehänge, die Roben und die singenden Männer waren verschwunden.

»Vor einer halben Stunde waren sie noch hier«, sagte Maggie. »Riechen Sie nicht den Weihrauch?«

»Das beweist gar nichts«, erwiderte Sergeant Horridge. »Aber ich glaube Ihnen, Mrs Hartwell. Sie wussten, dass es nur eine Frage der Zeit war, bis wir kommen würden, und deshalb haben sie ihre Sachen gepackt und machten, dass sie fortkamen. Ich bin sicher, dass sie auch die Leiche verschwinden ließen, die Mr Webb auf dem Altar gesehen hat.«

Maggie seufzte vor Enttäuschung. »Zumindest wissen sie nun, dass wir es wissen. Sie können diese schaurigen Rituale nicht mehr praktizieren.«

Der Sergeant zuckte mit den Schultern. »Sie werden woanders damit weitermachen, wenn ich mich nicht irre.«

Thaddeus hielt einen glänzenden Gegenstand hoch,

den er vom Boden aufgehoben hatte. »Einer dieser Skarabäusringe«, erklärte er und gab ihn dem Sergeanten. »Eine Gruppe von Männern hier in London trägt diese Art von Ring – einschließlich Mrs Hartwells Onkel.«

Maggie errötete vor Scham bei dem Gedanken, dass ihr Onkel einer der Altarmörder war. »Ich hatte keine Ahnung«, murmelte sie. »Ehrlich nicht. Ich fand Onkel Rupert ein bisschen sonderbar, aber ich hätte nie gedacht, dass er *wahnsinnig* ist.«

»Sie trifft keine Schuld daran, Ma'am«, sagte einer der Polizisten.

»Wir können jetzt nichts anderes mehr tun, als zu hören, was Miss Winston uns zu sagen hat. Am besten kommen Sie alle zum Revier mit«, schlug der Polizeichef von Richmond vor. »Sie können sowieso nicht mit Miss Winston nach London zurückfahren, bevor wir für die junge Dame etwas Anständiges zum Anziehen gefunden haben. Es ist furchtbar, was sie durchgemacht hat.« Kopfschüttelnd gingen sie wieder hinauf.

Thaddeus warf Maggie einen Blick zu, als wolle er ihr noch etwas sagen, schien es sich dann aber wieder anders zu überlegen. Offenbar hatte er beschlossen, ihr keine weiteren Vorhaltungen zu machen.

Sie verließen das Haus und gingen die Straße hinunter. Es fiel inzwischen starker Schnee, der die Natur in eine Märchenlandschaft verwandelte, doch Maggie vermochte sich nicht daran zu erfreuen. Zu viele Fragen gingen ihr durch den Kopf.

Sie kehrten alle zum Bahnhof zurück, wo sie Leonora in einem warmen Zimmer fanden. Sie sah der Fotografie, die sie geschickt hatte, nicht sehr ähnlich. Mit ihren nun rosig angehauchten Wangen, dem dichten blonden Haar und den strahlend blauen Augen war sie ausgesprochen hübsch. Stolz auf ihre gut aussehende Schwester regte sich in Maggie.

»Wir sollten jetzt alle zum Revier gehen«, meinte der Sergeant und sah sich prüfend Leonoras Stiefel an. »Wenigstens können Sie damit durch den Schnee gehen. Es ist nur eine halbe Meile weit.«

Widerspruchslos traten sie nach draußen, und Maggie war froh, den neugierigen Blicken der anderen Fahrgäste im Bahnhof entkommen zu können. Niemand sprach auf dem Weg zur Polizeiwache. Maggie stützte ihre Schwester, die vor Erschöpfung ein paarmal stolperte.

Die Polizeiwache war ein kahler, weiß getünchter Raum. Zischende Gaslampen brannten an der Decke, und in einer Ecke stand ein Ofen. Die Schreibtische waren überladen mit Papieren, aber auch mit Keksdosen, Teetassen und Päckchen mit dicken Fettflecken, die vermutlich von zu Hause mitgebrachte Sandwiches enthielten.

»Hier, Miss Winston.« Der Sergeant zog einen Stuhl dicht an den Ofen. »Ich gehe rasch nach nebenan und frage meine Frau, ob Sie Ihnen etwas zum Anziehen leihen kann.«

Sie warteten schweigend, bis er mit einem ganzen Bündel Kleider wiederkam, unter denen sich sogar ein Hut mit einem schlichten Samtband befand. Errötend legte er die Sachen auf den Tisch. »Ich hoffe, sie passen Ihnen.« Er deutete auf eine Tür. »Sie können sich in der Garderobe dort umziehen.«

Maggie nahm das Kleiderbündel und folgte ihrer Schwester. Die Garderobe war groß, es brannte eine Gaslampe darin, und an einer Wand hingen ordentlich aufgereiht Uniformröcke auf Bügeln. Es roch nach Zigarettenrauch und Gas.

Noch immer fröstelnd, legte Leonora Thaddeus' Mantel und die Decke ab. Sie sah sehr dünn aus in dem Hemd und war so blass, dass ihre Haut fast bläulich wirkte. Das muss der Schock sein, dachte Maggie.

Schweigend half sie ihrer Schwester, sich anzukleiden, und während sie es tat, begann sie große Zärtlichkeit für Leonora zu verspüren. Wie schön wäre es gewesen, wenn sie zusammen hätten aufwachsen können …

»Danke«, wisperte Leonora. »Ich hatte dir ein Geschenk mitgebracht, ein gesticktes Bild des Hauses, in dem Mama und ich lebten.« Sie zog hilflos die Schultern hoch. »Aber ich habe es nicht mehr. Ich weiss nicht, was diese Schurken mit meinem Gepäck gemacht haben.«

»Wir finden es schon irgendwie. Ich werde die Polizei bitten, sich in dem Haus umzusehen, in dem sie dich gefangen hielten.«

»Sie haben mir alle meine Kleider abgenommen, damit ich nicht fliehen konnte – außer meinen Stiefeln, da ich zum Klosett in den Garten gehen musste.« Ihre Stimme zitterte. »Es war schrecklich demütigend.«

Maggie umarmte ihre Schwester, das Herz ganz schwer vor Kummer. »Ja … ich kann mir gar nicht vorstellen, wie du das alles überlebt hast. Haben die Männer dich … missbraucht?«

Leonora schüttelte den Kopf. »In dieser Hinsicht waren sie nicht … interessiert an mir.«

Es klopfte. »Sind Sie fertig?«, fragte der Sergeant ungeduldig. »Wir warten.«

Maggie band Leonoras blondes Haar mit einem von Victorias Haarbändern, das sie in ihrer Rocktasche gefunden hatte, zu einem Zopf zusammen.

In einem schlecht sitzenden schwarzen Rock, einer geblümten Bluse, die ihr viel zu weit war, und einer grauen Strickjacke ging Leonora hinaus. Maggie führte sie wieder zum Ofen.

»So, Miss Winston, wenn Sie jetzt so freundlich wären, uns alles zu erzählen«, sagte Sergeant Horridge.

Leonoras Unterlippe zitterte, und sie befingerte nervös den Stoff des Rocks. »Als meine Mutter starb, entdeckte ich, dass ich eine Schwester hatte, die in London lebte. Ich hatte nämlich Mamas Tagebuch gelesen, wissen Sie. Sie hatte mir nie etwas über die Vergangenheit erzählt, als wir in Claremont lebten – das ist eine Kleinstadt westlich von Richmond in Virginia –, so dass ich die Wahrheit also selbst herausfinden musste.«

Maggie hörte den weichen Südstaatenakzent ihrer Schwester und dachte, wie seltsam es doch war, dass Leonora so … ausländisch war. Sie wusste praktisch nichts von dieser jungen Frau, und sie würden Jahre brauchen, um einander all das zu erzählen, was eigentlich gemeinsame Erinnerungen hätten sein müssen. Zorn auf ihre Eltern, die die Schuld an der Trennung von ihrer einzigen Schwester trugen, erfasste sie.

»Ich beschloss also, nach England zu reisen, um Margaret – Maggie zu besuchen.« Sie schenkte ihrer Schwester ein mattes Lächeln. »*Jetzt* bereue ich diese Entscheidung nicht mehr, aber wenn Sie mich vor zwei Wochen gefragt hätten, wäre meine Antwort anders ausgefallen. Ich habe viele nette Leute auf dem Dampfer kennen gelernt, vor allem einen jungen Engländer namens Anselm Ripley. Er war so charmant, so aufmerksam, so wohlerzogen.«

»Wie haben Sie ihn kennen gelernt?«

»Er forderte mich bei einer der Dinnerpartys auf dem Schiff zum Tanzen auf.« Leonora seufzte. »Es war dumm von mir, ihm zu vertrauen. Kurz bevor das Schiff anlegte, kam er in meine Kabine. Ich dachte, er wolle mir mit meinem Gepäck helfen, doch stattdessen bot er mir ein Glas Champagner an, zur Feier meiner Ankunft hier in England. Ein Gepäckträger kam herein und holte meine Koffer. Ich trank, und wenige

Minuten später, als ich den Hut aufsetzte, wurde mir plötzlich schwindlig. Ripley hatte etwas in das Getränk getan … Ich war nicht mehr in der Lage, mich zu wehren, als er mir einen Schal um den Kopf legte und mich aus der Kabine zog. Ich nahm alles nur noch verschwommen wahr, hielt aber trotzdem meinen Hut fest, da ich mich vage daran erinnerte, dass er aus irgendeinem Grund sehr wichtig war.«

»Die rote Straußenfeder«, warf Maggie ein.

Leonora nickte und fuhr fort. »Ripley hielt an, um ein Telefongespräch zu führen, und kurz darauf kam eine Kutsche. Sie war aber nicht leer – drei Männer saßen schon darin. Sie überwältigten mich und zerrten mich hinein, doch irgendwie gelang es mir, die Straußenfeder fallen zu lassen. Einer dieser Männer – nicht Ripley – war auch auf dem Schiff gewesen, ein großer Mann mit dunklen Haaren um die fünfzig, der zwei Tage nach Mamas Tod in unserer Pension gewohnt hatte. Ich hatte nie mit ihm gesprochen auf dem Schiff, aber er starrte mich dort oft auf eine Weise an, die mir Furcht einjagte.«

»Das klingt nach Onkel Rupert«, sagte Maggie.

Leonora fuhr fort: »Ich weiß nicht, was danach geschehen ist, denn sie gaben mir Betäubungsmittel, und ich schlief die meiste Zeit. Die Reise schien mehrere Tage zu dauern, aber sicher kann ich mir nicht sein. Sie hielten mich die ganze Zeit gefesselt in der Kutsche fest, außer zu den Essenszeiten. Und dann trafen wir hier ein – in Richmond, das ein Vorort Londons ist, wie mir der nette junge Mann hier sagte.« Sie lächelte den jungen Polizisten an, der sich um sie gekümmert hatte, als die anderen zum Haus gegangen waren.

»Ripley ist also nicht mit Ihnen gefahren?«

»Nein, nachdem er jenen Anruf getätigt hatte, verabschiedete er sich und sagte, er habe etwas Geschäftliches in Liverpool zu erledigen. Er bezahlte einen Gepäckträger, damit er nach der Kutsche Ausschau hielt und meine Koffer trug.«

»Und als Sie hier ankamen?«

»Da sperrten sie mich in einem Zimmer ein, und jeden Tag stand ein Mann Wache vor der Tür. Es waren verschiedene Männer – alles junge, reservierte Typen, die kaum ein Wort mit mir sprachen. Als ich fragte, wie lange sie mich gefangen halten wollten, sagten sie: ›So lange, wie es nötig ist.‹ Sie durchsuchten mein Gepäck und nahmen ein japanisches Lackkästchen an sich, das mein Vater mir vor fünf Jahren geschickt hatte.«

»Ein Lackkästchen?«, riefen Maggie und Thaddeus wie aus einem Mund.

»War es schwarz und ziemlich protzig?«, fuhr Maggie gespannt fort.

Leonora nickte. »Ja, es war … billig, aber das Einzige, was ich je von Dad bekommen hatte.«

»Keine Nachricht?«, fragte Thaddeus.

»Nichts.«

»Die Männer hatten mich vorher schon einmal geholt und gesagt, sie hätten nun gefunden, was sie suchten, doch dann stürmte plötzlich Mr. Ripley wütend in das Haus und schrie, sie hätten den falschen Kasten bei Maggie gestohlen. Ich hatte keine Ahnung, was er meinte.«

Maggie sah die Polizisten an. »Ich hatte auch ein solches Lackkästchen, das ich vor zwei Jahren auf einem Markt gekauft hatte. Es stand auf meinem Schreibtisch, und ich bewahrte allen möglichen Krimskrams darin auf. Es wurde jedoch offensichtlich gestohlen, und zwar kurz nach dem Verschwinden meiner Schwester.«

»Das ist wirklich rätselhaft«, sagte Septimus Horridge. »Aber es ist offensichtlich, dass die Männer haben wollen, was immer diese Kästchen auch enthalten mögen.«

»Das Komische ist, dass es leer war, als ich es von meinem Dad bekam«, erklärte Leonora.

»Hmm.« Thaddeus rieb sich nachdenklich das Kinn. »Könnte etwas zwischen den Wänden oder im Boden des Kästchens verborgen sein?«

»Das ist möglich«, erwiderte Horridge, »aber das werden wir erst wissen, wenn wir die besagten Lackkästchen gefunden haben.«

»Weißt du, was die Männer mit deinem getan haben?«, fragte Maggie Leonora.

Sie schüttelte den Kopf. »Ich habe es nie wieder zu Gesicht bekommen.«

Der Polizeihauptwachtmeister bat Leonora, die Männer zu beschreiben.

»Ach Gott. Der Anführer war groß und schlank und hatte einen stechenden Blick. Er bezeichnete sich als ›Reformator‹ und trug in meiner Gegenwart stets eine Kapuze über dem Gesicht. Er war gekleidet wie ein Amerikaner, bis auf eine orientalische Weste, die er unter seinen Röcken trug.«

»Das war vermutlich Onkel Rupert.« Maggie erzählte Leonora, dass ihr Onkel zur gleichen Zeit, als Leonora entführt wurde, plötzlich in ihrem Hotel erschienen war. »Er sagte, er wüsste nichts von deiner Existenz.«

»Wir wissen jetzt, dass wir keinem von ihnen trauen können. Dann war da natürlich noch Anselm Ripley ... und die anderen Männer dieser Gruppe waren alle jung, gut aussehend und anscheinend ziemlich wohlhabend«, fuhr Leonora fort. »Sie hatten jedoch nichts Auffallendes an sich, was man als besondere Merkmale bezeichnen könnte. Sie nannten sich die Bruderschaft des Zwielichts.«

»Wissen Sie etwas über ihre Rituale?«, fragte Thaddeus.

Leonora nahm dankend eine Tasse Tee, den einer der Polizisten aufgebrüht hatte. »Sie vollzogen sie in regelmäßigen Abständen, aber ich war bis heute Abend nie dabei. Ich konnte ihren Gesang hören, der sich zum Ende hin zu einem irren Geschrei zu steigern schien, und ich glaube, sie tanzten dabei auch. Der Höhepunkt des Rituals war, wenn die Frauen starben. Einer meiner Wärter sagte es mir.« Leonoras Stimme schwankte, und sie trank ein bisschen Tee. »Ich kann Ihnen gar nicht sagen, was für Ängste ich in diesem Haus ausgestanden habe.«

Sergeant Horridge war tief in Gedanken versunken und rührte seinen Tee nicht an. »Außer der rituellen besteht möglicherweise noch eine andere Verbindung zwischen diesen Männern. Wir wissen, dass die Opfer alle jung und reich waren. Die Mitglieder der Bruderschaft heirateten offensichtlich die jungen Damen wegen ihres Geldes und ermordeten sie dann. Leider haben alle Ehemänner der Opfer wasserdichte Alibis«, sagte Horridge. »Wir haben sie schon überprüft.« Er sah Thaddeus an. »Nicht einmal in meinen wildesten Träumen wäre ich auf die Idee gekommen, es könnte eine Verbindung zwischen den Altarmorden und Miss Winston geben.«

»Ein Alibi kann man sich kaufen«, entgegnete Thaddeus. »Vielleicht haben sie sich gegenseitig Alibis gegeben. Ripley ist Mitglied eines Clubs an der Themse-Uferstraße, und es wäre möglich, dass die anderen auch dazugehören. Ich werde es überprüfen, sobald wir wieder in London sind.«

»Die Bruderschaft wollte Leonoras Lackkästchen – aber warum haben sie sie entführt? Sie hätten es ihr doch einfach stehlen können. Und dann machten sie sich auf die Suche nach Mrs Hartwells Kästchen – was genauso unerklärlich ist«, murmelte Horridge.

»Ja, es ist wirklich seltsam, aber sobald wir die Mitglieder der Sekte aufgespürt haben, werden wir die Wahrheit schon herausfinden«, sagte Thaddeus.

»Miss Winston, warum sind Sie eigentlich unter einem falschen Namen auf dem Schiff gereist?«, wollte Sergeant Horridge wissen.

Leonora warf ihm einen müden Blick zu. »Wir führten eine Pension in Claremont, und nach Mamas Tod hatte der Mann, von dem ich jetzt weiß, dass er Mr Merton heißt, zwei Tage bei mir gewohnt. Er stellte mir viele merkwürdige Fragen über meine Vergangenheit, und ich hatte Angst vor ihm. Er reiste ab, doch zu meiner Bestürzung entdeckte ich, dass er mir von Claremont nach New York gefolgt war, als ich nach England reisen wollte. Um sicherzugehen, dass er nicht herausfand, auf welchem Schiff ich reiste, benutzte ich den Namen Laura Winter. Aber wohl vergeblich, schätze ich. Ich weiß jetzt, dass er in Erfahrung bringen wollte, ob ich noch das Kästchen hatte, das Daddy mir vor fünf Jahren geschickt hatte.«

Sergeant Horridge nickte. »Dieser Merton scheint wirklich ungeheuer raffiniert zu sein.«

Leonora lehnte sich müde auf dem Stuhl zurück. Sie war jetzt wieder sehr, sehr blass.

»Wir sollten heimfahren«, schlug Thaddeus vor. »Miss Winston muss sich ausruhen.«

»Der letzte Zug ist gerade weg«, sagte Maggie.

»Ich kann eine Mietkutsche für Sie bestellen«, bot ihnen der Hauptwachtmeister an.

Dicke Decken über den Knien, die Mantelkragen gegen die Kälte hochgeklappt, kehrten Maggie, Thaddeus, Leonora und Sergeant Horridge nach London zurück. Aber sie waren dennoch steif vor Kälte, als die

Kutsche vor Maggies Hotel anhielt. Thaddeus gab dem Fahrer ein großzügiges Trinkgeld, um ihn für die strapaziöse Rückfahrt nach Richmond zu entschädigen.

»Kommen Sie herein, und wärmen Sie sich mit einem Brandy auf, bevor Sie wieder in die Kälte hinausgehen«, sagte Maggie zu Sergeant Horridge. Sie sah, dass Rafferty den Eingang freigeschaufelt hatte und dass der feine Pulverschnee, der an den Fensterscheiben klebte, das Hotel noch einladender als sonst erscheinen ließ.

»Dein Hotel ist schön. Es gefällt mir«, sagte Leonora mit einem warmen Lächeln. »Und ich bin euch allen von Herzen dankbar, dass ich noch am Leben bin, um es zu sehen.«

Rafferty begrüsste sie in der Halle. Selbst er, der gewöhnlich unempfindlich gegen Regen und Kälte war, hatte es an diesem Abend vorgezogen, im Foyer zu bleiben.

»Das ist Miss Winston, meine Schwester.« Maggie stellte Leonora vor und wusste, dass die Dienstbotenquartiere bald nur so brummen würden vor Klatsch über ihre lang vermisste Schwester.

Maggie ging nach oben in ihr Wohnzimmer voran. Ein anheimelndes Kohlenfeuer brannte im Kamin, von dem sich Leonora sofort angezogen fühlte.

»Victoria, meine Tochter, wird entzückt sein, dich kennen zu lernen«, meinte Maggie, während sie Gläser auf ein Tablett stellte und sie dann mit Brandy füllte.

»Ich wünschte, ich könnte sie jetzt gleich sehen, aber ich nehme an, sie schläft wahrscheinlich schon.«

»Nein, sie ist mit ihrer Gouvernante in Margate, aber übermorgen kommt sie wieder.«

Maggie reichte das Tablett herum und berührte dabei kurz Thaddeus' Arm, aber er warf ihr nur einen nachdenklichen Blick zu. War er immer noch verärgert, weil sie allein nach Richmond gefahren war?

Sie hob ihr Glas. »Herzlich willkommen, liebste Leonora. Ich wünschte nur, wir hätten uns unter glücklicheren Umständen kennen gelernt.«

Leonora errötete und nippte an ihrem Brandy. »Ich weiß, dass diese Stadt von nun an mein Zuhause sein wird, aber trotzdem würde ich irgendwann sehr gern einmal den Familienbesitz in Sheffield sehen.«

»Du wirst sehr enttäuscht sein«, warnte Maggie.

»Ich möchte meine Wurzeln zurückverfolgen«, sagte Leonora seufzend.

Sergeant Horridge leerte seinen Brandy und stellte das Glas auf das Tablett zurück. »Ich muss mich jetzt verabschieden, aber ich bin sicher, dass ich noch mehr Fragen an Sie haben werde – falls es Sie nicht stört, Miss Winston.«

Leonoras Lippen wurden schmal. »Ich bin froh, wenn ich Ihnen helfen kann, diese Verbrecher unschädlich zu machen«, erwiderte sie. »Sie haben schon zu viele Leben ruiniert.«

Thaddeus setzte sein Glas ebenfalls ab. Nachdem er Maggie zärtlich angelächelt hatte, sagte er: »Die Umstände erfordern, dass ich den Sergeanten bei seiner Arbeit unterstütze.« Er verbeugte sich vor den Damen. »Ich wünsche Ihnen eine angenehme Nachtruhe.«

Maggie sehnte sich nach ihm und hätte ihn gern umarmt, wusste aber, dass dies nicht der richtige Moment war. »Kommst du morgen wieder her?«, fragte sie.

»Das hängt davon ab, wie wir mit den Ermittlungen vorankommen. Wir müssen die Mörder jetzt so schnell wie möglich fassen«, sagte er und zog die Tür hinter sich zu, als er hinausging.

23

»Thaddeus hat mich gefragt, ob ich ihn heiraten will, und ich habe Ja gesagt«, erzählte Maggie, als sie später an jenem Abend in ihrem Schlafzimmer Leonoras Haar bürstete. »Wir zanken viel, aber ich liebe ihn.«

Leonora lachte. »Das klingt, als hättest du Mamas Temperament geerbt. Sie konnte ungeheuer wütend werden, und dann war es genauso schnell vorbei, wie es begonnen hatte, als wäre nichts geschehen. Mr Webb ist ein wunderbarer Mann. Er wird dich glücklich machen.«

Maggies Neugier wuchs bei der Erwähnung ihrer Mutter. Hier war ein Fenster zur Vergangenheit. »Wie war unsere Mutter?« Sie hielt gespannt den Atem an, als Leonora sie im Spiegel ansah.

»Sie war stolz und sehr, sehr unabhängig. Deshalb hat sie sich mit Daddy nie verstanden. Sie erzählte mir einmal, dass er alle, die er um sich hatte, beherrschen wollte, doch sie ließ sich von ihm nicht einschüchtern.« Leonora machte eine Pause. »Sie war auch sanft und liebevoll, obwohl sie diese Eigenschaften Außenstehenden nur selten zeigte. Ich bin sicher, dass sie dich vermisst hat, aber Daddy hatte ihr verboten, dich mitzunehmen. Mutter änderte ihren Namen in Winston, für den Fall, dass Vater je beschließen sollte, uns zu suchen. Aber er muss irgendwann doch herausgefunden haben, wo wir lebten, da er mir das Kästchen schickte.«

»Warum hat Mutter mir nie geschrieben?«

»Ich glaube, sie hatte ein schlechtes Gewissen, weil sie dich in Papas Obhut zurückgelassen hatte. Sie wusste aber alles über dich – wo du lebtest und dass du Mr Hartwell geheiratet hattest. Sie war mit den Familienanwälten immer in Verbindung geblieben.«

Als Maggie Leonoras Haar zu einem Zopf geflochten hatte, legte sie die Bürste weg. »Vater hat nie versucht, Verbindung zu mir aufzunehmen, doch vielleicht hat auch er durch die Anwälte erfahren, wo ich lebte, denn genau wie du erhielt ich nach seinem Tod ein Kästchen. Es war allerdings ganz anders als das, was er dir geschickt hatte. Es war aus Rosenholz mit wunderschönen Einlegearbeiten.«

Leonora erhob sich und begann unruhig durch den Raum zu schreiten. »Wir müssen unbedingt dafür sorgen, dass ich mein Gepäck zurückbekomme. Mama hat alles in ihrem Tagebuch aufgeschrieben, und ich weiß, dass du es sehr gern lesen würdest. Dann wirst du begreifen, was für ein Mensch unsere Mutter war.«

»Die Polizisten in Richmond werden das Haus bei Tageslicht noch einmal gründlich nach Hinweisen durchsuchen. Irgendwann werden sie die Männer finden, die dich gefangen hielten.«

»Ich weiß nicht, was ich tue, falls sie Mamas Tagebuch zerstört haben. Es ist das Einzige, was mir von ihr geblieben ist. Die Pension war leider Gottes nicht sehr lukrativ. Wir hatten ein paar Möbelstücke – nichts Wertvolles, aber ich habe genügend Geld mit ihrem Verkauf erzielt, um die Beerdigung und die Schiffspassage zu bezahlen.«

»Du hast offensichtlich sehr bescheiden gelebt. Hattest du viele Freunde in Claremont?«

Leonora setzte sich auf das Bett und starrte in die Ferne. »Nur den Pfarrer und die Lehrerin des Ortes. Ich weiß, dass der Bankdirektor Mama sehr gemocht hat, aber sie war immer ziemlich abweisend zu Männern. Papa hatte ihr Leben ruiniert, und sie wagte nicht mehr, einem anderen Mann zu vertrauen.« Leonora seufzte. »Sie war sehr verbittert und riet mir immer, nie zu heiraten.«

Maggie setzte sich neben Leonora und umarmte sie. »Lass uns einen Pakt schließen, nicht die Fehler unserer Eltern zu wiederholen, ja?«

Leonoras Lippen zitterten. »Du hast Recht. Ich mag dich, Maggie, und ich wünschte, wir hätten uns gekannt, als wir noch Kinder waren.«

»Auch ich wäre mit dir und Mama glücklicher gewesen, aber wir können die Vergangenheit nicht ändern.« Maggie lächelte. »Bald wirst du einen netten jungen Mann in London finden. Hattest du in Claremont schon Verehrer?«

Leonora errötete. »Nur einen hartnäckigen Pensionsgast, aber ich konnte mir nicht vorstellen, einen dreißig Jahre älteren Mann zu heiraten.«

»Vater hatte Rupert Merton im Verdacht, er sei dein Vater«, sagte Maggie leise und fragte sich, wie Leonora darauf reagieren würde.

Leonoras Augen blitzten. »Ausgeschlossen! Mama war eine Frau, die nach sehr strengen Prinzipien lebte. Sie hätte Vater nie betrogen, egal, wie sehr sie ihn hasste. Sie nahm ihr Ehegelübde ernst.«

»Sie hatte kein glückliches Leben, aber zumindest hatte sie doch dich.« Leonora sah so müde aus, dass Maggie befürchtete, sie würde vor Erschöpfung umfallen, wenn sie sich nicht bald hinlegte. »Ich habe Gertie, die jüngste Magd, gebeten, dir in Victorias Zimmer ein Bett zu machen. Sie wird dich in der nächsten Zeit bedienen. Ich möchte, dass du ganz in meiner Nähe schläfst.«

Leonoras Augen waren groß und furchtsam. »Ich

würde lieber hier schlafen, falls du nichts dagegen hast«, wisperte sie. »Ich habe noch immer Angst, dass sie mich finden könnten.«

»Natürlich kannst du hier schlafen. Mein Bett ist breit genug für uns beide. Aber du brauchst keine Angst zu haben. Sergeant Horridge hat versprochen, zwei Polizisten zu schicken, die die Eingänge bewachen werden. Ohne ihre Erlaubnis kommt niemand ins Hotel.« Sie klopfte Leonora auf die Schulter. »Du musst jetzt erst einmal gründlich ausschlafen.«

Leonora umarmte sie impulsiv. »Du bist so lieb. Ich freue mich, dass wir Schwestern sind.« In dem geborgten Nachthemd, das ihr viel zu lang war, ging sie durch das Zimmer zu dem breiten Bett. Maggie deckte sie zu, als wäre sie ein Kind.

»Schlaf gut«, sagte sie und ging ins angrenzende Zimmer, um sich ein Bad einzulassen.

Maggie erwachte früh. Der Tag war kaum angebrochen, als sie aufstand und ihre müden Glieder streckte. Die Abenteuer des vergangenen Abends hatten sie erschöpft, doch nach einigen Stunden ungestörten Schlafs war sie bereit, sich mit den Problemen des neuen Tages zu befassen. Leonora schlief noch, die Hand unter dem Kinn. Sie hatte sich während der Nacht unruhig herumgeworfen, was Maggie jedoch kaum bemerkt hatte, obwohl sie es gewohnt war, ihr Bett für sich allein zu haben.

Eine Magd klopfte an der Wohnzimmertür, und nachdem Maggie rasch einen Morgenrock übergezogen hatte, ging sie, um das Frühstückstablett zu holen, das sie am Vorabend bestellt hatte. Am ersten Morgen nach der Ankunft ihrer Schwester wollte sie mit Leonora allein frühstücken. Die Angestellten würden sie noch früh genug kennen lernen. Wahrscheinlich platzten sie bereits vor Neugier. Gertie war die einzige, die Leonora schon gesehen hatte – eine Tatsache, mit der sie nun in der Küche prahlen kann, dachte Maggie lächelnd, während sie die Tür aufschloss.

Es war Cecily, die das Tablett gebracht hatte. »Was tun die Polizisten draußen vor der Tür?«, fragte sie, als sie das Tablett absetzte. »Das macht die Gäste misstrauisch.«

»Nun, wir wollen ihnen keine Angst machen, aber bis die Männer gefasst sind, die Leonora entführt hatten, brauchen wir den Schutz der Polizei.«

»Ich habe bei Ihrer Schwester angeklopft, aber es hat niemand geantwortet.«

»Sie hat hier bei mir geschlafen. Sie war noch zu verängstigt, um allein zu sein«, erklärte Maggie und schenkte sich eine Tasse Tee ein.

Cecily warf einen neugierigen Blick zur Schlafzimmertür. »Gertie sagte, Ihre Schwester sei sehr hübsch und sie spräche ganz anders als wir.«

Maggie lächelte. »Das ist wahr. Möchten Sie ein Himbeertörtchen? Wie ich sehe, hat Monsieur André keine Mühe gescheut und uns zur Feier des Tages nur das Allerbeste heraufgeschickt.«

Cecily lachte und nahm sich eins der Törtchen. »Ja, wir sind alle froh, dass Ihrer Schwester nichts geschehen ist. Es ist schließlich viel darüber geklatscht worden in der Küche.« Sie kaute genüsslich und sagte dann: »Komisch, dass Gertie noch nicht heruntergekommen ist. Sie ist sonst immer die Erste morgens.«

»Vielleicht ist sie in Victorias Zimmer, wo sie gestern Abend noch ein Bett für Miss Winston bezogen hat. Sie wartet dort vielleicht auf Leonora, um ihr beim Ankleiden zu helfen.«

Cecily zuckte mit den Schultern. »Ja, der neugierigen kleinen Gertie würde ich das zutrauen.« Mit einer Serviette wischte sie sich die klebrige Himbeermarmelade von den Fingern. »Ich werde mal nachsehen.«

Maggie trank ihren Tee und aß ein halbes Törtchen. Sie nahm morgens nie viel zu sich. Während sie zur Schlafzimmertür hinüberblickte, fragte sie sich, ob sie Leonora schlafen lassen oder sie lieber wecken sollte, bevor der Tee kalt war.

Ein gellender Schrei zerriss die Luft, und Maggie fuhr entsetzt zusammen. Ihr brach der kalte Schweiß aus, und sie begann so stark zu zittern, als sei der Albtraum der vergangenen Nacht plötzlich zurückgekehrt. Der Schrei kam aus dem Korridor, und Maggie stürzte aus dem Zimmer.

Cecily kam auf sie zugelaufen. Sie war leichenblass. »Gertie«, keuchte sie. »Sie liegt in Victorias Bett – tot!«

Maggie taumelte gegen die Wand, als wäre ihr der Teppich unter den Füßen weggezogen worden. »Tot?«, wiederholte sie.

Cecily nickte schluchzend. Auf steifen Beinen schleppte sie sich in Maggies Zimmer und ließ sich auf die erstbeste Sitzgelegenheit fallen.

Maggie atmete tief durch, um sich zu sammeln, merkte aber, dass irgend etwas in ihr kurz davor war zu zerbrechen. Sie musste sich an der Wand festhalten, als sie Cecily ins Wohnzimmer folgte, und schenkte dort mit zitternden Händen zwei mehr als großzügig bemessene Brandys ein. »Leonora hätte in Victorias Zimmer schlafen sollen«, sagte sie tonlos und drückte Cecily ein Glas in die Hand.

»Ich weiß …«, wisperte ihre Assistentin und ließ sich auf das Sofa sinken. »Gertie hatte so große Pläne … sie hat so hart gearbeitet, um sie zu verwirklichen … und jetzt ist sie tot …«

»Kein Wort zu Leonora«, befahl Maggie. »Ich muss

die Polizei verständigen.« Sie stürzte den Brandy in zwei Schlucken hinunter, spürte aber dennoch, dass ihr immer noch ihre Kontrolle zu entgleiten drohte. »Warten Sie hier«, sagte sie und ging langsam zur Schlafzimmertür. Wenn du dich nicht zu schnell bewegst, wirst du auch nicht zusammenbrechen, dachte sie. Der Brandy war ihr zu Kopf gestiegen, vermochte aber nicht die Furcht in ihrer Brust zu mildern. Zu ihrer Erleichterung schlief Leonora noch.

Maggie ergriff rasch ein paar Kleidungsstücke und Nadeln, um ihr Haar aufzustecken. Im Wohnzimmer streifte sie ihr Nachthemd ab und zog einen Rock und eine Bluse an. Mit mechanischen Bewegungen schlang sie das Haar zu einem Knoten und steckte ihn rasch fest.

»Lassen Sie uns hinuntergehen«, wisperte sie. »Ich glaube nicht, dass ich es ertrage, Gertie anzusehen.«

Einander stützend, gingen sie nach unten. Cecily presste ein Taschentuch an ihre Lippen. »Vielleicht hat Gertie gestern Nacht auf Leonora gewartet und ist in ihrem Bett eingeschlafen, als Ihre Schwester nicht kam«, sagte Cecily schluchzend. »Im Zimmer muss es stockfinster gewesen sein, und der Mörder …«

»Hielt Gertie für Leonora.« Maggie ließ Cecily im Büro und ging in die Halle weiter. Die ganze Welt kam ihr so seltsam vor, als trennte eine Wand des Horrors sie von ihr.

»Rafferty, rufen Sie die beiden Polizisten«, befahl sie. »Schicken Sie sie sofort zu mir ins Büro.« *Ich muss Thaddeus informieren.* Zwischen Furcht und Kummer schwankend, wartete sie auf die Beamten. Sie kamen prompt, die Helme unter ihren Armen.

»Eine meiner Mägde ist heute Nacht ermordet worden«, sagte Maggie und beschrieb den beiden Männern den Weg zu Victorias Zimmer. *Ich muss meiner*

Tochter ein anderes Zimmer geben. Sie kann nicht in einem Bett schlafen, in dem jemand ermordet worden ist. »Ich werde inzwischen Sergeant Horridge anrufen«, fügte sie hinzu.

Die Polizisten machten sich eilig auf den Weg nach oben, und Maggie ging steif zum Telefon. Ihr war, als hätte sie sich in eine Holzpuppe verwandelt, die, solange sie aufgezogen war, auch funktionieren würde. Sie wusste, wenn sie nur einen Moment innehielt, dann würde ihre Angst sie lähmen.

Zu ihrer Erleichterung erreichte sie Sergeant Horridge gleich beim ersten Anruf, und er versprach, sofort zu kommen. *Victoria hätte ermordet werden können, wenn sie hier gewesen wäre.* Und woher hatte der Mörder gewusst, in welchem Zimmer Leonora schlafen würde? Hatten die Männer womöglich doch einen Komplizen im Hotel? Maggie erschauderte bei dem Gedanken und dachte, dass sie alle sogar in diesem Augenblick noch in Gefahr waren, falls ihr Verdacht zutraf.

»Cecily, gehen Sie nach oben, und schließen Sie sich mit Leonora in meiner Wohnung ein. Lassen Sie niemanden außer der Polizei herein.« Sie beobachtete ihre Assistentin, die sich mit zitternden Händen die Tränen abwischte. »Schaffen Sie das? Ich muss Mr Webb holen, da er in diesem Fall ermittelt.«

»Ich dachte, sein Auftrag wäre erledigt, nachdem Ihre Schwester wieder da ist, Maggie.«

Da sie Cecily nicht mit einem Bericht über Ruperts Beteiligung an den Altarmorden erschrecken wollte, meinte Maggie nur: »Der Fall ist sehr viel komplizierter, als wir dachten.« Sie nahm einen der Mäntel von den Kleiderhaken im Büro, band einen warmen Schal um ihren Kopf und streifte ein Paar Fausthandschuhe über. Dann vergewisserte sie sich, dass Cecily hinaufging und ihr Wohnzimmer betrat. »Lassen Sie Sergeant Horridge herein, wenn er kommt, und beschreiben Sie ihm ganz genau, was Sie gesehen haben.«

»Sie ist erdrosselt worden. Es sind Würgemale an ihrem Hals«, sagte Cecily unter Tränen.

Maggie erschauderte und konnte ihr nicht länger zuhören. »In einer halben Stunde bin ich wieder da«, sagte sie und floh nach unten.

Es war noch immer kalt draußen, doch zumindest hatte es aufgehört zu schneien. Der Himmel war bleischwer, was auf noch mehr Schnee schließen ließ. Während Maggie über die Berkley Street eilte, winkte sie einem vorüberfahrenden Hansom, der jedoch nicht stoppte. Erst nachdem sie den Manchester Square überquert hatte, hielt einer neben ihr. Sie nannte dem Fahrer Thaddeus' Adresse.

Wenig später stand sie vor der vertrauten grünen Tür und ließ mehrmals den Klopfer fallen. Schnelle Schritte ertönten in der Halle, und eine überwältigende Erleichterung durchzuckte Maggie – die jedoch sehr schnell verblasste, als Gavin in der offenen Tür erschien.

»Hallo, Gavin. Ist Thaddeus da?«

»Kommen Sie herein! Es ist eisig kalt dort draußen«, sagte er und zog sie rasch ins Haus. »Eine Tasse Tee?«

»Nein, ich muss unverzüglich mit Thaddeus sprechen. In meinem Hotel ist ein Mord begangen worden.« Ihre Stimme zitterte, und wieder beschlich sie das beängstigende Gefühl, dass ihre ganze Welt im Begriff war, zu zerbrechen.

»Thaddeus ist nicht da«, sagte Gavin ruhig. »Er ist seit gestern nicht mehr hier gewesen.«

»Was? Aber er ist doch gestern am späten Abend von mir zu Hause weggegangen?«

»Wahrscheinlich arbeitet er an irgendetwas, oder

vielleicht ist er auch zu seinen Eltern nach Ludgate Hill gefahren. Sie sind aber telefonisch nicht erreichbar, so dass Sie hinfahren müssten, um zu fragen.« Forschend blickte er sie an. »Sie sind so blass. Möchten Sie nicht lieber hier bleiben und sich ausruhen? Ich kann für Sie nach Ludgate Hill fahren, wenn Sie möchten.«

»Nein! Vielen Dank, aber ich würde es nicht ertragen, tatenlos herumzusitzen und zu warten.«

Sie verließ das Haus, drehte sich aber auf dem Bürgersteig noch einmal um. »Falls Thaddeus zurückkehrt, dann sagen Sie ihm bitte, es sei ungeheuer wichtig, dass er sofort zu mir kommt.«

»Natürlich. Es tut mir leid, Maggie, dass Sie all diese furchtbaren Probleme haben.«

Sie konnte ihre Tränen kaum noch unterdrücken, als sie die Straße hinuntereilte. Am Regent's Circus fand sie eine Mietkutsche und zählte jede Minute, die der Fahrer bei dem zähflüssigen Verkehr benötigte, um Ludgate Hill zu erreichen. Die ganze Stadt schien an jenem Morgen unterwegs zu sein, so kurz vor Weihnachten.

Ludgate Hill war voller Busse, Wagen und Fußgänger; Arbeiter in schäbigen, zerlumpten Kleidern. Die Kinder wirkten sehr verfroren. Wenn Horace Hartwell nicht gewesen wäre, dachte Maggie, würde auch ich heute vielleicht zu diesen Leuten gehören, die sich ständig fragen müssen, ob sie genügend Geld für eine weitere Mahlzeit haben.

Das Gebäude, in dem die Webbs lebten, war besser als die anderen im Block, aus soliden Backsteinen erbaut und mit einer frisch gestrichenen schwarzen Eingangstür. Mrs Webb muss sicher hart arbeiten, um die Miete für eine Wohnung in diesem Gebäude bezahlen zu können, dachte Maggie, als sie klopfte.

Amintha öffnete die Tür. »Mrs Hartwell! Was für

eine nette Überraschung«, sagte sie und lud Maggie freundlich ein, hereinzukommen. »Mutter wird sich freuen.« Sie stiegen die Treppe zum ersten Stock hinauf, wo die Webbs lebten. Der erste Raum, den sie betraten, war ein Wohnzimmer, schon etwas abgenutzt und schäbig, doch alles war so sauber, dass es glänzte, und jedem Möbelstück war anzusehen, dass es so sorgfältig gepflegt wurde, als wäre es aus solidem Gold.

Hinter dem Wohnzimmer lag die Küche, und Maggie sah noch zwei weitere Räume, die sich daran anschlossen. Mrs Webb war in der Küche, wo sie vor Delia, die etwas oberhalb von ihr auf einem Stuhl stand, auf dem Boden kniete. Delia wirkte ätherisch wie eine zerbrechliche weiße Lilie in ihrem Hochzeitskleid.

»Mrs Hartwell, was für eine angenehme Überraschung«, sagte Mrs Webb mit einem Lächeln. »Wir wollten gerade den Saum des Kleids umstecken.« Mütterlicher Stolz klang in ihrer Stimme mit, als sie hinzufügte: »Ist meine Delia nicht wunderschön?«

Ein Klumpen formte sich in Maggies Kehle, und sie fragte sich, ob sie selbst je wieder eine Braut sein würde. »Ja, sie sieht bezaubernd aus«, erwiderte sie lächelnd. »Ist Thaddeus hier? Ich muss ihn dringend sprechen.«

»Thaddeus? O nein, wir haben ihn seit letzten Sonntag, als er hier bei uns zum Essen war, nicht mehr gesehen«, sagte Delia.

»Und da ist er nicht mal zum Dessert geblieben«, warf Amintha ein. »Ich werde meinen Vater holen, Mrs Hartwell, damit er Sie begrüßen kann.«

Verzweiflung erfasste Magie. Wo war Thaddeus? Am liebsten hätte sie sich rasch wieder verabschiedet, um ihre Suche fortzusetzen, doch sie konnte ja wohl kaum vermeiden, Thaddeus' Vater zu begrüßen.

Amintha schob ihn in einem Rollstuhl in den Raum.

Maggies Herz zog sich zusammen, als sie sah, dass Mr Webb Thaddeus sehr, sehr ähnlich war und wie eine dünnere, ältere, weißhaarige Ausgabe seines Sohnes erschien. Er hatte das gleiche Zwinkern in den Augen, obschon Mr Webbs Augen blau statt braun waren. Und er hatte auch Thaddeus' Lächeln. Maggie hätte weinen können, als dieses Lächeln, das ihr so vertraut war, auf dem Gesicht des alten Manns erschien.

»Ich freue mich, Sie kennen zu lernen, Mrs Hartwell«, sagte er und reichte ihr eine kühle, knotige Hand. »Thaddeus ist sehr von Ihnen eingenommen. Er kannte kein anderes Thema mehr, als er das letzte Mal bei uns zum Essen war. Und jetzt, wo ich Sie sehe, muss ich sagen, dass ich das gut verstehen kann.«

»Silas!«, tadelte ihn Mrs Webb errötend. »Er scherzt nur, Mrs Hartwell.«

Maggie lächelte. »Ich habe ein dickes Fell nach all den Auseinandersetzungen mit Ihrem Sohn, Mrs Webb. Ich kann jetzt sehen, von wem er seinen Charme hat.«

Mr Webb lachte. »Sie haben eine nette Art, sich auszudrücken«, sagte er. »Ich freue mich schon sehr auf den Empfang bei Ihnen, Mrs Hartwell. Ich habe gehört, dass Ihre Küche ganz vorzüglich sein soll.«

»Ich fühle mich geehrt, dass Sie mein Hotel für den Empfang gewählt haben. Und nichts wird Ihre Arrangements behindern.« *Außer Mord.* »Aber sagen Sie doch bitte – haben Sie eine Ahnung, wo Thaddeus sein könnte?«

Mr Webb schürzte nachdenklich die Lippen. »Haben Sie Gavin Talbot schon gefragt?«

Als Maggie nickte, fuhr er fort: »Manchmal fährt Thaddeus in andere Städte, um Antiquitäten für den Laden einzukaufen. Aber wohin er fährt, das wissen wir natürlich nicht.«

Würde er fortfahren, ohne uns etwas zu sagen?, fragte Maggie sich. Nein, ganz sicher nicht.

Sie reichte dem alten Mann wieder die Hand. »Wir sehen uns dann morgen«, sagte sie. »Und dann ist auch schon Weihnachten.« Sie wandte sich an Delia. »Das wird sicher Ihr schönstes Weihnachtsfest werden.«

Die junge Frau errötete. »Ja … das denke ich auch.«

»Sie sehen bezaubernd aus.« Unfähig, das Zittern in ihrer Stimme zu unterdrücken, wandte Maggie sich zur Tür. Gertie würde dieses Jahr kein Weihnachtsfest feiern. Wie ungerecht das Leben war. »Bis morgen also.« Sie winkte noch einmal und ging hinaus. Als sie an der Ecke Fleet Street eine Mietkutsche anhielt, konnte sie es kaum erwarten, heimzukommen. Sie hoffte, dass Thaddeus im Hotel war.

24

Als Maggie zurückkehrte, war Sergeant Horridge bereits mit seinen Männern eingetroffen. Sie hatten Gerties Leiche fortgebracht, aber es lag noch immer eine sehr bedrückte Stimmung über dem Hotel. In der Halle tuschelten die Gäste und warfen Maggie misstrauische Blicke zu. Ist mein Geschäft jetzt ruiniert?, fragte sie sich mit zusammengekniffenen Lippen. Sie hatte so hart gearbeitet, um sich als erfolgreiche Geschäftsfrau zu behaupten.

Aber sie war zutiefst bekümmert über Gerties Tod; kein noch so erfolgreiches Geschäft war den Verlust einer guten Angestellten wert, die zudem auch noch eine Freundin ihrer Tochter gewesen war.

»Wir müssen ihre Eltern benachrichtigen«, sagte Maggie im Büro zu Cecily, nachdem sie Hut und Mantel abgelegt hatte.

»Sie lebte bei einer Schwester in Soho. Wir können heute Nachmittag hingehen, wenn Sie möchten.« Cecily war immer noch blass, die Augen groß und dunkel vor Bekümmerung.

»Ja … Haben Sie Mr Webb gesehen?«

»Nein, er war nicht hier.«

Seine Melone in der Hand, kam Sergeant Horridge ins Foyer hinunter. »Scheußliche Geschichte, das. Ich verstehe nicht, wie jemand ins Hotel gelangen konnte, obwohl meine Männer die Eingänge bewacht haben.«

»Haben Sie heute Morgen schon mit Mr Webb gesprochen?«, fragte Maggie beunruhigt.

»Nein, ich habe ihn seit gestern Abend, als wir uns hier getrennt haben, nicht mehr gesehen. Er sagte, er wolle einem Hinweis über Ripley nachgehen, und ich fuhr zum Yard zurück, wo ich die ganze Nacht gearbeitet habe.« Er hielt inne. »Dieser neuerliche Vorfall hat Ihre Schwester hart getroffen.«

»Leonora gibt sich die Schuld daran, dass Gertie starb«, erklärte Cecily. »Ich habe ihr ein Beruhigungsmittel gegeben, als die Polizei eintraf, und ich habe auch einen Arzt gerufen, um nach ihr zu sehen, nach allem, was sie durchgemacht hat.«

»Ich bin Ihnen sehr dankbar für alles, was Sie tun, Cecily. Ich wüsste nicht, wie ich ohne Sie zurechtkäme«, sagte Maggie ehrlich. Dann wandte sie sich an den Sergeanten. »Ich nehme an, es gibt noch keine Hinweise auf den Täter?«

»Nein, aber wir wissen immerhin schon, dass er sich nicht gewaltsam Zutritt zum Hotel verschafft hat. Ich habe noch einen anderen Fall, um den ich mich jetzt kümmern muss, aber ich komme bald wieder.« Der Sergeant setzte seinen Hut auf.

Maggie begleitete ihn zur Tür und wandte sich dann zur Treppe. »Ich muss nach meiner Schwester sehen. Ich möchte bei ihr sein, wenn sie aufwacht«, sagte sie zu Cecily.

In diesem Augenblick klingelte das Telefon, und Cecily ging zur Rezeption, um abzunehmen. Dann rief sie Maggie. »Für Sie – ein Herr.«

Thaddeus! Maggie lief durch die Halle und ergriff den Hörer. »Ja? Hier spricht Maggie.«

»Ah! Meine liebe Nichte …«

Maggie wurde kalt vor Angst, und sie umklammerte den Hörer, als wäre er das Einzige, was sie noch aufrechthielt. »Onkel Rupert?« Aufgeregt winkte sie Cecily, doch die ältere Frau war schon gegangen. »Wo bist du?«, fragte Maggie und fühlte sich auf einmal sehr, sehr einsam und allein.

Er lachte. »In London, und ich möchte mich gern mit dir treffen.«

»Ich weiß, dass du an der Entführung meiner Schwester beteiligt warst. Du wusstest die ganze Zeit, wo sie war, und hast mir nichts gesagt. Ich weiß, dass du einer dieser verabscheuungswürdigen Männer in den Roben warst!«

Wieder lachte er. Wie konnte er bloß so gut gelaunt sein nach allem, was er sich hatte zuschulden kommen lassen? »Ja, natürlich wusste ich von Leonora; schließlich hatte sie das Kästchen, das ich brauchte. Du musst mir einen Gefallen tun, Maggie. Ich werde dir jetzt eine Adresse nennen, und dorthin bringst du mir das Kästchen …«

»Das Kästchen?« Maggie stockte der Atem. »Was für ein Kästchen?«

»Dein Vater hatte auch dir ein Kästchen geschenkt – aber offensichtlich nicht das aus Japanlack, das früher auf deinem Schreibtisch stand. Hör mir jetzt gut zu, Maggie. Du musst mir das andere Kästchen bringen, das dein Vater dir geschenkt hat.«

»Das aus Rosenholz?«, fragte Maggie. »*Du* hast das Lackkästchen gestohlen, nicht?«

»Natürlich! Ich hatte mich schon in deinem Büro umgesehen, noch bevor wir uns das erste Mal begegneten – an jenem ersten Tag, als ich dich nicht im Hotel antraf.«

»Und dann hast du mich entführen lassen, damit du in Ruhe meine Wohnräume durchsuchen konntest, und hast auch den Ersatzschlüssel gestohlen. Du warst der Eindringling, der mich fast zu Tode erschreckt hat!«

»Wie scharfsinnig du bist, meine liebe Nichte«, lobte er mit zuckersüßer Stimme, dann fuhr er fort: »Dein Lackkästchen war nutzloser Plunder, und ich habe vergeblich nach dem richtigen gesucht!«, schrie er. »Deshalb bat ich dich, nach Richmond zu kommen, um dich dazu zu bringen, mir zu verraten, wo du das Kästchen versteckt hast. Aber meine Pläne schlugen fehl, und ich war nicht da, um dich in Empfang zu nehmen. Die Stimmen forderten in jener Nacht ein Opfer, und während der überstürzten Vorbereitung muss jemand vergessen haben, die Tür zu schließen.«

Maggie schnappte nach Luft und hielt das Telefon noch dichter an ihr Ohr.

»Hör gut zu«, fuhr Rupert fort. »Wenn du mir das Kästchen, das ich will, nicht bringst, dann stirbt dein Freund Thaddeus. Er sitzt hier hinter Schloss und Riegel, und du bist der einzige Mensch, der ihn noch retten kann.« Merton machte eine kleine Pause. »Obwohl sein Tod die Götter meiner Religion nicht besänftigen wird.«

»Was für eine Religion, und was hat das Kästchen mit all dem zu tun?« Jedes Wort war pure Agonie für Maggie. Diese Bestien hatten Thaddeus! Ihre Beine zitterten so heftig, dass sie sich auf den Holzschemel hinter der Rezeption setzen musste. »Deine *Religion* ist etwas Finsteres und Böses, Onkel Rupert.«

»Du verstehst es nicht.« Seine Stimme nahm einen gereizten Tonfall an. »Die Welt wird regiert von Göttern, die in sieben Sphären leben, beginnend mit dem Herrn der Finsternis, der von allen möglichen Halbgöttern und Satyren unterstützt wird, bis hin zum Herrn des Lichts. Ich bin der Auserwählte, der Reformator, der alles erneuern und verändern wird. Ich gehorche den Stimmen, die mich täglich leiten. Ich muss der Welt ihre Botschaft überbringen. Bring mir jetzt das Kästchen …«

»Was für eine Botschaft?« Maggies Hals war vor Angst wie ausgetrocknet. Der bloße Klang seiner Stimme ließ ihre Haut vor Abscheu kribbeln.

»Dass die Menschen lernen müssen, zu gehorchen«, erklärte er. »Dass Leben einer edleren Gesinnung geopfert werden müssen.«

»Du sprichst nicht von Frieden oder von der Liebe Gottes«, sagte Maggie.

»Ach, *das*!«, höhnte er. »Nichts als gesellschaftliche Rituale, erfunden von der Kirche, um die Menschen zu beherrschen. Nein, ihr müsst lernen, den *Stimmen* zu gehorchen.«

Maggie war so verblüfft, dass sie kaum sprechen konnte. »Du hörst tatsächlich Stimmen?« Sie erinnerte sich an das Gebrabbel, das sie in der Nacht zuvor in jenem Keller mit dem Altar und den Männern, die darum tanzten, vernommen hatte. Waren dies die Stimmen, die er meinte? Hatten diese Männer sich vielleicht in eben diesem Augenblick schon wieder versammelt, und Thaddeus war ihr nächstes Opfer?

»In meinem Kopf. Jede Sekunde meines Tages«, erwiderte Rupert, und es klang nun fast ein bisschen nörgelnd. »Sie hören nie auf. Und nun bedrängen sie mich, das Kästchen zu beschaffen. Wir dürfen die Verbreitung der Stimmen auf der Welt nicht aufhalten. Das Kästchen, Maggie, bring das Kästchen her …«

»Was enthält es eigentlich?« Maggie lehnte die Stirn an die Theke und fragte sich, ob sie die Kraft besaß, auch nur ein einziges weiteres Wort zu äußern.

Er klang ungeduldig. »Dein Vater hat eine Karte hinterlassen, von der sich eine Hälfte in Leonoras Kästchen und die andere in deinem befindet, auf der das Versteck eines Schatzes eingezeichnet ist.« Ruperts Stimme nahm einen gewinnenden Tonfall an. »Dein Vater, kleine Maggie, hatte sein gesamtes Vermögen in Gold getauscht, das er dann irgendwo auf dem Sheffielder Besitz verborgen hatte. Einer der Anwälte hat es mir erzählt. Bully bestach ihn, damit er nichts verriet, aber als ich in New York lebte, versuchte dieser Anwalt, mich dazu zu bringen, dass ich Leonoras Teil der Karte stahl. Und dann würden wir uns den Goldschatz teilen, sagte er.« Rupert schnaubte. »Er ist ein Idiot. Als ich von einem der Leute in Claremont erfuhr, dass Leonora nach London reiste, um dich zu besuchen, wusste ich, dass die Karte mir gehören würde. Ich brauchte Leonora nur zu folgen und dann über die Anwälte deine Adresse herauszufinden. Dann würde das Gold mir ganz allein gehören.«

Er machte eine Pause, und Maggie versuchte, ihre wachsende Angst zu bändigen. »Wir brauchen diese Karte, um dein Erbe zu finden, Maggie, hörst du? Die Bruderschaft braucht das Geld. *Du*, liebste Nichte, hast nun Gelegenheit, den Stimmen der Götter zu gehorchen und zu dienen. Sie werden dich belohnen, aber nicht mit weltlichen Gütern. Du wirst als Dienerin der Stimmen eingeschworen werden.«

Maggie schloss die Augen und dachte, dass sie vor Abscheu sterben würde, wenn diese Stimmen so wie Ruperts klangen. »Und wenn ich dir das Kästchen bringe, lässt du dann Thaddeus leben?« Maggie hielt den Atem an.

»Ja – wenn die Götter es erlauben.«

»Also gut, ich bringe es dir.« Maggie dachte an das exquisite Intarsienkästchen, das sie Thaddeus mitgegeben hatte. Es war das Einzige, was ihr Vater ihr je geschenkt hatte. Es musste irgendwo in Thaddeus' Wohnung sein. Sie richtete sich auf und zog mit schwerfälligen Bewegungen einen Notizblock näher. »Wie ist die Adresse?«

»Golden Square Nummer fünfundzwanzig in Soho.

Und du musst allein kommen. Da die Seele deiner Schwester gestern Nacht in die erste Sphäre eingegangen ist, wo sie die Dämonen besiegen muss, kannst du nicht mit ihrer Unterstützung rechnen, und sie wird dir auch keinen Kummer mehr bereiten. Sie war so schrecklich *gewöhnlich*, findest du nicht?«

Maggie sagte ihm natürlich nicht, dass er Gertie getötet hatte und nicht Leonora. »Du hast also meine Schwester umgebracht?« Maggie umklammerte den Rand der Theke, und ihre Hände schwitzten, als sie mit steifen Fingern die Adresse niederschrieb.

»Ach was, ich habe ihr nur geholfen. Sie wird nicht mehr gebraucht, jetzt, wo ich ihr Kästchen habe. Ihr Teil der Karte war in einem geheimen Fach im Boden.« Er lachte zufrieden. »Die Wahrheit ist, dass es deiner Schwester besser ergehen wird, wenn sie im nächsten Jahrhundert auf die Erde zurückkehrt.«

»Du hältst Mord für gerechtfertigt?«

»Die Verbreitung unserer Sache ist gottgewollt, also ist auch jede Handlung heilig, die damit verbunden ist.« Er hielt inne. »Maggie, bring bloß nicht diesen lästigen Sergeanten Horridge mit. Ich weiß, dass er versucht hat, alles, wofür wir hier in London gearbeitet haben, zu ruinieren. Wenn du ihn mitbringst – oder ihm auch nur von unseren Plänen erzählst, wird Thaddeus dafür zahlen müssen. Er ist jetzt eine Schachfigur der Götter.«

»Ich werde mich beeilen«, sagte Maggie mit einer Stimme, die kaum mehr als ein Wispern war. »Tut nichts, bevor ich komme.«

»Wir haben Möglichkeiten, festzustellen, ob du die Polizei mitbringst, also komm bitte allein. Die Sichtweise der Behörden ist so furchtbar engstirnig, so *langweilig*. Sie würden alles tun, um unsere Arbeit zu beenden.«

Maggie nickte, als stünde er hier bei ihr an der Rezeption. »Ich verstehe.« Es knackte in der Leitung, als die Verbindung unterbrochen wurde, und der Hörer baumelte in Maggies Hand.

»Er hat zugegeben, dass er Gertie – die er für Leonora hielt – ermordet hat, um seine Mission zu fördern!«, flüsterte sie fassungslos vor sich hin. »Und jetzt hat er Thaddeus und wird auch ihn töten, wenn ich ihm nicht das Kästchen bringe«, fügte sie hinzu. Sie ließ sich auf den unbequemen Stuhl zurücksinken und schlug die Hände vors Gesicht. »Ich verstehe das alles nicht. Warum muss die Vergangenheit zurückkehren, um mich zu quälen? Vater wollte doch nie etwas mit mir zu tun haben, solange er noch lebte.«

Sie musste sich zusammennehmen, bevor die Gäste merkten, dass etwas nicht in Ordnung war. Als erstes musste sie das Kästchen in der Maddox Street abholen und dafür sorgen, dass in der nächsten Stunde niemand merkte, dass sie fortgegangen war. Denn Cecily würde natürlich sofort darauf bestehen, die Polizei zu rufen, wenn sie es herausfand, und dann würde Thaddeus sterben.

Als Maggie Hut und Mantel im Büro anzog, fiel ihr ein, dass ihr Onkel keine Ahnung hatte, dass Leonora noch am Leben war. *Und wenn er nun beabsichtigt, auch mich zu töten – so wie er Leonora töten wollte?* Höchstwahrscheinlich. Mit zitternden Fingern schrieb sie auf den Block am Telefon: *Hilfe! Schickt Sergeant Horridge sofort hierher.* Sie unterstrich die Adresse am Golden Square und unterschrieb mit ihrem Namen.

Maggie war so nervös, dass sie Mühe hatte, ihre Handschuhe anzuziehen. Nachdem sie einen geladenen Derringer, der Horace gehört hatte, in ihr Retikül gesteckt hatte, schlüpfte sie aus der Tür und achtete darauf, von niemandem gesehen zu werden. Vielleicht würde Rupert ihr erklären, warum ihr Vater nie von diesem Gold gesprochen hatte.

Wie in Trance ging Maggie über die Straße und hielt am Manchester Square einen Hansom an. Er brachte sie zu Thaddeus' Haus in der Maddox Street, und zu ihrer Erleichterung war Gavin da, um ihr die Tür zu öffnen.

»Ich muss das Kästchen finden, das ich Thaddeus geschenkt habe«, erklärte Maggie atemlos. »Es war aus geschnitztem Rosenholz mit Einlegearbeiten. Haben Sie es irgendwo gesehen?«

»Ja, natürlich. Er ist mächtig stolz darauf und bewahrt es auf der Kommode in seinem Schlafzimmer auf.«

Ohne lange nachzudenken, machte Maggie einen Schritt in Richtung Treppe, doch Gavin hielt sie zurück und sagte: »Vielleicht sollte ich es lieber holen, da eine Dame doch sicher nur sehr ungern das … ähm, Schlafzimmer eines Herrn betritt.«

Maggie errötete und dachte an ihre Nächte mit Thaddeus. »Ja … das stimmt natürlich.« Nervös befingerte sie ihre Handschuhe, während sie auf Gavin wartete, und überlegte, ob sie ihm von Thaddeus' Notlage erzählen sollte. Aber dann beschloss sie, Gavin nichts zu sagen, da sich Thaddeus' Rettung damit nur verzögern würde.

Das Kästchen unter dem Arm, kam Gavin in die Halle zurück. Es war ein ausgesprochen hübsches Stück, und Maggie wunderte sich plötzlich, dass ihr Vater ihr solch eines schönes Abschiedsgeschenk gemacht hatte. Hatte er seine Sünden bereut, bevor er starb? Aber warum hatte er ihr nichts von der Karte gesagt? Die Antwort war klar: Er hatte nicht gewollt, dass sie es wusste. Selbst kurz vor seinem Tod hatte er sie noch bestrafen wollen. Mit seinem merkwürdigen Humor hat ihn der Gedanke, dass das Gold für immer verborgen bleiben würde, wahrscheinlich sogar amüsiert, dachte Maggie ärgerlich.

Sie nahm das Kästchen. »Danke.« Als sie ging, fragte sie sich, wo die Karte verborgen sein mochte. Die Mietkutsche war weitergefahren, und während Maggie auf eine andere wartete, untersuchte sie das Kästchen, entdeckte aber weder ein geheimes Fach noch irgendwelche doppelten Wände. Und dennoch ... falls es stimmte, was ihr Onkel sagte, war die Karte da. Es klang, als ob der Boden des Kästchens hohl wäre, aber das Holz schien aus einem Stück zu sein und keine verborgenen Fächer zu enthalten.

Sie blickte die Straße hinunter und hatte Angst, zu spät zu kommen. Weit und breit waren keine Mietkutschen zu sehen, und viel zu ungeduldig, um noch länger abzuwarten, begann sie in Richtung Regent Street zu laufen.

Von ihr aus konnte ihr Onkel die Karte haben, wenn er Thaddeus leben ließ. »Rupert spricht von der Macht der Götter ...«, murmelte Maggie vor sich hin. »Wenn es wahre Gerechtigkeit gibt, dann lass Thaddeus leben«, betete sie.

Sie wusste, dass Thaddeus klug war. Er konnte auf sich selbst aufpassen – aber was, wenn er bewusstlos war ...

Sie fragte sich, wie sie die Männer überwältigen und ihn retten sollte, falls Rupert sein Versprechen nicht einhielt. Sie hatte keine Ahnung, wie viele Männer dort sein würden ...

Ein Mord erforderte nur wenige Sekunden. Der Gedanke, dass Thaddeus litt, ließ Maggie sogar noch schneller zu der Adresse am Golden Square hasten, doch sie war schon ziemlich außer Atem und bekam allmählich Seitenstiche.

Wo soll ich bloß den Mut hernehmen, diesen Schurken gegenüberzutreten?, fragte sie sich.

Maggie klemmte das Rosenholzkästchen noch fester unter den Arm, als sie die Regent Street erreichte und sich dort nach einem Hansom umsah. Aber auch hier war keiner, und so hastete sie in südlicher Richtung weiter, auf den Piccadilly Circus zu, bis sie vollkommen außer Atem war. *Lieber Gott, lass mich nicht zu spät kommen.* Sie wehrte sich gegen die schrecklichen Bilder, die ihr Verstand ihr vorgaukelte, was die Schurken Thaddeus antun würden, falls sie zu spät käme. Auch in der Conduit Street war keine Mietkutsche zu finden, und die Busse waren so voll, dass sie nicht an den Haltestellen hielten.

Schwitzend und ganz schwach vor Sorge überquerte Maggie die belebte Kreuzung, um in die Beak Street einzubiegen, und trat zur Seite, um einem Straßenkehrer auszuweichen. Es hatte aufgehört zu schneien, und der Schnee verwandelte sich bereits in Matsch.

Von der Beak Street aus rannte sie in Richtung Süden weiter, bis sie den Golden Square erreichte. Der Himmel war von einem bleiernen Grau, als wollte er die Stadt unter einer Regendecke begraben. Das nachlassende Licht verlieh den Fassaden der Häuser ein düsteres Aussehen, und drinnen wurden Lampen angezündet, um ein wenig Helligkeit in die Wohnungen zu bringen. Maggie zählte die Hausnummern, bis sie vor der Nummer fünfundzwanzig stand. Die Vorhänge an den hohen gotischen Fenstern waren zugezogen, und nichts deutete darauf hin, dass sich in diesem Gebäude Menschen aufhielten.

Das Kästchen rutschte Maggie beinahe aus den zitternden Fingern, als sie anklopfte, und sie wusste, dass sie schnellstens handeln musste, bevor sie ganz den Mut verlor. Ihr Instinkt riet ihr, das Kästchen vor die

Tür zu legen und dann so schnell wie möglich zu verschwinden, doch Thaddeus war dort drinnen, und er brauchte ihre Hilfe.

Die Tür öffnete sich einen Spalt, und Maggie riss verblüfft die Augen auf. Es war der Mann, der ihr auf der Oxford Street gefolgt war und sie ein paar Tage darauf entführt hatte. Sie schauderte vor Entsetzen und brachte kein Wort über die Lippen.

»Mrs Hartwell, schätze ich«, sagte der Mann ironisch lächelnd und betrachtete das Kästchen unter Maggies Arm. »Wie ich sehe, haben Sie Mr Mertons Rat befolgt. Das war sehr klug von Ihnen.« Er bedeutete ihr einzutreten, und sie musste sich zwingen, ihre Beine zu bewegen.

Furchtsam folgte sie dem jungen Mann durch einen schmalen Gang. Es roch muffig hier, und es war düster wie in einem Grab. Maggie fragte sich, ob sie das Haus je wieder lebend verlassen würde.

Männerstimmen wurden laut, als Maggie einen großen Raum betrat, der sich über die gesamte Breite des Hauses erstreckte. Ihr Onkel thronte auf einem hohen Lehnstuhl, fünf junge Männer saßen auf Sitzkissen in einem Halbkreis vor ihm. Einer von ihnen war Anselm Ripley, der sie mit leerem Blick anstarrte. Der Altar, den sie aus Richmond in Erinnerung hatte, stand an einer Wand in der Nähe eines Wandteppichs, der orientalische Figuren in verschiedenen Positionen darstellte, umgeben von geheimnisvollen Zeichen. Kerzen brannten in mehrarmigen Leuchtern auf dem Altar, und der ganze Raum war von schwerem Weihrauchduft erfüllt.

»Ah! Da bist du ja, Margaret«, begrüßte ihr Onkel sie jovial und erhob sich aus dem Sessel. Erst da bemerkte sie die scharlachrote Robe, die er trug. Die Kapuze lag auf seinem Rücken, und sein Gesicht wirkte seltsam bleich im Kontrast zur roten Farbe.

»Ich bringe dir das Kästchen«, sagte sie mit unsicherer Stimme. Sie spürte, wie Angst ihr die Kehle zuschnürte, und hoffte, dass Cecily die Nachricht neben dem Telefon gefunden hatte. Wenn nicht, würde niemand sie mehr retten können, falls diese Männer hier beschließen sollten, sie zu töten. Aber als sie das Hotel verlassen hatte, hatte sie an nichts anderes als Thaddeus' Sicherheit gedacht.

»Wo ist Mr Webb?«, fragte sie. »Du hast versprochen, ihn freizulassen, wenn ich dir das Kästchen bringe.«

Ihr Onkel lächelte. »Das stimmt, aber es kann sein, dass ich dieses Versprechen brechen muss.« Er betrachtete das Kästchen von allen Seiten. »Ein hübsches Stück, was meint ihr?«, fragte er seine Kumpanen, und sie murmelten und nickten zustimmend.

Maggie erschauderte, als sie sie betrachtete. Sie schienen in einer anderen Welt verloren, ihre Gesichter waren ernst und feierlich. Was hatte ihr Onkel getan, um eine solche Macht über diese jungen Leute zu gewinnen? Es war offensichtlich, dass sie ihn wie einen Gott verehrten. Auf einem Tisch stand eine Wasserpfeife, und an den verträumten Gesichtern der Männer erkannte Maggie, dass sie Opium geraucht hatten.

»Vielleicht hast du Mr Webb ja gar nicht in deiner Gewalt«, sagte Maggie und hoffte inständig, dass ihr Onkel sie am Telefon belogen hatte, damit sie ihm das Kästchen brachte.

Doch noch während ihr dieser Gedanke kam, brachten zwei der Männer Thaddeus aus einem anderen Raum herein. Er schwankte, als wäre er betrunken, und Maggie sah, dass er eine Prellung an der rechten Schläfe hatte.

Sein Gesicht hellte sich auf, als er sie sah, und verdüsterte sich gleich wieder. »Warum bist du hergekommen und hast dein Leben in Gefahr gebracht, Maggie?«, fragte er sie tadelnd.

»Ich musste kommen, ich konnte dich doch nicht im Stich lassen.« Sie lief durch den Raum, schlang die Arme um seine Taille und stützte ihn, als er sich mühsam zum nächsten Sofa schleppte. Sie konnte es nicht fassen, dass diese gut aussehenden, höflichen Männer etwas so Lasterhaftem wie diesem Kult anhingen, der den Tod und die Mächte der Finsternis verherrlichte.

Thaddeus war blass und hatte offensichtlich starke Schmerzen. Maggie setzte sich dicht neben ihn und versuchte, ihm ein wenig Trost zu spenden. Wie immer, schien sie auch jetzt wieder neue Kraft aus seiner Gegenwart zu beziehen. Plötzlich war sie überzeugt, sie würde einen Weg finden, sie beide zu retten. Seine Hände waren hinter dem Rücken gefesselt, seine Finger blau und angeschwollen. Maggie blickte sich rasch nach irgendeinem scharfen Gegenstand um, um seine Fesseln zu durchtrennen. Aber der Raum war nur sehr spärlich möbliert, und sie entdeckte nichts, was ihr verwendbar schien.

»Was willst du mit dem Kästchen, Rupert?«, fragte sie, weil sie das Wort ›Onkel‹ nicht mehr über die Lippen brachte. Enttäuschung durchflutete sie, als sie den Bruder ihres Vaters ansah. »Glaubst du, Mord wird deiner Sache dienlich sein?«

Ihre Frage ignorierend, strich er beinahe zärtlich über die Intarsien. »Dieses Kästchen ist viel schöner als Leonoras.« Er deutete auf das schwarze Lackkästchen auf dem Altar. »Es enthält die Zukunft … die Mittel, um meine Träume zu verwirklichen«, sagte er. Dann ließ er das Kästchen plötzlich auf den Boden fallen und zerschmetterte es mit einem kleinen Hocker.

»Nein!«, schrie Maggie und sprang auf, doch Thaddeus zog sie rasch wieder hinunter.

»Verärgere ihn nicht«, flüsterte er. »Er ist nicht mehr bei Sinnen.«

Rupert schrie vor Entzücken auf, als er ein Blatt Papier aus den Holzsplittern zog. Mit einem triumphierenden Lächeln brachte er es zu Maggie.

Sie nahm es ihm aus der Hand und sah, dass es ein Plan ihres Elternhauses und des dahinterliegenden Gartens war, in dem früher, bevor der Verfall einsetzte, Rosen und Rhododendron geblüht hatten. Ein marmornes Vogelbad stand in der Rosenlaube, die mit einem X und einem langen Pfeil gekennzeichnet war, der auf die gezackte Linie zeigte, an der das Blatt in der Mitte durchgerissen worden war.

»Was ist das?«, fragte sie.

»Du erkennst das Haus doch, Maggie?«

»Ja, aber das ergibt doch keinen Sinn ...«

Rupert durchquerte den Raum und holte das andere Kästchen. »Leonoras Karte zeigt das Wäldchen und die Stallungen, und beide Teile zusammen ergeben die exakte Stelle, wo dein Vater sein Vermögen vergraben hat.«

Rupert wandte sich zu den Männern um und breitete weit die Arme aus. »Bald, sehr bald, werdet ihr Zeugen des glorreichen Aufstieges der Stimmen sein. Die Götter werden zur ganzen Menschheit sprechen, und die Gesetze, die das Universum aufrecht erhalten, werden dann auf immer und ewig diese Welt regieren.«

Ein Schaudern erfasste Maggie, als sie seine Worte hörte, und als die jungen Männer im Rhythmus seines Singsangs hin und her zu schwanken begannen, griff sie in ihr Retikül und berührte den kalten Griff des Derringers.

»Du musst versuchen, von hier wegzukommen, Maggie, und sofort Sergeant Horridge informieren. Er und seine Männer werden keine Mühe haben, diese armen, irregeführten Kreaturen zu überwältigen«, flüsterte Thaddeus.

»Sie haben gedroht, dich zu töten, falls ich die Polizei mitbringen würde. Ich kann dich nicht allein zurücklassen. Wer weiß, was sie dann mit dir machen.« Maggie blickte Thaddeus' geliebtes Gesicht an und hätte gern etwas getan, um den gequälten Ausdruck aus seinen Augen zu vertreiben. Während sie ihn betrachtete, schien er über Fluchtmöglichkeiten nachzudenken. »Wenn du jetzt aufspringst, wegrennst und die Karte hier zurücklässt, lassen sie dich vielleicht gehen. Sie haben schließlich, was sie wollten.«

»Nein«, wisperte Maggie. »Mein Onkel wird mich nicht gehen lassen. Er wollte Leonora gestern Nacht ermorden, hat aber dann aus Versehen die arme Gertie umgebracht. Und diesen Mord hat er bereits gestanden.«

Thaddeus' Augen blitzten auf vor Zorn, und er zerrte an seinen Fesseln. »Verdammt! Die junge Magd ist tot?«

Maggie nickte. »Und dich töten sie auch, wenn Onkel Rupert nicht sein Versprechen hält, dich freizulassen.«

Thaddeus lächelte grimmig. »Ich glaube kein Wort von dem, was diese Männer sagen. Und deshalb musst du schleunigst Hilfe holen.«

»Vielleicht würden sie uns ja gar nicht aufhalten ...« Doch noch während sie es sagte, sah Maggie, dass einer der jungen Männer die Tür zur Eingangshalle abschloss und den Schlüssel einsteckte.

Dann legten die Männer die Kapuzen an, fassten sich an den Händen und begannen einen Kreis zu bilden. Maggie lief es kalt über den Rücken, und sie kämpfte gegen den Impuls an, in Tränen auszubrechen.

»Was tust du?«, fragte Thaddeus, als sie sich auf zitternden Beinen erhob. Ohne seine Frage zu beantworten, ging sie zu ihrem Onkel, der jetzt mit tonloser Stimme irgendetwas vor sich hinbrabbelte. Sie zupfte an dem weiten Ärmel seiner Robe, und er fuhr zu ihr herum. Seine Augen glühten unheimlich aus der Tiefe der Kapuze. Er versuchte, Maggie zu umarmen, doch sie wich vor ihm zurück. »Du musst uns gehen lassen«, sagte sie. »Du hast es versprochen.«

Er lachte, ein zischendes Geräusch, das überhaupt nicht menschlich klang. Eine unheimliche Verwandlung ging mit ihm vor. Aber in was verwandelte er sich – in einen Teufel?

»Die Götter fordern ein Opfer. Sie können es kaum erwarten, frei zu sein, um durch die Welt zu streifen – ein Geschenk, das ich ihnen machen kann, sobald die Macht sich offenbart hat.«

»Welche Macht?«, fragte Maggie heiser. Eine furchtbare Angst erfasste sie. Er will uns *alle* töten …

»Reichtum verleiht Macht. Nur Geld verleiht die Macht, auf der ganzen Welt die Botschaft zu verbreiten.«

Obwohl Maggie schwindlig wurde vor Entsetzen, versuchte sie, ihrer Stimme einen gewinnenden Tonfall zu verleihen. »Aber es besteht kein Anlass, uns zu töten. Wir können dich doch nicht an deinen Plänen hindern.«

In einer theatralischen Geste streckte er die Arme aus, und Maggie fuhr zusammen, weil sie einen Moment befürchtet hatte, dass er sie schlagen würde. »Wirst du auf die Stimmen hören und ihren Befehlen gehorchen, Margaret? Dann werde ich mein Versprechen erfüllen und Webb gehen lassen.«

Maggies Gedanken rasten. Wenn sie Ja sagte, würde er sie dann wirklich am Leben lassen?

Ein jähes Flackern ließ eine Öllampe mit einem roten Glaszylinder auf dem Altar aufleuchten, und die jungen Männer stöhnten wie aus einem Munde auf. Während das Licht rot flackerte, steigerte ihr Singsang sich zu rauen Schreien. »Die Stimmen verlangen Opfer.«

Rupert zog bedauernd die Schultern hoch, an seiner Wange zuckte wild ein Muskel. »Siehst du? Die Götter wollen dich nicht, Margaret.«

Zorn erfasste sie. »Wie kannst du es wagen, zu behaupten, du wüsstest, was die Götter wollen! Das Einzige, was du verehrst, ist die Macht, die du über andere ausübst. Du spielst Gott, aber du bist nichts. *Nichts*!«, schrie sie. »Du besitzt nicht mehr Macht als andere. Die Stimmen, die du hörst, sind nur in deinem Kopf – in deinem kranken Hirn!«

Die jungen Männer brüllten vor Zorn auf, und Maggie bereute ihre übereilten Worte. Sie war zu weit gegangen, aber es gab nichts mehr, was ihren Zorn noch bremsen konnte. Während die Männer sie langsam einkreisten, zog sie die Pistole aus der Tasche und richtete sie auf den Mann, der ihr am nächsten war. »Ich ... schieße«, stieß sie mit letzter Kraft hervor, nun so verängstigt, dass sie kaum noch ein Wort über die Lippen bringen konnte.

Während Maggie überlegte, ob sie überhaupt fähig sein würde, die Waffe abzufeuern, machte ihr Onkel eine jähe Bewegung und schlug Maggie mit der Faust aufs Handgelenk. Ein scharfer Schmerz durchzuckte ihren Arm. Die Pistole fiel auf den Boden, wo sie mit einem ohrenbetäubenden Krachen losging, aber niemand traf. Einer der Männer hob sie auf und steckte sie in die Tasche.

Als sie langsam näher kamen, trat Maggie den ersten hart gegen das Schienbein, und während er vor

Schmerz aufbrüllte, ergriff sie einen Stuhl und schleuderte ihn nach dem nächsten Angreifer. Dann war Thaddeus plötzlich neben ihr und kämpfte an ihrer Seite, obwohl seine Hände noch gefesselt waren. Als die Männer ihn ergreifen wollten, warf er sich zur Seite und schaffte es, ein paar harte Tritte auszuteilen.

Jemand packte Maggie von hinten, doch die Wut verlieh ihr Kraft, und sie riss sich los und rannte zum Altar. Einen der schweren Leuchter ergreifend, schleuderte sie ihn auf ihren Angreifer. Brennende Kerzen rollten über den Boden, und im Bruchteil von Sekunden fing das Altartuch Feuer.

Rupert schwankte brüllend auf sie zu. »Das wirst du bereuen, Maggie! Du hast den Altar entweiht. Die Stimmen sind jetzt sehr, sehr böse.«

»Dann werden wir alle zusammen in den Tod gehen. Ich sterbe nicht allein«, überschrie sie den Lärm der Kämpfenden. Ihr Onkel kam langsam, wie in Trance, auf sie zu. Er schlug seine Kapuze zurück, und Maggie erschrak über den irren Blick in seinen Augen. Seine Lippen bewegten sich in einer Art fanatischem Gebet.

»Der Hunger soll gestillt werden, das Opfer wird gebracht«, sagte er tonlos, als er sich auf Maggie warf und mit ihr zu Boden stürzte.

Thaddeus brüllte auf der anderen Seite des Raumes wütend auf. Maggie hatte keine Ahnung, wie er seinen Angreifern entkommen war, doch er warf sich auf Ruperts Rücken und stieß ihn von Maggie. Der ältere Mann schaffte es jedoch, Thaddeus' nächsten Angriff abzuwehren, und schlug ihm die geballte Faust ans Kinn. In dem verzweifelten Versuch, sich wieder aufzurichten, rollte Thaddeus sich über den Boden – aber so sehr er sich bemühte, es wollte ihm einfach nicht gelingen.

Mit Teppichen versuchten die anderen Männer das

Feuer zu ersticken, das bereits an den Vorhängen emporzüngelte.

Der Raum füllte sich mit beißendem Rauch, und Maggie hustete. Ihre Augen brannten, als sie nach ihrem Onkel schlug, der rittlings auf ihr hockte und die Hände nach ihrem Hals ausstreckte. Seine eiskalten, knochigen Finger schlossen sich um ihre Kehle und drückten zu, bis Maggie nicht mehr atmen konnte.

Das Blut rauschte wie ein reißender Fluss durch ihren Kopf, und sie merkte kaum, dass Thaddeus sich mit seinem ganzen Gewicht auf Rupert warf. Der ältere Mann lockerte vorübergehend seinen Griff, und durch das Geschrei um das Feuer hörte Maggie ein lautes Hämmern an der Tür. Einen Moment später zersplitterte das Holz, und der Raum füllte sich mit Männern in blauen Uniformen.

»Polizei!«, schrie jemand, und Maggie erkannte Sergeant Horridges vertraute Stimme.

Rupert versuchte, den viel größeren und schwereren Thaddeus abzuschütteln. Die Polizei trennte die beiden Männer, und als Thaddeus auf dem Boden zusammensackte, sah Maggie, dass Blut über sein Gesicht rann. Schluchzend kroch sie zu ihm und schlang die Arme um ihn.

»Was für eine Prügelei«, bemerkte Sergeant Horridge grimmig und befahl seinen Männern, den Mitgliedern der Sekte Handschellen anzulegen. Dann zog er ein Messer aus der Tasche und zerschnitt die Stricke um Thaddeus' Handgelenke.

Thaddeus wandte nicht eine Sekunde lang den Blick von Maggie ab, und als er die Hände wieder bewegen konnte, zog er Maggie in die Arme. »Mein Liebling«, flüsterte er. »Du warst tapfer, aber auch unfassbar leichtsinnig. Von all den so genannten Nachforschungen, die du betrieben hast, hat diese hier den Narrenpreis gewonnen.«

Die Polizisten hatten das Feuer bald gelöscht, aber der dichte Rauch verzog sich nicht so schnell. Zusammen stolperten Thaddeus und Maggie zur Tür, und er umklammerte ihre Schultern, als ob er sie nie wieder gehen lassen wollte.

Der Golden Square war voller Schaulustiger, die Maggie und Thaddeus anstarrten, als sie das Haus verließen. Draußen lehnten sie sich an die Wand und schöpften Atem. Maggies Augen brannten und tränten, ihre Glieder waren schwer wie Blei. Thaddeus lehnte sich an sie, und sie befürchtete schon, er würde ohnmächtig, doch dann sah sie, dass sein Blick noch klar war. Ein Raunen ging durch die Menge, als die Sektenmitglieder nach draußen gebracht wurden.

Sergeant Horridge überwachte die Überführung der Gefangenen in die Polizeiwagen. Rupert Merton warf Maggie im Vorübergehen einen düsteren Blick zu, der sie vor Angst erschaudern ließ, bis sie sich wieder daran erinnerte, dass er ihr nun nichts mehr antun konnte.

Während die Gefangenen fortgeschafft wurden, bestürmten die Schaulustigen die Polizisten an der Tür mit Fragen, doch die Beamten winkten ab. »Sie können es morgen in den Zeitungen lesen – es geht um die Altarmorde.«

Ein Brüllen erhob sich in der Menge, als die Leute sich auf die Wagen stürzen wollten, um Lynchjustiz an den Männern zu üben, die die Stadt mit jenen schaurigen Morden heimgesucht hatten.

Sergeant Horridge kam zu Thaddeus und Maggie. »Könntet ihr noch einmal einen Augenblick hereinkommen und uns beschreiben, was hier vorgefallen ist?«

»Sie müssen meine Nachricht gefunden haben«, sagte Maggie, als sie erneut das Haus betraten. Die Vorhänge waren rußgeschwärzt und angesengt, der Teppich nass vom Löschwasser. Es stank noch immer durchdringend nach Rauch.

»Ihre Assistentin hat mich angerufen. Sie erzählte mir von der Nachricht, die Sie beim Telefon zurückgelassen hatten. Ich kam, sobald ich ein paar kräftige Männer zusammengerufen hatte.«

Maggie legte eine Hand auf seinen Arm. »Ich kann Ihnen gar nicht genug danken. Diese Schurken hatten vor … uns auf dem Altar zu opfern.«

Der Sergeant wechselte einen Blick mit Thaddeus, der seine wunden Handgelenke rieb. »Stimmt das?«

»Ja, das kannst du verdammt noch mal ruhig glauben! Entschuldige meine Ausdrucksweise, aber ich bin schrecklich wütend. Diese Männer sind Irre, und sie hätten uns umgebracht, wenn du nicht rechtzeitig gekommen wärst, Septimus.«

»Sie hätten mich sofort verständigen sollen, Mrs Hartwell.«

»Sie hätten Thaddeus umgebracht, wenn ich Sie mitgebracht hätte, und deshalb habe ich eine Nachricht dagelassen und gehofft, dass man sie finden würde.«

Sergeant Horridge schüttelte den Kopf und öffnete die Glastür zu einem eingebauten Bücherschrank. Er zog ein Buch heraus und las den Titel. »Das gehört Mr Theodore Fowler-Foss – er ist der Eigentümer dieses Hauses.« Er zog Schubladen heraus und schaute unter den Tischen und in der Ecke hinter einer Urne mit trockenem Pampagras und Pfauenfedern nach.

»Was suchst du, Septimus?«, fragte Thaddeus und rieb sich den wunden Kopf.

»Wir können sie der Straftaten beschuldigen, die sie

an euch begangen haben, aber wir brauchen Beweise, dass die Sekte die Altarmorde begangen hat. Ein Verdacht genügt nicht vor Gericht.«

»Dort steht der Reisekoffer meines Onkels«, sagte Maggie und deutete auf einen braunen Lederkoffer mit metallbeschlagenen Ecken. Aufkleber aus vielen Ländern auf der ganzen Welt bedeckten ihn.

»Heureka!«, sagte der Sergeant und öffnete den gewölbten Deckel, dessen Angeln quietschten.

Maggie und Thaddeus gingen durch den Raum, um sich den Inhalt anzusehen. Ganz oben lagen reich bestickte Stoffe von orientalischem Design, darunter ein Stapel Bücher, die mit merkwürdigen Zeichen bedeckt waren. Thaddeus nahm eins heraus und blätterte darin. »Sieht ganz so aus, als hätte dein Onkel sich mit schwarzer Magie beschäftigt. Aber das wussten wir ja schon.« Er las die Titel der anderen Bücher: *»Literatur über das Christentum … Buddhistische Theorien … Das Ramayama … Hinduismus: Reinkarnation … Studien über Voodoo und Wunderheiler … Studien über die dunkle Kraft des Geistes.«*

Maggie erschauderte vor Widerwillen. »Ich gebe zu, dass ich ihn ein bisschen seltsam fand … aber dass er ein Mörder ist? Das hätte ich wirklich nie gedacht.« Sie fand ein Buch ohne Titel, und kaum hatte sie die Inschrift auf dem Vorsatzblatt gelesen, erkannte sie, dass sie das Tagebuch ihrer Mutter in den Händen hielt. Leonora würde sich darüber freuen. Maggie drückte das Buch ans Herz, als der Sergeant plötzlich rief: »Aha!«

Er hielt einen Stapel Blätter hoch und eine Zeichnung, die wie eine Art Familienstammbaum aussah. »Ich glaube, hier haben wir Mertons Pläne Schwarz auf Weiß.« Er blätterte in den Seiten. »Wenn wir zum Yard zurückfahren, werde ich ihn damit konfrontieren.

Hier stehen die Namen der ermordeten Frauen und auch noch einige andere Frauennamen. Vielleicht wären sie die nächsten Opfer gewesen.«

Maggie warf einen Blick über seine Schulter, konnte die unleserliche Handschrift aber nicht entziffern.

»Es sieht so aus, als stammten all die jungen Männer, die ihm in die Falle gegangen sind, aus vornehmen, aber verarmten Familien.«

Maggie und Thaddeus wechselten einen Blick. »Ja, das passt, aber Anselm Ripley schien ein wohlhabender Mann zu sein«, entgegnete Thaddeus.

»Diese Männer bewahrten die Fassade. Ihre Familien waren früher vielleicht einmal reich, und sie leben heute von dem wenigen, was ihnen von ihrem Erbe noch geblieben ist. Ihr Onkel war sehr umsichtig bei der Auswahl seiner Anhänger.« Horridge ordnete die Papiere und betrachtete die Zeichnung. »Wie Sie wahrscheinlich schon gehört haben, waren die Damen, die ermordet wurden, alle vermögend und hatten keine Familie, die sie an einer Verbindung mit einem dieser jungen, unternehmungslustigen Männer hätte hindern können.« Er zeigte ihnen die Zeichnung. »Hier können Sie sehen, dass der Name eines jedes Sektenmitglieds mit dem eines Opfers verbunden ist. Jemand, der sich ›Schatten‹ nannte, sollte eine Miss Porter heiraten.« Sergeant Horridge lachte freudlos. »Zumindest ihr Leben ist verschont geblieben.«

»Warum hebt jemand so belastende Beweise auf?«, bemerkte Thaddeus kopfschüttelnd.

»Mein Onkel hielt die Morde offensichtlich für gerechtfertigt, für ihn waren sie Bestandteil eines bedeutenderen Plans. Er hielt sich für unantastbar und glaubte, das Gesetz könne ihm nichts anhaben«, erklärte Maggie.

»Ein teuflischer Plan, meine liebe Mrs Hartwell«, meinte der Sergeant grimmig und rollte die Zeichnungen zusammen. »Um seine Mission zu finanzieren, brachte er seine Anhänger dazu, reiche junge Damen zu heiraten. Sobald die Bräute geopfert waren, erbten ihre Ehemänner ihr Vermögen.«

»Rupert dachte, das, was er tat, diene dem Wohl der Menschheit.« Scham für ihren Onkel erfasste Maggie, aber sie verdrängte das Gefühl rasch wieder. Sie trug keine Schuld daran. Sie straffte die Schultern und reichte Sergeant Horridge die Hand. »Danke für Ihre unschätzbare Hilfe«, sagte sie. »Ohne Sie wären wir jetzt vielleicht schon tot.«

Er starrte sie überrascht an, bevor er widerstrebend ihre Fingerspitzen nahm. »Ich habe nur meine Arbeit getan«, erwiderte er. »Wir brauchen die Papiere und die Kästchen momentan noch als Beweise, aber Sie werden sie schon bald zurückerhalten.« Er lächelte plötzlich. »Ich sollte *Ihnen* für die Lösung dieses Falles danken. Ich hoffe, dass Sie als unsere Hauptbelastungszeugin vor Gericht aussagen werden.«

»Ja … das werde ich wohl tun müssen.« Maggie hatte kein Verlangen, die Schurken wiederzusehen, die sie und den Mann, den sie liebte, beinahe umgebracht hätten, aber sie wusste auch, dass sie verpflichtet war zu helfen.

»Ich muss jetzt gehen. Wir haben heute eine Menge Verhöre im Präsidium zu führen, fürchte ich.«

Thaddeus brachte Maggie zur Tür. »Es wird auch für uns Zeit heimzufahren.«

Maggie hielt noch immer das Tagebuch ihrer Mutter in der Hand, das sie Leonora geben wollte. Sie würde es lesen, sobald sie einen ruhigen Moment fand. »Victoria kommt heute Abend wieder. Ich bin froh, dass sie von all dem hier verschont geblieben ist.« Sie nahm Thaddeus' Arm, als sie sich wieder an ihren Streit vom Abend zuvor erinnerte.

»Ich schätze, mein Auftrag ist damit beendet, Mrs Hartwell«, sagte er lächelnd. »Deine Schwester ist gefunden, und ein Vermögen offensichtlich noch dazu. Nach Weihnachten fahren wir nach Sheffield und graben deine Erbschaft aus.«

»Ich zittere schon beim Gedanken an das unverschämte Honorar, das du mir nun berechnen wirst – vor allem, nachdem das Rosenholzkästchen zerstört ist und ich im Begriff bin, ein Vermögen zu erben.«

Sein Lächeln wärmte sie, und sie errötete.

»Eigentlich ist es mir sogar ein bisschen peinlich, dass du mich retten musstest und nicht umgekehrt«, scherzte er. »Ich glaube also nicht, dass ich dir viel berechnen kann.«

»Wie bescheiden«, spottete sie. »Aber sag mir doch, aus welchem Grund bist du eigentlich hierher gekommen?«

»Als wir uns gestern Abend trennten, wollte ich eins der Mitglieder der Gruppe deines Onkels überprüfen. Ich erinnerte mich, Fowler-Foss in jener Nacht, als ich vor dem Varieté niedergeschlagen und nach Richmond gebracht wurde, gesehen zu haben. Horridge hatte mich schriftlich informiert, als ich aus Liverpool zurückkam, dass Ripley und Fowler-Foss befreundet waren. Ich hatte große Mühe, Fowler-Foss aufzuspüren, da er nicht in seinem Haus war, aber als ich Ripley gestern Nacht zu verschiedenen Lokalen folgte, sah ich sie zusammen. Während ich sie beschattete, entdeckte ich, dass Fowler-Foss Ripley in sein Haus am Golden Square eingeladen hatte. Dieses Stadthaus hat schon immer den Fowler-Foss gehört, doch der junge Theodore hatte es bisher kaum benutzt. Und als ich gestern Abend hier erschien, landete ich im sprichwörtlichen Wespennest. Ripley musste mich irgendwann, als ich ihnen folgte, gesehen und erkannt haben. Ich hatte vor, Horridge meine Entdeckung unverzüglich mitzuteilen, aber bevor ich wusste, wie mir geschah, überfielen sie mich aus dem Hinterhalt, schlugen mich nieder und fesselten mich.«

Maggie und Thaddeus standen neben einem Hansom. Die Schaulustigen starrten noch immer zum Haus hinüber, und zwei Polizisten bewachten die Eingangstür

Ohne die vielen Blicke zu bemerken, schaute Maggie Thaddeus errötend in die Augen. »Ich weiß nicht, was ich getan hätte, wenn dir etwas zugestoßen wäre.«

Er zog sie lächelnd in die Arme, und die Menge klatschte, als er sie auf die Lippen küsste. »Ich hatte nicht die Absicht, mich von ihnen umbringen zu lassen, bevor ich dich noch einmal küssen konnte. Das hat mir bewiesen, wie wichtig es ist, keinen einzigen Tag – ja nicht einmal eine Stunde zu verschwenden.«

Maggie seufzte glücklich. »Ja. Lass uns der ganzen Welt erzählen, wie froh wir sind, dass wir uns gefunden haben.«

»Ich wünschte, die Feier morgen wäre unsere Hochzeit und nicht die Delias. Ich weiß nicht, ob ich noch viel länger warten kann«, sagte Thaddeus mit Gefühl.

25

»Mama, Mama!«, rief Victoria, als sie an Rafferty vorbei in die Eingangshalle stürzte. Der Himmel war wieder klar und wolkenlos, und Victoria und ihre Gouvernante brachten einen Hauch von Kälte mit ins Haus herein. Die schwachen Strahlen der untergehenden Wintersonne fielen durch die Fenster. »Du hättest das Meer sehen sollen, Mama. Die Wellen waren hoch wie Berge!«

Liebevoll umarmte Maggie ihre Tochter.

»Es riecht sehr weihnachtlich hier«, bemerkte Miss Lather lächelnd und errötete, als Thaddeus ihr die Hand reichte und sie willkommen hieß.

»Maggie hat den Koch gebeten, einen Kessel Glühwein mit Nelken und Zimt bereitzustellen. Das ist es, was den weihnachtlichen Duft verströmt. Möchten Sie ein Glas?«, fragte er Miss Lather.

»Ja, gern. Vielen Dank. Wie schön!«, rief sie, als sie sich in der festlich geschmückten Eingangshalle umsah. Maggie und Thaddeus hatten Girlanden aus Tannenzweigen am Treppengeländer und an der Theke der Rezeption befestigt. Mistelzweige hingen in der Tür zum Speisesaal, und Töpfe mit Stechpalmen flankierten die Türen. Der Tisch am Haupteingang zu den Speisesälen war mit einem bestickten roten Tuch bedeckt, auf dem eine große Silberbowle mit dem Glühwein stand. Orangen- und Zitronenscheiben schwammen in der dunkelroten Flüssigkeit.

Thaddeus reichte Miss Lather einen Silberbecher. »Frohe Weihnachten«, sagte er lächelnd. »Ich hoffe, dass der Weihnachtsmorgen eine ansehnliche Gehaltserhöhung für Sie mitbringt.«

»Sind Sie jetzt für immer in Zimmer Sieben eingezogen, Mr Webb?« Victoria zupfte an seinen Rockschößen. »Darf ich auch ein bisschen Wein haben?«

»Nein, das darfst du nicht«, sagte Maggie entschieden. »Aber ich glaube, Cecily bereitet gerade einen Becher heiße Schokolade in der Küche für dich zu. Wenn du sie getrunken hast, dann schmücken wir den Weihnachtsbaum.«

»Kommst du mit, Mama?« Victoria zog an ihrer Hand, und Maggie brachte es nicht übers Herz, ihr die Bitte abzuschlagen. »Trink nicht zu viel Glühwein«, ermahnte sie Thaddeus, der lachte und prompt seinen Becher leerte. Sie wechselten einen liebevollen Blick, der eine wunderbare Wärme in Maggie auslöste.

Als sie mit Victoria in die Küche ging, sagte sie: »Ich habe dir etwas Wichtiges zu sagen, Schatz.«

»Wenn ich meinen Kakao trinke?«

»Ja, das ist ein guter Augenblick.« Maggie fragte sich, wie ihre Tochter auf die Veränderungen reagieren würde, die während ihrer Abwesenheit stattgefunden hatten.

Sie setzten sich in das private Esszimmer hinter der Küche, ein Raum, der um diese Tageszeit meist leer war, da der Koch mit den Vorbereitungen für das Abendessen beschäftigt war und die Mägde im Speisesaal die Tische deckten.

»Ist der Kakao gut?«, fragte Maggie und holte eine Dose der Ingwerplätzchen, die Victoria so gerne aß. Sie legte zwei auf einen Teller neben ihre Tasse.

»So, wirst du mir jetzt von Margate erzählten?«, bat Maggie und lauschte interessiert, als Victoria vom Meer und von Miss Lathers Mutter schwärmte. Die Reise hatte der Kleinen offensichtlich gut gefallen, und Maggie war froh, dass ihrer Tochter die Tragödie im Hotel erspart geblieben war.

»Mama, du siehst besorgt aus. Habe ich etwas falsch gemacht?«

Maggie blickte in die großen blauen Augen ihrer Tochter und lächelte. »Nein, ganz und gar nicht. Ich dachte nur gerade an alles, was sich hier ereignet hat, während du in Margate warst. Eine traurige Nachricht ist, dass wir Onkel Rupert nicht wiedersehen werden. Er ist … fortgegangen, und ich bezweifle, dass er je wieder zurückkehren wird.«

»Oh? Er war nett zu mir und hat mir viele komische Geschichten erzählt.«

»Ich weiß.« Maggie atmete tief ein. »Aber obwohl wir einen Onkel verloren haben, haben wir eine andere Verwandte gewonnen, meine Schwester Leonora aus Amerika.«

»Du hast sie gefunden?« Victoria klatschte vor Freude in die Hände. Der Kakao war momentan vergessen. »Darf ich sie gleich sehen?«

Maggie nickte. »Sobald wir deine Sachen ausgepackt haben.« Wie konnte sie einer Sechsjährigen die grausame Wahrheit über die Altarmorde und Leonoras unfreiwillige Beteiligung daran erzählen? Sie hielt es für besser, die Wahrheit etwas zu beschönigen. »Sie ruht sich noch von … ihrer Reise aus. Weißt du, sie hatte sich eine Zeit lang in England verirrt und konnte nicht den Weg hierher finden.«

»Was? Dann muss sie aber dumm sein«, meinte Victoria.

»Schäm dich, Victoria! So spricht man nicht von anderen.« Maggie wischte ein paar Krumen von der Tischdecke und dachte an Gerties Tod. Sie beschloss, Victoria die traurige Nachricht erst ein wenig später mitzuteilen, da dies ihre Tochter sicher sehr erschüttern würde. Lieber sagte sie ihr das, was ihr im Moment am meisten am Herzen lag. »Ich habe noch eine Neuigkeit, von der ich hoffe, dass du dich darüber freuen wirst.« Maggie atmete tief ein. »Mr Webb hat mich gebeten, seine Frau zu werden. Was meinst du – wärst du froh, wenn er dein Vater würde?«

Victoria sprang vom Tisch auf und umarmte Maggie. »Ich habe ihm gesagt, dass er dich fragen soll, Mama, und bin froh, dass er es getan hat. Ich *wusste* ja, dass er es tun würde!«

Maggies Brust wurde ganz eng vor Glück, und in ihre Augen traten Tränen. »Du kleines … Biest! Mit Mr Webb ein Komplott zu schließen!«

»Du siehst viel glücklicher aus, Mama.« Victoria streichelte Maggies Gesicht. »Deine Lippen sind nicht mehr so dünn, und dein Haar ist weicher. Aber vor allem mag ich dein Lächeln. Ich hatte schon fast vergessen, wie es war.«

Maggie konnte die Tränen nicht zurückhalten und ließ sie über ihre Wangen rinnen. Sie zog ihre Tochter an sich und barg schluchzend das Gesicht an ihrer Schulter.

»Sollen wir jetzt gleich zu Mr Webb gehen und es ihm sagen, Mama?«, fragte Victoria. »Er wird dir sein Taschentuch leihen.«

Maggie lachte, als sie sich mit Victorias Serviette die Tränen abtupfte. »Ja, er wird sich freuen, zu hören, dass du ihn als deinen neuen Vater akzeptierst.« Maggie drückte die Hand ihrer Tochter, als sie zusammen das Esszimmer verließen. »In gewisser Weise hat er um uns beide angehalten. Es ist sehr wichtig für mich, dass du ihn magst.«

»Ich werde es ihm sagen«, versprach Victoria und lief durch das Hotelfoyer zu Thaddeus, der bei Rafferty stand und mit ihm plauderte.

»Ich habe eine neue Tante, Mr Rafferty, und Mr Webb wird bald mein Vater sein«, schrie Victoria so laut, dass alle Gäste im Foyer es hören konnten. Maggie hörte leises Lachen und das Rascheln von Zeitungen, die hastig umgeblättert wurden.

Sie errötete, als sie sich zu der Gruppe an dem Tisch mit dem Glühwein gesellte. Rafferty hielt seinen Hut in der Hand. »Meinen herzlichsten Glückwunsch, Mrs Hartwell«, sagte er und verbeugte sich.

»Warum stehen wir alle hier?«, fragte Victoria und schnupperte an dem Wein.

»Heute Abend findet ein Hochzeitsempfang statt«, erklärte Magagie. »Mr Webbs Schwester heiratet in einer Stunde, und kurz danach wird die ganze Hochzeitsgesellschaft hier eintreffen.«

Victoria sah ihren zukünftigen Vater an. »Wieso bist du dann noch hier? Gehst du nicht zur Hochzeit?«

Thaddeus zwickte sie in die Nase. »Doch, natürlich, aber es fällt mir schwer, mich von dir und deiner Mutter loszureißen.«

Victoria runzelte die Stirn. »Hauptsächlich aber doch von Mama, glaube ich. Denn schließlich wirst du ja nicht mich heiraten.«

Thaddeus legte den Kopf zurück und lachte schallend, und innerhalb weniger Minuten summte der ganze Raum vor unverhohlener Freude.

Es wird doch noch ein schönes Weihnachten, dachte Maggie, während ihr Herz vor Liebe beinahe überfloss.

Delia sah wie eine glitzernde Schneeprinzessin aus, als sie später an jenem Abend das Hotel betrat. Sie errötete ein wenig, als ihr gut aussehender Bräutigam, Mr Alan Turner, ihr etwas ins Ohr flüsterte. Er war groß und dunkelhaarig und offensichtlich sehr verliebt in seine Braut.

»Sie sehen bezaubernd aus«, sagte Maggie und reichte ihr beide Hände zur Begrüßung. Dann küsste sie Delia auf die Wangen.

Thaddeus war direkt hinter dem glücklichen Paar und schob den Rollstuhl seines Vaters. Amintha, die Maggie in ihrem gelben Kleid an eine Schlüsselblume erinnerte, kam Arm in Arm mit Mrs Webb herein, die zu der festlichen Gelegenheit königsblauen Taft und Straußenfedern trug.

Sie begrüßten sich, und Maggie war entzückt, Thaddeus' gesamte Familie unter ihrem Dach zu haben. Die beiden Zwillinge, Ben und Tim, hatten bereits Victoria an einem mit Zuckerwerk und Nüssen beladenen Tisch am Weihnachtsbaum entdeckt. Das Mädchen dekorierte den Baum mit Papierengeln, Girlanden und winzigen Blechtrompeten. Die Jungen gesellten sich zu ihr und betrachteten staunend den Baum.

Dann trafen auch die anderen Gäste ein, unter ihnen auch Gavin Talbot, und bald klang Geplauder und Gelächter durch die Speisesäle.

Leonora kam herunter, blass und müde, aber sie wollte zu Maggies Erfolg als Gastgeberin beitragen. Maggie stellte sie Victoria vor, und zu ihrer Erleichterung waren beide sich auf Anhieb sehr sympathisch. Mit dem Versprechen, ihnen eine Geschichte über einen Indianer zu erzählen, half Leonora Victoria und den Zwillingen, den Weihnachtsbaum zu schmücken.

Als Maggie das Büfett betrachtete, klatschte sie vor Entzücken in die Hände. Das wird der schönste Abend meines Lebens, dachte sie. Wenn der Tag noch besser wurde, würde sie vor lauter Glück und Freude platzen.

Thaddeus gesellte sich zu ihr, nachdem er alle anderen im Raum begrüßt hatte, und legte diskret den Arm um ihre Taille. »Du hast Sterne in den Augen und das glücklichste Lächeln von allen hier. Ich kann all deine Zähne zählen.«

Maggie lachte. »Um merkwürdige Komplimente bist du wirklich nie verlegen, was, Thaddeus?« Sie bedachte ihn mit einem sehnsüchtigen Blick. »Am liebsten würde ich dich vor allen anderen hier umarmen.«

Lächelnd breitete er die Arme aus. »Was hindert dich daran?«

»Ich kann doch Delia und ihrem Bräutigam nicht die Schau stehlen, oder?« Eine Bewegung an der Tür ließ sie verstummen.

»Ahs« und »Ohs« wurden laut, als der Servierwagen mit dem Hochzeitskuchen von einer strahlenden Cecily hereingerollt wurde. Es war eine mehrstöckige Torte mit Rosenknospen aus Marzipan, die die Schlagsahne zwischen den verschiedenen Schichten hielten.

Braut und Bräutigam wurden aufgefordert, den Kuchen anzuschneiden, und von allen Seiten hagelte es gute Ratschläge, wie sie das am besten anstellten. Donnernder Applaus erhob sich, als das erste Stück geschnitten war und das Brautpaar sich mit einer Gabel gegenseitig fütterte. Dann reichten Cecily und zwei der Kellner Kuchen und Sherry herum. Das Klirren des Porzellans und das fröhliche Stimmengewirr begannen den Siedepunkt zu erreichen, als mit einem Löffel an ein Glas geklopft wurde, um den ersten Redner anzukündigen.

Es war Mr Webb, der Brautvater, der sein Glas erhob. »Auf meine geliebte Tochter und meinen neuen Sohn. Möge euer gemeinsames Leben von Frieden und von Glück erfüllt sein.« Dann begann er Anekdoten von seiner eigenen Hochzeit zu erzählen und beschrieb sehr anschaulich, wie sein Bruder betrunken über die Hochzeitstorte gestolpert war. Als das Gelächter erstorben war, hob Thaddeus sein Glas.

Maggies Puls dröhnte in ihren Ohren. Sie hatte das draufgängerische Glitzern in seinen Augen gesehen und hielt gespannt den Atem an, als er das Wort ergriff. »Auf meine kleine Schwester. Was Vater gesagt hat, dem schließe ich mich an, aber ich habe euch zudem noch etwas anzukündigen, das euch alle derart überraschen wird, dass euch die Teller aus der Hand fallen werden.«

Es wurde so still, dass man eine Nadel hätte fallen hören können, und Maggie errötete bis in die Haarwurzeln. Thaddeus zog sie an seine Seite. »Für einen kurzen Moment, Delia, muss ich dir die wohlverdiente Aufmerksamkeit rauben, um euch eine erfreuliche Mitteilung zu machen. Was könnte eine bessere Gelegenheit sein als dieser Empfang, um eine weitere Hochzeit anzukündigen – zu der ihr natürlich alle eingeladen seid.« Er atmete tief ein und blickte Maggie in die Augen. »Mrs Margaret Hartwell hat mich zum glücklichsten Mann der Welt gemacht, indem sie meinen Heiratsantrag annahm.«

Wieder wurden »Ohs« und »Ahs« laut, und alle hoben jubelnd ihre Gläser, als Thaddeus Maggies Hand hochhielt und allen den Rubinring zeigte. »Ich hoffe, dass Maggie sich in ihrem Hotel ein wenig von mir helfen lässt, aber wie ihr euch wahrscheinlich denken könnt, ist mir die Detektivarbeit natürlich lieber, und Maggie scheint sie neuerdings auch großen Spaß zu machen. Habe ich Recht, Liebling?«

Maggie hörte nichts, nickte aber trotzdem. Für sie existierte in diesem Augenblick nichts anderes als die Zärtlichkeit in Thaddeus' Augen, das mutwillige Lächeln, das ihr so lieb geworden war, und die glückliche Zukunft, die sie mit diesem Mann erwartete.

Im Zwiespalt der Gefühle

Bryonys Welt ist von einem Tag zum anderen in tausend Scherben zerbrochen; ihr geliebter Bruder ist auf geheimnisvolle Weise umgekommen, das elterliche Heim bis auf die Mauern niedergebrannt. Wer immer ihr das angetan haben mag, Bryony schwört ihm Rache.
Jack Newcomer, ein hinreißender Hitzkopf, bietet ihr seinen Schutz und seine Unterstützung an. Gemeinsam machen sie sich auf die Suche nach dem Mörder – aber eines Tages findet Bryony heraus, daß Jack etwas vor ihr verbirgt. Hat sie in ihrer Unschuld und Liebe ausgerechnet dem Mann vertraut, der ihren Bruder auf dem Gewissen hat?

3–404–18266–9

BASTEI LÜBBE